Johannes Heidrich

Speeddating mit Todesfolge

Der Kriminalroman

Speeddating mit Todesfolge

ist der dritte Krimi mit dem Protagonisten
Kriminalhauptkommissar Franz Büchele

Johannes Heidrich

Speeddating mit Todesfolge

Bibliografische Information der Deutschen Nationalbibliothek:
Die Deutsche Nationalbibliothek verzeichnet diese Publikation in der Deutschen Nationalbibliografie; detaillierte bibliografische Daten sind im Internet über http://dnb.dnb.de abrufbar.

Foto: Cuneyt Photography / Duisburg

Grafik u. Umschlag: Michael Utz / Benningen

Dieses Buch ist auch als E-Book erhältlich

Herstellung und Verlag: BoD – Books on Demand, Norderstedt

Herstellung und Verlag: BoD – Books on Demand, Norderstedt

ISBN: 978-3-7448-8518-8

Schluss mit lustig

Kriminalhauptkommissar Franz Büchele hatte sich seinen Kuraufenthalt in Bad Teinach anders vorgestellt. Die Kur wurde schnell genehmigt und er fuhr eine Woche später in das abgeschiedene Kurdomizil. Das kleine Zimmer mit Aussicht auf den Schwarzwald war für ihn die Beruhigung, die er sich schon immer gewünscht hatte. Keine Kollegen, keine Entscheidungen fällen müssen, nichts von der alltäglichen Last der Arbeitswelt lag auf seinen Schultern. Neben Gymnastikübungen und Trinkkuren stand Wassertreten auf seinem täglichen Programm. Ausgedehnte Spaziergänge und Unterhaltungen mit Kurgästen trugen das übrige zu Bücheles Entspannung bei. Keine Frage, seine Magenbeschwerden verschwanden und das Rückenleiden wurde durch seine täglichen Übungen erträglicher, aber an das Wasser trinken hatte er sich nicht gewöhnt. Sein morgendliches Gemecker in der Schwarzwälder Trinkhalle war bekannt.

»Pfui Teufel, im Wasser poppen Fisch und des soll i dringe? Ich glaub mein Muli briemelt«, war seine ständige und aufrichtige Aussage. Jetzt, am letzten Tag seines Aufenthaltes, war er froh, alles hinter sich zu haben. Lässig schlug er sein letztes Frühstücksei am Tisch seiner Gruppe auf. Mit seinem geblümten kurzärmligen Hemd und dem Strohhut auf dem Kopf machte er den Eindruck eines zufriedenen Kurgastes. Beneidenswert saß er zurückgelehnt im Stuhl und genoss das letzte Frühstück hier im Schwarzwald, während die Führungskraft der Frühstückshalle, Frau Riemann, von hinten auf ihn zusteuerte.

»Herr Büchele?«

Franz erkannte die resolute Stimme und drehte sich langsam zu ihr um.

»Frau Riemann, was kann ich für Sie an so einem sonnigen Freitagmorgen tun? Haben Sie einen besonderen Wunsch oder möchten Sie sich an meinem Entlassungstag zu uns setzen?«

Er erhob sich vom Stuhl und überragte Frau Riemann um einen ganzen Kopf. Das hielt Frau Riemann nicht davon ab, ihm ihr Anliegen klar und unmissverständlich mitzuteilen. Sie stand mit ihrem pummeligen Körper direkt vor ihm und sah nach oben.

»Herr Büchele, könnten Sie bitte diese Mütze vom Schädel nehmen oder was soll die Maskerade?«

Lässig sah Franz auf sie herab. Mit seinem schwäbischen Slang musste er nicht lange in seinem Vokabular kramen, bevor er antwortete.

»Erschtens, isch des koi Mütz, sondern en Strohhut. Zwoitens, isch mei Kopf koin Schädel und Drittens, isch des hier mei letschter Dag den i verbring wie i möcht. Und rege se me net uff, ich han e schwachs Herz, hat de Quacksalber gmoind! Hosch me verstande, Mädle? Oder du nemmsch Platz und setzsch dich uff dei vier Buchstabe an de Disch und stopfsch dir e Weckle in die Kauleischt.«

Perplex über solch eine mutige Aussage wandte sie sich von ihm ab und verschwand in Richtung Küche. Alle Anwesenden begannen zu klatschen. Bis jetzt hatte sich noch niemand erdreistet, sich über das Personal hinwegzusetzen. Büchele zog seinen Hut und bedankte sich für das Klatschkonzert mit einem Diener. Keine zwei Stunden später saß er wieder in seinem alten, geliebten 200er Audi auf dem Fahrersitz und verließ schnellstens die Kurstätte in Richtung Heimat.

Am frühen Nachmittag rollte sein Gefährt eher langsam und bedächtig auf das Anwesen Fischer zu. Am äußeren Tor öffnete er die Verriegelung, blickte nach oben und las: »Weinvilla Fischer.« Zufrieden brummelte er vor sich hin.

»Endlich dohoim, do ischs doch am schenschte.«

Er hatte keinem gesagt, an welchem Tag er ankommen würde. Brimborium um seine Person konnte er nicht leiden. So war es verständlich, dass ihn, seiner Meinung nach, niemand erwartete und freudestrahlend in die Arme schließen würde.

Es war ruhig auf dem Hof und niemand war zu sehen. Worüber Franz sich keine Gedanken machte.

Aber welch ein Gebrüll ging los, als er die Haustüre mit seinem Schlüssel öffnete. Ein donnerndes »Herzlich willkommen Franz!«, schlug ihm aus zahlreichen Kehlen entgegen. Gisela, die Verwalterin des Fischer Anwesens hatte alle informiert und eingeladen. Alle waren gekommen. John, Polly, Lilly Hansen und sein Chef. Selbst Staatsanwalt Krümmbusch, den er lieber von hinten, als von vorne sah war anwesend. Eine Menschentraube hatte sich um ihn gebildet und weit hinten winkten ihm Max, sein Freund und Partner, sowie Brigitte Kohlmarx vom Ländle TV zu. Gisela hatte in der großen Scheune kulinarisch angerichtet und Franz musste alles berichten, was er in den vier Wochen erlebt hatte. Aber das Erste, wonach Franz der Sinn stand, bekräftigte er sofort.

»Gisela bring mir bitte eu Weißweinschorle. I hed so en Dorschd. I han die ganz Zeit Fischwasser trinke misse.«

Alle lachten. Die lustige Runde schwatzte noch ewige Zeiten, bis Brigitte sich für eine Laudatio von ihrem

Sitzplatz erhob, sich einen Suppenlöffel nahm und damit lautstark gegen eine Milchkanne schlug.

»Ruhe meine Herrschaften, ich habe was zu verkünden. Jeder der hier Anwesenden weiß, wie notwendig die Kur für unseren Franz war. Und wir wünschen ihm ein langes, gesundes und sorgenfreies Leben. Lieber Franz, wir haben uns folgendes als Überraschung ausgedacht.«

Kleine, unwichtige Gedanken huschten in diesem Moment durch sein Unterbewusstsein. Vier Wochen lang musste er auf ihren Intellekt und auf die Konversationen mit ihr verzichten. Jetzt schien alles im grünen Bereich zu sein.

Er lächelte zurück und erhob sein Glas Weißweinschorle. Sie unterbrach seine Gedankengänge, als sie weiter ausführte.

»Wir haben uns bei der Kurverwaltung heimlich über dein tägliches Wohlbefinden erkundigt. Und was noch wichtiger ist, wir haben uns erkundigt, was wir in Zukunft tun können, damit es dir noch besser geht als zuvor.«

Donnernder Applaus begleitete ihre Rede. Sie ging jetzt mit ihrem Löffel in der Hand nach vorn, bestieg eine bereitgestellte Bierkiste und baute sich vor allen Gästen demonstrativ auf.

»Komm bitte mal nach vorne, Franz!«

Franz schälte sich aus seiner Sitzposition heraus und begab sich langsam nach vorn. Brigitte drehte sich ihm zu, zwinkerte ihn kurz an und wandte sich, wieder dem begeisterten Publikum zu.

»Meine Herrschaften, einige von euch haben an ihren Chef, Freund oder Kollegen gedacht und mitgeholfen dies hier zu bewerkstelligen.«

Franz spitzte seine schwäbischen Ohren und erwartete Großes. *Bekomme ich ein Geschenk? Eine Schiffs- oder Urlaubsreise vielleicht?*, dachte er. Brigitte Kohlmarx wandte sich ihm zu.

»Franz, wir alle hier möchten, dass es dir gut geht und haben weder Kosten noch Mühen gescheut, um dir ein angemessenes Geschenk zu unterbreiten. Auch unser treuer Staatsdiener, dein Chef Herr Kastfeld, hat etwas dazu beigesteuert. Für diese Sache spendiert er dir, aus besonderem Grund versteht sich, noch eine Woche Sonderurlaub.«

Büchele lächelte übertrieben stark. Franz dachte an den großen Urlaub, als Brigitte ihn geistig auf den Boden der Scheune zurückholte.

»Wir, lieber Franz, haben an deine Gesundheit gedacht.«

Beim Wort Gesundheit wurde das Lächeln von Herrn Kriminalhauptkommissar Büchele zaghafter.

»Wir wissen, dass Großes ansteht.«

Sie sah ihn an.

»Übernächste Woche beginnt die Tour de Ländle. Und dazu, zum Radeln also, haben wir dich angemeldet. Aber damit du nicht allein auf weiter Flur in die Pedale trittst, habe ich Urlaub genommen und fahre mit.«

Urplötzlich war Bücheles Lachen wie ausradiert. Er fühlte sich buchstäblich überradelt. Und Radfahren war eh nicht sein Ding, da schmerzten ihm immer seine vier Buchstaben. Ein absolutes No-Go für ihn. Vor etlichen Jahren hatte er einen Drahtesel bestiegen und diese Fahrt endete in einem Maisfeld. Böse Erinnerungen kamen in ihm auf. Wie sollte er aus dieser Situation herauskommen? Jetzt fiel ihm die absolut beste Lösung ein. Mit einem gespielten Lächeln wandte er sich an die Gesellschaft und Brigitte, deren französischer Vorname für ihn immer noch wie ein deutsches Brigitte klang, ohne dass er deren französische Sprech- und Schreibweise je verstanden hatte. Er musste zugeben es sprach sich weicher als der deutsche Name Brigitte. Aber er hatte jetzt ein ganz anderes Problem. Wie konnte er seinen Freunden klarmachen, dass Fahrradfahren absolut nicht sein Ding sei? Er versuchte es mit einer taktischen schwäbischen List.

»Liebe Freunde und Brigitte, liebend gerne würde ich mit dir die Tour radeln. Es sind ja täglich, so viel ich noch vom letzten Jahr aus der Presse weiß, 80 Kilometer und das jeden Tag, eine ganze Woche lang. Ein Klacks für einen wie mich. Aber ich habe ein kleines Problem.«

Scheinbar ahnungslos, dennoch vorbereitet auf Bücheles Ausflüchte, wandte Brigitte sich ihm zu.

»Und welches Problem hast du damit, Franz?«

Schauspielreif sah er ihr in die Augen und meinte lapidar mit einem rührseligen Ton: »Ich besitze keinen Drahtesel.«

»Lieber Franz, so was haben wir geahnt und deshalb haben wir alle zusammengelegt und uns beiden neue Fahrräder gekauft. Ist doch toll, nicht wahr?«

In diesem Augenblick schoben John und Polly hinter ihm zwei nagelneue Räder aus der Scheune und stellten sie an Brigittes und Bücheles Seite ab. Seine gespielte Freude konnte es nicht verbergen. Bei Franz verrutschte augenblicklich die Kinnlade eine Etage tiefer. Sein Plan war nicht aufgegangen und er ergab sich in sein Schicksal. Eine Klatscheinlage aller Versammelten und die Aufforderung eine Runde zu drehen, ließen keine Zweifel aufkommen, da musste der Kommissar durch. Mit einem aufgesetzten Lächeln und mit nur einer Hand hielt er das Damenrad, sodass Brigitte aufsitzen konnte.

Er seinerseits schwang sich, wie er es gewohnt war, auf sein eigenes Rad. Schon bei der ersten Runde im Hof spürte er seine Waden und was schlimmer war, seinen Bobbes. Wackelnd umrundete er mit Brigitte an seiner Seite das Anwesen. Außer Atem kamen beide nach kurzer Ausflugstour zurück. Hechelnd stieg Büchele ab.

»Eins brauche ich noch«, warf er mit lauten Worten in die wartende Menge. Brigitte, die ebenfalls neben ihm zum Halten kam sah ihn an. Büchele tätschelte mit der Hand den Fahrradsitz, bevor er es laut verkündigte.

»Da muss ein Gelsattel her, sonst werde ich am Ärschle wund.«

Alle begannen über so viel Witz zu lachen, den Büchele in dieser Situation noch aufbrachte.

Die folgenden, wenigen freien Tage mit Brigitte, fühlten sich an als wäre Franz Büchele im siebten Himmel angekommen. Selbst die Tour de Ländle, an der beide fröhlich teilgenommen hatten, bereiteten ihm und seinem Bobbes unerwartet weniger Schwierigkeiten als er zuerst befürchtet hatte. Das entspannte Beisammensein mit ihr, ohne Stress und Hektik saugte er in sich auf als wären das die letzten Tropfen eines warmen Sommerregens. Ein ausgiebiges Abendessen in einer täglich wechselnden Umgebung, sowie die abendliche Konversation mit Brigitte, rundete sein wohliges Gefühl der Zufriedenheit vollkommen ab.

Sein Sonderurlaub, den er mit einer wundervollen Fahrradtour verbrachte, ging viel zu schnell vorüber und der Polizeialltag holte ihn mit schnellen Schritten in die Welt des normalen Arbeitsalltags zurück. Keine Frage, Franz liebte seine Arbeit und so war es nicht weiter verwunderlich, dass er seinen ersten Arbeitstag weit vor der regulären Dienstzeit begann.

Montagmorgen, 5:30 Uhr. Büchele sah auf das Ziffernblatt seiner alten Uhr, während er vor seinem Dienstzimmer stand und langsam den Türgriff nach unten drückte. Mit einem leisen Quietschen, entgegen seiner lieb gewonnenen Gewohnheit sie aufzureißen, öffnete er die Tür des Dienstraumes und schloss sie leise hinter sich und drückte den Lichtschalter. Für einen Moment genoss er die Stille.

Kein Faxgerät ratterte, kein Telefon klingelte, nicht mal das nervende Blubbergeräusch des Wasserautomaten war zu hören. Büchele schritt auf seinen Arbeitsplatz zu. Frische Blumen strahlten ihn an. Er begann zu grinsen. Auf seinem Tisch hatte jemand auf ein Blatt Papier ein Herz aufgemalt und darunter in Großbuchstaben folgende Worte aufgebracht:

WIR SIND FROH, DASS DU ZURÜCK BIST.
FRANZ, DU HAST UNS GEFEHLT!

Er ließ sich in seinen Stuhl fallen, schob seinen Strohhut nach hinten und fuhr mit der Handfläche über das Stück Papier. Er hatte das Gefühl, die Gedanken aller, die ihn liebten, fühlen zu können, als er vorsichtig mit seinen Fingern darüberstrich. Er stieß einen unüberhörbaren Seufzer aus und schmunzelte.

Dicke Kullertränen rannen ihm über sein Gesicht. Er hatte Freunde, die er nie gegen irgendetwas eintauschen würde: Seine Freunde. Er nahm einen Stift, versah das Blatt Papier mit einem Datum und ließ es in seiner Hosentasche verschwinden.

Sekunden später wurde mit einem Ruck die Tür aufgerissen und Max Krüger, der den Raum betreten hatte, schlug sie hinter sich zu. Donnernd fiel sie ins Schloss. Büchele wischte sich schnell die Reste seiner Freudentränen aus dem Gesicht. Mit einem Fluchen überspielte er seine Gefühle.

12

»Du Hutsimpel, kosch du die Tür au normal zumache?«

Max schritt auf ihn zu und gab ihm die Hand.

»Erstens, guten Morgen Franz. Zweitens, schlägst du selbst die Tür jeden Tag zwanzigmal so zu. Da habe ich doch auch mal das Recht, sie lauter zu schließen, oder nicht?«

Franz sah überrascht zu seinem Freund auf, als der vor seinem gegenüberliegenden Arbeitsplatz stehen blieb und Platz nahm. Max stellte seinen Sportrucksack neben sich ab, fischte die Vesperdose heraus und verstaute sie in einer der seitlichen Schubladen seines Schreibtisches. Erst jetzt sah er ihm ins Gesicht.

»Was ist los? Du blickst mich an wie eine Katze, wenn es donnert.«

Büchele atmete tief durch.

»Du hast ja recht, entschuldige, dass ich dich angefahren habe«, dabei begann er zum Schein in seinen Schubladen zu kramen. Es war ihm nicht leicht gefallen sich zu entschuldigen. Max bemerkte das sofort und sah ihn an.

»Franz!«

»Was isch?«

»Isch alles bei dir paletti, gohts dir au gut? Du dusch so hinter deim Schreibtisch, wie wenn en Dalai Lama Kurs im Urlaub gmacht hätsch. Bisch wirklich scho do?«

»Keine blöden Sprüche, Max, klar bin ich hier. Wo sollte ich sonst sein? Daheim im warmen Bett?«

Max kramte unter seinen vielen Papieren ein Memo hervor.

»Hier Franz, eine gewisse Heike Pfoh hat gestern zehnmal angerufen und nach dir verlangt. Sagt dir der Name was?«

Er reichte ihm den kleinen Zettel mit der Adresse über den Tisch. Lange betrachtet Franz den Zettel, auf dem »Heike Pfoh wohnhaft Ochsenburg-Aussiedlerhöfe Schritzklinge« stand. Lange überlegte er, bevor er sich an Max wandte und ihm in tadellosem hochdeutsch antwortete.

»Ich kenne keine Heike Pfoh, wer soll das sein?«

Max tat wie er.

»Ich kenne den Namen auch nicht. Sie sagte…«

Er kramte sein Notizbüchlein hervor.

»Hier, am Freitag hatte sie angerufen und wollte dich sprechen. Sie würde ihren Vater vermissen. Aber sie wolle keine Vermisstenanzeige aufgegeben, bevor du nicht mit ihr gesprochen hast.«

Büchele schüttelte ratlos den Kopf.

Nach und nach trafen die Kollegen ein, um ihn mit einem Handschlag, sowie einem »Guten Morgen Chef« zu begrüßen. Teilweise abwesend schüttelte er jedem die Hand. John Weirich aus Kiel, der offiziell vom Polizeichef Dirk Kastfeld, mit einer Planstelle ausgestattet, in Heilbronn eingesetzt wurde, trat vor Bücheles Tisch.

»Wieso hast du mich nicht geweckt und mit zur Arbeit genommen, Franz?«, kam die entrüstete Frage.

»John hätte ich, aber so früh? Noch vor den Hühnern wärst du doch nicht aus den Federn gekrochen. Ich habe dir lediglich eine Stunde mehr mit deiner Polly gegönnt. War das etwa falsch?«

John lächelte und druckste ein leises »Danke« hervor, bevor er sich zu Rainer Kaufmann an den Arbeitsplatz begab.

Büchele wedelte mit der kleinen Notiz vor Krügers Gesicht herum.

»Max, mir sagt der Name Pfoh absolut nichts. Kein Schimmer, wer das sein soll. Und aus Ochsenburg kenne ich noch weniger Leute als du.«

Max blieb locker und entspannt.

»Das ist mir klar und die gewisse Heike kennst du bestimmt nicht. Der Stimme nach könnte sie deine Tochter sein.«

Verdutzt sah Franz seinen Freund an.

»Vielleicht kennst du ihren Vater, Albert Pfoh.«

Büchele hatte ein entscheidendes Wort gehört und sprang wie vom Blitz getroffen auf.

»Heiligsblechle, jetzt fällt bei mir der Taler. Max, Albert Pfoh war am Gymnasium in meiner Klasse. Wir nannten ihn den Schweigsamen. Irgendwann, so hörte ich, soll er ein Mädchen aus dem Hohenlohe-Kreis geheiratet haben. Danach sah ich ihn nur noch rein zufällig zweimal auf dem Friedhof, beim Blumengießen. Aber mehr weiß ich auch nicht.«

Max zuckte neben ihm ratlos mit den Schultern. Büchele erhob sich von seinem Platz und rief zu John hinüber.

»John, kannst du uns…«

Er sah auf seine Uhr die halb Neun Uhr anzeigte.

»…sagen wir für Neun Uhr einen Dienstwagen besorgen? Wir müssen nach Ochsenburg. Dienstwaffe und alles Übliche mitnehmen. Rainer, du übernimmst hier die Koordination, solange Lilly nicht da ist, ok?«

Max sah Franz an. So kannte er ihn, seinen Partner und Freund Kriminalhauptkommissar Franz Büchele, spontan, zielstrebig und energisch.

»Büchele is back, das ist unser alter Chef.«

»Hast du was gesagt, Max?« Max schüttelte den Kopf.

»Was ist mit mir? Soll ich Däumchen hier drehen oder kann ich mit?« Büchele nickte.

Franz stand auf schob sich seinen Hut gerade und wandte sich ihm zu.

»Der Pfoh, ich mein, der Albert Pfoh, war ein ruhiger Typ. Besonnen und ebenso normal wie der Rest von uns, nie auf Stress aus. Wieso sollte ein Mensch einfach abtauchen und sich nicht mehr bei seiner Tochter melden? Ich kann mir keinen Reim darauf machen. Und außerdem brauche ich meinen ersten Arbeitstag nicht unbedingt hier in der warmen Bude verbringen. Wir machen einen Ausflug, nichts Dienstliches, und sehen dabei einfach nach dem Rechten. Du bist natürlich dabei. Hat was Max, oder?«

»Wenn du es so siehst, wird es wohl so sein.«

Büchele schnappte sich seinen Hut. Zwei Treppen runter, Tür auf und sie standen im Hof des Dezernats. Ein Blick nach links verriet ihnen, dass der Wagen mit John schon da war.

»Sind die Herrschaften auch endlich mal unten angekommen?«

Büchele öffnete die Beifahrertür und Max machte es sich im Fond des Dienstfahrzeuges bequem.

»Wohin geht die Reise?«

»Nach Ochsenburg, bitte.«

John sah nach hinten zu Max. Der streckte beide Hände hilflos in die Höhe. John war klar, eine Nachfrage bei Franz wäre zwecklos gewesen. Er gab den Namen in das Navigationsgerät ein. Sekunden später tönte die weibliche Stimme aus dem Lautsprecher: »Die Route wird berechnet.«

Büchele sah John gereizt an. Büchele wusste, wie er ohne Navi zu fahren hatte. Hier im Ländle war ein Norddeutscher am Steuer auf diesen Technikkram, wie er es nannte, angewiesen. Die freundliche Stimme aus dem Lautsprecher meldete sich wieder.

»Der Straße folgen, in 500 Meter nach links abbiegen, auf die Oststraße.«

John, der das Fahrzeug zum Tor bugsiert hatte, folgte den Anweisungen der Stimme und die Fahrt nach Ochsenburg begann entspannt.

Auge um Auge

Verwirrt und nackt, mit einem Knebel, genauer gesagt mit einer Trense zwischen den Zähnen, kam Thorsten Bundschuh zu Bewusstsein. Angekettet und fixiert mit ausgebreiteten Armen und Beinen, mit Leinenschnüren an eingelassenen Stahlringen befestigt, stand er zwischen zwei mächtigen Steinsäulen in einer verlassenen, zugigen und abgetakelten Werkhalle.

Aufgeregt hüpften seine Augäpfel hinter den geschlossenen Augenlidern auf und ab. Langsam begriff sein Verstand seine derzeitige Lage. Angst und Panik kamen in ihm auf. Er nahm unterbewusst und langsam die Warnung seiner geistigen Schaltzentrale wahr. Thorsten bemühte sich, die schweren Lider anzuheben und seine Augen zumindest ein stückweit zu öffnen. Unendlich lange und ergebnislose Versuche gingen voraus, bevor es ihm gelang, sie für wenige Sekunden zu öffnen. Zwischen der Trense und dem leicht geöffneten Mund, lief ihm der Speichel aus seinem Mundwinkel. Das Adrenalin peitschte durch seinen Körper, um die eigene Willenskraft zu mobilisieren. Bei jedem weiteren Versuch die Augen zu öffnen, empfand er es als eine unsagbare Last, sie für längere Zeit offen zu halten. *Aufwachen, aufwachen*, schrie ihn sein Unterbewusstsein an. Er unternahm einen Versuch den Kopf zu heben. Es schien sinnlos zu sein. *Drogen, man muss mir Drogen verabreicht haben*, sauste der einzig zu erhaschende Gedanke, plausibel und logisch durch seinen Schädel. Sein Atem ging stoßweise. *Ruhig bleiben, ruhig bleiben*, sagte ihm sein Verstand, der ihn langsam in die Realität zurückholte. Er versuchte unter großer Anstrengung langsamer zu atmen. Sein Herzschlag begann, sich von wild hämmernd auf normal einzupendeln.

Seine Anstrengungen trugen Früchte, als hätte jemand den Schalter umgelegt. Ruckartig öffneten sich seine Augenlider und sein gesenkter Kopf, der auf seiner Brust verweilte, schoss in die Senkrechte. Scheinbar wurden alle seine Sinne aktiviert. Durch riesige, zum Teil geborstene Glasscheiben fiel Sonnenschein in den schier endlos wirkenden Raum. Er sah nach oben, nach links und rechts. Nein, kein Wohnraum, kein Keller. Es war eine alte Maschinenhalle.

Jetzt erst bemerkte er, wie sich die schleichende Kälte des Bodens, von seinen nackten Füßen aus, in seinen Körper verteilte. Die Stricke an seinen Arm- und Fußgelenken ließen nichts Gutes erahnen. Was war passiert? Hektisch zerrte er an den Leinenstricken, die am Ende mit Gummibändern verstärkt waren. Eingelassene Eisenringe in den Steinsäulen taten ihr Übriges.

Sein Puls beschleunigte.

Panisch zerrte er erneut daran, wie ein gefangenes Tier. Riesige Schweißperlen liefen über seinen Körper, die aufgerissenen Augen und sein hektischer Atem ließen Angst erkennen, Todesangst.

Er unternahm einen erbärmlichen Versuch nach Hilfe zu schreien. Durch seine Mundtrense klang es jedoch mehr wie ein röchelndes Geräusch als ein Schrei. Aber wer sollte ihn in dieser leeren Werkhalle hören? Seine mageren Laute waren viel zu leise und durch den Knebel unverständlich, um von jemandem außerhalb dieser Halle gehört zu werden. Kaum hörbar, gab er unter Schluchzen sein mickriges Unterfangen zehn Minuten später auf. Er versuchte sich zu erinnern.

Was war passiert? Bin ich entführt worden?

Seine Züchterkollegen hatten mit ihm ausgelassen gefeiert. So viel stand fest. Und dann? Er kramte weiter in seiner Erinnerung. Sie zogen von Kneipe zu Kneipe.

Und später schlug er vor, die leichten Damen des örtlichen Gewerbes zu besuchen. So oder so wäre er dort öfters, und prahlte vor seinen Freunden mit seiner Standfestigkeit als Stammgast. Nicht ohne auf den guten Preis hinzuweisen, den er oftmals aushandeln konnte. Und wenn nicht, so beschrieb er es seinen Freunden, verlieh er seinem Wunsch den gewissen Nachdruck. Dabei zeigte er ihnen sein Messer.

So viel war klar. Aber was kam dann? Seine Erinnerungslücke blieb bestehen. Langsam tropfte es von oben herab. Trotz strahlendem Sonnenschein entlud sich gerade ein leicht kühlendes Sommergewitter. Kleine Regentropfen fielen in ihren schimmernden Regenbogenfarben vom Himmel herab.

Thorsten verspürte Durst. Gierig versuchte er mit seinem spärlich geöffneten Mund, einige der Wassertropfen zu erhaschen. Jeden Tropfen, der ihm in den Mund fiel, löste ein unbeschreibliches Wohlgefühl in ihm aus. Er wusste nicht wieso. War es die Dankbarkeit? Die ungestillte Gier nach mehr, die in Thorstens Leben vorherrschte? Ein Reflex? Er versuchte seine Umgebung genauer wahrzunehmen. Alte, verrostete Maschinen standen in der Halle. Blätter, die durch die offenen Fenster ihren Einlass fanden, lagen verstreut am Boden. Kleine Glassplitter, die aus den oberen Deckenfenstern stammten, lagen vor seinen Füßen. Könnte er sich womöglich mit ihnen aus diesem Albtraum befreien? Nur wie?

Krächzend kamen durch die offenen Lichtschächte zwei Rabenvögel hereingeflogen und steuerten zielstrebig auf einen von der Decke herabhängenden Ausleger eines Lastkrans zu. Hier hatten sie sich, ungestört von Menschen, einen beachtlichen Horst eingerichtet. Unter Protest über den ungebetenen Gast, standen sie am Rand ihres Nestes und krächzten ihren lauten Unmut zu ihm herunter.

Er war keine fünfzig Schritte entfernt angekettet und schätzte seine Möglichkeiten auf Rettung ab. Die Glasfenster waren in einer geschätzten Höhe von drei Meter angebracht. Zu hoch für ihn, um von außen bemerkt zu werden. Aus dieser Richtung konnte er sich keine Rettung erhoffen. Ein ehemaliger Ausgang war mit alten Ziegelsteinen vermauert. Wie zufällig lag ein Berg Müll davor. Weshalb? Stand hinter dieser Aktion eine Absicht? War der Eigentümer dieser verlassenen Werkhalle darauf bedacht, unauffällig zu bleiben? Lag deswegen der Müll am vermauerten Eingang? Er blickte in die andere Richtung. Da, im linken Teil des Raumes war eine große Flügeltür aus Stahl. Er lauschte, ohne sich zu bewegen. Das Krächzen der Raben und das monotone Geräusch des Regens auf dem Dach unterbrach die Stille. Hatte er was gehört? Thorsten begann hektisch an den Seilen zu ziehen. Kurz verhielt er sich still, als ein undefinierbares Geräusch hinter der geschlossen Tür zu ihm herüberdrang. Wiederholt sah er sich um. Mit einem: *Verdammt, ich sehe nicht was hinter mir geschieht. Ist da ein Ausgang? Meine Rettung?* Wild warf er seinen Kopf zur Seite, um zumindest einen kleinen Blick nach hinten erhaschen zu können. Es war zwecklos.

Wie komme ich in diese Halle, in dieses verlassene Drecksloch? Er konnte sich nicht daran erinnern, dass die Feier hier seinen Abschluss gefunden hatte.

Thorsten begann zu schwitzen. Konnte er hier auf Rettung hoffen, wenn er sich nicht bemerkbar, geschweige von seinen Fesseln befreien konnte? Kraftlos ließ er den Kopf niedersinken und begann zu schluchzen. Die Füße schmerzten vom langen Stehen und die Muskeln begannen unkontrolliert zu zittern.

Ihre Anspannung gab nach, er sackte in sich zusammen und wurde ohnmächtig.

Jetzt hing er wie ein Stück Vieh, bereit zum Ausnehmen, oder zur Schlachtung, zwischen den mächtigen Steinsäulen. Stunden vergingen, ohne dass etwas geschah.

Sein Verstand vernahm Geräusche, unbekannte Geräusche und Stimmengewirr. Thorsten rappelte sich auf, seine Beine wollten ihm nicht gehorchen und rutschten auf dem nassen Boden, beim ersten Versuch auf ihnen zu stehen zur Seite. Doch dann, nach einigen Versuchen hatten seine nackten und nassen Fußsohlen vollen Kontakt mit dem kalten Steinboden. Er verzeichnete es als Erfolg. Kurz danach wurde hörbar ein Schlüssel ins Schloss geschoben und herumgedreht. Er hob seinen Kopf. Eine Tür öffnete sich mit einem lauten Quietschen. Seine Rettung?

Er versuchte mit hektischen Bewegungen auf sich aufmerksam zu machen, was jedoch nicht nötig gewesen wäre. Er war das Ziel derjenigen, die durch das Eingangstor kamen. Thorsten glaubte zu fantasieren. *Nein, unmöglich*, sagte ihm sein Verstand zu dem, was er zu erkennen glaubte. Drei Frauen. Nein, drei Grazien kamen auf ihn zu. Träumte oder fantasierte er? Er begann unwillkürlich in sich hineinzulächeln. Ein fataler Fehler, wie sich herausstellen sollte.

Unbeeindruckt von seiner Situation, stolzierten drei Frauen mit High Heels oder Overknees-Stiefel an den Füßen schmunzelnd auf ihn zu. Jede trug eine andere Kleiderfarbe und schob einen kleinen, aus Edelstahl gefertigten Rollwagen vor sich her, der mit einem weißen Tuch abgedeckt war. Er spürte, wie ihn seine unsichtbare Gier nach dem weiblichen Geschlecht ergriff. Sollte so seine Rettung aussehen? Er hätte nach all dem hier, seinen Freunden sicher viel zu berichten, die ihm vermutlich diese Geschichte nie geglaubt hätten. Aber es sollte etwas anders ablaufen, als er es erwartete.

Als die Damen unweit vor ihm zum Stehen kamen, verstummte das Geräusch ihrer kleinen Absätze. Vor jeder der Grazien stand, abgedeckt, der kleine Stahlwagen. Thorsten versuchte sie zu taxieren. Wollten sie ihn retten, hätten sie ihn aus seiner misslichen Lage schon längst befreit. Leger und ungeniert legten sie ihre Hände auf die Hüften, um ihn eindringlich zu betrachten. Wortlos, stumm, ohne jegliche Emotion sahen sie ihn an.

Thorsten verstand die Situation total falsch. Mit ihren Blicken tasteten sie ihn ab. Die Blicke der Frauen verweilten kurz an seiner kleinen, geschrumpelten und für ihn hoch geschätzten nackten Männlichkeit. Thorsten Bundschuh versuchte die Damen nacheinander anzusehen. Alles an weiblichem Reiz, was seine männliche Gier auslöste, war vorhanden. Die große schlanke Dame links von ihm, trug einen nach oben geschlossenen schwarzen Lack- oder Lederdress, der nur ihre blonde lange Mähne und ein Stück ihres üppig gefüllten Dekolletés freigab. Ihr rundliches Gesicht gab bei einem kurzen Lächeln ihre strahlend weißen Zähne preis. Diejenige, die in der Mitte des Trios stand, hatte einen strengeren Blick. Sie trug einen feuerroten, für das Milieu üblichen kurzen ledernen Rock, eine gleichfarbige Jacke und dazu rote Handschuhe. Ihr schwarzes Haar war zur Pagenfrisur geschnitten. Ihre dunklen Augen blickten ihn ohne ein Mienenspiel an. Thorsten begann zu hecheln. Er schien nichts Gutes zu ahnen. Die letzte Lady der drei Amazonen zupfte nervös an ihrer weißen Kleidertracht. Ihr rotes Haar versteckte sie unter einer kleinen weißen Schwesternhaube, die mit einem aufgeklebten kleinen roten Kreuz liebevoll verziert war. Große rote Locken fielen über ihre Schultern. Aufgeregt, wie ein Teenager, zupfte sie an ihrem keck wirkenden, weißen Minirock herum, der aus gefärbtem Latex bestand. Sie schenkte ihm mit einem aufgesetzten Wimpernschlag ein kleines Lächeln.

Nach einem kurzen Moment der Stille schien Bewegung in das Grüppchen zu kommen. Graziös verließ die Blondine in schwarz ihren Platz hinter ihrem Tischchen. Sie stolzierte langsam auf ihn zu, nicht ohne den zuvor entstandenen Blickkontakt mit Thorsten zu verlieren. Überlegen sah sie ihm ins Gesicht. Sie blieb mit gespreizten Beinen vor ihm stehen, sah ihm in die Augen und dann an ihm hinab. Thorsten zappelte, ohne großen Spielraum, wie ein Fisch an der Leine. Unverständliche Worte entluden sich hinter seinem Knebel, denen die Blondine keine Beachtung schenkte. Sie sah ihm in die Augen und strich ihm mit ihren schwarzen Handschuhen fürsorglich an seinen festgezurrten Armen von oben in Richtung seines Halses. Spielerisch griff sie in sein Haar und riss seinen Kopf nach hinten.

Angewidert ließ sie urplötzlich wieder los, starrte ihn an und umrundete ihn. Thorsten versuchte sich zu erinnern. Kannte er die Damen? Wenn ja, woher? Nochmals blieb die Blondine nach einer Umrundung vor ihm stehen, griff in ihre Tasche und zündete sich eine Zigarette an. Sie inhalierte tief und blies ihm den Rauch ins Gesicht. Angewidert von ihm, verzog sie ihr Gesicht und starrte ihn weiter an, als sie die Zigarette zu Boden fallen ließ. Sie sah nach unten und trat den angerauchten Glimmstängel mit ihren spitzen Lackschuhen aus. In diesem Moment, als sie sich nach vorne beugte, erkannte Thorsten auf ihrer linken Brust ein Tattoo, das zuvor von ihrer Kleidung verdeckt wurde. Eine rote Rose. Das Blut raste durch seine Adern. *Zweifel ausgeschlossen*? Sollte es tatsächlich Françoise, die Wirtschafterin aus dem Privatclub sein? Es gab keinen Zweifel, die Rose auf ihrer Brust gab es in ihrer Schönheit kaum mehrmals. Gedanken überschlugen sich. Er versuchte die Erinnerungsfetzen an die letzten Tage hervorzukramen. Nochmals sah die Dame in schwarz ihn an. Scheinbar mitleidig, tätschelte sie seine Wange, während er hinter seiner Trense versuchte ihren Namen keuchend auszusprechen. Langsam drehte sie sich um und ging mit weiblich wippendem Schritt zurück zu den anderen Girls. Hinter ihrem kleinen Wagen tippte sie aufgeregt mit den Fingern auf dem Griffstück herum. Nickend sah sie ihre Kollegin in dem roten Outfit an, die keine zwei Meter neben ihr stand. Wie auf Kommando, nicht ohne ein innerliches Vergnügen, schlenderte sie ihrerseits jetzt auf Thorsten zu. Als sie sich hinter ihm positioniert hatte, zog auch sie ihn an seinen Haaren ruckartig nach hinten und flüsterte ihm ernst und leise kichernd ins Ohr.

»Bist du bereit zu sterben?«

Sie zog von hinten ruckartig an den beiden Schlaufen des Knebels in seinem Mund, der ihn am Sprechen hinderte. Als sie ihn löste, fiel die Trense wie ein Stein aus seinem Mund und kullerte vor ihm über den Boden. Hechelnd, keuchend und hustend rang Thorsten nach Luft.

»Ihr, ihr verfluchten Huren, was habt ihr mit mir vor? Bindet mich sofort los. Wie komme ich hierher? Fahrt zur Hölle ihr Weiber.«

Unterdessen rüttelte er wie besessen an seinen Stricken.

»Ihr Abschaum, wenn ich frei komme, rechne ich mit euch widerlichen Nutten ab«, war der letzte Satz, bevor die Dame mit dem Pagenschnitt, durch ihren wutentbrannten Zorn, mit einem Faustschlag auf den Wagen vor sich, seinem Wortschwall Einhalt gebot.

»Halt die Schnauze und sieh dich lieber mal an. Wer bist du denn? Einer der vorgibt jemand zu sein, der er nicht ist? Oder wieso glaubst du, bist du hier?«

Langsam begriff Thorsten seine ausweglose Situation. Er versuchte es mit der Mitleidstour.

»Wollt ihr Geld? Ich hab genug. Ich gebe es euch, aber bitte befreit mich aus dieser schamlosen Lage.«

Alle drei Damen sahen sich an, bevor die Lady im roten Rock das Wort ergriff.

»So wie du hier rumhängst, nackt und ängstlich mit deiner kleinen Männlichkeit, so möchten wir dich haben.«

Entsetzt blickte er die Frauen an.

»Helft mir bitte, ich habe nichts getan, ich schwöre es, großes Ehrenwort.«

Schallendes Gelächter unter den Frauen brach aus, das mehr Verwirrung als Aufklärung in Thorsten Bundschuhs Verstand brachte. Er kam sich vor, wie ein angehefteter Schmetterling in einer Ausstellungsvitrine. Er versuchte sich wiederholt von den Stricken zu befreien. Zwecklos. Nach einigen Sekunden meldete sich die blonde Dame in Schwarz, die sich als Wortführerin des Trios erwies, zu Wort.

»Erst zu den üblichen Formalitäten.«

Mit einer schnellen Bewegung entfernte sie das weiße Laken, welches über ihrem Rollwagen lag. Zum Vorschein kamen, aufgereiht und fein säuberlich gefaltet, die Kleidungsstücke und Habseligkeiten von Thorsten. Neugierig starrte er auf das Tischchen, das keine vier Meter von ihm entfernt stand. Dahinter, wie bei einer Präsentation, standen ruhig und gelassen die Damen in Hostessenmanie. Er glaubte den Verstand zu verlieren. Die Blonde fuhr fort, als sie zwischen dem ganzen Berg von Habseligkeiten nach seiner Brieftasche griff. Sie holte eine EC-Karte und einen Führerschein hervor. Mit kurzen Schritten ging sie auf ihn zu und verglich die Fotos mit seinem Konterfei. Beruhigt zeigte sie einige Utensilien ihren Kolleginnen.

»Meine Damen, er könnte es sein.«

Mit wippendem Schritt ging sie zurück auf ihre Position hinter das Tischchen. Mit klarem und bestimmendem Tonfall wandte sie sich mit einem Lächeln an Thorsten.

»Sind Sie Thorsten Bundschuh, wohnhaft in Heilbronn Birkenweg zwölf?«

Thorsten, der keinen Plan hatte weshalb und weswegen diese Frage kam, wurde wütend.

»Steht alles in meinem Personalausweis oder kannst du Hexe nicht lesen? Oder sollte ich dich lieber Liebesluder Françoise nennen?«

Giftig, ohne sich aus der Ruhe bringen zu lassen, sah sie über die Tatsache hinweg, dass Thorsten sie erkannt hatte. Es war hier nicht von Wichtigkeit. Wichtig war der Moment, der über Recht und Unrecht entscheidet, gestand sie sich heimlich ein. Sie hob seine Hose, Schuhe und das dunkelblaue Hemd nacheinander in die Höhe.

»Gehören diese Kleidungsstücke Ihnen, Herr Bundschuh? Ja oder nein?«

Abwertend spuckte Thorsten vor Françoise auf den Boden.

»Was soll die dumme Fragerei, klar sind das meine Klamotten. Solch teure Wäsche kannst du dir nicht leisten du Flittchen.«

»Nun Herr Bundschuh, ihre Kleidung ist maßgeschneidert und nicht von der Stange. Aber natürlich nicht so teuer, wie eines Ihrer Pferde. Sie haben doch ein Gestüt Herr Bundschuh, richtig?«

Thorsten hörte Pferde und witterte seine Chance, um vielleicht so, aus der misslichen Lage zu kommen.

»Ja, ich habe ein Gestüt mit sagenhaften schönen Pferden, wenn du mich befreist, schenke ich jeder von euch eines. Ist das ein Angebot?«

Lautes Gelächter schallte durch den Raum. Françoise sprach ihn jetzt leise an.

»Bekommen wir wirklich ein Pferd von Ihnen, Herr Bundschuh?«

Thorsten begann zu schwitzen.

»Natürlich, eine schöne Zuchtstute oder einen prächtigen Hengst. Sucht es euch einfach aus.«

Er versuchte sie davon zu überzeugen ihn loszubinden.

Die bis dahin nicht in Erscheinung getretene, rothaarige Dame in weißer Schwesterntracht, hielt sich vor Lachen die Hände vor den Mund, bevor sie ihn anzischte.

»So ein lausiger Hengst wie du es bist, du Versager?«

Françoise beendete diese kurze Debatte.

»Schluss mit dieser fadenscheinigen Plänkelei, meine Damen«, dabei sah sie ihre beiden Freundinnen kurz an.

»Erinnern wir uns daran, weshalb wir unseren Gast Herrn Bundschuh hierher eingeladen haben!«

Thorsten blickte sich eingeschüchtert um. Eine Einladung sah für ihn anders aus. Er stand schließlich angekettet, nackt und ausgeliefert vor drei entschlossenen Damen. So hatte er sich ein Treffen mit dem weiblichen Geschlecht kaum vorgestellt. Entschlossen trat Françoise einen Schritt zurück, legte das weiße Laken über die Kleidungsstücke und verließ mit ihrem Rollwagen den Raum.

Minutenlang standen die beiden zurückgelassenen Damen, in ihrer roten und weißen Kleidung vor ihren abgedeckten Wagen, den Blick auf Thorsten Bundschuh gerichtet, ohne eine sichtliche Regung erkennen zu lassen. Vereinzelt keimte ein kleines Lächeln in den Gesichtern der beiden bestens geschminkten Damen auf, mehr nicht. Wie angewurzelt standen sie da und beobachten die panischen, aussichtslosen Versuche von Thorsten zu entkommen. Ohne Erfolg bombardierte er jetzt die beiden mit derben Beschimpfungen. Er bettelte, er flehte und fluchte. Nichts dergleichen hatte den gewünschten Erfolg. Als von nebenan Geräusche in die Halle drangen, begann Thorsten zu schreien.

»Hilfe, Hilfe, hier bin ich, die irren Weiber haben mich gefangen genommen. Hier her, hier in der Halle bin ich!«, schrie er unablässig. Nichts geschah. Thorsten senkte den Kopf. War da nicht wieder ein Geräusch, da, wo Françoise verschwunden war. Er lauschte nochmals. Tatsächlich es klang wie….

Mit lautem Quietschen öffnete sich die Tür. Françoise stiefelte mit graziösem Schritt, flankiert von zwei Dobermänner auf die kleine Gruppe zu.

Keine Leine. Mit Worten dirigierte sie die Hunde. Gehorsam schritten die Tiere neben ihr her. An ihrem Platz angekommen kam ein kurzes Kommando von ihr:

»Mars, Pluto sitz!«

Brav folgten die Tiere ihrem Befehl. Sie sah zu Thorsten. Sekunden bevor ein: »Mars und Pluto, sagt Herr Bundschuh brav guten Tag«, von einem Bellen und Knurren, angsteinflößend in Thorsten Bundschuhs

Richtung zu hören war. Unsichtbare Leinen hielten die Tiere zurück und hinderten sie, ihm nicht an die Gurgel zu springen. Unablässig signalisierten sie ihm, dass sie bei entsprechendem Kommando, in ihm Beute sahen. Nach einem lauten: »Back Boys!«, verstummten die Hunde. Sie hatten Respekt und waren von ihrer Herrin gut erzogen worden. Als sie mit ihrem Zeigefinger vor dem Mund ihnen ein stilles Zeichen gab, legten sich die Vierbeiner entspannt links und rechts von ihr hin und bestätigten Gelassenheit.

»Machen wir jetzt bitte weiter, meine Damen und lassen den Herrn nicht warten. Mary, du bist dran.«

Die Dame in der Mitte, die jüngste des Trios, hatte lange auf ihren Auftritt gewartet.

Mary?

Thorsten kramte in seinen Gedanken und sah sich die Schwarzhaarige mit dem Pagenschnitt in ihrem roten Etwas von oben nach unten genauestens an. Nein, er erkannte sie nicht. Wie denn auch, solch resolute Weiber waren ihm ein Gräuel. Er bevorzugte eher den schüchternen Typ von Frau, mit dem er spielen konnte. Seine Spiele, wie er es nannte. Mary wandte sich dem männlichen Gast zu.

»Herr Bundschuh, Sie gehen gerne in den Privatclub, zur Eisenbahn, richtig?«

Er begann dreckig zu grinsen.

»Sie haben letzte Woche, ihren Freunden wiederholt vorgeführt, wie man ihrer Meinung nach mit einer Dame umgeht, richtig?«

Thorsten sah sie an.

»Ich bezahle mehr wie üblich für die Schlampen, dann habe ich das Recht mit ihnen zu spielen!«, schrie er sie an.

»Spielen ja. Aber Sie haben nicht das Recht Sie zu demütigen, zu schlagen oder…«

Sie unterbrach ihre Rede und schlug mit einem Ruck das Laken auf dem Tisch zurück.

»Ihr körperlich Pein oder Schmerzen zuzufügen«, führte sie weiter aus.

»Schlimmer noch. Sie zwangen mich bei Ihrem letzten Besuch dazu, zuzusehen wie Sie meine Kollegin verstümmelten. Und Sie zwangen mich dazu, dabei absonderliche Aufnahmen zu machen. Schon vergessen? Sie sind ein widerliches Schwein.«

Sie zeigte auf übergroße Bildabzüge, die vor ihr auf dem Tischchen zum Vorschein kamen.

»Die Krönung war, Sie hielten nicht inne und ließen von einem ihrer Freunde, mit dessen Handy noch einen kleinen Film anfertigen. Der, wie Sie es damals nannten, eine Trophäe sei. Er sollte den Film ins Netz stellen, richtig? Wir verhinderten dies, zu Ihrem Leidwesen.«

Thorsten rang nach Worte.

»War alles nur Spaß, lasst mich gehen und ich verspreche euch, nichts zu erzählen. Ihr bekommt Geld oder was immer ihr möchtet.«

Mary hob mit einem Seufzer die Fotos in die Höhe.

»Und da sind wir an einem elitären Punkt angelangt. Wir bekommen, was wir möchten und Sie bekommen, was Ihnen zusteht. Alle Fotos hier sind Beweisstücke. Unsere Freundin liegt verletzt, übersät mit unzähligen Messerstichen im Krankenhaus. Dort, lieber Herr Bundschuh, landen Sie auch, aber nur mit viel Glück. Haben Sie Pech, landen Sie auf dem Friedhof. Es liegt an Ihnen.«

Thorsten schluckte. Das war nicht sein Plan, auf solch eine Art und Weise diesen Tag, geschweige sein Leben zu beenden. Fluchend und schreiend attackierte er die Damen wiederholt mit wüsten Beschimpfungen.

»Hier, Herr Bundschuh«, sie hielt dabei das Handy seines Freundes in die Höhe.

»Hier ist alles drauf, möchten Sie es sich ansehen? Sie ließen meine Freundin halbtot liegen. Und mich schlugen Sie danach als Dank mit der Faust ins Gesicht. Auch ich fiel zu Boden und wurde bewusstlos. Erst als Françoise mich bei ihrem Rundgang durch das Haus fand, konnten wir für meine Freundin einen Rettungswagen rufen. Sie, Herr Bundschuh sind in meinen Augen weder ein Freier, noch ein Kunde. Sie sind ein Tier. Und jetzt bezahlen Sie Ihre Schuld.«

Thorsten begann zu wimmern und zu weinen.

»So etwas könnt ihr nicht tun. Es tut mir leid und kommt nicht mehr vor. Lasst mich bitte frei. Bitte, bitte«, kam es reumütig von ihm. Thorsten winselte um sein Leben. Er wusste, wenn die Damen ihr geplantes Vorhaben umsetzen, wäre das der schwärzeste Tag in seinem Leben. Mary legte alles fein säuberlich auf den Rollwagen zurück und bedeckte es mit dem Laken.

Minutenlang blieb die Dame in der weißen Schwesterntracht stumm, bevor sie das Wort ergriff.

»Thorsten Bundschuh, hier wird gezahlt. Auge um Auge wird das geschehen. Unsere Freundin ist von ihrem Krankenlager aus nicht in der Lage dies zu tun. Deshalb sorgen wir für eine schnelle Gerechtigkeit.«

Während sie erzählte, bewegte sich Françoise, die ihren Platz verlassen hatte, mit der Geldbörse und einem Schuh von ihm nach vorne. Sie legte beides vor ihm ab und ging zurück. Er beobachtet verwirrt ihre Aktion.

An ihrem Ausgangspunkt angekommen, stellte sie sich breitbeinig in Position, stemmte die Hände in ihre

Seiten und sah ihre Hunde Mars und Pluto an. Die beiden schien das wenig zu interessieren, sie lagen eher gelangweilt neben ihrer Herrin. Sie ergriff das Wort.

»Herr Bundschuh. Meine Freundin Sylviana, sieht sie in ihrem weißen Kleidchen nicht sexy aus? Dazu kommt noch der Umstand, dass sie den Beruf der Krankenschwester wirklich erlernt hat, ist das nicht toll?«

Thorsten wusste nicht, auf was Françoise in diesem Moment hinaus wollte und lauschte.

»Sie wird es sein, die Ihnen die gleichen Wunden zufügt, wie Sie es bei dem Mädchen in unserem Etablissement taten. Vielleicht ein bisschen mehr, vielleicht ein bisschen weniger. Wenn Sie gut drauf ist, benutzt sie kleine Backsteine, um Sie von Ihrer Männlichkeit zu befreien. Wer weiß? Vielleicht auch nicht, ich überlasse es ihr, wie sie mit Ihnen in diesem Punkt umgeht. Unsere liebe Sylviana wird sie danach auch fachmännisch verarzten, versprochen. Aber nun wird sie Ihnen ein Mittel spritzen, dass Ihr Kurzzeitgedächtnis außer Funktion setzt, wie bei einer OP. Und sofern später, meine nette Kollegin in Stimmung ist, wird sie einen Rettungswagen rufen. Zuvor werfen wir Sie verdreckt und nackt wie Gott Sie schuf auf die Straße. Wir sind ziemlich sicher, dass Sie uns nicht an die Polizei verraten. Denn sonst, Herr Bundschuh, geschieht Folgendes.«

Während sie plauderte, zog Sylviana mit ihren weißen Gummihandschuhen das Laken von ihrem Tischchen. Zum Vorschein kam das Messer, mit dem das Freudenmädchen verletzt wurde, zwei kleine Backsteine, Mullbinden, Verbandsmaterial und eine aufgezogene Spritze. Thorsten stierte wie ein hypnotisiertes Kaninchen die Utensilien auf dem Rollwagen an.

»Nun mein Herr, zeige ich Ihnen, was geschieht, wenn Sie doch zur Polizei gehen. Erstens gehen alle Beweise postwendend zur Kriminalpolizei. Zweitens kommen wir bei Ihnen vorbei und…«

Sie blickte ihre Hunde an und gab ihnen den Befehl.

»Mars, Pluto, da vorne gibt es Essen.«

Wie von Furien getrieben schnellten ihre Leiber nach vorne in die Richtung, wo Thorsten hing. Er sah sich bereits als Fleischmahlzeit der Hunde. Beide Tiere verbissen sich in seinem Schuh und in der vor ihm liegenden Geldbörse. Das Knurren und Bellen der Dobermänner erschallte durch den Raum. Panik überfiel ihn. Mit dem Kommando: »Mars, Pluto zurück«, rief Françoise die beiden Hunde an ihre Seite.

»Haben Sie mich jetzt verstanden, Herr Bundschuh?«

Thorsten Bundschuh ergab sich mit einem Nicken in sein Schicksal, als Sylviana gelassen auf ihn zulief. In der einen Hand die Spritze, in der anderen das Messer, sein Messer. An mehr konnte Thorsten Bundschuh sich nicht erinnern.

Im Krankenhaus fehlten ihm zwei Tage seiner Erinnerung. Wodurch die Amnesie hervorgerufen wurde, blieb den Ärzten ein Rätsel. Aber die tiefen Schnittwunden in seinem Gesicht und auf seinem Körper behielt er sein Leben lang.

Sechs Monate später.

Als er wieder einmal den Privatclub besuchte und an Françoise freundlich grüßend vorbeischlendert, konnte er sich nicht an sie erinnern.

Würde er nochmals so mit einer Frau umgehen, oder würde schlimmeres geschehen?

Eines war sicher, mit seinem, mit Narben überzogenen und verunstalteten Körper hatte er einen hohen Preis für seine Arroganz bezahlt.

Auszeit

Mit angepasster Geschwindigkeit fuhr das Beamtentrio, der Landesstraße 1103 folgend, in Richtung Güglingen. Pfaffenhofen, Zaberfeld und wenige Kilometer weiter erschien das Gemeindeschild von Ochsenburg. John bremste leicht am Ortseingang ab.

Büchele zeigte auf ein weißes Straßenschild. »Aussiedlerhof Schritzklinge nach vier Kilometer rechts.« Keine fünf Minuten entfernt befand sich das gesuchte Anwesen.

Links lagen Stallungen und auf der rechten Seite stand ein passables, einstöckiges Wohnhaus mit Blumenkästen voller Geranien und Petunien vor den Fenstern.

Zeitgleich, als der Wagen stoppte, öffneten alle Insassen des Dienstwagens die Türen und stiegen aus. Weirich schmunzelte in Bücheles Richtung.

»Wir sind am Ziel, hier sollte Albert Pfoh wohnen. Sehen wir nach, ob jemand zu Hause ist.«

Max folgte John in Richtung Wohnhaus, während Kommissar Büchele sich umsah. Gelassen folgte er den beiden. John suchte die Klingel, dabei deutete er auf einen seltsamen Knopf, der aus der Wand hervorragte.

»Jetzt drücke auf das verdammte Klingelknöpfle und lass uns nicht warten«, kam es von seinem Chef. John drückte den Klingelknopf. Keiner war zu sehen, aber der Schlüssel steckte im Schloss. Gehalten von einem Stahlring baumelte ein kleiner Affe aus Porzellan an seinem Ende. Erneut drückte John auf den kleinen elfenbeinfarbenen Knopf. Nichts geschah. Weder die Tür ging auf, noch meldete sich jemand von drinnen. John sah Büchele an.

»Sollen wir reingehen? Der Schlüssel steckt.«

Büchele zog die Augenbrauen nach oben.

»Wir sind nicht dienstlich hier, rein privat und Gefahr ist nicht im Verzug. Somit dürfen wir unaufgefordert nicht reingehen.«

Dies verstand John Weirich. Er begann laut zu rufen.

»Hallo, jemand da? Wir sind von der Heilbronner Kriminalpolizei. Sie hatten uns angerufen!«

Niemand antwortete ihm.

»Lasst uns zu den Stallungen gehen, vermutlich ist da jemand. Wenn hier auf dem Land der Haustürschlüssel steckt, ist jemand auf dem Gelände.«

Zeitgleich ging gegenüber die Schiebetür des Stalls auf. In einem viel zu großen blauen Overall, grünen Gummistiefeln, einer Hochsteckfrisur und mit ölverschmiertem Gesicht, kam jemand auf die Beamten zu.

Möglicherweise hatte derjenige das Rufen gehört.

Büchele taxierte die Person. Eine Frau, um die Dreißig. Mit einem wuchtigen, riesigen Schraubenschlüssel in ihren Händen, der nicht für ihre zarten Handflächen geschaffen schien, stand sie demonstrativ, mit leicht gespreizten Beinen im Eingang der Halle.

»Was wollen Sie auf unserem Anwesen? Wer sind Sie?«

Verdutzt sahen Krüger und Weirich zu Büchele hinüber, der etwas abseits stand. Während die junge Frau die Tür der Stallung, unbeeindruckt von den Herren, weiter aufschob. Hatte man Vieh in dem Gebäude erwartet, so kamen jetzt mehrere Maschinen zum Vorschein. Landwirtschaftliches Gerät der neuesten Bauart. Anhänger, Traktoren mit angebrachten Vorrichtungen und ein großer Mähdrescher, an dem die Dame scheinbar herumhantiert hatte. Eine Werkzeugkiste stand neben der Leiter zur Fahrerkabine. Büchele, der schon einiges von weiblichen Hilfskräften auf einem bäuerlichen Anwesen gehört hatte, sammelte seine Gedanken zusammen und sprach sie an.

Seine Höflichkeit gebot es, mit dem Anheben des Hutes ihr den gebührenden Respekt entgegenzubringen.

»Entschuldigung für die Störung, meine Dame. Im Heilbronner Dezernat hatte uns eine Frau Heike Pfoh angerufen und Kommissar Franz Büchele verlangt. Mein Name ist Franz Büchele, und wer sind Sie? Die Mechanikerin auf dem Hof, vermute ich?«

Die junge Dame musste lächeln. Als sie sich gelassen die verschmierten Hände an einem Lappen abgewischt hatte, ging sie auf Kommissar Büchele zu. Man merkte ihr die sichtliche Erleichterung über Kommissar Bücheles Erscheinen an.

»Mein Name ist Heike Pfoh, ich bin die Tochter von Albert Pfoh. Willkommen Herr Büchele. Mein Papa hat viel von Ihnen erzählt. Gehen wir ins Haus?«

Franz nickte. Schnell hatte er ihr seine Kollegen Krüger und Weirich vorgestellt, ehe es in Richtung Wohnhaus ging.

Krüger und Weirich kamen ihnen nach, nachdem sie die Halle in Augenschein genommen hatten.

»Schließen Sie bitte die Tür der Halle, sonst bekommt das Werkzeug noch Beine.«

Weirich gehorchte und kontrollierte die Schiebetür, obwohl er den gesprochenen Satz von Frau Pfoh nicht sinngemäß verstand. Franz Büchele und Heike Pfoh warteten, bis die beiden Kollegen zu ihnen über den Hof kamen. Heike streifte gekonnt ihre grünen Gummistiefel von den Beinen, ehe sie das Haus betraten. Sie drehte den Schlüssel im Schloss.

»Oma Elsbeth, wir haben Besuch!«

Naseweis steckte eine alte Dame, in zu großen Schuhen an ihren kleinen Beinen, ihren Kopf aus der Küche.

»Oma Elsbeth, machsch du uns en Kaffee und unterhälsch unsre Gäscht von der Kripo bis ich do bin? Ich muss aus den stinkenden Klamotten raus. Bin kurz unter der Dusche, ok?«

Wortlos nickte Oma Elsbeth.

Krüger, Weirich und Büchele nahmen, nach Oma Elsbeths Aufforderung, am Esstisch Platz. Es schien wie bei ihnen zu Hause zu sein. Oma Elsbeth, eine ältere Erscheinung, hatte es faustdick hinter den Ohren. Jeder im Raum vermied den Blickkontakt mit ihren kleinen Kulleräuglein, die einen verräterisch in ihren Bann schlugen.

Keine 15 Minuten später meldete sich Heike Pfoh in Jeans und Bluse aus dem Bad zurück. Als sie die Kaffeesahne aus dem Kühlschrank nahm und sich zu den Beamten setzte, kam es eher trocken als überrascht von ihr.

»Hat ja lange genug gedauert, bevor sich Herr Büchele zu uns auf den Hof getraut hat. Muss man erst sterben, um von der Polizei ernst genommen zu werden? Oder bedarf es einer Leiche, damit das Morddezernat in die Puschen kommt?«

Franz suchte nach Worte, die viel zu deplatziert gewesen wären. Er rückte seinen Strohhut nervös vor und zurück.

»Herrschaftszeiten aber au, Frau Pfoh. Ich habe Ihren Vater…«, weiter kam Büchele mit seinen Ausführungen nicht.

»Nix Frau Pfoh, Heike bitte«, warf Heike Pfoh gekonnt ein.

»Au recht«, versuchte Franz Büchele erneut seinen Satz weiter auszuführen.

»Ihren Vater habe ich zum letzten Mal auf dem Abschlussfest im Gymnasium gesehen. Und das war's. Was habe ich mit deinem Vater zu tun? Mit einem Schulkollegen, den ich über 40 Jahre nicht gesehen habe?«

Unruhig nippte Heike an ihrem Kaffee, während Krüger vom Nusskuchen auf dem Tisch kostete.

»Herr Büchele, ich kann es Ihnen nicht erklären. Mein Papa hat gesagt, wenn mit mir einmal was Außerge-wöhnliches geschieht. Und ich nehme mal an, sein Ver-schwinden ist ein Zustand von Außergewöhnlichem, dann verständige Franz Büchele aus meiner alten Gymnasium-Klasse. Und das habe ich getan, Herr Kommissar.«

Jetzt wurde Büchele sichtlich unruhig.

»Wieso mich?«

Heike sah ihn schulterzuckend an.

»Keine Ahnung, Herr Büchele. Mein Papa ist ein Ordnungsmensch. Sehen Sie sich um. Papa war zwar seit Mamas Tod viel mit uns Kinder und Oma Elsbeth allein. Dennoch, als wir unsere Wege gingen, studierten und in anderen Landesteilen heimisch wurden, haben wir nie vergessen woher wir kommen. Wir telefonierten jede Woche oder chatteten über den Computer mitei-nander. Ich halte, wie früher, seinen Fuhrpark am Laufen. Und mein Bruder Lars hilft zur Erntezeit auf Papas Hof. Wenn nötig, kommen auch unsere Ehepartner aus Füssen und wir helfen gemeinsam. Wir führen jetzt in Füssen im Allgäu ein kleines Verpackungsunternehmen. Nichts Großes. Das ist unser Leben, und wir sind flexibel. Papa wollte ja immer einen Enkel, nur die Arbeit lässt es nicht zu, zumindest jetzt noch nicht.«

Heike begann zu lächeln.

»So war es jedes Jahr. Nur diesmal ist es anders. Papa ging mit der Nachbarin weg und ich vermute, er war auf der Suche nach einer Frau für den Hof. Ich hörte es aus unseren Gesprächen heraus, wenn wir telefonierten. Mehr kann ich nicht dazu sagen.«

Krüger aß unbemerkt sein viertes Stück Nusskuchen, als er durch leises Schlürfen an der Kaffeetasse mit dicken Backen auf sich aufmerksam machte. Oma Elsbeth sah ihn an.

»Schmeckt's?«

Ertappt nickte Max verstohlen in die Runde. Mit den Fingern tippte Heike entschlossen auf den Tisch.

»Hier im Schwäbischen, verschwindet kein Bauer wortlos für fünf Tage.«

Jetzt lag alles an Büchele.

»Vermutlich braucht er eine Auszeit. Hat er was mitgenommen?«

Heike zucke ratlos mit den Achseln.

»Keine Ahnung. Ich wohne nicht hier. Und aufgefallen ist mir spontan nichts. Erst als Oma Elsbeth mich anrief, um mir am Telefon von Papas Verschwinden zu berichten, kam ich vorzeitig hier vorbei. Fragen Sie Oma. Sie kennt ihren Sohn am besten.«

Alle Blicke wanderten zu dem kleinen Persönchen, das sich unscheinbar am Herd zu schaffen machte.

»Frau Elsbeth Pfoh, können Sie uns weiterhelfen?«, kam es verhalten von Kommissar Büchele. Er wollte sich lieber nicht von dem Stuhl erheben, auf dem er gut und angenehm saß. John versuchte es auf nordisch diplomatische Art und rückte näher an sie heran. Als die nicht gerade redselige Dame sich zu ihm wandte, begann er ein unverfängliches Gespräch in geschwollenem Hochdeutsch.

»Liebe Dame des Hauses Pfoh. Ist es Ihnen möglich uns mitzuteilen, wie Sie das Verschwinden, oder die Absicht des Untertauchens Ihres Sohnes Albert bemerkt haben?«

John Weirich lächelte die Dame an die sich langsam neben ihn setzte. Sie sah ihm verwirrt ins Gesicht und suchte sichtlich nach Hilfe. Krüger, der die letzten Happen Kuchen soeben im Inneren seines Mundes verschwinden ließ, sah sie ahnungslos an. Mit einem Blick an Büchele, ging die zu erwartende Frage an den Kommissar.

»Herr Kommissar, was hat der Schofseggl äbbe abglasse, i han no ned e mole eu Wördle von dem verstande, was der moint. Spricht der en ausländische Akzent? Oder han is net richtig kehrt, des gschwollene Geschwafel. Na ja, mei Öhrle sin au nemme die Beschte, verstesch du mi Bub?«

»Ja freile versteh ich Sie, glasklar wie Quellewasser aus'em Schwarzwald.«

Franz sah die ältere Dame dabei verständnisvoll an.

»Jetzetle, verzehle Se mol. Was isch Ihnen die letscht Zeit ufgfalle? Oder war alles wie jeden Dag, geht's au für die Reigschmeckte e bisse deitsch?«

Oma Elsbeth rutschte, auf ihrem Platz hin und her.

»Alleweil war nix mehr mim Albert los. Der ging mit Nachbars Karin vom Schlemmerhof zum Boccia spielen, auf den Hartplatz nach Großgartach. Und abends war er viel unterwegs. Der Bleedl hat einen Yoga-Kurs an der Volkshochschul besucht. So ein Schwachsinn, in seinem Alter noch Yoga zu mache.«

Elsbeth Pfoh schüttelte verständnislos mit dem Kopf.

Büchele konnte sich keinen Reim auf die Sache machen. Ein Landwirt, der sich auf Freiersfüße bewegte, verschwand sang und klanglos, obwohl die Getreideernte anstand. Der sich zudem nicht mal den Kindern oder der Mutter anvertraut hatte, wohin er geht oder wie lange er weg sein würde? Höchst seltsam.

»Jetzt mal objektiv und sachlich die Sache betrachtet. Albert Pfoh, ein redlicher Mann, der seinen angestammten Gewohnheiten nachging bis zu dem Tag...«

Oma Elsbeth unterbrach ihn.

»Bis letscht Woch, em Dinnschdichmittag, nach em Mittagessen, es gab Feldhas mit Soß und Kartoffelpüree. Do hat er gsagt, er hätt eu neues Mädle gfunde. So ein neudeutsches Wort hat er benutzt. Warte Se, ich hann's glei.... Swar eu Date, ja genau, so hat er gsagt, er hätt e Date, wie sie des jetzt nenne, die feine Herrschaft.«

Elsbeth zeigte auf einen Laptop, der in der angrenzenden Stube stand. Heike mischte sich jetzt ein, ohne ihre Oma zu übergehen.

»Es stimmt, Herr Büchele, mein Vater interessierte sich für die neuen Medien. Er war kein dummer Bauer, wie von den Leuten behauptet wird. Mein Vater war gebildet und bildete sich ständig weiter. Klar, ich habe ihn dazu ermutigt. Und über die Webcam in seinem Laptop konnten wir uns jede Woche unterhalten. Aber am besagten Tag war es anders. Oma hatte sich Sorgen gemacht und rief mich am Mittwoch an. Sein Handy war weg. Einfach vom Tisch in der Wohnstube verschwunden, wie Oma Elsbeth mir berichtete. Und, dass mein Vater einen Tag darauf noch nicht daheim war, machte mir Angst. Noch nie war Vater ohne ein Wort gegangen. Und dann habe ich letzte Woche bei Ihnen auf der Dienststelle angerufen. Irgendeiner hat gesagt, Sie wären auf Kur. So ein Schwachsinn, Sie stehen doch hier.«

»Fräulein Pfoh, zur Info, ich war zur Kur. Jetzt bin ich hier. Genügt es Ihnen?«

Büchele versuchte zu kombinieren.

»Fehlt etwas, oder ist etwas anders im Haus?«

Heike Pfoh ging in ihres Vaters Arbeitszimmer. Weirich folgte ihr. Sie sah sich um. Aufgeklappt stand sein Laptop auf dem Schreibtisch. Daneben lag ein in die Jahre gekommener Schreibblock einer Böckinger Arztpraxis. Weirich las die Adresse. Als er das oberste, unbeschriebene Blatt abriss und gegen das Licht hielt, kam eine Nummer zum Vorschein. Er griff sich einen Bleistift aus einem kleinen Behältnis, das für Stifte jeglicher Couleur auf dem Tisch stand, rieb mit der seitlichen Fläche des Stiftes über die unsichtbaren Zeichen und siehe da, langsam gab das Blatt sein unsichtbares Geheimnis preis. John Weirich legte den Stift zurück und ging mit dem Zettel zu Büchele. Wortlos übergab er ihn seinem Chef. Verwundert sah Büchele auf das abgerissene Blatt Papier. War es doch der Briefkopf seines eigenen, wie er bemerkte, fachlich exquisiten HNO-Arztes Dr. Thomas Buckelmann. Kein Zweifel, eine Handynummer kam durch Johns Rubbelmethode zum Vorschein. Wortlos steckte Büchele den Zettel in seine Hosentasche.

»Herr Büchele, kommen Sie mal bitte.«

Es hörte sich eilig an, was Franz aus dem Arbeitszimmer vernahm, in dem Heike stand. Schnell stand er neben ihr.

»Was gibt's? Ist Ihnen was eingefallen?«

Er sah sie an. Als ob sie einen Geist gesehen hätte, deutete sie auf einen Stapel sortierter Tageszeitungen. Büchele nahm die vor ihm auf dem Tisch

43

aufgeschlagene Zeitung in die Hand und studierte die Seite. Er konnte nichts Auffälliges bemerken. Nichts stach ihm ins Auge. Werbung war am oberen rechten Rand zu sehen. Tagesreisen nach Altötting zur Lichterprozession standen auf dem Programm. Franz suchte das Tagesdatum. Er fand eines von vorletzter Woche. Büchele konnte sich noch so sehr bemühen etwas zu entdecken, was Heikes Aufschrei rechtfertigte.

»Hab ich was übersehen?«, fragte Büchele bei Fräulein Pfoh nach.

Unwirsch riss sie ihm die Zeitung aus der Hand. Aufgeregt hantierte sie damit herum und blätterte die Seiten schnell hin und her. Mit einem übertrieben deutlichen Schlag auf das Zeitungsblatt, wies sie auf eine mit Rotstift markierte und eingerahmte Beschreibung hin. Darüber stand groß, mit Alberts Handschrift und doppelt unterstrichen, Dienstag nicht vergessen! Büchele las die mehrmals eingekreiste Werbeannonce laut vor:

»Jetzt wird der Sommer heiß. Erste Blind-Date Party. Drittes Speeddating und die fünfte Kuschelparty in Heilbronn. Beliebt ist das Speeddating, oder Powerdating, wie es auch genannt wird. Dies bedeutet, es finden sich die gleiche Anzahl männlicher und weiblicher Singles ein. Sie haben eine begrenzte Gesprächszeit, ehe ihr Gegenüber auf ein Zeichen des Moderators, zum nächsten Gast wechselt. Nach diesem kurzen Kennenlernen können die Teilnehmer entscheiden, mit welchem Dialogpartner sie sich ausführlicher unterhalten möchten. Dieser Trend kommt aus den USA zu uns nach Heilbronn. Hier treffen sich zwanglos Leute in bequemer Kleidung. Es liegt an Ihnen, vielleicht so den Partner ihres Lebens kennenzulernen. Machen Sie mit, ab 29.- Euro sind Sie dabei. Anmeldungen nur unter der Buchungsnummer 6654298 beim Veranstalter Speeddating GmbH.«

Büchele warf die Tageszeitung zurück auf den Tisch.

»So ein Blödsinn, das macht kein normaler Mensch, oder?«

Jeder sah ihn an. Max Krüger, der am ehesten die Gedankengänge seines Freundes, Chefs und Partners kannte, holte tief Luft und ergriff das Wort.

»Franz, sieh es so. Mancher von uns ist nicht wie du ausgestattet. Ich meine, mit so viel Hirn und Wissen. Nicht jeder beherrscht die Wahl eines guten Outfits, so gut wie du.«

Büchele sah bei diesen Worten an sich herab, während er peinlich berührt an seinem Hut herumspielte und den Worten seines Freundes Glauben schenkte, die noch weiter gingen.

»Kaum einer der Dating Besucher hat so eine fesche Dame, wie du deine Brigitte, oder ich meine Babsi. Und deswegen gibt es diese Speeddatingpartys. Jeder hat den ganzen Tag Stress in seinem Job. Die Leute haben keine Zeit mehr und suchen Fun, Spaß, etwas Liebe und Anerkennung. Kann ich verstehen. Franz, du nicht?«

Büchele schüttelte den Kopf, er verstand die Welt nicht mehr.

»Für einen Abend Spaß zahlen die Leute Geld?«

Jetzt zog er symbolisch angedacht, mit dem rechten Zeigefinger kleine kreisende Bewegungen an seiner Schläfe.

»Sind die alle Blemmblemm im Kopf? Da geh ich lieber zum Stammtisch und unterhalte mich mit meinen Freunden.«

John blickte ihn an.

»Franz, du kannst dich glücklich schätzen. Du hast Freunde und davon nicht wenige. Aber viele Menschen da draußen sind Singles und allein.«

»Ha no, jetzt wird's Tag. Ich bin Single, mache ich deswegen so einen Aufriss?«

Er fühlte sich in die Enge gedrängt und versuchte abschweifend die Situation vom dienstlichen Aspekt zu beleuchten, dabei wandte er sich Alberts Tochter zu.

»Dürfen wir das Gerät mitnehmen, Fräulein Pfoh?«

Heike nahm den Laptop vom Tisch und reichte ihn samt Akku an John weiter. Es musste ein stiller Protest gewesen sein, sonst hätte sie den Laptop direkt an Kommissar Büchele weitergegeben. Schlurfend kam Oma Elsbeth aus der Küche.

»Es fehlt was, Herr Kriminaler. Dem Albert sei' Fahrrad und sein blauer Rucksack sind weg. Es ist ein grasgrünes Herrefahrrädle, nicht so ein modern's wie die junge Leut heidzdag hen. Stinknormal ebbe, Herr Kommissar.«

Büchele nickte und notierte es in seinem kleinen Notizbüchlein. Franz machte nochmals eine Runde durch das Haus und prüfte, ob seinem Scharfsinn etwas entgangen war. Er bat Heike in den nächsten Tagen auf das Heilbronner Polizeipräsidium zu kommen um eine Vermisstenanzeige aufzugeben.

»Bringen Sie am besten ein Foto von ihm mit, dann nimmt alles seinen geregelten Gang, denn offiziell bin ich heute nur als Freund meines Schulkollegen da.«

Kommissar Büchele zwinkerte ihr zu. Missmutig über die jetzt scheinbar aussichtslose Lage, nickte sie störrisch zurück.

»Sie finden meinen Papa, oder?«

Büchele wusste, ein Mensch verschwindet nicht so einfach mir nichts dir nichts. Entweder er wollte verschwinden oder es lag ein Verbrechen vor. Das alles und die weiteren Folgen wollte er Heike ersparen und antworte diplomatisch.

»Wir tun, was wir können. Ich verspreche es.«

Langsam gingen sie aus der Haustüre. Eine bedrückende Stille herrschte, bevor die Beamten sich mit einem Handschlag von den Damen verabschiedeten.

Als sie den unweit abgestellten Dienstwagen erreicht hatten, sahen sich die Beamten um. Büchele hielt inne, bevor er in den Wagen stieg und winkte Heike nochmals zu sich.

Schnellen Schrittes eilte sie auf den Wagen der Beamten zu. Als sie außer Atem vor ihm stand, wartete Kommissar Büchele einen Moment.

»Fräulein Heike.«

Er zeigte mit seinem Arm zum Rande der Scheune, die sich neben der Halle befand.

»Ist das da drüben zwischen den Gebäuden, das Fahrzeug mit den Kennzeichen JH 1959, das Auto von Albert?«

»Yepp, ist es, Herr Büchele. Ein Jahreswagen, ein W203 Diesel in typischem Silber. Nicht mal zehntausend Kilometer gefahren. Eine Schande, wenn Sie mich fragen. Und mein Vater fährt mit dem Fahrrad weg und verschwindet. Er wollte nie den reichen Bauern raushängen lassen, schon deshalb nahm er oft das Rad, wenn er aufs Feld fuhr.«

Büchele schien die Antwort plausibel. Bevor John das Fahrzeug anließ, kritzelte er kleine Sätze in sein altes Notizbüchlein.

Nachdem das Trio im Dienstwagen die staubige Zufahrtsstraße zum Aussiedlerhof in Richtung Heimat verlassen hatte, zeigte Büchele kurz auf ein weißes

Straßenschild, das mit schwarzen Buchstaben beklebt war.

»Hier dem Schild nach«, maulte Franz seinen jungen Kollegen hinter dem Steuer an. Verdutzt ohne sich eine Bemerkung zu erlauben, folgte John Weirich Bücheles Anweisung.

»Hier da, links rein zum Schlemmerhof. Wenn wir schon hier sind, besuchen wir Alberts Bocciafreundin Karin Schlemmer. Oder nicht?«

Keiner, weder John noch Max, wagten es ihm zu widersprechen.

Bauerntrumpf

Kommissar Büchele sah kurz auf seine Armbanduhr, als er seinen Notizblock aus seiner Brusttasche zog. Er blätterte darin herum, ohne zu wissen, wonach er suchte. Ein kurzer Blick auf die gekritzelten Sätze genügte und er ließ ihn wieder verschwinden. Weirich, der am Steuer saß, stoppte das Fahrzeug in respektablem Abstand vor dem Aussiedlerhof. Auf der Wiese tummelten sich hinter einem angelegten Holzgatter prachtvolle Pferde.

»Aussteigen meine Herren, den Rest laufen wir.« Mit einer kurzen Drehung und einem kleinen Seufzer verließ Büchele als erster den Wagen. Franz rückte seinen Strohhut zurecht und öffnete gleichzeitig die obersten Knöpfe an seinem leichten Sommerhemd.

Ohne eine weitere Diskussion folgten beide Schwaben ihrem norddeutschen Kollegen, der von den Pferden in der Koppel so begeistert war, so dass er vorauseilte um am Gatter eines der Pferde liebevoll den Hals zu tätscheln.

»John, hast du einen neuen Freund gefunden?«, bemerkte Franz, der nicht viel für große Tiere übrig hat.

»Im Norden haben wir auch einige Gestüte. Eines davon war in der Nachbarschaft meiner Eltern.«

Sein ganzes Gesicht strahlte dabei wie ein aufgehender Mond. Büchele schüttelte den Kopf.

»Pferdle sinn nix für mi, die sinn mir zu groß. Wem's gfällt, in Gotts Name, der soll mit den Viechern glücklich werde. Jetzt aber weiter Männer, mir müsse zum Schlemmerhof.«

John Weirich verabschiedete sich wehmütig von dem Vierbeiner und ging die wenigen Schritte mit seinen Kollegen auf die Einfahrt des Aussiedlerhofes zu. Über dem Toreingang hatte jemand liebevoll das Wort

»Pferdegestüt Schlemmerhof« mit kleinen Holzlatten angebracht.

Im Hof herrschte reges Treiben. Wiehernd streckten Pferde neugierig ihre Köpfe aus ihren Boxen, als sie die Fremden erblickten. Luxuswagen standen auf dem weiträumig angelegten Besucherparkplatz. Überall standen aufgeregt Eltern neben ihren Sprösslingen die sie zum Reiten brachten. Sie halfen die Pferde zu satteln oder zogen den Sprösslingen ihre Reiterkleidung an.

Ferien auf dem Reiterhof waren der Renner der Saison.

Gegenüber der Stallung, saß auf einem Strohballen eine Dame in Reiterhosen und Stiefel. Mit einem Apfel in ihren Händen, von dem sie in diesem Moment herzhaft abbiss, genoss sie sichtlich das bunte Treiben.

»Kann ich Ihnen behilflich sein, meine Herren?«

Büchele, gefolgt von den anderen, ging einige Schritte auf die Dame zu, bevor er ihr antwortete.

»Wir suchen eine Karin Schlemmer, kennen Sie die Dame?«

Wiederholt biss die Dame unbeeindruckt von Bücheles Frage von ihrem Apfel ab.

»Wer will das wissen?«, war ihre kurz gehaltene Antwort, bevor sie sich vom Strohballen erhob, um das verbliebene Apfelstück mit einem gezielten Wurf in eine der zahlreichen Pferdeboxen zu befördern.

»Sorry, ich vergaß mich vorzustellen«, versuchte Franz in klar verständlichem Hochdeutsch, der Dame die Situation zu erklären. Er streckte die Hand nach ihr aus und stellte sich vor. Nicht ohne ihr seinen Dienstausweis für einen Moment vor die Nase zu halten. »Mein Name ist Franz Büchele von der Kripo Heilbronn, und dies hier sind meine Kollegen Krüger und Weirich.«

Bewusst vermied er das Wort Mordkommission, um keine unnötigen Fragen aufkommen zu lassen.

»Karin Schlemmer, ich bin Karin Schlemmer. Was kann ich für Sie tun, meine Herren?«, dabei blinzelte sie John keck zu. Krüger der neben Weirich stand hatte das bemerkt und es als anzüglich eingestuft. Er konterte mit einer abweisenden Handbewegung, kurz und trocken, obwohl das Blinzeln nicht ihm galt.

»Herr Weirich ist vergeben, junge Frau.«

Die Dame schien weder beeindruckt, noch auf den Kopf gefallen zu sein. Sie wandte sich jetzt ihrerseits Krüger, dem Kleinsten in der Runde zu.

»Kann sein, Herr Inspektor. Es ist ein Grund, für was auch immer, aber kein Hindernis.«

Auch diesmal blinzelte sie, aber es galt eindeutig Max Krüger. Franz versuchte die prekäre Situation zu regeln, indem er das Wort ergriff.

»Frau Schlemmer, kennen Sie Herrn Albert Pfoh?«

Sie sah den Beamten unverständlich an.

»Klaro kenne ich Albert, wir spielen jeden Montag Boccia miteinander und haben schon viel zusammen erlebt. Wieso? Ist was passiert? Oder weshalb fragen Sie nach ihm? Was mich betrifft, ich habe ihn am letzten Montag zum Bocciaspiel mitgenommen. Später waren wir alle…«

Sie überlegte kurz und griff sich an die Finger um aufzuzählen.

»Da war Albert, meine Wenigkeit, Rudi und seine Tanja, Jens und Maike und das Ehepaar Lupsch, sowie Karsten mit seinem Freund Jens. Stimmt, wir waren noch nach dem Spiel, so bis gegen 22 Uhr zum Essen im Waldheim. Welches ich Ihnen wärmstens empfehlen kann, wirklich ein kulinarischer Genuss!«

Büchele bestätigte das durch ein Kopfnicken. Sie holte Luft, bevor sie mit ihrem kleinen Schmollmund, Kriminalhauptkommissar Büchele ein kurzes Lächeln schenkte.

»Anschließend habe ich Albert nach Heilbronn gefahren. Er wollte sich irgendwelche Tickets besorgen.«

Nach einer kleinen Pause, in der Karin Schlemmer den Abend Revue passieren ließ, fiel ihr noch etwas ein, was sie eher als harmlos bewertet hatte.

»Ich hatte ihn vor Jahren, lange nachdem seine Eva verstarb, gefragt ob er sich mit mir eine Beziehung vorstellen könne. Mein Hof warf genug Geld ab, ich kam mit seiner Tochter Heike bestens aus und war auf niemanden angewiesen. Was lag da näher, als der Gedanke an eine Partnerschaft? Aber er vertröstete mich und so wurde nichts daraus. Albert und ich verstanden uns auch ohne eine Partnerschaft blendend. Eine feste Beziehung war damals nichts für ihn. Wir blieben gute Freunde. Was mir jedoch in der letzten Zeit auffiel, war…«

Jetzt zeigte Karin Schlemmer mit einer kurzen Handbewegung auf ihr Handgelenk.

»Ja, jetzt fällt es mir ein.«

Verdutzt sahen sie alle an. Büchele hakte nach.

»Und das wäre was?«

Karin begann unverständlich für alle zu lachen.

»Albert trug seit neustem so komische Bändchen. Solche, die man bei einem Konzertbesuch bekommt.«

Sie stoppte kurz ihren Redefluss und dachte nach.

»Nein, Herr Büchele.«

Sie begann leise vor sich hin zu kichern.

»Da waren, so meine Vermutung, auch Eintrittsbanderolen von Speeddatingpartys und Blind-

Date-Partys dabei. Genaueres weiß ich aber nicht. Ich weiß nicht wo er war, aber es müssen solche Treffen gewesen sein, da bin ich mir fast sicher. Deshalb erwähnte ich es auch nie ihm gegenüber, vielleicht wäre es ihm peinlich gewesen. Ist mir vorher nie wirklich aufgefallen. Nur eines fiel mir ins Auge. Es stand eine Zahl drauf. Eine sechzig. Sein Geburtsjahr war 1960. Ich sinnierte nie darüber. Aber wenn ich jetzt darüber nachdenke, war es von solch einer Party, die Präsente für Geburtstagsgäste vergab. Verstehen Sie mich nicht falsch, meine Herren. Ich war letztes Jahr, bei drei solcher Treffen. Reine Abzocke, wenn Sie mich fragen. Entweder sind da aufgetakelte junge Damen aus den angrenzenden europäischen Staaten, die einen betuchten Mann suchen. Oder die Boys suchen was zum...«

Sie machte eine typische Handbewegung.

»… Sie wissen, was ich meine?«

Sie zog mit dem Finger ihr unteres Augenlid nach unten, machte einen Schritt auf den Kommissar zu und sah Büchele in die Augen als sie ihre Andeutung weiter ausführte.

»Oder die Damen und Herren sind scheintot. Nichts für mich, meine Herren. Ich suche jemanden, der noch knackig ist und lange Zeit mit mir verbringt. Und das nicht nur am Tisch zum Frühstück. Bei mir muss was gehen. Verstehen Sie?«

Jeder nickte, aber keiner verstand wirklich was Karin Schlemmer meinte.

»Aber, es gibt auch Normalos, die ihr Leben ändern möchten. Aber die sind eher selten. Was soll ich sagen. Jetzt bin ich wohl abgeschweift. Nun meine Herren weiter im Text. Albert und ich wollten uns am nächsten Morgen bei der Weingenossenschaft treffen. Ich schrieb ihm damals noch auf dem Heimweg eine SMS.«

Sie fischte ihr Handy aus der Hosentasche und suchte die entsprechende SMS und hielt sie dann Büchele vor die Nase. Keine fünf Sekunden, ohne dass Büchele die Nachricht lesen konnte, zog sie das Gerät zurück.

»Hier seine Antwort. Habe morgen früh keine Zeit. Treffe mich mit jemandem. Ich habe ihn nochmals angeschrieben, als ich zuhause war. Hier bitte.«

Wiederholt huschte ihr Zeigefinger über den Touchscreen ihres Handys.

»Diese SMS ist nie von ihm geöffnet worden. Ich machte mir keinen Kopf, kommt ja vor, dass kein Empfang besteht. Und ich vergaß es. Er hatte wohl einen Termin.«

Sie zuckte unschuldig mit den Schultern.

»Wissen Sie, wo Albert, ein Dingsda, ein Speeddate hatte?«

Karin begann zu grinsen.

»Herr Büchele, woher soll ich das wissen. Ich bin weder seine Mama, noch seine Aufpasserin. Tut mir leid. Versuchen Sie es in den Tageszeitungen oder im Internet. Möglichkeiten gibt es viele.«

Missmutig nickte Büchele.

»Das war's auch schon, danke für die Informationen, Frau Schlemmer.«

Er verabschiedete sich freundlich von der Dame, nicht ohne ihr seine Visitenkarte mit der üblichen Bemerkung in die Hand zu drücken.

»Man weiß ja nie. Vielleicht fällt Ihnen was ein, auch wenn es noch so unspektakulär ist. Wir haben immer ein offenes Ohr für die Bürger.«

Daraufhin zog er seinen Hut und ging mit seinen Kollegen zum Auto. Karin Schlemmer, die adrette Pferdezüchterin, konnte es sich nicht verkneifen dem

Trio auf dem Weg zum Dienstwagen, hinterher zu rufen.

»Meine Herren, wenn Sie in ihrer Freizeit hier sind, spendiere ich eine kostenlose Reitstunde auf einer unserer zahmen Stuten, ok?«

»John, jetzt ab ins Dezernat.«

John nickte, bevor er auf dem Platz wendete und dem Straßenschild in Richtung Heilbronn folgte.

»Geht klar, Franz. Jetzt müssen wir noch diesen Laptop ins Labor bringen, hoffentlich findet Lilly darauf einen Hinweis auf den Aufenthaltsort von Albert Pfoh.«

Als das Trio das Dienstgebäude betrat, kam ihnen der Staatsanwalt Krümmbusch entgegen. Zielstrebig steuerte er auf Büchele zu. Wortlos ergriff er dessen Hand und begann sie zu schütteln. Überrascht sah Franz ihn an.

»Na, Herr Kriminalhauptkommissar Büchele, wie haben Sie sich in der zentralen Dienststelle D4BWfuM eingearbeitet?«

Perplex sah Büchele sich um, als der Staatsanwalt es genauer ausführte.

»Ist die Abkürzung für Dezernat Vier Baden-Württemberg für ungeklärte Mordfälle.«

Büchele war an seinem ersten Arbeitstag, nach seiner Kur total überrascht. Er wusste zwar, dass es diese neue Dienststelle inzwischen gab, aber dass sie ihren Dienst aufgenommen hatte, war ihm entgangen. Er suchte durch einen kurzen Blickkontakt bei seinem Partner Hilfe. Sein Freund und Kollege musste die Lage erkannt haben und kam schnell zur Sache.

»Herr Staatsanwalt Krümmbusch, Büchele hat sich zur frühen Stunde im Dienstgebäude eingearbeitet.«

Was nicht gelogen war.

»Durch die Vielzahl der Spezialgebiete und der verschiedenen charakteristischen Bereichsgegebenheiten, wird es noch Tage dauern, bis er alles, sagen wir mal, durchschaut hat. Die mündliche Absprache mit den Kollegen steht noch aus.«

Der Staatsanwalt war über diese sprachbegabte Contenance, die Max Krüger an den Tag legte, sichtlich erfreut. Verblüfft stammelte er vor sich hin.

»Na dann, Herr Büchele, wünsche ich eine samtweiche Einarbeitungsphase, für Sie und Ihr Team. Ach, bevor ich es vergesse, die neuen Türschilder werden morgen angebracht.«

Er sah verlegen auf seine übermäßig große Uhr.

»Ich muss los, einen Kollegen kontaktieren.«

Büchele, der keinen Ton sprach, nickte, als Staatsanwalt Krümmbusch in Richtung Tiefgarage verschwand.

Oben angekommen, legte Krüger seine Akten auf den Tisch.

Lilly, die zwischenzeitlich ihren Arbeitsbereich ausgeweitet hatte, arbeitete mit Kaufmann zusammen. Und beide lagen in ihrer Arbeit auf gleicher Wellenlänge. Lilly, dem guten Geist der Abteilung, entging es nicht als das Trio zur Tür hereinkam. Pfiffig kam sie mit einem »Hallo« auf den Lippen sofort an den Schreibtisch der Beamten, um etwaige Neuigkeiten zu erfahren.

»Geschafft, endlich zurück.«

Lilly wies mit dem Finger frech auf das, was zwischen Büchele und Max lag.

»Wem gehört dieser Laptop?«, wollte sie jetzt schnippisch wissen. Franz, der ihre Neugierde kannte, lächelte sie an.

»Das ist Arbeit für dich, meine liebe und kluge Lilly Hansen. Da du jetzt offiziell, unsere neue Profilerin bist und dich wie Rainer, mit Technikkram auskennst, fürchte ich, es ist eine Aufgabe für euch beide. Findet heraus, was sich in den letzten Tagen bewegt hat, auf dem Dingsda…, äh Laptop.«

Er zeigte gestikulierend auf den Laptop, der vor ihm auf dem Tisch lag.

Mit einem: »Schon bei der Arbeit, ich bin auf dem Weg«, schnappte sich Lilly das Gerät und lief auf ihren abseitsstehenden Kollegen Rainer Kaufmann zu. Die Dienststube begann sich zu leeren. Die nächste Schicht übernahm in den angrenzenden Räumen ihre Arbeit. Der dienstliche Ablauf dieser Behörde war klar geregelt. Büchele schnappte sich seine Utensilien und verschwand mit Max durch die Einlasspforte an dem diensthabenden Beamten vorbei in Richtung Parkplatz.

»Schönen Abend Kollegen.«

Franz schloss den alten 200er auf.

»Meine Klimaanlage geht nicht. Vielleicht sollte ich mir doch ein Fahrzeug mit dem Stern kaufen. Aber ich habe meinen alten Audi eben lieb.«

Max, der auf dem Beifahrersitz Platz genommen hatte, zuckte behäbig mit den Schultern. Er zollte ihm Verständnis, als er in den aufgeheizten Innenraum stieg. Hatte er doch selbst noch vor Jahren einen alten Ford Taunus sein Eigen genannt. Jetzt fuhr er einen schmucken Jahreswagen mit allen Ausstattungspaketen, die es nur gab.

Als auch Büchele auf seinem Sitz Platz genommen hatte, ließ er zuerst alle Scheiben herunter, um die Hitze zumindest ein wenig aus dem Inneren des Autos zu entfernen.

Gemächlich schien sich die Fahrt in Richtung Heimat in die Länge zu ziehen. Max verstand das stille Grübeln seines Chefs nicht, der den Wagen stumm vor Krügers

Wohnhaus lenkte. Erst, als dieser in der Großen Hohle 15 anhielt und den Motor ausstellte, bekam er ohne zu fragen die Antwort, die mehr als eine Frage klang.

»Max, wieso und weshalb sollte ich die Abteilung D4BWfuM leiten?«

Krüger war überrascht, wie schnell Franz sich die Kombination von Zahlen und Buchstaben gemerkt hatte. Er beanspruchte dafür eine ganze Woche, um sich das zu merken. Max holte tief Luft. Hatte sich doch Staatsanwalt Krümmbusch auf höherer Ebene für dieses Dezernat stark gemacht. Er wollte eine Anlaufstelle ins Leben rufen, in der alle Beweise, sowie deren Informationen gebündelt und bearbeitet werden. Jede angeschlossene Behörde würde so Informationen effizienter beziehen können. Alle deutschen Behörden sollten zentral, von Heilbronn aus, ihre schwierigsten Mordfälle koordinieren.

Auch deshalb saßen dezernatsfremde, spezialisierte Beamte auf Bücheles Stockwerk. Profiler jeglicher Couleur. Spezialisten für EDV, Forensik und Psychologie. Altgediente Kriminalbeamte mit Erfahrung, junge Fachkräfte und Genetiker saßen gemeinsam an einem Fall. Diesbezüglich wurde diese Abteilung gegründet, für deren Leitung sich der Sonderdezernatsleiter und erster Kriminalhauptkommissar Dirk Kastfeld und KHK Franz Büchele verantwortlich zeigten. Das jetzt auf einen kurzen Nenner zum Feierabend zu bringen, sowie es seinem Freund und Chef Franz Büchele nochmals vorzukauen, war eine unlösbare Aufgabe.

»Franz, kannst du dich noch an unseren alten Fall von Abt Dominikus Kraft, dem Säkularkanoniker erinnern?«

Franz nickte geistesabwesend.

»Da hatte dich unser Krümmbusch gelobt und dich zum göttlichen Kommissar gekrönt, was ich persönlich nicht verstand. Es war deine ganz normale Polizeiarbeit, dein Alltag. Aber er wollte damals schnelle Erfolge. Du hast sie geliefert, zur richtigen Zeit am richtigen Ort. Er hatte nach alldem in der Presse darüber berichtet, dass er sich für eine übergeordnete, schlagkräftige Spezialeinheit stark machen würde. Hast du es vergessen? Das geschah alles kurz vor deiner Kur. Hallo? Vergessen?«

Max stupste ihm in die Rippen. Büchele schien zumindest das zu begreifen.

»Stimmt, Max. Vermutlich war dieser kleine Gedankenfetzen bei mir im Schlafmodus. Und Hunger habe ich auch. Mach dich aus dem Wagen, damit ich zu Gisela komm.«

Er lächelte ihn dankbar an.

»Wenn John nicht fährt, hole ich dich morgen früh ab«, war das Letzte, was Max von ihm zu hören bekam, bevor er den Wagen anließ und weiterfuhr. Max seinerseits winkte ihm noch kurz zu, als sich die Eingangstür öffnete und seine Frau Babsi ihm entgegenlief.

»Hallo Schatz, komm rein, ich habe ein leckeres Rezept gefunden und für uns gekocht«, sie nahm ihn stolz bei der Hand und führte ihn nach innen.

Kriminalhauptkommissar Büchele nahm sich persönlich in den nächsten Tagen die Zeit, um mit seiner angestammten Crew, alles was an neuen Informationen einging zu prüfen und zu katalogisieren.

Die Tage vergingen wie im Flug, als sich zwei Wochen später ein Fremder bei ihm vorstellte. Marcus Drew, ein Kriminalhauptkommissar, besser gesagt ein erfolgreicher Spezialermittler. Im Gegensatz zu Büchele hatte er längeres, wallendes Haar, war gebräunt und stets gut gelaunt. Vermutlich waren es einige dieser Vorzüge, die

Büchele an ihm schätzte. Ehrlich, aufgeschlossen und zu jedem Spaß bereit. Drew wuchs als Kind einer Besatzerfamilie in Bonn auf. Vielleicht kam er auch deshalb gerade jetzt aus den Vereinigten Staaten nach Deutschland zurück. Deutschland, speziell der Bonner Raum, war seine Heimat, in der er einst seine Jugend verbracht hatte.

Als leitender Beamter bei Geiselnahmen machte er sich in Chicago einen Namen. Nicht immer verlief der rote Faden zwischen Legalität und Gesetzeswidrigem schnurgerade. Man hatte das damals hinter vorgehaltener Hand diskutiert. Er sei zu forsch mit Geiselnehmern umgegangen. Soviel stand zumindest in seiner Personalakte. Vielleicht auch deshalb meldete er sich auf die internationale Stellenausschreibung der deutschen Bundespolizeibehörde. Und er wurde prompt genommen.

Aber erst als Drew sich bei Büchele vorstellte und Franz ihm die Hand reichte, schien seine Versetzung offiziell zu sein. Nachdem er ihn begrüßte, kam von Büchele eine trockene Bemerkung zu seinem Wechsel in die deutsche Heimat.

»Schwäbisch und Amerikanisch, welch eine Mischung.«

Drew lächelte. Er kam nicht drum rum zu antworten und versuchte es mit einer Metapher.

»Der Apfel fällt nicht weit vom Birnbaum, oder wie war der Spruch, Herr Kommissar?«

Beide lachten, als er das sagte. Klar und deutlich war durch sein rollendes R in jedem seiner Wörter zu erkennen, dass er lange Zeit in den Südstaaten verbracht hatte. Büchele und Drew kamen schnell zur Übereinkunft, die Karte von Deutschland in ein nördliches und südliches Gebiet zu unterteilen. Drew übernahm bereitwillig den Norden und Büchele den Süden der Republik. Jeder konnte schnell handeln und, wenn nötig, würden beide Abteilungen sich zusammentun, um durchschlagende Ergebnisse zu liefern.

Nur in seinem, wie er es nannte, privat angehauchtem Fall Albert Pfoh, schien es nicht voranzugehen. Noch immer brüteten Lilly Hansen und Rainer Kaufmann über den Daten der Festplatte des Laptops. Die Auswertung schien langweilig zu sein. Allgemeine Korrespondenz, Fotos von der Gegend, E-Mails, die unverfänglich oder nicht als Hinweise gewertet werden konnten, waren darauf. Nervös trommelte Büchele in Gedanken mit dem Bleistift auf seinem Schreibtisch herum.

Max, der eine Liste von Bestellartikeln abarbeitete, machte das auf der gegenüberliegenden Seite des Tisches ganz zappelig.

»He Franz, kannst du bitte mal aufhören, immer den gleichen Takt mit deinem Schreiber zu trommeln? Ich kann mich nicht konzentrieren. Danke!«

Franz, der Gedanken versunken dasaß, erschrak.

»Was, wer soll, was tun? Ja, mach ich.«

Max sah ihn kopfschüttelnd an.

»Hallo Herr Büchele, sind wir wieder da?«

Büchele nickte zu ihm rüber.

»Lilly und Rainer, bitte zack zack, rapido zu mir!«

Jeder im Raum sah sich bei dieser Lautstärke automatisch zu Kommissar Büchele um. Wie ein geölter Blitz standen in null Komma nichts die beiden jungen Beamten an seinem Schreibtisch. Max sah sie an. Wie sie neben seinem Stuhl standen und Büchele ins Gesicht blickten, da fehlte nur noch eine zackige, militärische Meldung und ihn hätte das Gefühl beschlichen, beim

Bund zu sein. Mit ruhiger Stimme sprach Franz seine beiden Jüngsten im Team an.

»Meine zwei jungen PC-Genies, ich habe die letzten drei Tage aus eurer Ecke nichts gehört. Und da frage ich mich, weshalb dieser Zustand noch immer anhält?«

Jetzt schälte er seinen wuchtigen Körper langsam und demonstrativ aus seinem Stuhl.

»Und wenn dem nicht so sein sollte dann frage ich mich, wieso ich als Leittier, um es mal milde zu sagen, nichts davon mitbekomme. Bin ich euer Jockele?«

Lilly wollte etwas sagen, als Franz sich auf seine Zehenspitzen stellte und weiter seine Stimme erhob.

»Seid ihr des Wahnsinns fette Beute? Oder was treibt ihr dort in eurem Eck? Kuchen backen? Halma spielen oder was?«

Rainer Kaufmann, der tiefen Respekt gegenüber seinem Vorgesetzten empfand, begann zu zittern. Beherzt trat die kleine Lilly auf Franz zu.

»Schrei uns nicht an, Franz. Ist dir eine Laus über die Leber gelaufen, oder weshalb machst du solche Muckis?«

Überrascht von dem jugendlichen Schneid holte Büchele erst einmal Luft. Lilly ging noch näher auf ihn zu, stellte sich auf die Fußspitzen, streckte sich nach oben, packte ihn an seinem dünnen Hemdkragen und begann Franz folgendes ins Ohr zu flüstern: »Ich bin zwar jung und naiv, aber schrei bitte nicht so durch den Raum, verstanden?«

Franz hatte alles andere erwartet. Aber so viel Courage hätte er diesem kleinen Persönchen, wie er Lilly nannte, nicht zugetraut. Langsam setzte er sich zurück in seinen Stuhl. Max, der diesen kleinen Schlagabtausch aus nächster Nähe mitbekommen hatte, wunderte sich, weshalb sein Freund nicht konterte. Hatte Lilly Recht?

Mit einer Handbewegung versuchte Franz einen zweiten Anlauf in ruhigerem Tonfall.

»Holt euch mal bitte einen Stuhl und lasst uns Klartext reden.«

Kurze Zeit später saßen alle vier am Schreibtisch. Max, der auf Weiteres gespannt war, legte seine Bestellung zur Seite und lauschte dem Gespräch.

»Nun meine jungen Mitarbeiter, habt ihr irgendetwas auf dem Laptop gefunden, das für die weiteren Recherchen wichtig sein könnte?«

Sein Blick schweifte von Kaufmann auf Profilerin Hansen und retour. Betretenes Schweigen herrschte in den ersten Sekunden. Erst als Kaufmann seine Fassung zurückgewonnen hatte und sich sein Zittern auflöste, kam Leben in ihn. Er eilte zu seinem Schreibtisch und kam hastig mit einem Stapel Papier in den Händen zurück.

»Chef, wir haben jeden Vorgang der letzten drei Monate auf Protokoll. Für uns beide gab es nichts Auffälliges, tut mir leid«, dabei sah er wiederholt zu Lilly.

Auch Franz sah jetzt zu Lilly.

»Wirklich nichts Auffälliges?«

»Was möchtest du wissen? Ist nicht viel drauf auf der Festplatte. Uns ist nichts Außergewöhnliches aufgefallen. Kontaktadressen, Telefonnummern, Belangloses Zeug, nichts Aufregendes. Mailverkehr zwischen seiner Tochter, Kollegen und der Bauerngewerkschaft. Mails an eine Agentur mit dem Namen Sunshine in Heilbronn. Hatte wohl was mit einer Reise zu tun. Rechnungen und Kleinigkeiten, mehr nicht.«

Büchele sah sie an.

»Welche Reise? Ein Bauer wie Albert verreist nie. Könnt ihr mir sagen, wohin die Reise ging?«

Kaufmann schüttelte vorsorglich mit dem Kopf, bevor Lilly Franz eine Antwort gab.

»Wir haben diese Mail nicht weiter verfolgt, hätten wir das tun sollen?«

Max schaltete sich in das Gespräch mit ein, als er bemerkte, dass Franz anfing nach Worten zu suchen.

»Grabt tiefer und genauer. Wer war diese Reiseleitung, wohin ging seine Reise? Oder war es nur ein Ausflug? Was wollte unser Herr Pfoh da? Übrigens bevor ich es vergesse. Hat man sein Handy gefunden oder eine Ortung beim Netzbetreiber in Auftrag gegeben?«

Wieder war ein Kopfschütteln das Resultat auf die Fragen, die Max ihnen soeben gestellt hatte.

»Und wenn ihr dabei seid, dann könnt ihr bei Heike Pfoh seine Telefonnummer erfragen. Vielleicht hatte er ja auch einen zweiten Mobilanschluss. Bekommt heraus, wann und von wo aus telefoniert wurde. Sollten dann noch immer genügend Ressourcen bei euch frei sein, sucht nach seinem grünen Herrenrädle. Ich will sagen, am besten ihr begebt euch zur Schritzklinge und erkundigt euch vor Ort, am Telefon ist alles unpersönlich. Könntet ihr beiden das schnellstens erledigen?«, fuhr jetzt Franz fort, ohne seinen Kollegen Krüger übergehen zu wollen.

Obstkuchen

Franz Büchele verschwand nach einem kurzen Telefonat pünktlich zu Dienstschluss aus dem Büro. Brigitte Kohlmarx hatte um 21 Uhr, um eine kleine private Unterredung gebeten.

Nicht ohne eigennützigen Hintergedanken, bugsierte sie ihn so zur Burg Ravenstein. Einem idyllisch gelegenen Ansitz eines Weinhändlers im Kraichgau, der den Familienbesitz und die angrenzenden Weinberge sein Eigen nannte. Kein Vergleich zu Bücheles Stammlokal, dem Waldheim in Großgartach. Hier im Waldheim gab es seiner Meinung nach, den besten schwäbischen Rostbraten auf der Welt. Von Giselas Rostbraten einmal abgesehen.

Brigitte erwartete ihn bereits.

Man konnte Franz Büchele nahe sein, zu nahe sollte es aber nicht sein. Er fühlt sich oftmals zu bedrängt, in die Enge getrieben. Bei Büchele blieb einem nichts anderes übrig, man musste vorsichtig agieren, hatte Gisela, der gute Geist der Weinvilla Fischer einst bei einem Frauengespräch ihr gegenüber erwähnt. Brigitte nahm sich das sehr zu Herzen.

Büchele bog auf die alte Schotterstraße der Burganlage ein, parkte sein Auto auf einem ausgewiesenen Platz und ging in Richtung Hofanlage. Mächtige Zinnen umschlossen das Gelände und im Halbdunkel brannten Fackeln auf den Mauern. Er suchte nach Brigitte.

Hinter der alten Eiche, inmitten eines Ensembles aus weiß gedeckten Tischen, fand er sie. Wie immer war Brigitte tadellos mit ihrer Garderobe auf den Abend abgestimmt. Reizende Schuhe, ein schmuckes dunkelblaues Kostüm mit weißen Knöpfen und ein schlank gehaltenes Kostümrevers betonte ihre Figur.

Brigitte hatte die Haare nach oben gesteckt. Mit einer großen verzierten Spange wurde ihre Lockenpracht mit einer hölzernen Nadel in Form gehalten. Für Franz sah sie einfach umwerfend aus.

Sie erblickte Franz und stand auf. Ihre kleine dunkelblaue Clutch in Händen, gab ihrem Erscheinungsbild den Touch einer modischen Lady. Sekunden später stand Franz vor ihr. Ein Lächeln huschte über ihre Gesichter, als sie sich in die Augen sahen. Nur zu gerne war er ihrer spontanen Einladung gefolgt. Er sah sie von oben bis unten an.

»Brigitte, so wie du aussiehst, bist du ein tolles Arrangement, das alle Sinne betört. Wenn ich das als Schwabe erwähnen darf.«

Brigitte schmunzelte und bedankte sich.

»Darfst du mein Lieber, darfst du.«

Sie nahm ihn in den Arm und gab ihm einen zärtlichen Begrüßungskuss auf die Wange.

»Setzen wir uns.«

Jetzt erst fiel es Franz wie Schuppen von den Augen. Er stand wie angewurzelt am Tisch, als Brigitte Platz genommen hatte.

Er sah an sich hinab. Ein kurzärmliges Hemd mit einem Tomatenfleck auf Höhe seines Bauches. Eine Bundfaltenhose an den Beinen, der man ihr Alter ansah. Und seine Lieblingsslipper, um es genauer zu sagen, seine einzigen Schuhe, die er, außer seinen Gummistiefeln besaß, fielen ihm dabei ins Auge. Franz sah Brigitte herzzerreißend an. Er war kein Adonis, aber sie seine Aphrodite. Eine Lichterscheinung in seinem Leben. Was lag ihr an ihm? Seine kleinen Wutausbrüche, die meist in einem Fiasko endeten wohl kaum. Was war es dann?

Büchele stand da, wie bestellt und nicht abgeholt. Brigitte hatte sich vor einigen Sekunden gesetzt und er stand wie betäubt am Rande des Tisches. Erst als sie an seiner Hand zupfte und ihn aus seinen Gedanken riss, schien alles normal zu sein.

»Franz, bist du da? Oder fliegst du gerade über die Burg?«

Stotternd und nach Worten suchend setzte er sich. Sein Blick huschte über den Tisch. Er sah Blumen, Besteck und, welch ein Wunder, einen Aschenbecher. Die Reporterin ergriff seine Hand. Sofort zog Franz mit einem: »Sorry«, seine Hand zurück. Hatte sie etwas falsch gemacht? Ihre Angst war unbegründet. Büchele griff sich in die Brusttasche, fischte nach seinen Zigaretten und zündete sich eine an.

Jetzt erst sank seine Hand auf den wunderschön gedeckten Tisch zurück. Sofort startete Brigitte einen erneuten Versuch nach seiner Hand zu greifen, diesmal mit Erfolg. Franz genoss den warmen Griff, den ihre Hände bei der sanften Umklammerung ausstrahlten.

»Gefällt es dir hier, Franz? Ist mal was anderes, als in der Beschwirtschaft dicken Qualm und muffigen Schweiß zu atmen. Hier hast du Luft, ein schönes Ambiente und…«

Sie sah nach oben.

»…die Sterne über dir.«

Franz versuchte ihrem Blick nach oben zu folgen.

»Ich sehe keine Sterne, tut mir leid.«

Brigitte kannte inzwischen die seltsame Art von ihm. Seine burschikose, schwäbische Zunge schien schneller zu sein als sein Verstand und so blieb es nicht aus, dass Franz oft ins Fettnäpfchen trat. Entspannt sah sie darüber hinweg.

»Nicht jetzt, später, verstehst du?«

Diesmal verstand er.

»Sowieso erscht wenn's richtig dunkl isch, dann sieht mor die Stern besser.«

Dieser Abend sollte romantisch verlaufen, was dank geschickter Führung der Journalistin auch gelang. Immer wieder hatten beide Themen erörtert, die Büchele von seinem Wesen her, diffizil und ab und an zu tollpatschig gehandhabt wurden. Brigitte Kohlmarx verstand es ohne sein Wissen, ihn sachte und geschickt in die Bahnen der Gefühle zu leiten.

Franz und Brigitte genossen das gute Essen und den prächtigen Wein. Wie gut war es da, dass die Reporterin nur ein Glas Wein trank, um sich danach nur noch Mineralwasser zu genehmigen. Sie war mit dem Taxi gekommen und hätte wohl auch eines zurückgenommen, aber was würde mit Franz geschehen? Würde er sich auch ein Taxi nehmen?

Beim letzten Glas zur späten Stunde bemerkte Büchele kichernd etwas Schwäbisches an, während er seinen lieb gewonnen Strohhut in Position schob.

»Drahged meh ins Audole, ich fahr euch hoam!«

Undenkbar sich auszumalen, wenn so etwas geschehen würde. Franz war nicht sturzbetrunken und auch noch Herr seiner Sinne, aber den sprichwörtlichen schwäbischen Nachbarn hatte er schon dabei. Langsam gingen beide zum Auto von Büchele, nicht ohne, dass Brigitte Büchele ein klein wenig stützen musste. Angekommen auf dem Parkplatz postierte Brigitte sich breitbeinig vor ihm.

»Isch was Brigitte? Hasch du was mit deiner Hüfte?«, brach es lallend aus ihm hervor. Bestimmend streckte Brigitte die Hand nach ihm aus.

»Franz, den Schlüssel von deinem Auto, bitte!«

Entgeistert sah er sie an, kramte in der Hosentasche und gab bereitwillig seinen Schlüssel ab.

»Und nun bestelle mir eu Taxi, Mädle?«

Brigitte schüttelte den Kopf.

»Nein, Franz! Ich fahr.«

Büchele verstand die Welt nicht mehr. Ohne Gegenwehr setzte er sich auf den Beifahrersitz, versuchte sich anzuschnallen und drehte das Radio an. Brigitte ließ sich in den Sitz von Bücheles Audi fallen. Sekunden vergingen. Sie konnte bei ihrer Größe, nicht über das Armaturenbrett sehen. Und ihre zierlichen Füße waren um Längen von den Pedalen entfernt. Zuerst griff sie seitlich an den Sitz. Vielleicht hatte dieses Gefährt, wie ihr Cabrio eine Höhenverstellung am Sitz? Fehlanzeige. Sie sah sich um, während Büchele zum Takt die Musik, die gerade aus dem Radio trällerte, mit der Hand zu dirigieren schien. Sie stieg aus, griff sich zwei Kissen von der Rückbank, die dort zur Zierde lagen.

Warf sie auf ihren Sitz, stellte die Sitzposition ein und schnallte sich an. Sie drehte den Schlüssel im Schloss und bewegte, das im Verhältnis zu ihrem kleinen Cabrio, gigantisch große Fahrzeug zurück zum Fischer Anwesen. Gisela, die zur späten Stunde gerade im Hof Manson, die Katze fütterte, begrüßte sie. Langsam stieg Büchele aus. Lächelnd wankte er leicht angesäuselt auf Gisela zu und fiel ihr um den Hals.

Er hatte nicht viel getrunken, aber zum Entzug seiner Pappe, wie er seinen Führerschein nannte, hätte es gereicht.

»Kommt rein, wir schwätze noch e bissle.«

Brigitte gehörte ja zum inneren Kreis der Familie. Man ließ den Abend bei einer Brause und Salzstangen ausklingen, nicht ohne, dass Büchele zwischendurch betonte, wie wunderschön die Sternlein am Himmel funkeln würden. Brigitte lächelte still in sich hinein und streichelte die Hand von Franz.

Zwischendurch machten John, Polly und Lilly mit einem winkenden Gruß und einem: »Guten Abend miteinander«, auf sich aufmerksam. Sie waren von einem Kinoabend zurück. Als Lilly mit einer Bemerkung lapidar auf die Recherche im Falle Bauer Pfoh hinwies, schien Franz hellwach zu sein. Hatte sein Verstand ein internes Kennwort vernommen?

»Wir haben noch was auf dem Laptop gefunden!«

Franz schnalzte nach vorn. Gerade wie eine Kerze saß er, den Blick zu Lilly gewandt, in seinem Sessel.

»Mach dich locker Franz, fang endlich an zu chillen. Morgen werden Rainer und ich noch einiges prüfen und am Nachmittag erfährst du Präziseres über unsere Recherche, ok?«

Die anfängliche Spannung, die einer Stahlfeder glich, wich aus seinem Körper. Ein kleines: »Bin gespannt darauf«, war das, was er noch sagen konnte, bevor er in seinen Sessel zurücksackte und müde vor sich hindöste.

Kurz darauf verabschiedete sich Brigitte leise von Gisela, ohne Franz aus seinem Schlaf zu wecken. Sie rief sich ein Taxi und verließ das Anwesen in Richtung Stadt.

In aller Herrgottsfrüh verabschiedete sich Büchele von Gisela, bestieg sein Auto und fuhr zur Arbeit. Draußen vor dem Tor kam ihm das Postauto mit Dietmar Rasinger dem Postbeamten entgegen. Wild fuchtelnd zwang er Franz Büchele auf die Seite der engen Zufahrtsstraße. Auf gleicher Höhe, Büchele hatte ihm schon aus der Ferne das symbolische Vöglein gezeigt, kurbelte Rasinger seine Seitenscheibe herunter. Büchele kam nicht umhin, auf den Knopf seines Fensterhebers zu drücken.

»Guten Morgen Franz. Stimmt es, dass der Albert und sei fascht neues Fahrrädle verschwunden ist?«

Büchele, der den Postbeamten lange Jahre kannte, konnte schlecht lügen und druckste herum.

»Es isch no nix raus, Dietmar, aber sei Fahrrädle fehlt wirklich. Vielleicht hörsch du was. Es isch eu grasgrüns Herrenrädle.«

Dietmar Rasinger, ein pflichtbewusster Beamter der alten Schule und Nachbar von Heike und Albert Pfoh, versprach, seine Augen und Ohren aufzuhalten, sowie ihm Veränderungen zu melden. Anschließend fuhren die Fahrzeuge in entgegengesetzte Richtungen davon.

Im Polizeipräsidium wartete Büchele gespannt auf das Erscheinen von Lilly. Seine Gedanken schweiften zu seinem vermissten Schulkollegen. Wieso, fragte er sich, sollte Albert mir nichts dir nichts verschwinden? Hatte er Schulden, oder wurde er bedroht? Nach den Aussagen seiner Tochter lag nichts in dieser Richtung vor. Zumindest nichts, von dem sie oder Oma Elsbeth etwas wussten. Nichtsahnend, blätterte er zur Ablenkung in der monatlich erscheinenden Polizeizeitung, als Lilly, mit einem Lächeln im Gesicht, auf ihn zusteuerte.

»Guten Morgen, Franz!«, dabei hob sie einen Zeigefinger in die Luft. Gerade rechtzeitig, noch bevor Franz seine erste Frage platzieren konnte.

»Bevor du anfängst Fragen zu stellen. Rainer und ich müssen noch kurz zum Aussiedlerhof. Anschließend stehe ich dir Rede und Antwort. Ok?«
Franz atmete aus.

»Na gut, aber wenn du zurück bist, will ich wissen was es gibt. Ohne eine Ausrede, verstanden?«

Lächelnd sah sie ihn an, noch bevor sie beim Verlassen des Raumes Kaufmann, der gerade hinzukam, am Ärmel schnappte und mit ihm das Zimmer verließ.

Max hatte einen Kaffee aufgebrüht und kam mit der vollen Kanne und zwei Tassen in der Hand auf Büchele zu.

»Franz, auch einen Kaffee?« Franz nickte stumm. Sekunden später klingelte das Diensttelefon. Büchele nahm ab.

»Kriminalhauptkommissar Büchele. … Es geht, Brigitte. … Nein, ich habe keinen Kater, vielleicht hatte ich einen kleinen Schwips, aber betrunken war ich nicht. … Nein, Lilly ist nicht hier, sie ist unterwegs. Weshalb fragst du?«

Brigitte Kohlmarx wollte ihm nicht die Wahrheit erzählen, sie benutzte ihren journalistischen Intellekt und verstrickte ihn in eine Reihe nutzloser Fragen.

»Nein Franz, keine Sorge. Sie wollte eine Info über das Rezept eines Obstkuchens, mehr nicht. Dir noch einen schönen Tag, wir sehen uns noch.«

Als sie aufgelegt hatte und Franz mit dem Telefonhörer so dastand, bereitete ihm ein Wort von Brigitte in diesem Gespräch Kopfzerbrechen. Obstkuchen. Lilly hatte seines Wissens auf dem Anwesen Fischer, außer Pizza, noch nie ein Gericht zubereitet. Vielleicht ein Wurstbrötchen, aber einen Obstkuchen? Franz stutzte.

»Irgend ebbes geht da an mir vorbei«, kam es flüsternd von ihm, als er den Kaffee von Krüger probierte. Krüger, der vor ihm stand und nur Bruchstücke verstanden hatte, fragte nach.

»Wohin musst du um drei?«

Büchele winkte ab.

»Ich muss nicht weg um drei, ich hatte gesagt es geht was an mir vorbei.«

Büchele nahm den letzten großen Schluck aus seiner Tasse. Kurz darauf wurde er ungehalten. Hatte doch Rainer Kaufmann ihm damals versprochen, das Unikat, welches er fallen ließ, zu ersetzen? Sein alter, handsignierter Kaffeepott war von Hannes und dem Bürgermeister aus der Mäulesmühle. Weshalb bekam er bis heute kein Ersatz?

Aus ungehalten wurde wütend.

Büchele musste seinem angestauten Ärger Luft machen. Schnell schritt er vom Fenster aus, mit der Standardpolizeitasse in den Händen, auf seinen Schreibtisch zu. Davor stand Max Krüger. Dieser begann zu schlucken, als er Franz bemerkte. Selten hatte er seinen Freund innerlich so in Rage erlebt. Als Büchele auf Höhe des Tisches stand, knallte er die leere Tasse auf den Tisch und zischte.

»Ich muss an die frische Luft, bevor ich explodiere. Kommst du mit?«

»Klar komme ich mit.«

Draußen, gegenüber auf einer Parkbank sprudelte es aus Büchele heraus.

»Max, Lilly oder Brigitte verheimlichen mir was. Oine von denne isch e saublede Büx. Wenn ich raus find, wer von denne boide ebbes versaududdelt hat, dem hau ich dann solang uf de Zinke, dass er hinterher, wenn ich mit em fertig bin, in eu Streichholzschächtele passt. Der het sich gwunsche mi net ohgschisse zu hawwe.«

Max versuchte ihn zu beruhigen.

»Hallo Franz, komm runter und reg dich ab.«

»Brigitte schwindelt mich an, sie meint, ich bin auf den Kopf gfalle, als sie nach Lilly gefragt hatte. Und wenn es ihr mit mir nett passt, soll sie sich en andern

Chefgicker suchen der uff se achtgibt. Herrgottsack und jetzt isch Ende im Gelände.«

Wütend nahm er seinen Hut vom Haupt und wischte sich mit einem Taschentuch den Schweiß von seiner Stirn. Max schlug ihm auf die Schulter.

»Kann ich verstehen, Franz. Wir können nicht ohne die Mädle und net mit ihnen. Hätten wir Hutsimpl domols im Paradies den Scheißapfel net gnomme, dann kennt elles so schee sei.«

Verwirrt sah Franz seinen Leidensgenossen nachdenklich an.

»Des stimmt. Do hasch du au wieder de Nagel uff de Kopf droffe.«

Franz lehnte sich entspannt zurück. War er es doch, der immer predigte Ruhe in jeder Situation zu bewahren. Aber allem Anschein nach, waren Theorie und Wirklichkeit Welten voneinander getrennt.

»Franz, lass uns zurückgehen. Ablenkung würde dir guttun. Vielleicht ergibt sich die Tage was, zum Verschwinden deines Schulfreundes. Oder wir bekommen einen neuen Fall auf den Tisch.«
Franz sah seinen Kollegen reumütig an.

»Max, ich kann mich nicht auf meinen alten Schulfreund konzentrieren. Der hatte sich schließlich auch die ganzen Jahre nicht bei mir gemeldet. Was soll ich tun?«
Er sah seinen Freund ratlos an.

»Ich habe seiner Tochter versprochen nach ihrem Vater zu suchen.«
Unkontrolliert schwenkte er mit seinen Armen in der Luft herum.

»Ist er abgehauen? Wer weiß es? Ich kann es verstehen, wenn dem so wäre. Ich würde zu gerne auch ab und zu alles stehen und liegen lassen und mich auf eine einsame Insel absetzen.«

Krüger versuchte sein Freund abzulenken und probierte es mit Aufmunterung.

»Wann isch denn euer Stammdisch ohgsagt, gehsch du da no noh?«

Entrüstet sah Franz zu Max.

»Klaro, jeden Donnerschdich, obends um Acht in der Linde, des isch Pflicht.«

Franz sah auf seine Uhr. Das Zeiteisen, wie er es nannte, zeigte 10:10 Uhr. Büchele schlug seinem Freund, der ruhig und entspannt, neben ihm auf der Bank saß auf den Schenkel.

»Lass uns zurückgehen, Max. Die suchen bestimmt schon nach uns.«

»Ok!«

Eichbottsee

Der diensthabende Beamte der Leitstelle kam ihnen im Hof entgegen.

»Büchele, haben Sie Ihren Piepser und Ihr Handy nicht am Mann?«

Entgeistert sah er den Kollegen an. Kurz darauf sah Büchele auf das angesteckte Namensschild des Beamten und sprach ihn an.

»Kollege Maschik, was gibt es, weshalb sind Sie so hibbelig?«

Ruhig, wie es die Dienstanweisung vorschrieb, stand Maschik vor ihm.

»Kriminalhauptkommissar Büchele, Ihre ganze Abteilung sucht Sie. Die örtliche Polizei aus Großgartach hat den KDD und einen Arzt vor Ort informiert. Im angrenzenden See wurde eine Leiche entdeckt.«

Büchele stutze.

»Männlich oder weiblich? Und wer fand das Opfer?«

Maschik sah den Kommissar verwundert an.

»KHK Marcus Drew hat angeordnet Sie zu suchen. Sorry, ich bin nicht bei der Mordkommission. Als ich zu Ihnen losgeschickt wurde bekam ich nur einige Wortfetzen mit, die oben auf dem Stock gesprochen wurden. Ist nicht meine Aufgabe, tut mir leid.«

Büchele schlug ihm mehrmals liebevoll mit der Hand auf die Schulter, während er verständnisvoll nickte.

»Ok, Kollege, Sie haben uns gefunden.«

Krüger begann zu grinsen.

»Max, wir bekommen Arbeit, deine Vorhersage scheint eingetroffen zu sein. Du hast wohl einen guten Draht zu dem da oben«, dabei blickte er zum Himmel. Beide Beamten gingen zügig zum Aufzug und drückten auf der Instrumententafel die entsprechende Taste für ihr Dezernat. Nach kurzer Fahrzeit öffnete sich die Tür. Marcus Drew erwartete sie bereits auf dem Flur.

»Gott sei Dank seid ihr da. Drinnen läuft alles kreuz und quer.«

»Kreuz und quer, was meinst du damit?«
Drew ging voraus während Büchele und Krüger ihm folgten..

»Na eben hektisch, so etwas bin ich nicht gewöhnt!« Büchele lachte.

»So sind wir Schwaben. Wir geben alles, wenn es der Plan erfordert und schalten in den Entspannungsmodus zurück, sobald der Fall gelöst ist.«

Drews öffnete die Tür und steuerte seinen Schreibtisch an. Ein Gewirr aus ratternden Druckern, Stimmengewirr und Telefongeklingeln empfing die Kriminalbeamten.

Büchele legte seinen Hut auf den Tisch und sah sich um. Kein Zweifel, nur die halbe Belegschaft war anwesend.

Mit der Faust schlug er zweimal hart auf den Schreibtisch.

»Ruhe, meine Damen und Herren, halten sie mal bitte alle für eine Sekunde die Luft an, dann brauch ich nicht zu schreien. Legt die Telefone auf und kommt bitte an den Besprechungstisch, danke!«

Vor Jahren hatte Büchele, am Ende des Raumes einen runden Tisch eingerichtet. Hier wurden die aktuellsten Ereignisse und Einsatzpläne besprochen und das Gelernte umgesetzt. Wer in der Abteilung noch telefonierte, fasste sich kurz und legte auf. Jeder kannte seine Position am runden Tisch und nahm Platz.

Einige der Plätze blieben leer. Max zog einen Stuhl vom Nebentisch herüber und bat den Neuen, Marcus Drew, der neben ihm stand sich zu setzen.

»Was soll ich bei euch? Ich leite das Team für den Norden.«

»Erstens bist du neu hier, zweitens hast du die Information, die ich noch nicht habe, und drittens kann es nicht schaden, wenn du siehst wie es bei uns abläuft. Jede Dienststelle hat ein anderes Ritual. Vielleicht lernen wir noch etwas von der Vorgehensweise eines Beamten aus Chicago. Wir hier arbeiten Hand in Hand. Wir ziehen hier alle zusammen an einem Strang, verstanden?«

Die Beamten begannen zu lächeln. Diese Aussage verstand Marcus Drew nur zu gut. Hatte sich doch diese grenzübergreifende Vorgehensweise, schon längst in den Staaten etabliert.

»Jetzt berichte.«
Büchele sah auf die Uhr.

»Wir haben 10:24 Uhr, was ist bis dato geschehen?«

»Ok Boys«, fing Drew mit amerikanischem Slang an, als er sich erhob und alle ansah.

»Der KDD ist um 9:28 Uhr vom örtlichen Polizeiposten über den Fund einer leblosen Person, westlich von Großgartach, genauer gesagt im Gebiet Eichbottsee, informiert worden. Wir wissen noch nicht, ob die Person gewaltsam oder eines natürlichen Todes verstarb. Nach weiteren drei Minuten hat mich der Polizeichef, Dirk Kastfeld informiert. Ein Arzt aus dem Ort ist anwesend. Eigentlich sollten wir hier oben, genauer gesagt das D4BWfuM, für die ungeklärten oder kniffligen Aufgaben bereitstehen. Aber…«

Er ging langsam, ohne ein weiteres Wort zu sagen, um den großen Tisch herum und blieb bei Büchele stehen. Er stützte sich auf dessen Schulter ab, was Franz nicht sonderlich behagte. Er sah sich da lieber selbst reden als zuhören. Aber dieses Mal konnte er nichts dagegen tun und lauschte den Ausführungen seines Kollegen.

»…Aber, meine Herren«, führte Drew weiter aus.

»Der Polizeichef ist der Ansicht, da das Morddezernat M5 mit einem anderen Fall beschäftigt ist und wir im Augenblick nichts besonderem nachgehen, so seine nicht meine Worte. Könnte das Dezernat D4 mit seinem besten Ermittler, Franz Büchele, den aktuellen Fall vom Eichbottsee übernehmen.«

Drew tätschelte dabei auf Bücheles Schulter. So als würde er ihn loben. Büchele nahm es stillschweigend als gegeben hin. Marcus Drew ging weiter um den Tisch und blieb gegenüber den Beamten Büchele und Krüger stehen.

»Meine Herren, ich habe bereits die Spurensicherung, losgeschickt. Unsere Profilerin Lilly Hansen ist abwesend. Und wo ist eigentlich Kaufmann?«

Er sah Büchele an und wurde nun in seiner Ansprache persönlich, was Büchele eher als großkotzig empfand.

»Kollege Büchele, wissen Sie, wo Ihre Mitarbeiter abgeblieben sind?«

Er erhob sich seinerseits vom Stuhl. Bücheles Anspannung blieb von Max nicht unbemerkt. Als kleines Zeichen, dass Büchele sich ein wenig zügeln möge, zog er leicht an dessen Hemdärmel. Büchele verstand die stille Mitteilung seines Freundes und holte Luft.

»Herr Kollege«, begann er ruhig in glasklarem hochdeutsch Marcus Drew anzusprechen.

»Meine beiden Mitarbeiter sind bereits zum vermeintlichen Tatort unterwegs.«

Krüger sah ihn an. Wann hätte das sein sollen? Franz saß eben noch mit ihm gegenüber im Park und schimpfte aufs heftigste über Lilly und Brigitte. Wollte er Drew zeigen, dass er einen Schritt schneller war?

Weshalb diese Notlüge? Er dachte nicht weiter darüber nach und hörte zu. Drew war überrascht. Die Verwunderung über Bücheles Aussage stand ihm ins Gesicht geschrieben. Büchele konterte mit einer Frage.

»Und weiter, Herr Kollege? Wie gehen wir vor? Haben Sie eine Idee?«

Drew verstand die Welt nicht mehr. War nunmehr er für diesen Fall zuständig? Hatte Kastfeld nicht eindeutig genug um die Fallübernahme durch Büchele gebeten? Gab es hier ein Missverständnis?

Büchele erkannte die Verwirrung und ergriff das Wort und, was elementarer war, die Leitung des Falles. Militärisch kamen die nächsten Sätze, wobei er die anwesenden Beamten ansah.

»Rüdiger, du und deine Truppe übernehmen die weitere Absicherung des Geländes. Notfalls wird dem Pathologen zur Seite gestanden. Betz, du und Lorenzki, Schneider und Jens, ihr bleibt hier und macht die Koordinierung. Ok?«

Von allen kam sofort ein einstimmiges: »Geht ok Chef, du kannst dich auf uns verlassen.«

Büchele wandte sich Krüger und Weirich zu.

»Max, du und John, ihr kommt mit mir zum Tatort. John gehe doch bitte schon mal zum Dienstwagen runter, wir treffen uns im Hof. Und du Max, kannst dir denken, was zu tun ist, oder?«

Max wusste es und nickte.

»So schnell wie möglich Kaufmann und Lilly auftreiben und zum Tatort zitieren.«

Jetzt sah Büchele Marcus Drew an, der unweit neben ihm stand.

»Marcus'le!«, kam es jetzt auf schwäbisch.

»Kenntscht du hier die Stellung halte, oder gehsch du mit? Du hast die Wahl. Es liegt bei dir.«

Marcus wusste, dass er vorhin in ein Fettnäpfchen getreten war. Da gab es als einzigen Weg den Rückzug, der war am angenehmsten.

»Franz, ich bleib besser hier, ist das ok für dich?«

Büchele fühlte sich gestärkt durch diesen Schritt seines neuen Kollegen. Er tat so, als ließe es ihn kalt. Mit einem kurzen: »Wenn du meinst«, wandte er sich von ihm ab und verschwand mit Max auf den Flur in Richtung Aufzug.

»Dem hast du es aber gegeben. Du warst ziemlich grob. Der Junge hatte es nur gut gemeint.«

»Findsch? Und wo treibt sich Lilly rum? Hast du sie erreicht?«

»Lilly und Rainer fahren gerade an Großgartach vorbei. Wir treffen sie bei der Spurensicherung. Sie sind schneller beim Tatort als wir.«

Diese Antwort genügte Büchele. Sein Hormonspiegel bewegte sich wieder auf ein normales Level zu. John, der bei der Fahrbereitschaft alles ausgefüllt hatte, stand an der Fahrertür und grinste. Mit einer Handbewegung winkte er Franz zu.

»Sag nichts, Franz, ich habe es verstanden, ich fahre, ok?«

Büchele begann zu lächeln. Seine Routineanweisungen waren bekannt und allgegenwärtig.

»Du weißt, wohin es geht?«

»Jepp, Großgartach ins Naherholungsgebiet.«

Stolz sah er seinen Chef an. Irritiert sah dieser zu Krüger.

»Der meint das Gebiet um den Eichbottsee, Franz. Er hat es nur so ein bisschen ausgeschmückt.«

»Wenn er meint.«

Die Fahrt dauerte keine 20 Minuten. Schon bei der Zufahrt über die schlecht befestigten Straßen bemerkte man ein massives Aufgebot von Polizisten. Von weitem sah man ein weißes Zelt. Die Streifenpolizisten wiesen ihnen zügig den Weg zur abgesperrten Stelle. Der Rechtsmediziner und Pathologe Dr. Bruno Fröschle hatte mit den Mitarbeitern der Spurensicherung einen weißen Pavillon aufgebaut. Hier wurden die ersten Spuren zusammengetragen.

John brachte den Dienstwagen in ausreichendem Abstand zum Stehen und die Beamten gingen auf das durch Polizeiband abgesperrte Areal zu.

Verschiedene Abteilungen arbeiteten hier professionell zusammen. Absperren, sichern, suchen und analysieren. Büchele blickte sich nach seinem Freund, Dr. Fröschle um. Viele weißgekleidete Beamte, die aussahen wie kleine Schneemänner waren vor Ort, aber von Fröschle schien nirgends eine Spur zu sein.

»Hallo Freunde.«

Franz und Max erkannten die Stimme. Sie drehten sich um und kein anderer als Bruno Fröschle stand vor ihnen.

»Bruno, dachte wir haben eine Leiche, aber du stolzierst in der Gegend umher. Stimmt was nicht?«

Der Pathologe fühlte sich ertappt.

»Franz. Ich musste auch mal für kleine Königstiger. Aber du hast Recht, ich musste erst aus Heilbronn hierherkommen. Ein örtlicher Arzt hat schon vorher, per Schlauchboot, den Tod des Opfers festgestellt. Einen Tatort haben wir, aber der liegt im See und nicht hier auf dem Trockenen. Soll ich übers Wasser wandeln?«

Büchele blickte zum See, der kaum hundert Schritte entfernt lag und wieder zurück zu seinem Gerichtsmediziner.

»Seit zwei Stunden ist ein Mordfall gemeldet und du bist noch nicht an der Leiche?«

Fröschle holte Büchele auf den Boden der Realität zurück.

»Franz Büchele«, begann er seinen Satz etwas überheblich laut, was nicht gerade freundlich klang.

»Wie auch? Mein Trupp ist seit geschlagenen zwanzig Minuten vor Ort. Und keine zwei Stunden, mein lieber Freund. Und was die Leiche angeht, sie liegt noch immer brav im See, am Überlauf fest. Die läuft mir nicht weg. Vor einer Stunde hat der örtliche Arzt Dr. Weckstein den Tod festgestellt. Mit einem Schlauchboot ist er, freiwillig, vor knapp einer Stunde mit einem von der Feuerwehr rüber gerudert, hat den Tod festgestellt und die Leiche für uns liegen lassen. Seinen vorläufigen Bericht hat er nach Heilbronn gefaxt.«

»Die örtliche Feuerwehr da drüben hatte sich bereit erklärt, uns mit Tauchgerät und Booten auszuhelfen. Und da ich dich kenne«, er zeigte mit seinem Finger, der in einem Gummihandschuh steckte, auf Büchele.

»Keine Sorge Franz. Ich nahm das Bootangebot dankend an und habe unsere eigenen Taucher der Wasserschutzpolizei angefordert. Wir müssen eventuell den Körper bei der Bergung stützen. Die Feuerwehr geht uns da hilfreich zur Hand. War das so ok? Dauert noch einige Minuten. Bist du jetzt zufrieden?«

In diesem Augenblick kam die Taucheinheit mit einem Anhänger den Weg heraufgefahren. Freudig blickte Franz mit einem Augenzwinkern in Brunos Gesicht.

»So hätte ich es auch gemacht. Und wo liegt jetzt die Leiche?«, wollte er wissen. Fröschle führte ihn an den Rand des westlichen Seeufers. Mit einem Fingerzeig wies er die Richtung.

»Dort auf dem Überlauf, kannst du es sehen? Mit dem linken Arm und dem halben Oberkörper hängt er da oben fest. Ich kann nur so viel sagen, es ist ein Mann. Erst wenn die Taucher ihn geborgen haben weiß ich mehr.«

Jetzt wies er in die entgegengesetzte Richtung.

»Und da drüben liegt das Schlauchboot eines Anwohners. Das hat der Kollege Dr. Weckstein benutzt. Wir werden wenigstens noch eine Stunde benötigen. Ich möchte die Spuren auf dem Überlauf sichern. Heikel, aber machbar.«

Franz drehte sich um und ging auf Max und John zu, was für den Pathologen so viel wie »Ok« bedeutete.

»Wir müssen warten, bis Bruno und die Taucher soweit sind. Aber wo zum Henker ist Lilly?«

»Hallo Chef, wir sind da!«, erschreckte sie Franz von hinten, sodass der sich völlig verdattert nach hinten umsah.

»Heidenei, ich hätte ein Herzkaschper kriegen können. Mach so etwas nie wieder mit einem alten Mann!«

Lilly, die sich sehr gefreut hatte, die Truppe zu sehen, würgte buchstäblich gekünstelte Worte hervor.

»Na gut, wollte dir eine Freude machen, aber dass du so ein alter Vogel bist, der bei jeder Gelegenheit vom Ast fällt, hätte ich nicht gedacht. Sorry, konnte ich nicht wissen. Entschuldigung mein Herr.«

Büchele hörte ihr nicht mal zu. Er hatte in diesem Augenblick eine Ahnung, wenn nicht eine Vorahnung. Auf der gegenüberliegenden Seite interviewte Brigitte Kohlmarx mit ihrem Fernsehteam einen Passanten. Irgendwie schien ihm der Gedanke nicht zu schmecken, dass sie diejenige war, die Einzelheiten kannte, die er nicht von Polizeiakten, sondern von ihr erfahren sollte.

»Lilly, komm mal mit.«

Er verabschiedete sich kurz vom übrigen Team und begab sich in Richtung des Fernsehteams von Ländle TV. Diesmal wollte er es sein, der alle Infos in der Hand hielt. Er versuchte Brigittes journalistischer Neugier vorzubeugen und ging auf dem angelegten Weg, um den See herum in ihre Richtung. Stumm lief Lilly neben ihm her. Die Presse wurde, wie es die Dienstvorschriften besagten, von einem möglichen Tatort ferngehalten. Es galt die manifestierte Regel, Presse hinter die Absperrung.

Als er sich ihr auf weniger als hundert Meter genähert hatte, sah er zu seinen Kollegen ans andere Ufer. Er erkannte von hier, wie der Pathologe Fröschle der Wasserschutzpolizei Anweisungen gab. Kurz darauf wurden zwei Boote zu Wasser gelassen, während sich Taucher bereitmachten. Büchele kam bei Brigitte an.

Sie hatte soeben ihr Interview mit dem ortsansässigen Bürgermeister beendet und kam, ohne die Absperrung zu touchieren, auf Franz zu. Franz gab ihr die Hand.

»Hallo Brigitte, wie läuft's?«

»Wow, Franz, heute so förmlich? Kein heimlicher Kuss für die Pressevertreterin von Ländle TV?«
Dabei musste sie selber lachen.

»Ist ok. Ich kann dich und die Scheu vor den Medien verstehen. Zumindest hast du ja nicht mal eine eigene Website.«

Lilly, die neben ihm stand, konnte sich ein förmliches Grinsen nicht verkneifen bevor sie unaufgefordert neben Franz zu reden begann.

»Alles erledigt, Brigitte, lief wirklich gut bei Herrn Rudolf Mayer im Landratsamt. Der konnte mir einige Tipps geben, aber er kümmert sich drum. Einen schönen Gruß soll ich dir sagen. Und dreimal danke für das Weihnachtspräsent und die Öffentlichkeitsarbeit deines Senders.«

Brigitte winkte lachend ab.

»Hab ich gerne getan und mich hat es nichts gekostet. Wie sagt ein Schwabensprichwort so treffend: Wer gut schmiert, der gut fährt.«

Büchele, der diesen Dialog auf die eine oder andere Art nicht verstand, mischte sich plötzlich ein.

»Sorry, hört ihr das? Sind da nicht irgendwo Kinderstimmen zu hören?«

Lilly sah sich um und versuchte die Stimmen zu lokalisieren. Fehlanzeige. Sie konnte sie zwar ganz leise hören, aber die Richtung nicht eindeutig bestimmen.

»Scheint von dort, hinter dem Hügel zu kommen.«

Aber wer es war und weshalb Kinderstimmen hier draußen am Eichbottsee zu hören waren, blieb auch ihr verborgen. Erst ein Feuerwehrmann, der in der Nähe stand und ihre Unterhaltung mitbekam, löste das Rätsel.

»Hauptbrandmeister Burkhardt«, stellte er sich kurz vor.

»Hinter dem kleinen Bergrücken, keinen Kilometer entfernt, haben wir eine Kinderfreizeitstätte. Die geht bis übernächste Woche. Wenn die Schule beginnt, ist da drüben auch die Saison beendet. Dort verbringen Kinder unter Aufsicht einige Tage zur Entspannung. Oft sind die Eltern vor Ort und organisieren Spiele oder Ausflüge, um für Ablenkung zu sorgen. Zum Beispiel in den Heuchelberger Wald oder zum Waldspielplatz.«

Büchele hörte interessiert zu. Vielleicht hat jemand den Täter zufällig gesehen. Wäre das eine Möglichkeit? Er verwarf diesen Gedanken und zückte sein Büchlein um wenige Sätze darauf zu notierten. Er verstaute es und hob den Kopf in Lillys Richtung.

»Was war da mit dem Mayer vom Landratsamt, läuft da was hinter meinem Rücken?«, maulte er sie an.

»Nein, wie kommst du darauf? Du hast mich zu Heike Pfoh und zum Schlemmerhof geschickt, ich habe beide befragt, wie du es wolltest.«

Trotzig über Bücheles plumpe Art gab sie bereitwillig Auskunft. Jetzt zückte sie ihr Handy.

»Und hier sieh her. Ich habe Fotos von Albert Pfohs Handy mit der ID-Nummer und Anschlussdaten aufgenommen.«

Zahlreiche Bilder von einem Handy, dem Rucksack und dem gesuchten Fahrrad kamen zum Vorschein.

»Auf der Rückfahrt trafen wir Brigitte und haben angehalten. Mehr war da nicht. Und der Tipp mit dem Landratsamt kam von ihr. Rainer und ich sind zuerst aufs Heilbronner Fundamt, nichts war vorhanden. Kein Fahrrad, kein Rucksack. Dort schilderten wir unser Anliegen. Der freundliche Beamte sagte Hilfe zu. Er wolle jeden der Stadtbediensteten in einem Infoblatt dazu anhalten, die Augen offen zu halten. Auch diejenigen, die unsere öffentlichen Müllbehälter leeren. Auf unsere Bitte hin, machte er sich Abzüge von unseren Fotos. Ist doch so ok Franz, oder?«

Etwas verlegen über seine gereizte Stimmung am Anfang des Gesprächs, machte Franz etwas, wozu er eigentlich als Urschwabe nicht, oder kaum bereit war. Eine Entschuldigung seinerseits war fällig.

»Lilly, weißt du was. Ein Vorschlag zur Güte, von mir altem Mann. Sozusagen als Entschuldigung für meine ruppige Art. Die nächste Woche fängt das Volksfest an, ich lade Rainer und dich ein. Ich zahle.«

Mit einem Ruck flog Lilly ihm stürmisch um den Hals.

»Danke mein süßer alter Mann, danke.«

Selbst Brigitte begann zu lachen.

»Jetzt aber wieder zum Dienst. Wir müssen rüber ans andere Seeufer. Fröschle wird uns gleich etwas zu der Person im Wasser sagen.«

Dabei drehte er sich nochmals kurz zu Brigitte um und verabschiedete sich mit einem Augenzwinkern.

»Ich ruf dich heute Abend an«, kam es kurz und knapp, bevor er zu Fröschle sah und gefolgt von Lilly zur anderen Seeseite enteilte. Sein Blick war konstant auf die gegenüberliegende Seeseite gerichtet. Er sah, wie die Taucher den Toten, stützend auf eine Art Surfbrett legten, um ihn neben sich an Land zu bringen. Einige Spezialisten von der Spurensicherung knipsten vom zweiten Boot aus, pausenlos Fotos vom Wasserüberlauf, an dem der für Büchele noch unbekannte Mann angetrieben wurde. Proben, winzige Teilchen an Staub, Laub und vieles mehr wurden von dort mitgenommen. Ein schwieriges Unterfangen, wie die Männer in ihren weißen Anzügen feststellen mussten. Immer wieder trieben die Ruderboote von ihrer Position aus zurück ins freie Gewässer. Derjenige, der an den Rudern saß, musste mit leicht dosierten Paddelschlägen das Boot weit genug vom zu sichernden Objekt entfernt halten und andererseits so nah wie möglich heranrudern, damit der Beamte Proben nehmen konnte. Noch bevor er den Pathologen und sein Team erreicht hatte, begann Fröschle mit seiner eigentlichen Arbeit vor Ort. Feststellen der Todesart. Denn er musste den Todeszeitpunk so präzise wie möglich eingrenzen. Hilfreich hierbei waren Leichenflecken, die eintretende Totenstarre und die Körpertemperatur, immer in Abhängigkeit mit der Umgebungstemperatur. Auch Hinweise von Larven, sofern vorhanden, waren ihm stets ein hilfreiches Mittel in der forensischen Entomologie. All dies oblag der Forensik, dem

Aufgabenbereich von Dr. Fröschle aus der Pathologie des Heilbronner Krankenhauses. Als Büchele auf der anderen Seite ankam, war die Untersuchung in vollem Gange. Gerade erst hatte Dr. Fröschle sich über den Leichnam gebeugt, war auf die Knie gegangen und hatte begonnen den Toten auf die Brust zu drehen, als Büchele hinter ihm auftauchte.

»Na mein Leichenfledderer, wie sieht es aus?«
Fröschle konnte Büchele nicht sehen, aber er hatte ihn gehört.

»So viel steht fest«, sprach Fröschle ihn an, ohne sich umzudrehen.

»Es ist ein Mann, ca. fünfzig Jahre. Strangulationswunden am Hals und an den Handgelenken. Aber das hat nicht zum Ableben unseres Unbekannten geführt.«

Jetzt drehte er den Toten auf die Rückenlage. Noch konnte Franz das Gesicht nicht erkennen. Fröschle lehnte noch über dem Leichnam. Fröschle untersuchte von außen den Hals auf offensichtliche Spuren ab.

»Der Kehlkopf ist nicht eingedrückt, somit steht zumindest außer Frage, ob er vital oder postmortal im Wasser gelandet ist.«
Fröschle suchte weiter.

»Hier auf Höhe des Herzens gab es eine Wunde, die kurz und stark geblutet haben muss. Mehr kann ich erst sagen, wenn er bei mir in der Pathologie auf dem Tisch liegt.«

Jetzt erhob sich Fröschle, der bis dahin unbeabsichtigt, den Kopf und Rumpf mit seinem eigenen Körper vor Bücheles Neugierde verborgen hielt. Büchele sah in die Augen des toten Mannes. Mit aufgedunsenem hellem Gesicht, weißen Augäpfeln und aufgesperrtem Mund starrte er ihn an. So, als wolle er ihn um Hilfe bitten. Ein Augenblick schien zu endlosen Minuten zu werden.

»Verdammte Scheiße!«, begann er fluchend, als er sich abwandte. Keiner verstand weshalb. Erst als er seine Empfindung beim Weggehen laut hinausschrie.

»Dies ist Albert Pfoh, mein Schulkollege. Diese Schweine, diese perversen Mörder. Albert hatte nie was Böses getan. Wieso er?«

Max erkannte schnell den Ernst der Lage, griff Büchele am Ärmel und entfernte sich mit ihm vom Tatort. Lilly und John kamen ihm zu Hilfe und sprachen beruhigend auf Büchele ein. Max Krüger, sein Stellvertreter, tat das einzig Richtige.

»Lilly, du bringst Franz hier weg, am besten gleich heim zu Gisela, verstanden?«

Lilly nickte. Von der Gegenseite des Sees wurden die lauten Worte bemerkt. Unbeeindruckt von den Beamten zog Brigitte Kohlmarx ihre Pumps aus, nahm sie in die Hand und eilte über die Wiese auf Franz zu. Selbst sie nahm ihn in den Arm und versuchte beruhigend auf ihn einzuwirken. Büchele rang nach Luft. Brigitte beruhigte ihn.

»Franz, komm, wir fahren heim.«
Lilly begleitete die beiden noch zu Brigittes Cabrio und verabschiedete sich von ihnen.

Max übernahm die Leitung an Bücheles Stelle. Kein Wort über diesen Vorfall war zu hören. Bis spät abends sicherten die Beamten Spuren und befragten Zeugen. Ein örtliches Bestattungsunternehmen wurde schließlich beauftragt, die Leiche in die zuständige Pathologie nach Heilbronn zu überführen. Dort sollten alle weiteren Untersuchungen am Toten vonstattengehen.

Es wurde ruhiger auf dem Areal, als jeder seine Utensilien und Arbeitsgeräte verstaute. Am späten

Abend fragte Max, der das Dienstprotokoll aufmerksam gelesen hatte, nach der Person, die den Leichnam entdeckt hatte. Es war eine Gruppe von Kindergartenkindern, die unter Aufsicht ihrer Betreuerinnen unterwegs waren, um das nahegelegene Biotop zu erkunden. Eine Frau Lara Grimm hatte den Toten am Überlaufgatter entdeckt. Danach hatte sie sich, ohne Aufsehen und Panik unter den Kindern zu verbreiten, mit ihren Kolleginnen zurück zum Kindergarten begeben und die Notrufnummer gewählt. Krüger machte sich Notizen. Jede kleine Winzigkeit könnte wichtig sein. Max blieb mit John am Tatort, bis die letzten aufgebauten Scheinwerfer erloschen, das Equipment verstaut, und nur noch die weiß-roten Absperrbänder von dieser schrecklichen Tat Zeugnis gaben.

»Lass uns gehen, John, hier gibt es im Augenblick nichts mehr zu untersuchen.«

Als sie zu ihrem Fahrzeug gingen, erklang Gitarren-geklimper. Ein Lied aus Krügers Jugendzeit, klang über den kleinen Hügel herüber. Beide lauschten. John, der solche eigenartigen Töne in freier Natur zum ersten Mal vernahm, wurde neugierig.

»Max, fahren wir vorbei und sehen es uns an?«

»Aber ich fahre, sonst kommen wir dort niemals an.«

John nickte ihm begeistert zu. Als sie im Auto saßen, ließ Max die beiden Fenster herunter, lauschte dem Wind, den Geräuschen am See und kam nicht umhin, John eine Frage zu stellen.

»John, es ist so still und idyllisch hier, wieso sind die Menschen solche Tiere?«

John hatte hierfür keine logische Erklärung.

»Viele Bücher wurden darüber geschrieben. Letztendlich wurde das Rätsel des menschlichen Triebes nie ganz entschlüsselt, mein Freund.«

Max drehte den Schlüssel im Zündschloss und ließ den Wagen an.

Nach kurzer Fahrt rollte ihr Fahrzeug auf ein eingezäuntes Arial zu. Max stoppte und las das kleine Schild am Eingangstor »Jugendfreizeit von Juni bis Oktober.« Zelte waren errichtet und er sah fest installierte Sanitäreinrichtungen. Ein Lagerfeuer brannte und jemand begleitete den Gesang von Kindern mit einer Gitarre. Max überlegte bevor er weiterfuhr. Es blieb nicht unbemerkt von John. Erst als sie auf der Bundesstraße nach Heilbronn ankamen, traute sich John zu fragen.

»Wieso hast du vor der Jugendfreizeit so lange gewartet. Meinst du, unser Täter kam von dort?«

Max sah ihn an während er den Blinker setzte.

»Wohl kaum, aber vielleicht haben die Erwachsenen oder die Kinder etwas Ungewöhnliches bemerkt, wer weiß. Das bekommen wir noch raus, keine Angst. Das Team von Büchele ist da akkurat und diszipliniert.«

Es war spät, als Max seinen Kollegen vor der Weinvilla Fischer absetzte. Er wünschte ihm eine gute Nacht und fuhr weiter zu sich nach Hause. Es war unmöglich einen Fall im Geiste sofort abzuhaken. Es begleitete ihn noch lange. Die Zeit spielte dabei keine wesentliche Rolle. Ob nachts, ob tagsüber, diese Gedanken hefteten sich wie eine unlösbare Verknüpfung in das Gedächtnis.

Büchele saß diese Nacht regungslos in seinem alten Wohnzimmersessel. Nichts konnte ihn aufmuntern. Weder das leckere Essen von Gisela, noch die tröstenden Worte von allen anderen im Haus. Wie ein unsichtbarer Nebel hatte sich das ganze Geschehen auf Bücheles Gemüt gelegt. Die letzten Jahre zogen wie in einem Film an ihm vorbei. Er hatte mit der Zeit gelernt zu verdrängen. Seine Arbeit als Arbeit zu sehen und nichts an sich heranzulassen. Stets hatte man ihm eingetrichtert, wie wichtig das sei. Diesmal schien es anders zu sein. Natürlich kannte er Albert. Weswegen aber bat dieser Schulfreund seine Tochter, Büchele im Notfall zu benachrichtigen? Diese Konstellation erschien ihm seltsam oder war es eher ein bedauerlicher Zufall?

Die Realität schien in ihm wieder die Oberhand zu gewinnen. Franz nippte an dem Glas, welches Gisela vor ihm auf den Tisch gestellt hatte. Er griff, ohne darüber nachzudenken in die Schale vor sich und biss lieblos auf einem Cracker herum.

Franz dachte über das Wieso nach. Es stimmt nicht, vermochte er sich zu erinnern. Er sah ihn nicht zuletzt im Gymnasium. Er glaubte sich daran zu erinnern, wie er ihn vor Jahren auf dem Friedhof traf. Seine Frau starb im selben Jahr, wie Bücheles eigene Ehefrau, die an einer zu spät entdeckten Hirnhautentzündung ums Leben kam. Die beiden Frauen trennten hier vier Reihen voneinander, Zufall? Und da Franz nicht der Besucher war, der täglich am Friedhof vorbeikam, sind sie sich auch nur durch puren Zufall begegnet. Das Resultat? Man betrieb dabei oftmals nur Smalltalk, über die Familie und den beruflichen Werdegang. Franz rutschte in seinem Sessel nach vorn. Dabei erwähnte er, dass er bei der Heilbronner Mordkommission sei. Albert scherzte noch.

»Dann kann ich keinen ums Eck bringen, sonst hab ich dich am Ärschle.«

Wie er durchblicken ließ, konnte man auf einen echten Freund heutzutage kaum verzichten.

Sollte es sich jetzt bewahrheiten, was Albert damals im Scherz andeutete? Franz nahm sich einen weiteren Cracker und biss ab.

»Albert, ich verspreche dir dem Ganzen auf die Spur zu gehen. Egal wie lange, ich bleibe dran, versprochen.«

Gisela war die einzige, die noch an diesem Abend in der Küche zu tun hatte, alle anderen waren zu Bett gegangen. Sie hörte Bruchstücke von dem, was Franz vor sich hinmurmelte und kam aus der Küche ins Wohnzimmer.

»Franz, hast du was gesagt?«

Er winkte ab.

»Morgen geben wir alles, gute Nacht Gisela«, tönte er enthusiastisch und verschwand über die Treppe ins Schlafzimmer. Gisela stand verwundert da und schüttelte den Kopf. Eben noch hätte sie für den Gemütszustand ihres Hausbewohners keinen Pfifferling gegeben. Und keine zwei Stunden später stolziert er nach oben, als hätte er eine Eingebung gehabt.

Keine sechs Stunden nach diesem Ereignis, noch bevor Gisela aufgestanden war, kam Büchele, fix und fertig nach seiner morgendlichen Toilette, pfeifend die Treppe herunter. Er brühte Kaffee auf, trällerte zu dem Song von Babelee Frischer, der soeben aus dem Lautsprecher des alten Kofferradios dröhnte und ließ die Eier ins kochende Wasser fallen.

Urplötzlich standen alle hinter ihm.

War eine Verwandlung in ihm vorgegangen? Polly, die noch vor Gisela im Türrahmen der Küche stand, versuchte es mit einem lächelndem: »Guten Morgen, Franz, huhu alles ok?«, dabei winkte sie ihm aus kurzer Distanz zu. Franz drehte sich um.

»Was ist los? Noch nie jemand beim Frühstück zubereiten gesehen? Stimmt etwas nicht?«

Keiner wollte, nach dem gestrigen Fund von Albert Pfoh im Eichbottsee, ein falsches Wort sagen.

»Nö, nö«, ergriff jetzt Gisela beherzt das Wort, als sie auf die Küchenuhr sah.

»Wir sind es nur nicht gewohnt, dass du um 5:30 Uhr in der Küche stehst. Aber bitte, wir Mädels lassen uns auch gerne bedienen.«

»Helft Franz beim Tisch decken. Und du, John, kannst zum Bäcker vorfahren, Brötchen holen, ok?«
John nickte und verschwand aus der Eingangstür.
Lilly ging noch kurz nach draußen und kam mit einem kleinen Sommerstrauß von der Wiese zurück. Büchele strahlte sie an, als sie ihm die Blumen vor die Nase hielt.

»Ich wünsche dir einen wundervollen Tag, Franz.«
Büchele konnte nicht anders und nahm Lilly Hansen fest in seine Arme.
Als John mit einer großen Tüte Leckereien vom Bäcker zurückkam, war das gemeinsame morgendliche Frühstück perfekt. Brötchen, Brezeln, Marmelade und Wurst standen wie ein Festmahl dekoriert auf dem Tisch. Gisela legte jedem ein gekochtes Ei von den eigenen Hühnern in den vorgesehenen Eierbecher. Sie schenkte jedem einen duftenden Kaffee in die Tasse und strich, wie zu alten Zeiten, Franz ein Marmeladenbrötchen.

Ein unsichtbares Lächeln verbreitete sich am Tisch, als hätte jemand, zumindest für diesen Augenblick, über alle ein Zufriedenheitspulver ausgestreut. Die Welt schien verrückt zu sein. Im einen Augenblick gab es Tränen und Unglück, im anderen waren Momente der Zufriedenheit und des Glücks vorrangig. Daher sagte er immer, wie es kommt, so kommt's. Machen wir das Beste daraus.

Sumpflandschaft

Büchele tat, als wäre nichts geschehen. Er nahm nach dem Frühstück seinen Hut vom Haken, seine Autoschlüssel vom Bord und verabschiedete sich, wie jeden Morgen, von Gisela mit einem Küsschen.

»Euch noch einen schönen Tag, bis später im Büro«, dabei sah er John und Lilly an.

Als sein Wagen durch das äußere Tor des Anwesens Fischer fuhr, standen alle noch perplex und wortlos in der Küche. Gisela murmelte etwas in sich hinein, als das Telefon klingelte. John, der direkt danebenstand, hob den Hörer ab.

»Weinvilla Fischer, Weirich am Apparat«, kam es zögerlich von ihm.

John war überrascht, als er die Stimme von Brigitte Kohlmarx vernahm.

»Du, nein, der ist vor fünf Minuten ins Dezernat gefahren. Und ich kann dir sagen, mit dem Mann stimmt was nicht!« …

»Keine Ahnung, der war doch gestern, vom Tod seines Schulkollegen so mitgenommen. Und heute Morgen hat er uns trällernd ein Frühstück zubereitet. Ist vielleicht eine PTBS in seinem Kopf? Verstehst du sein Verhalten?« …

»Naja, ich habe ihn so noch nie erlebt, aber wenn's so was gibt das bei ihm einen positiven Schlüsselreiz auslöst, soll es mir recht sein.«

Brigitte war am anderen Ende der Leitung total überrascht, ehe John weitererzählte.

»Ne du, den kriegst du in zehn Minuten im Büro. … Ja, danke dir auch Brigitte. Ja sag ich. Tschüss.«
John legte den Hörer auf.

»Brigitte sucht Franz.«

»Ja und weshalb?«, fragte Polly.

»Keine Ahnung. Irgendwelche Fotos wollte sie haben.«

Jetzt regte sich Lilly auf dem Stuhl. Blitzschnell stand sie auf, ging an ihre Jacke und kramte nach ihrem Handy.

»So ein…. Die Fotos, ich habe die Fotos noch auf dem Handy. Ich wollte sie gestern noch auf den Rechner des Dezernates spielen. Verdammt, wenn Franz die nicht auf dem Rechner sieht, zerlegt er mich, wie ein Gickerle. John, iss fertig und dann müssen wir fahren. Oh Shit, geht nicht, wir haben kein Auto.«

Schnell wählte sie die Nummer von Max.

Aber der war bereits auf dem Weg zu Fischers Anwesen. Krüger war irrtümlich der Meinung, Franz würde mit ihm fahren. So kam es, dass sein Handy genau in dem Augenblick zu klingeln begann, als er die Einfahrt erreichte. Lilly legte auf, als sie den herannahenden Dienstwagen erkannte.

Nichtsahnend stieg Max Krüger aus.

Lilly rannte mit ihrer Jacke in der Hand und John im Schlepptau gerade aus dem Haus und schnurgerade auf ihn zu.

»Guten Morgen. Ist Franz zur Abfahrt fertig?«

Hechelnd berichtete sie von ihrem Fehler und bat Max sie mitzunehmen.

Max legte beim Fahren einen Zahn zu. Mit dem rasanten Fahrstil machten sie Zeit gut. Vorsichtshalber parkten sie ihr Auto in der Tiefgarage. Sie stiegen aus und sahen, wie sich just in diesem Moment Franz, neben Staatsanwalt Jürgen Krümmbusch, in der Lobby, an einem Kaffeeautomaten zu schaffen machte. Es schien, als hätte Krümmbusch auf Büchele gewartet.

Büchele beurteilte die dienstliche Nähe der Gerichtsbarkeit zum Dezernat nicht gerade als besonders prickelnd. So konnte sich der unbekümmerte Staatsanwalt, oft genug ins nahe Polizeidezernat begeben.

Schnell drückte Lilly auf den Fahrstuhlknopf. Dieses Mal schien er schnell zu sein. Die Tür öffnet sich, Max, John und sie zwängten sich hinein und drückten auf den Knopf MD. Schnell war der Fahrstuhl verlassen, sie über den Gang gehuscht und die Daten auf den Polizeirechner gespielt.

Das Timing stimmte.

Die Tür des Dezernats öffnete sich und Büchele stand im Türrahmen.

Frech grinste Lilly ihn an.

»Guten Morgen Franz, auch schon im Büro?«

Büchele sah sich um. Jetzt sah er Krüger, der an der Kaffeemaschine hantierte. Lächelnd sah er seine Jüngste im Team an.

»Max hat euch abgeholt, stimmt's? Und mich hat der Krümmbusch aufgehalten, kann vorkommen oder nicht?«

Alle sahen ihn an. Jeder dachte dasselbe. Seit wann ist Büchele die Freundlichkeit in Person? Krüger stellte ihm eine Tasse auf den Tisch, als Franz den Knopf seines Rechners drückte.

»Mal sehen, was es Neues gibt.«

Leise fuhr der Rechner hoch. Franz gab sein Passwort ein und es erschien nach wenigen Momenten das Emblem der Polizei auf dem Bildschirm.

»Lilly, wo hast du auf dem Rechner die Bilder abgelegt?«

Lilly wurde nervös. Mit einem Fingerzeig fuchtelte sie ihm gegenüber in der Luft herum.

»Äh…. Ich denke. Nein, ich habe dir einen neuen Ordner gemacht. Der nennt sich Eichbottsee Albert Pfoh. War das korrekt?«

Franz suchte den Ordner. Und las die Worte, die Lilly soeben ausgesprochen hatte. Einen Augenblick überlegte er. Genau davor hatte sie sich gefürchtet. Sie zischte ein leises »Bullshit«, zwischen den Zähnen hervor. Sie konnte es sich denken, Büchele war nicht auf den Kopf gefallen und sie hatte einen Fehler begangen. Franz verschränkte die Arme vor seinem Körper.

»Lilly, irgendetwas stimmt hier nicht. Und lüge mich bitte nicht an, ok?«

Lilly nickte.

»Kannst du mir sagen, weshalb der Ordner sich Eichbottsee Albert Pfoh schimpft? Du konntest zu diesem Zeitpunkt noch nicht wissen, dass die Leiche am See Albert ist, oder kannst du hellsehen?«

Sie versuchte sich eine neue Ausrede einfallen zu lassen, als Franz auf das nächste Detail hinwies. Da konnte sie nur noch die Karten auf den Tisch legen. Büchele führte zwei Klicks auf dem Bildschirm aus und konfrontierte sie mit ihrem kleinen Schwindelversuch.

»Sieh her, die Datei ist erst vor acht Minuten erstellt worden, findest du das nicht etwas seltsam oder möchtest du mich verschaukeln?«

Mit ernster Miene sah er sie an.

»Ok, Franz«, begann sie jetzt zu gestehen.

»Ich hatte gestern vergessen, die Bilder auf den Rechner zu spielen. Und als du heute Morgen so komisch drauf gewesen bist, habe ich mich nicht getraut es dir zu sagen. Sorry, tut mir echt leid. Ich hätte es dir sagen müssen. Als dich Krümmbusch in der Lobby aufgehalten hatte, sah ich meine Chance und überspielte den Stick auf den Rechner.«

Büchele versuchte sich im Zaum zu halten. Noch saß er mit verschränkten Armen auf seinem Stuhl. Krüger, der ihm gegenüber saß, sah ihn eindringlich an. Kein Wunder, in aller Regel würde Büchele jetzt ein herzhaftes Donnerwetter vom Zaun brechen, bis die Halle beben würde. Nichts dergleichen geschah. Enttäuscht, aber gelassen sah er Lilly an.

»Kind«, begann er seine Worte.

»Es ist mir egal, wann du die Daten hochlädst. Du hättest mit mir reden können. Mit mir kann man wie mit einem schwäbischen Ochsen reden. Aber wenn du den am Schwanz ziehst, wird der auch wütend. Für die Zukunft wird alles berichtet, verstanden?«
Lilly, die so viel Verständnis kaum erwartet hatte nickte.

»Noch was«, fuhr er fort.

»Manches wird nicht so heiß gegessen, wie es gekocht wird, sagen die Schwaben.«
Dabei zwinkerte er ihr mit einem Augenblinzeln zu. Krüger war von seinem Partner begeistert der so viel Menschlichkeit an den Tag legte und nickte.

»Und jetzt möchte ich so schnell wie es nur geht eine Inventarliste von den Dingen, die Albert in Großgartach dabei hatte. Rainer, du kümmerst dich um die Dinge, die nach Heikes Aussage fehlen. Und wir, Max, fahren ins Krankenhaus, rüber zu unserem Rechtsmediziner. Vielleicht kann er was Neues berichten. Ach Lilly, bevor ich es vergesse. Spiel mir mal die Fotos auf mein Handy, ich bin da eher etwas unbeholfen, könntest du das tun?«

Lilly lächelte, als Büchele sein altes Handy aus der Jackentasche zog, die über seinem Stuhl baumelte.

»Franz, wir haben ein Problem dein Handy ist zu alt, du hast keine Kamera in deinem Handy.«

»Stimmt, so ein Mist. Max gibst du ihr deines bitte, dauert nicht lang oder?«

Lilly schüttelte den Kopf.

»Nur fünf Minuten, dann hast du es zurück.«

Widerwillig übergab Max an Lilly sein neues Handy.

»Franz, du hättest dir schon längst selbst ein neues Handy kaufen können.«

»Ich brauche mein Telefon eigentlich doch nur zum Telefonieren, ohne irgendwelchen Schnickschnack. Geht das nicht in eure Birne?«, echauffierte er sich jetzt über die Bemerkung seines Freundes, der sofort in Rage kam.

»Dann hädsch die Bildle uff eu Papierle gmold, du alter Seggl.«

Selten bekam Franz Gegenwind von seinem Freund. Sobald der auf schwäbisch mit ihm sprach, war die Lage ernst und sprichwörtlich Polen am Brennen.

»Naja, ich denk drüber später nach. Zufrieden?«

Max holte noch weiter aus.

»Des reicht net oder bisch du noch oin Neandertaler?«

Das Wort Neandertaler ließ Franz nicht auf sich sitzen.

»Jetzt hör uff, jetzt wird's bleed, Max.«

Krüger, entrüstet über das antiquarische Benehmen seines Freundes, wandte sich um und lief zum Ende des Raumes, wo Lilly die Daten auf sein Handy überspielt hatte.

Gelassen grinste Büchele jedem entgegen, der an seinem Schreibtisch vorbeilief. Hatte er Drogen genommen? Oder war ihm gerade alles egal?

Kurze Zeit später fand sich Max an ihrem gemeinsamen Schreibtisch ein. Noch saß Franz mit verschränkten Armen auf seinem Stuhl.

Agentur Sunshine

M ax zischte ihn zynisch an.
»Bist du angewurzelt oder können wir
los?«

Büchele erhob sich stumm aus seiner Sitzgelegenheit, setzte sich seinen Hut auf und nahm die Jacke von der Lehne.

Fast schon spielerisch ließ er dabei sein altertümlich, anmutendes Telefon in seine Jackentasche gleiten.

»Lass uns gehen, Dr. Fröschle wird uns erwarten.«

Kaufmann und Lilly betrachteten nochmals die Fotos, bevor sie eine Liste der Gegenstände anfertigten, die Albert Pfoh ihrer Meinung nach am letzten Tag bei sich gehabt haben könnte. Zumindest an dem Tag, an dem er noch gesehen wurde. Feinheiten mussten ausgespart werden.

Elsbeth konnte sich nur vage an Kleidung und Utensilien erinnern, die er bei sich trug. Und Heike hatte ihren Vater die besagten Tage nicht persönlich zu Gesicht bekommen. Sie beschrieb, was sie während der letzten Videokonferenz bei ihm sah.

Büchele verließ mit Max das Dienstgebäude in Richtung Krankenhaus, in dem sich auch seit Jahren die Pathologieabteilung von Dr. Bruno Fröschle, dem zuständigen Rechtsmediziner untergebracht war. Im Krankenhaus angekommen, stiegen sie in den Aufzug und drückten die Taste neben der großen und mächtigen eingravierten Inschrift:

»PATHOLOGIE-RECHTSMEDIZIN.«

Büchele hatte sich schon öfters gefragt, wieso die Pathologie im Keller untergebracht ist und nicht auf einer normalen Zugangsebene. Keiner kannte die Antwort. Vermutlich steckte man alles Unangenehme in den Keller, war seine scherzhafte Vermutung. Oder war es wegen der niedrigen Temperatur, oder weil keiner die Obduktionen mitbekommen sollte?

Während sie nach unten fuhren, waren Lilly und Rainer Kaufmann im Dezernat immer noch dabei, das Bildmaterial und die Daten von Alberts Laptop in eine für sie plausible, logische und chronologische Reihenfolge zu bringen. Dazu nutzten sie die neuste Technik. Über Bildschirmtische konnten sie durch Drag-and-Drop alle Bilder, SMS und Sprachnachrichten miteinander verknüpfen. Datumsangaben und selbst Tageszeiten wurde vom System selbst angeordnet. Jetzt entstand ein Bild über den zeitlichen Ablauf eines Menschen, von dem sie persönlich nichts wussten, geschweige denn kannten. Stück für Stück wurde mehr ans Tageslicht befördert. Seine tägliche Routine wurde sichtbar, seine Vorlieben, wiederkehrende Gewohnheiten und Abläufe.

Aber immer noch suchten sie nach der Nadel im Heuhaufen.

Urplötzlich kam ein: »Rainer, halt an, ich glaube ich habe eben was entdeckt.«

Rainer hielt in seinen Handbewegungen inne.

»Wir müssen die Buchungen auf seinem Laptop überprüfen, richtig? Und nachsehen, was für eine Reise es war, die wir vorgestern in seinen Buchungen gefunden hatten, richtig?«

»Und was möchtest du mir damit sagen?«

Lilly folgte einer Buchungszeile mit dem Finger.

»12. August, Agentur Sunshine für zwei Veranstaltungen 120 Euro. Leider steht da kein Datum, wann die Veranstaltung war, verdammt. Warte mal, ich versuche den Kontoinhaber über die Bankdatei zu ermitteln.«

Mit flinken Fingern strich sie über den riesigen Bildschirm.

»Ich habe es gefunden. Agentur Sunshine Inhaber Ilona und Peter Greiß. Heilbronn Junkergasse.«

Schnell drückte sie auf den Button Dokument drucken. Keine Sekunde später spuckte der alte Drucker das Ergebnis aus.

»Rainer, lass uns gehen. Diese beiden Agenturinhaber müssen wir befragen, ok?«

»Meinst du, es ist eine gute Idee, Büchele nichts davon zu berichten?«

Lilly sah ihn an.

»Sei kein Frosch, du bist bei der Mordkommission. Sieh dich um, Franz und Max sind unterwegs. Sollen wir warten?«

»Ok. Aber wir haben keinen Dienstwagen und sind nicht befugt einen anzufordern, was nun? Wie kommen wir dorthin? Etwa laufen?«

Lilly hatte noch während er sprach, die Route auf dem Display berechnet und ausgedruckt. Parallel dazu hatte sie den Link per Bluetooth auf ihr Handy verschoben.

»Sind zwei Kilometer. Laufen, Stadtbahn oder wir fahren mit meinem privaten Wagen, überleg es dir.«

Rainer, der Lillys unkonventionellen Fahrstiel kannte, verzichtete liebend gern darauf. Postwendend kam seine Antwort.

»Ich denke wir gehen an die frische Luft.«

Draußen vor dem Gebäude angekommen blickten beide in einen sonnigen Himmel und grinsten.

»Klasse Wetter«, kommentierte Rainer den Sonnenschein.

»Wohin müssen wir?«

Lilly sah auf ihr Handy und wies nach rechts.

»Hier entlang.«

Vorbei an alten Baumbeständen, an kleinen netten Einkaufsgeschäften, die vor dem Laden ihr reichhaltiges Obst präsentieren, folgten sie der vorgegebenen Strecke auf dem Handy. Den Ausdruck über die Wegstrecke hatte sie sich zusätzlich in ihre Tasche gesteckt. Sie war auf ihr nagelneues Smartphone ausgewichen. Die Route eingegeben, leitete es die Zwei bis an ihr Ziel. Lilly sah nicht mehr aufs Handy, sondern als es am Zielort zu blinken begann, sah sie in die Höhe.

»Hier muss die Junkergasse sein.«

Rainer blickte auf das über ihnen angebrachte Straßenschild. Lachend gab er es zu.

»Volltreffer, so eine Navi-App ist schon eine tolle Sache. Du hattest recht wir stehen an der Junkergasse. Jetzt müssen wir nur noch die Agentur finden, wie war nochmal der Name?«

»Sunshine, Rainer, die Agentur Sunshine suchen wir. Und da es eine Gasse sein soll, kann es nicht weit weg sein. Oder?«

Rainer nickte. Beide wechselten die Straßenseite, als ein großer Müllcontainer ihnen den Weg versperrte. Lilly wies auf einen alten Herrn, keine fünfzig Meter vor ihnen, der gegenüber seine Auslagen sortierte.

»Ich frage den alten Herrn, vielleicht kann er uns helfen.«

Er sah sie zustimmend an. Mit einem fröhlichen »Hallo« kamen sie am Obststand an. Rainer sah den Alten an, sah auf die Auslagen und sein Werbeschild, welches oberhalb, an einer bröckelnden Wand befestigt war. Auf Türkisch und Arabisch waren da allerlei Schriftzeichen auf das verwitterte Schild gepinselt, die Rainer und Lilly nicht verstanden. Konnte dieser ältere Herr ihnen wirklich bei der Suche behilflich sein? Lilly hatte dies nicht infrage gestellt und versuchte, sich mit dem alten Herrn zu verständigen.

»Entschuldigen Sie, mein Herr. Kennen Sie die Agentur Sunshine?«

Verstört sah der Alte sie an, bevor er ihr zögernd in gebrochenem Deutsch antwortete.

»Hier nix Sunischein, nix Agent, nix Tour, nur Kaffee dort vorne. Da können du Shisha haben.

»Agentur Sunshine«, wiederholte sich Lilly.

»Da vorne Shisha holen wollen. Du mich verstehen können?«, gab der Alte zum Besten. Lilly zuckte die Schultern, blieb freundlich und verabschiedete sich mit einem Händeschütteln.

»Danke, danke mein Herr«, waren ihre freundlichen Worte, als sie sich mit einem Flüstern ihrem Kollegen zuwandte.

»Rainer, der Alte hat keinen Plan. Der versteht mich nicht. Lass uns weitergehen.«

Rainer sah sich daraufhin unvermindert auf der Straße um, studierte die Häuserfassaden, bis ihm unweit von ihnen ein kleines Schild mit einer Sonne auffiel.

»Da, da vorn, lass es uns da versuchen.«

Er zeigte dabei auf das unscheinbare Schild.

Es war heiß an diesem Augustnachmittag.

Jetzt suchte er nach einem Taschentuch und Lilly wedelte sich mit ihrem luftigen Sommerrock Kühlung von unten zu. Rainer stand vor einem kleinen Krämerladen, als ihm eine Idee kam.

»Lilly, Abkühlung gefällig?«

Sie nickte und Rainer nahm sie bei der Hand.

»Komm mit, ich habe was für dich.«

Rainer zog Lilly durch den kleinen engen Krämerladen. Sie schlängelten sich vorbei an jeder Art erdenklichen Esswaren. Krüger blieb abrupt vor einem vollen

Kühlaggregat mit Limonade stehen. Im Inneren waren die Scheiben, durch die tiefe Temperatur, total angelaufen. Rainer öffnete den Kühlschrank, nahm zwei Dosen Cola von einem Stapel und sah Lilly an. Er stellte die Getränke neben eine Packung Flips, die er sich aus einem Regal gegriffen hatte. Lilly sah ihn verwundert an.

»Und wo bitteschön ist die versprochene Abkühlung? Eine Dose Cola, ist das alles?«

Rainer nahm Lilly bei den Hüften und schob sie behutsam vor den offenen Kühlschrank.

»Wow, Geilomat ist das Fun.«

Lilly schob ein Stück ihren Rock nach oben, um genügend Kühlung zu erhalten. Zehn Sekunden später begann das Kühlaggregat, sich mit einem Piepen über die offene Tür zu beschweren.

»Mach die verdammte Tür von Kühlschrank zu«, kam es aus Richtung Kasse. Lilly ließ ihren Rock fallen, schnappte sich die abgestellte Cola und ging, gefolgt von Rainer, auf den Ausgang zu.

An der Kasse saß ein älterer Herr. Er zog wortlos die beiden Büchsen Cola über den Scanner, sah aufs Display der Kassenanzeige und meinte trocken und lieblos.

»Macht 99 Cent junge Frau. Hat Ihnen der Kühlschrank genug Abkühlung verschafft?«

Lilly fühlte sich ertappt. Woher kam die Vermutung des Alten. War da eine Videokamera, die ungebetene Kunden filmte?

Keine fünf Meter weiter, sortierte eine junge Frau Regale ein. Sie hatte das gerade beendet und lief mit einem »Hallo«, hinter den Kassentresen. Sie sah die beiden an und streckte die Hand nach ihnen aus.

»Mein Name ist Franziska, Franziska Wolf. Und dieser ältere Griesgram ist mein Vater.«

Lilly und Rainer taten es ihr gleich und stellten sich, wie es die Höflichkeit vorschrieb, der Dame und dem Herrn vor. Franziska begann zu lächeln.

»Keine Angst, mein Dad ist kein Spanner. Aber wenn zwei junge Leute in Richtung Kühlschrank gehen, erinnert es ihn an früher.«

Rainer verstand nicht.

»An früher, weshalb?«

»Nun ja, so hat er meine Mutter kennengelernt. Vor einem Kühlschrank. Und was soll ich sagen? Hier bin ich, so bin ich entstanden. Buchstäblich vor einem kalten, alten Kühlschrank. Und bei jedem piepsen des Aggregates fühlt sich Vater daran erinnert.«

Ludwig Wolf lächelte in sich hinein, als seine Tochter die Hand von ihm ergriff. Lilly legte einen 5 Euro Schein auf den Tresen.

Jetzt erst verstand sie, was Ludwig Wolf ausdrücken wollte. Lächelnd verabschiedeten sie sich an der Türe, nicht ohne den beiden zum Abschluss die Hand zu reichen.

»Kennen Sie eine Agentur Sunshine, hier in der Straße?«

Franziska Wolf, die zwischen den beiden Beamten stand, verwies keinen Steinwurf entfernt, auf der gegenüberliegenden Straßenseite.

»Meinen Sie das Verkupplungsstudio für Alte dort drüben?«

Lilly stutzte und Franziskas Antwort machte sie neugierig.

»Wieso Verkupplungsstudio, wie meinen Sie dies?«

Franziska sah sie an.

»Die ziehen einem das Geld ganz schön aus der Tasche. Dad war auch mal da. Sie müssen eine

Einzugsermächtigung unterschreiben, die über die Zeit von drei Monate geht. Steht im Kleingedruckten.«

Franziska zuckte abwertend mit den Schultern.

»Ich schätze, wer sich mit solch einem Unternehmen einlässt, ist entweder doof oder blind. Aber wer weiß, vermutlich haben wirklich einige einen Partner gefunden.«

Die Worte klangen traurig und wenig ermunternd für ältere Herrschaften. Und dem wollten die Beamten jetzt endgültig auf den Grund gehen. Franziska gab Rainer noch eine Visitenkarte vom Laden mit, falls die beiden noch Fragen hätten und verschwand nach hinten ins Lager.

Lilly und Rainer überquerten die kleine Gasse, um nach wenigen Schritten vor einer schmucklosen Tür zu stehen. Agentur Sunshine, Vermittlung für Senioren, stand auf einem Schild über dem Eingang. Inhaber Ilona und Peter Greiß. Rainer drückte den Klingelknopf. Nichts geschah. Er drückte noch einmal.

»Ich habe es gehört, einen Augenblick noch.«

Von drinnen waren Schritte hörbar. Ein lautes, klackendes Geräusch war zu vernehmen. Je mehr sich die Person der Tür näherte, umso aufdringlicher wurde die Geräuschkulisse. Lilly mutmaßte von außen.

»Hohe Absätze?«

Die Tür ging auf. Rainer Kaufmann stockte der Atem. Wie angewurzelt stand er da und starrte auf die Person, die ihnen die Tür geöffnet hatte. In schwarzen Lederleggins stand eine sportliche schlanke Dame, in hochhackigen Pumps, mit glatten mittellangen, gepflegten schwarzen Haaren vor ihnen. Von ihrem gelben, enganliegenden T-Shirt aus, zwinkerte ihm eine Sonne zu. Kaufmann starrte auf die Sonne, die von der üppigen Oberweite der Dame auf Spannung gehalten wurde. Während er so, auf das zwinkernde Auge blickte, vermutete er hinter der Schrift »Seniorenvermittlung Speeddating Sunshine«, steife Nippel. Lag er damit richtig?

Lilly sah ihn an. Nein, sie schupste ihn an und siehe da, Kaufmann kam mit seinen Gedanken wieder in die Realität zurück. Rainer wurde sichtbar rot im Gesicht.

»Äh, entschuldigen Sie die Störung, meine Dame«, begann er sich peinlich zu räuspern. Lilly sah ihn entgeistert an. Sie schien die Dame vom ersten Augenblick an nicht zu mögen, oder war es weibliches Konkurrenzdenken? Sie ergriff schnell das Wort und mit einem scheinbar, unbeabsichtigten Seitenhieb von ihr, fand Rainer Kaufmann schnell den Bezug zu seiner Arbeit wieder. Er wusste, was seine Kollegin dachte und hüstelte ein »Entschuldigung.«

Lilly zückte ihren Dienstausweis.

»Mein Name ist Lilly Hansen und dies«, sie zeigte auf Rainer Kaufmann.

»Und das ist mein Kollege Kaufmann. Haben Sie Zeit für uns? Wir sind von der Heilbronner Mordkommission und würden Ihnen gerne ein paar Fragen stellen, sofern Sie Ilona Greiß sind.«

»Ich bin Ilona Greiß.«

Lilly legte burschikos nach.

»Dürfen wir reinkommen oder ist es Ihnen lieber, wir befragen Sie auf der Straße?«

Mit einer Handbewegung zeigte die Dame ins Innere des Hauses.

»Bitte kommen Sie herein, folgen Sie mir. Mein Mann richtet sich gerade noch, wir haben heute Abend eine Veranstaltung. Dauert die Befragung lange?«

Lilly folgte Frau Greiß in gebührendem Abstand, nicht ohne den ihr folgenden, jungen, kokettierenden Hahn Kaufmann aus den Augen zu lassen.

»Dauert nicht lange, ist reine Formsache.«

Gemeinsam machten sie vor einem alten Tisch, mit einem Kerzenleuchter halt.

»Nehmen Sie Platz, meine Herrschaften und stellen Sie Ihre Fragen.«

Ungeduldig zog Ilona Greiß eine Zigarette aus einem silbernen Klappetui und tippte sie drei Mal auf das Behältnis, bevor sie sie anzündete.

»Sorry, wie unhöflich von mir. Wollen Sie auch eine Zigarette?«, dabei hielt sie das blitzende Etui Richtung der Beamten. Rainer ergriff das Wort.

»Sorry Madame, wir beide sind Nichtraucher.«

Die Zigarettenschatulle schnappte vor ihnen zu.

»Hm, Frau Hansen und Herr Kaufmann, was liegt an, dass die Mordkommission bei uns anklopft?«

Ihr Blick schien jetzt unlösbar mit Rainer Kaufmann verbunden zu sein. Witterte Ilona Greiß hier eine Schwachstelle? Oder waren es die Blicke von Rainer, die nach den steifen Nippeln suchten? War es das, weswegen er sich wie ein hypnotisiertes Kaninchen verhielt? Lilly klopfte unbeabsichtigt auf den Tisch. Auch ihr war es nicht entgangen, wie ihr Kollege auf ein aberwitziges T-Shirt stierte. Rainer erschrak. Entschuldigend sah er Lilly an.

»Äh, Frau Greiß, wieso machen Sie so was eigentlich?«

Fragend blickte Ilona Greiß ihn an.

»Wie? Was meinen Sie mit, wieso wir was machen?«, kam es pfeilschnell von ihr zurück.

»Na, ich meine diese Speeddatings, oder diese fragwürdigen Kuschelpartys.«

Frau Greiß fühlte sich angegriffen und beugte sich zu ihm nach vorn. Sie wollte gerade Kaufmann ihre Meinung kundtun, als vom Flur Schritte zu ihnen herüberklangen. Ilona bremste sich, als ihr Mann, ein gut gewachsener Recke mit blondem Haar und einem piekfeinen Anzug, das Wohnzimmer betrat. Überrascht trat er auf seine Frau zu und küsste sie zärtlich auf den Mund, anschließend wendete er sich den Besuchern zu. Leger stellte er sich den Beamten vor, um kurz darauf sich in deren Gespräch einzuklinken.

»Ich hatte nicht gehört, dass es geklingelt hat und wir Gäste haben. Möchtest du Ihnen nichts zu Trinken anbieten, mein Sonnenschein?«

Unwirsch und mit funkelnden Augen sah Ilona ihren Mann an.

»Liebling, Frau Hansen und ihr Kollege von der Polizei wollten ihre Fragen kurz gestalten. Da habe ich es zweifellos vergessen, ihnen etwas anzubieten, tut mir leid. Aber der junge Kriminalbeamte Herr Kaufmann, betitelte unsere Unternehmungen und die Kuschelpartys als fragwürdig. Kannst du das verstehen, Peter?«

Der Hausherr Peter Greiß wandte sich Rainer Kaufmann zu.

»Herr Kaufmann, so heißen Sie ja wohl, oder?«

Kaufmann nickte.

»Sie haben in ihren jungen Jahren keine Ahnung, was in älteren Menschen vorgeht oder?«

Kaufmann schüttelte wie in Trance den Kopf.

»Ich erkläre es Ihnen in Kurzform. Die Menschen suchen Liebe, Geborgenheit und auch wie Sie ein wenig Spaß und Unterhaltung. Viele sind verwitwet und ohne Partner. Zumal es einen Partner in diesem Alter nicht von der Stange gibt. Im Allgemeinen gestaltet sich die eigene Suche langatmig und schwierig. Zusätzlich kommen viele aus ländlichen Gegenden. Wir organisieren Speedpartys, Kuschelpartys, selbst das Powerdating ist uns nicht fremd. Wir bringen Menschen zueinander, verstehen Sie mich? Wir haben eine Lücke gefunden um, ich gebe es zu, Geld zu verdienen, mehr nicht. Um alles andere bemühen sich die Menschen selbst. Gegen Gebühr versteht sich. Es gibt einen Grundbetrag für zwei Partybesuche. Den Betrag von zwei Veranstaltungen, 29 Euro Grundbetrag wird überwiesen und gut, mehr haben wir nicht damit zu tun. Hier endet unser Vertrag, so einfach.«

Lilly mischte sich jetzt ein.

»Und wieso zahlen manche Teilnehmer 120 Euro?«
Peter Greiß lächelte und zupfte an seiner Krawatte herum.

»Jeder Teilnehmer hat die Möglichkeit verschiedene Extras zu buchen.«

Peter Greiß schloss seine Augen und rechnete vor.

»Grundbeitrag 29 Euro, Superspeedzeit, das sind pro Durchgang 15 Minuten mehr, kosten obendrauf plus 61 Euro und nochmals 30 Euro für die anschließende Adressweitergabe mit Telefonnummer, versteht sich. Ja stimmt«, bestätigte er sich.

»Macht summa summarum rund 120 Euro.«
Er lächelte. Lilly dachte nach, während Rainer sich von seinem Sitzplatz erhob und umsah.

»Herr Greiß, wenn jemand diese Extras nicht gebucht hatte. Beispielsweise ohne die Weitergabe der Adressen, was dann?«

Peter Greiß hatte auch dafür eine Erklärung.

»Frau Hansen, dann hat derjenige, der für 29 Euro gebucht hat, einen geselligen, oftmals spannenden Abend oder Nachmittag bei einem Kaffee und einem

Stück Kuchen verbracht. Kaffee und Kuchen sind im Buchungspreis mit drin. Sind wir nicht gerecht?«

Lilly blieb ihm die Antwort schuldig. Sie wollte von ihm wissen, wie die Partys im Einzelnen vonstattengehen.

»Jeder der bezahlt hat, davon gehen wir mal aus, bekommt einen farbigen Eintrittsmarker zugeschickt.«

Lilly stutzte.

»Was ist ein Eintrittsmarker, Herr Greiß?«

»Einen Moment, ich zeige es Ihnen.«

Er lief auf ein Regal zu, an dem Kaufmann sich gerade umsah, schnappte sich zwei Kartons und kam zurück. Er öffnete den ersten und griff hinein. Mit einer Handvoll leuchtender Armbändchen in rot, rosa, gelb und blau, kam seine Hand wieder zum Vorschein. Er legte sie vor Lilly auf den Tisch, griff in den zweiten Karton und zog ebenfalls Armbändchen hervor. Diese waren aus feiner gekröselter Schnur. Daran hing ein kleines weißes Herz.

»Frau Hansen, lassen Sie es sich erklären. Jeder, der gezahlt hat, bekommt die flachen Armbändchen zugeschickt. Wir suchen für jede Veranstaltung eine andere Farbe aus. So wissen wir, wer zum Beispiel heute Abend ins Bellinda im Südviertel rein darf. Oder am Nachmittag auf dem Wartberg in den Jagdstuben dabei ist. Wir bieten unseren Kunden, ob jung oder alt, immer zwei Termine an. Sollte für jeden oder jede, eine Alternative sein. Und ich mag es nicht verhehlen, die Mietpreise für die Räumlichkeiten im Südviertel sind im Bellinda um die Hälfte niedriger als auf dem Wartberg. Soweit verstanden?«

Lilly nickte.

»Nun, wenn die Herrschaften eintreten, bekommen sie die Herzensbänder, wie wir es nennen, und ein kleines blinkendes Herz an die Brust geheftet. Dieses.«

Er zeigte auf den zweiten Stapel.

»Jeder Besucher vermerkt auf dem weißen Herz eine Zahl. Seine Zahl die er sich selbst aussucht. Egal ob eine 1 oder 44385, es ist seine Zahl. Dann lassen wir eine gewisse Zeit lang Musik laufen. In dieser Zeit kann jeder genug von seinem Gegenüber erfahren. Danach ist es wie beim Stühlchenspiel. Wenn die Musik ausgeht, wird einen Tisch weitergegangen, so lang bis alle dran waren. Der Clou dabei ist. Hat der Gast sozusagen eine Zahl ins Herz geschlossen, dann kann er oder sie, am Schluss des Abends, bei mir gegen Aufpreis die Adresse des Teilnehmers oder der Teilnehmerin erfahren, oder wenn der Teilnehmer noch da ist, den Abend mit ihm verbringen. Ist keines von beiden vorhanden, leisten wir mit einer eigenen Dame oder einem Herren Abhilfe, wenn Sie verstehen, was ich meine.«

Lilly spitzte buchstäblich die Ohren und stellte sich dumm.

»Und was für eine Abhilfe ist das?«

Greiß blickte sie an.

»Wir mieten Damen und Herren vom Gewerbe an. Alles legal und mit Vertrag.«

Aus seiner Brusttasche zog er ein Dokument, das ihm dies, unter strengen Auflagen versteht sich, gestattete. Er legte das Dokument Lilly vor die Nase.

»Herr Greiß, bereitet es Ihnen viel Mühe, uns morgen im Präsidium die Liste mit den Kontobuchungen von August dieses Jahres mit deren Namen vorzulegen?«

Greiß sah sich überrumpelt trotz seiner Offenheit.

»Wenn Sie einen Moment warten, suche ich es gleich raus, dauert aber ein paar Minuten, ok? Ich möchte nicht in so ein Haus wie Ihres, verstehen Sie mich nicht falsch?«

»Ok, wir warten noch solange.«

Mit eiligem Schritt verschwand er nebenan im Büro. Nach kurzer Zeit kam Peter Greiß mit zwei Aktenordnern und einem Stapel Kontoauszüge zurück.

»Um wen geht's, wenn ich fragen darf? Haben Sie einen Namen?«

»Albert Pfoh«, kam es von Lilly, die aufgestanden war und ihm über die Schulter sah.

»Albert Pfoh, Albert Pfoh, ich hab's«, gestand Herr Greiß lächelnd, als er mit dem Zeigefinger auf den Buchungsbeleg tippte.

»Hier steht die Buchung von 120 Euro. Sie ist, warten Sie, ja hier steht's, am 12. August 2017 für die Veranstaltung am 15. August bei uns eingegangen. Und? Klar war Albert Pfoh da, wenn er bezahlt hat«, kam es forsch vom Betreiber des Unternehmens.

»Oder glauben Sie, jemand überweist Geld und kommt nicht?«

Rainer sah ihn grinsend an.

»Ich würde kommen, wenn ich zahle.«

Seine Frau Ilona meldete sich zu Wort.

»Du, Peter, war Albert nicht der Landwirt, der öfters kam. Und wenn ich es richtig in Erinnerung hab, war seine Herzdame, an diesem und zwei weiteren Abenden im Bellinda die Rothaarige mit der Nummer 38. Aber die war an dem Abend schon eher gegangen. Als wir dem Landwirt einen Ausgleich anboten, Sie verstehen was ich meine, verschwand auch er.«

Lilly hakte nach.

»War er enttäuscht?«

»Schätzchen«, begann Ilona. »Die Männer sind auch nicht alle doof. Manche warteten draußen oder an einem vereinbarten Ort, um weiter zu quatschen.«

Jetzt nahm der besagte Abend im Gedächtnis von Peter Greiß Gestalt an.

»Ja, Liebes. Die Nummer 38, war es nicht die…«, wieder dachte er angestrengt über diesen Abend nach.

»Genau, es war die Dame, die wir öfters an der Wurstbude drüben am Krankenhaus trafen, als wir deine Mutter besucht hatten. Erinnere dich. Du hast noch über unser Armbändchen geschmunzelt, als du es an ihr entdeckt hattest.«

»Stimmt, die mit den roten Haaren und dem Tattoo, dem kleinen Affen am Fußgelenk. Aber wie die heißt, keine Ahnung, Frau Hansen. Wir wissen zwar, wer wann bezahlt. Aber wer da gewesen ist oder nicht, wer ein Extradate hatte und wer enttäuscht wurde, darüber führen wir keine Liste. Ist viel zu persönlich. Verstehen Sie mich?«

Lilly hatte sich nebenbei, während der ganzen Unterredung auf ihrem Telefon Notizen für später gemacht.

»Ich denke, das war alles. Dürfen wir wiederkommen, wenn was ansteht?«

»Jederzeit«, kam es wie aus der Pistole geschossen von Peter Greiß, als er beim Abschied Lillys Hand drückte. Rainer Kaufmann griff in seine Hosentasche und zog eine Visitenkarte hervor. Danach wendete er sich Ilona Greiß zu.

»Für alle Fälle, man weiß ja nie.«

Einen kurzen Augenblick später schloss sich die Tür hinter ihnen. Nach einigen Metern außer Reichweite der Wohnadresse Greiß, schlug Lilly abermals ihrem Partner mit ihrem Ellenbogen in die Rippen.

»Du Idiot! Hast nur Augen für ihre Titten und nicht für unseren Fall, musste das sein? Oder sollte ich besser mal deinen Chef wissen lassen, wie du ermittelst?«

Nicht genug, dass die Außentemperatur so hoch war, auch die Beschuldigung von Lilly brachte Rainer ins

Schwitzen. Er sah sein unprofessionelles, abweichendes Verhalten ein und folgte ihr stumm zurück ins Dezernat.

Ruckartig stoppte der Aufzug, als Büchele und Krüger auf der untersten Ebene ankamen. Krüger strich sich über seinen Arm. Unangenehme Kälte schlug ihnen entgegen. Hier unten waren Labore, Sezierräume und weitere technische Errungenschaften der Chemie und Physik untergebracht. Alles diente zur Spurenisolierung oder, wie sagte Fröschle, zur Wahrheitsfindung. Kaltes Neonlicht leuchtete die weiß getäfelten Flure und Räume aus. Denjenigen, die hier nicht arbeiteten, bereitete diese Stille und Kälte sichtliches Unbehagen.

Als die Tür des Aufzuges sich öffnete und sie einen Schritt nach vorn traten, ging neben ihnen die Tür des zweiten Aufzugs auf. Es war der Lastenaufzug.

Mit quietschenden Rädern rollte, wie man es von Horrorstreifen kannte, ein Stahlbett mit einem abgedeckten Leichnam an ihnen vorbei. Beide Beamten überkam ein schauriges Gänsehautgefühl. Mit freundlichen Worten und einem Grinsen im Gesicht, bat ein stämmiger, kahlköpfiger Pfleger, als Erster den Gang mit seinem Gefährt betreten zu dürfen. Ohne zu zögern, nickte Büchele ihm zu.

Der Pfleger schob, sich seitlich abstützend, das seltsame Stahlungetüm mit seiner Fracht pfeifend vor sich her. Als der Pfleger hinter der nächsten Biegung verschwunden war, kam bei den Beamten Eile auf.

Immer wieder sahen sie auf die Türschilder. Hatte doch Fröschle berichtet, er sei in diese unterirdischen Katakomben umgezogen und es wäre leicht zu finden. Wo genau sein Arbeitsort sich jetzt befand, hatte er nicht gesagt. Als Max stehen blieb, um das Schild an einer Tür zu lesen, ging diese auf.

Eine Studentin in Weiß, so ihre erste Vermutung, mit einem Tablett voller Reagenzflaschen und Tiegel blieb vor Krüger stehen. Barsch stellte sie eine Frage.

»Was suchen Sie hier unten, können Sie sich ausweisen?«

Max ging es da lockerer an.

»Und wer sind Sie, wenn ich fragen darf? Wir sind von der Mordkommission und suchen den Arbeitsraum von Dr. Fröschle, kennen Sie den?«

Starr sah sie Krüger an, ohne ihm die Hand geben zu können.

»Mein Name ist Dr. Stella Krisch, Neurobiologin. Ich kann Ihnen nicht die Hand geben, da ich ja ein Tablett halten muss. Aber wenn Sie dem Gang weiter folgen und vorn um die Ecke biegen, dann ist Dr. Fröschles Büro die übernächste Tür.«

Krüger bedankte sich und folgte Büchele, der ungeachtet Krügers Debatte vorgegangen war.

»Die zweite Türe, Franz!«

Büchele, der bis hierher kein einziges Wort gesprochen hatte, versuchte die Buchstaben auf der kleinen, seitlich an der Tür angebrachten Tafel zu entziffern. Mit seinen Fingern folgte er den Zeichen. Forensische Pathologie 1, Labor 1, Toxikologie und Rechtsmedizin Oberarzt Dr. Bruno Fröschle. Ohne anzuklopfen drückte Büchele die Türklinke nach unten und trat mit Max ein. Nach drei, vier Schritten blieb Büchele mit offenem Mund stehen. Hell erleuchtet, anders als sein alter Raum, blitzte und erstrahlte alles hier in makellosem weiß. Vier Obduktions- und Seziertische mit Ablaufbecken standen akkurat in Reih und Glied. Mikrofone und Fotoaufnahmegeräte hingen über jedem Tisch. Mikroskope standen an jedem erdenklichen Ort. Ein CT-Röntgengerät stand wie ein übergroßer Donut in der Ecke. Büchele kannte es aus einschlägigen Zeitschriften, es war ein Dual-Source-Computertomograph der neusten Baureihe. In der Mitte des Raumes standen zwei Touchscreen Tische, die jede Art von Informationen an die Recheneinheiten der Mediziner weitergaben.

Büchele nickte respektvoll mit offenem Mund. An den Wänden hingen Röntgenaufnahmen einzelner Körperteile. Fernsehschirme gaben jede Tätigkeit wieder, die der Arzt vornahm.

Ein kleiner, separat abgetrennter Raum beherbergte drei Arbeitsplätze, an denen die Pathologen ihre Berichte schrieben. Max begann zu zählen. Fünf Mitarbeiter waren zugleich in verschiedenen Bereichen hier unten tätig. Jeder schien hoch konzentriert seiner Arbeit nachzugehen, ohne die Fremden zu bemerken. Franz sah sich um.

Suchend nach seinem Freund Bruno, beobachtete er, wie aus den Wänden, ähnlich wie bei Karteikästen, die Leichen herausgezogen und auf den Tisch gelegt wurden. Büchele schluckte.

Max stupste ihn an und zeigte mit dem Finger in eine Richtung.

»Auf dem letzten Platz, da sitzt Bruno. Wollen wir reingehen?« Franz nickte und deutete an vorzugehen. Max klopfte an die Tür. Nichts geschah, weder ein Herein, noch eine sonstige Ablenkung vermochte Bruno Fröschle aus seiner Arbeit herauszureißen. Er öffnete die Tür und winkte. Nichts geschah.

Stumpfsinnig starrte Bruno ins Mikroskop und machte sich Notizen auf einem Block. Mit einem »Hallo Bruno!«, traten die Freunde in den kleinen Raum ein.

Jetzt erst sah Bruno Fröschle, der durch Lehrgänge und Weiterbildung, sich den Status Gerichtsmediziner erworben hatte, seine Freunde.

»He Jungs, habt ihr den Weg nach unten gefunden? Ist ja nicht schwer, hier unten kann man sich nicht verlaufen, oder?«

Büchele, der von Bruno Fakten erwartet hatte, kam gleich zur Sache.

»Was hast du über Albert Pfoh herausgefunden?«

In diesem Augenblick öffnete sich die Tür und die Dame kam herein, die mit Max keine fünf Minuten vorher kollidierte.

Max sah sie an, als sie auf ihn zusteuerte.

»Stella, komm bitte zu uns, ich möchte dich mit meinen besten Freunden bekannt machen. Kriminalhauptkommissar Franz Büchele und Kriminalkommissar Max Krüger. Und dies, meine lieben Freunde, ist seit einem halben Jahr unser Neuzugang, die Neurobiologin Dr. Stella Krisch. Ich konnte sie davon überzeugen, vom Max-Planck-Institut zu uns zu wechseln. Sie ist eine Bereicherung für die Wissenschaft, behandelt sie gut«, scherzte er. Sie gaben sich alle die Hände, wobei Dr. Krisch, Max Krüger mit einem festeren, für eine Frau unüblichen, Händedruck willkommen hieß.

»Jetzt zu deiner Frage. Möchtest du Albert sehen, kommst du damit klar, meine ich?«

Bruno sah Franz ernsthaft an.

»Schon klar, ich werde es überstehen oder reicht es, wenn du uns die Befunde mitteilst?«

Der Pathologe griff sich an die Backe.

»Würde reichen, wir haben alles aufgenommen und fotografiert. Aber nein, es ist besser, ich zeige es dir. Kommt mit.«

Prophylaktisch zog Fröschle einen Mundschutz aus der rechten Kitteltasche und aus der linken Tasche Gummihandschuhe.

»Hier aufsetzen. Die Handschuhe sind für mich. Nichts anfassen, verstanden?«

Beide Kripobeamten nickten, während sie ihren erhaltenen Mundschutz aufsetzten. Dazu musste Büchele seinen Hut anheben und streifte sich die Gummibänder am Kopf vorbei. Sie folgten Fröschle zu den Edelstahlboxen, in denen die Leichen aufbewahrt wurden. Bruno versuchte, ohne seine Lesebrille die kleinen Schriften zu entziffern. Er suchte in der vierstöckigen Reihe der Rechtsmediziner nach dem Namen Pfoh.

»Wir haben jetzt 40 Leichenkammern für unsere Gäste«, lobte er seinen neuen Arbeitsbereich.

»Aber umso mehr Arbeit. Ihr seht ja, wir sind jetzt doppelt so viel Personal als früher. Drei Rechts-mediziner und zehn studierende Ärzte und ebenso viele Hilfskräfte.«

Noch immer suchte er nach einer Aufschrift. Fröschle blieb stehen.

»Hier.«

Er bückte sich, entriegelte die Kammer und zog eine Stahlbahre heraus. Als die Bahre aus der Kammer gefahren war, klickte es. Unhörbar klappte automatisch das Untergestell heraus und rastete mit einem deutlichen Klick ein. Ein Schwall kalter Luft schlug ihnen entgegen. Der Pathologe hob die Bahre nach oben bis ein hörbarer Ton das Ende der Höhenverstellung signalisierte.

Ein kurzer Blickkontakt mit den Beamten der Mordkommission zeigte ihm an, dass er beginnen konnte. Er schlug das über dem Toten ausgebreitete

Tuch bis auf Hüfthöhe des Leichnams zurück. Auf Höhe des Herzens klaffte eine kleine Wunde. Was hatte die Rechtsmedizin herausgefunden? Bevor Fröschle mit seinen Ausführungen begann, tippte dieser auf einigen Bildschirmen herum. Sofort wurden Daten und Bilder seiner Ergebnisse sichtbar. Fröschle zog an einem herabhängenden Spiralkabel und sofort erhellte ein greller Scheinwerfer den Leichnam. Büchele schluckte. Wie kalt und unwirklich ist alles, was von uns Menschen übrig bleibt, schoss es ihm durch den Kopf, als der Rechtsmediziner mit seinen Erklärungen begann.

»Hier am Hals«, er zeigte auf die Stelle.

»Hier haben wir Hämatome. Pfoh wurde angebunden oder gewürgt.«

Jetzt hob Fröschle den Arm der Leiche an.

»Hier dasselbe. Nur ist es hier an den Innenseiten der Arme. Ebenfalls am anderen Arm. Meine Freunde, hätte ihn jemand erwürgt, wäre der Kehlkopf nach innen gequetscht. Somit ist diese Wunde ihm vital zugefügt worden. Genau wie die Wunden an beiden Handgelenken.«

Jetzt nahm er Bücheles Hände zwischen seine eigenen.

»Wären dies Fesselspuren von Klebeband oder etwas Ähnlichem, hätten wir die Hämatome stärker an den äußeren Handgelenken. Aber wir haben die stärkeren Hämatome innen an den Handgelenken gefunden.«

Fröschle ließ Bücheles Hände wieder los.

»Zuerst konnte ich mir keinen Reim darauf machen. Aber als wir die Spuren auf Fasern untersuchten, kam ein Gemisch von Hanffasern, Flachs und Kokos ans Tageslicht. Sprich ein handelsübliches Seil aus jedem Baumarkt.«

Fröschle legte den Arm des Toten auf die Pritsche zurück. Abwartend streckte er seine Hände in die Höhe.

»Ich weiß, ich weiß, Franz, ich sollte auf den Punkt kommen.«

Fröschle schien in der Art und Weise, wie er seine Entdeckungen erklärte, völlig aufzugehen. Jetzt zog er einen dünnen Bleistift aus der Brusttasche.

»Hier, meine Herren, auf Höhe des Herzens befindet sich eine kreisrunde Wunde. Ein acht Millimeter im Durchmesser und achtzehn Zentimeter tiefes Loch.«

Jetzt zeigte er auf den Monitor.

»Etwas drang in den Brustkorb zwischen dem Spatium interkostale, was auf Deutsch übersetzt so viel wie Zwischenrippenraum bedeutet und durchbohrte das Herz. Ich schätze keine Minute später trat der Tod ein.«

Büchele sah ihn an.

»Eine Kugel?«

Fröschle schüttelte den Kopf.

»Keine Kugel, sieh her.«

Er nahm seinen Bleistift, den er noch immer in seiner rechten Hand hielt und führte ihn demonstrativ in die Wunde ein. Kaum mehr, als zwei Zentimeter blieben sichtbar, bis er die Prozedur beendet hatte und der Bleistift am Ende der Wunde angekommen war. Er ließ ihn im Brustkorb und tippte auf dem Touchscreen herum. Sofort erschien ein Bild von Albert Pfohs Brustkorb während der Obduktion.

»Nein, keine Kugel. Als wir im Herzen nach einem Projektil suchten, fanden wir dies.«

Fröschle tippte auf der gläsernen Arbeitsplatte herum. Ein winziges Gebilde wurde sichtbar. Max sah verwundert auf den Bildschirm.

»Was zum Teufel ist das für ein Ding?«

Auf diese Frage hatte der Rechtsmediziner gewartet.

»Tja, es ist ein kleines Stück Holz, genauer gesagt Zedernholz, mit Ablagerungen aus Metall, wie ich unter dem Mikroskop feststellen konnte. Die massenspektrometrische Auswertung läuft noch in der Forensik dort hinten.«

Er zeigte auf Arbeiter, die soeben verschiedene Analysen von Proben, sowie derer Bestandteilbestimmung vornahmen.

»Ich kann ja nicht alles selbst machen. Aber ich habe es hier unten mit einzigartigen Spezialisten zu tun, vertrau mir, Franz.«

Fröschle suchte Bücheles Blickkontakt.

»Jetzt zu etwas, das ich im Augenblick noch nicht erklären kann. Wir machten noch Fotos und eine Abdruckanalyse der Haut. Dabei fanden wir dies.«

Fröschle drehte den Kopf des Toten nach rechts.

»Hier ist eine Brandwunde, exakt fünf mal fünf Zentimeter. Viele Striche und Kreise. Ist vielleicht zufällig entstanden. Oder, wenn unser Albert ein paar Jährchen jünger wäre, würde ich auf ein Branding tippen. Junge Leute machen das im Moment landauf, landab weil es IN ist. Was es darstellt, entzieht sich meinem Verstand. Frühestens in ein paar Tagen habe ich die Bilder und Auswertungen der Kollegen. Ich sende es zu meinem Kollegen Dr. Hetzner nach Stuttgart. Der befasst sich mit Schriften und Zeichen. Vermutlich erkennt er mehr als wir.«

Büchele schien unzufrieden mit dem Ergebnis zu sein. Offenbarten ihm die Ergebnisse von Fröschle keine Richtung, in die er weiter ermitteln könnte. Keine Spur vom Täter, keine Waffe. Nicht mal die Erkenntnis, weshalb Albert sterben musste, hatte er parat. Franz drehte sich zu ihm um, als Fröschle seinen Bleistift mit einem saugenden Geräusch aus dem Leichnam zog. Gerade wischte Bruno noch die leicht klebrigen

Überbleibsel von seinem Bleistift an einem Tuch ab, als Büchele ihn verstört und desorientiert ansah.

»Bruno, du musst mir helfen. Ich habe versprochen den Täter zu finden, gib mir bitte etwas Greifbares. Eine Idee, einen Ansatzpunkt oder irgendetwas, was dir dein Instinkt sagt. Ich bin ratlos, zumindest im Augenblick.«

»Wenn du meine Meinung wissen willst, die bis jetzt nicht wissenschaftlich gesichert ist? Ich würde sagen, der oder die Täter haben Albert Pfoh an einen Zaun, oder an ein Tor gefesselt, vielleicht lag er dabei auf dem Boden. Das könnte die starken Blutergüsse an den Handgelenksinnenseiten und an den Innenseiten der Arme erklären. Die Wunde im Herz könnte aus dem Stoß mit einem Stahlzinken, oder einer alten Rübengabel resultieren. Da müssen wir aber abwarten, was die Befunde ergeben. Ein Eisenstück, oder eine kleine Holzlatte, ein Holzpfeil alles ist möglich. Zumindest eines ist erwiesen. Im Eichbottsee ist er nicht zu Tode gekommen. Er wurde postmortal dort abgelegt. Das kann ich zumindest mit 100% Sicherheit sagen. Was die Verletzung im Brustbereich angeht. Wer weiß? Wenn das Massenspektrometer durch ist, kann ich es dir genauer eingrenzen. Soviel zu meinen Vermutungen. Mehr habe ich nicht. Ich lasse es dich wissen, wenn ich noch was finde, ok?«

Büchele ging zur Bahre zurück, sah seinen Schulkollegen an und verabschiedete sich stumm von ihm. Langsam trottete er auf Krüger und Fröschle zu, die sich noch miteinander unterhielten. Missmutig schüttelte er dem Rechtsmediziner die Hand.

»Bruno, danke für deine Mühe«, bevor er sich an seinen Partner wendete.

»Lass uns gehen, Max.«

Es stand noch sein Versprechen gegenüber der Tochter von Albert im Raum, ihren Vater lebend zu finden. Diese Aufgabe hatte er nicht erfüllt. Gefunden ja. Aber lebendig nein.

Wieso und weshalb es letztendlich zu diesem grässlichen Mord kam, bedurfte seiner Aufklärung. Es stand ihm noch die schwerste aller Aufgaben bevor. Die Benachrichtigung der Familie. Franz selbst wollte das übernehmen und keinem anderen überlassen.

Beschämt legte er sich Worte zurecht. Es gab keine passenden Worte. Es gab keinen Trost, kein tröstendes Beileid. Es war ein Familienmitglied aus einer Kette von Vertrautheit und Sorglosigkeit gerissen worden.

Heike Pfoh sah es den Beamten an, als sie an der Eingangstür ihr die unheilvolle Botschaft vom Tode ihres Vaters überbrachten. Kleine Kullertränen rannen ihr übers Gesicht. Kein Klagen oder unheilvolles Flehen kam über ihre Lippen.

Nur einen Wunsch im Namen ihres Vaters rang sie Büchele und Krüger ab. Die Schuldigen zu finden und zur Rechenschaft zu ziehen. Büchele nickte ihr stumm zu als er sie vor dem Verlassen des Anwesens herzig umarmte.

»Versprochen.«

Langsam steuerte Krüger sein Fahrzeug zurück zur Dienststelle. Sie hatten es nicht eilig.

»Du, Franz«, unterbrach ihn Max in seinen Gedankenspielen, der die angespannte Situation im Wagen zu entschärfen versuchte.

»Es ist noch früh, was meinst du? Sollen wir auf dem Weg noch was vespern? Im Waldheim vielleicht? Ich weiß zwar nicht, ob der Wirt schon nachmittags geöffnet hat, aber wir könnten bei ihm vorbeisehen?«

Büchele, der seine Hand bei offenem Fenster in den Wind hielt, nickte. Er nahm das Mikrofon vom Halter und meldete sich bei der Dienststelle für die nächsten zwei Stunden ab. Sie hätten außerhalb zu recherchieren, war die Begründung für die Leitstelle.

Krüger bog an der Ortseinfahrt Großgartach rechts ab. Er suchte nach dem Schild Sportplatz, Heuchelberger Warte. Es war die Richtung, in die er sein Fahrzeug bewegen musste. Oft verwechselte er die Straße zum Waldheim, mit der Straße zum Friedhof. Dabei war es nach Bücheles Meinung das einfachste auf der Welt. Krüger grinste, hatte er doch in der Ortsmitte das Schild Waldheim entdeckt. Darüber stand Heuchelberger Warte und Sportplatz. Krüger schaltete zügig in den nächsten Gang, ging doch die Straße eine leichte Anhöhe hinauf, um sofort in einer darauffolgenden Senke zu verschwinden. Man sah von der Ferne sofort den Sportplatz, daneben thronte majestätisch, idyllisch gelegen das Waldheim. Schon in den Fünfzigern machte das in die Jahre gekommene Domizil von sich reden. Selbst Büchele konnte sich daran erinnern, dass hinten in den Räumen, die jetzt nicht mehr zugänglich waren, eine große Bühne für Feierlichkeiten bereitstand. Mit seinen zwei viereckigen Zinnen sah es aus wie ein kleines Kastell. Trotzig überdauerte es die Zeit, ohne die Eigentümer zu wechseln. Es blieb bis heute in Familienbesitz. Es wurde liebevoll der Zeit angepasst. Ein Bistro mit gemütlichem und einladendem Ambiente erwartete den Besucher und lud jenen zum Verweilen ein, ebenso, wie der lauschig gelegene Biergarten. In der hinteren Gaststube hielten sich oft die Männer an den Billardtischen auf. Die Frauen hingegen zog es in die kuschlige Gemütlichkeit des vorderen Schankraumes.

Für Bücheles Geschmack schlug das Waldheim jedes Nobelrestaurant um Längen. Der Wirt und seine gesamte Familie punkteten mit Freundlichkeit und gutem Essen, das seinesgleichen sucht.

Wenn es warm war, wie heute, wurde im luftigen Biergarten aufgetischt. Riesige alte Kiefernbäume wuchsen in den Himmel, Kastanienbäume streckten ihre großen Blätter nach der Sonne aus und spendeten jedem Gast den wohltuenden Schatten. Büchele musste sich eingestehen, diesen ruhigen Ort als seine Lieblingsgaststätte auserkoren zu haben.

Ruckartig schien Franz aus seinen Erinnerungen zu erwachen, als Krüger mit einem kurzen Bremsmanöver den Wagen in der Parkbucht zum Stillstand brachte.

Im Biergarten war reger Betrieb. Leute zahlten, kamen und gingen.

»Max, do ischs scho fascht wie ufm Bohhof.«

Max konnte das nicht bestätigen und suchte seinerseits einen freien Tisch.

Nebenan räumte soeben Simone, die Tochter des Wirtes, die Tische mit einem zauberhaften Lächeln ab. Es schien fur sie keine Arbeit, sondern Vergnugen zu sein hier zu arbeiten. Verschmitzt blinzelte sie mit vollem Tablett den beiden Beamten zu.

»Momentle Herr Kommissar, i bin glei bei Ihne.«

Von der Eingangstüre aus bemerkte der Wirt die beiden Neuankömmlinge, als er sich eine Zigarette anzündete und ihnen zuwinkte.

»Herr Büchele! Sie kommt glei zu Ihnen und nimmt die Bschtellung uff.«

Büchele winkte zurück. Scheinbar war die Bedienung gerade viel beschäftigt. Büchele brauchte keine Tischkarte zu studieren. Hier war alles lecker, zumal sein Essenswunsch schon feststand.

»Mir grigge zwei Rentnerviertele und zwei Vesperplatten«, rief er ihm zu. Der Wirt winkte zurück und gab laut zu verstehen.

»Mache mer, geht klar.«

Er verschwand nach drinnen. Büchele und Krüger deklarierten die Bestellung somit als abgegeben. Büchele lehnte sich genussvoll in seinen Stuhl zurück und schloss für Sekunden die Augen. Krüger nahm nochmals die Speisekarte in die Hand.

Büchele öffnete die Augen, sah in Krügers Gesicht und fragte nach: »Hedsch du was anderes wolle?«

Krüger schüttelte den Kopf.

»Nein, ich will nachsehen, ob es was Neues auf der Karte gibt.«

Krüger blätterte und blätterte.

»Suchsch was, Max?«

Krüger sah weiterhin in die Speisekarte, bevor er seinem Kollegen eine Antwort gab.

»Waren John und Polly schon einmal hier?«

»Ich wüsste nicht, keine Ahnung, wieso?«

Krüger, ein aufmerksamer Beamter, folgerte.

»Als Polly das letzte Mal mit Babsi und mir im Besen bei Helga gewesen ist, hat sie einen Salat gegessen, keine Wurst, kein Käse oder ein Stück Fleisch.«

Büchele suchte nicht groß nach einer tiefsinnigen Erklärung.

»Vielleicht will sie uff's Figürle gugge?«

Krüger winke ab.

»Die ist ein Strich in der Landschaft. Nee, ich glaube sie hat gesagt, sie wolle sich vegan ernähren?«

Büchele sah ihn unwissend an.

»Hast du genau hingehört? Polly vegan? Oh je, so eine Welt. An dem Mädel ist nichts dran und sie macht auf vegan?«

Krüger wies den Einspruch seines Freundes zurück.

»Ne ne Franz, sie macht es weil kein Tier für sie sterben muss und gesund sei es allemal.«

Büchele verstand die Welt nicht mehr und winkte ab. Gerade rechtzeitig kam seine Ablenkung.

»So bitteschön, zwei Rentnerviertele und zwei Vesperplatte für die Herren.«

Krüger war noch nicht mit seiner Rede fertig und rückte seinen Vesperteller beiseite.

»Auf dem Kärtle steht nix veganes, außer Kässpätzle. Und dabei fragen immer mehr Menschen nach einem fleischfreien Essen. Es ist so Franz! Ist doch eine Marktlücke, oder? Sollten wir diese Tatsache nicht dem Wirt mitteilen?«

Büchele sah auf seinen Teller. Er stocherte zwischen Wurst und Käse umher, hob da ein Salatblatt an, stach in eine Tomate und sah Max an. Krüger hatte das bemerkt und begann zu grinsen.

»Was ist, Franz?«

Büchele konnte nicht anders, als er auf Krügers Teller sah. Langsam beugte er sich zu ihm rüber und begann zu flüstern.

»Noch ein Wort von fleischlosem Essen und du hast meine Gabel in deinem Auge. Hast du mich verstanden? Kann ich in Ruhe essen?«

Krüger verstand. Sein Freund hatte für so ein Thema nicht das geringste Verständnis und diskutierte nicht weiter mit ihm darüber.

Brav schnürte er sich seine Serviette um und begann zu essen.

Kaum hatten sie die ersten Bissen zu sich genommen, kam Hans, der Wirt und Besitzer, am Tisch vorbei.

»Schmeckt es den Herren, kann ich noch was für Sie tun?«

»Hans, es schmeckt wie immer hervorragend. Könnte nicht besser sein. Lass mal bitte aus dem Gläsle die Luft raus.«

Er hielt ihm sein leeres Vierteleglas entgegen.

»Schon unterwegs Herr Kommissar.«

Hans schnappte es sich, um in die Wirtsstube zu eilen.

Beide Beamte ließen es sich unter dem schützenden Sonnendach richtig kulinarisch gut gehen. Für eine kurze Zeit verschwand aus ihrem Kopf die Realität von Mord und Gewalt. Bis Büchele das alte, angekettete Fahrrad im Eingangsbereich erblickte. Angelehnt an einem alten Baum, mit leeren Bierflaschen auf dem Gepäckträger, prangerte ein Schild über ihm. »Hier gibt's köstliche Erfrischungen.« Bücheles Gedanken schweiften ab. Der Eichbottsee lag keine zwei Kilometer entfernt. Sie befanden sich hier im Naherholungsgebiet, wie John es damals angedeutet hatte. Kann der Täter von hier gekommen sein? Und wo zum Teufel ist dieses verdammte grasgrüne Herrenfahrrad abgeblieben? Seine Gedanken wurden wirr. Da kam der Wirt mit der köstlichen Flüssigkeit gerade zur richtigen Zeit an den Tisch zurück. Mit einem: »Zum Wohl«, wollte er sich gerade zurückziehen, als Büchele ihn auf das Herrenrad ansprach. Nein, war seine kurz gehaltenen Antwort, ein herrenloses Rad in grüner Farbe wäre ihm aufgefallen, gab er zum Besten und verschwand. Büchele war enttäuscht.

Max zückte sein Handy und sah auf die Uhr.

»Franz, wir müssen langsam aufbrechen.«

Er hob sein Handy hoch und zeigte auf die Uhrzeit. Büchele sah ihn an.

»Wieso glotsch net uff's Ührle am Handgelenk? Und häldsch mir des große Ding von Telefon vord Nose?«

Max, der die abneigende Haltung von Büchele, wenn es um Technik ging, nie ganz verstand, versuchte abzuwiegeln.

»S'isch oifach Gwohnheit, Franz.«

Um nicht unnötig in einen Disput zu geraten, streckte Max seinen Arm in die Höhe.

»Zahlen bitte!«

Die Tochter des Wirts kam nach kurzer Diskussion mit ihrem Vater an den Tisch der Kriminalbeamten. Büchele und Krüger kramten in ihren Brieftaschen, als die Bedienung leise zu kichern begann und Büchele etwas ins Ohr flüsterte.

»Papa hat gesagt, Sie bekommen dieses Essen und Ihren Rostbraten ein Jahr lang umsonst, weil sie's Fleckle, die Kuh und den Bullen Oskar, vom Onkel Uwe im Wengert gefunden hatten und damals vor dem Förster retteten. Sie erinnern sich noch? Es war im April diesen Jahres.«

Büchele nickte, bedankte sich und winkte dem Wirt zu, der abseits stand.

»Vielen Dank, Hans. Danke!«

Der Wirt winkte aus dem Fenster der Küche zurück.

Die Beamten erhoben sich und gingen zum Auto. Krüger kannte fast jede Anekdote von Büchele, aber die von der Kuh war ihm unbekannt. Dort angekommen entriegelte er die Autotür und fragte unscheinbar: »Du hast was mit einer Kuh gemacht?«

Büchele lachte, als er sich in den Beifahrersitz fallen ließ.

»Ich erzähle es dir. Fahr los!«

Krüger startete und wartete gespannt auf diesen Teil von Franz, der ihm bis dato verborgen geblieben war.

»Jetzt sag Franz, was war geschehen?«

Büchele druckste herum nicht ohne zu schmunzeln.

»Die Geschichte darf man keinem erzählen; sie war zu albern, um erwähnt zu werden.«

»Jetzt lass es raus, bevor du daran erstickst«, kam es fordernd von Max, der neugierig auf seinem Sitz hin und her rutschte. Franz lachte wieder.

»Max, im April habe ich mich nicht mit Ruhm bekleckert. Gisela wollte mir an diesem Tag, an dem wir den Rindviechern begegnet sind, einen Weinberg am Hang des Heuchelberges zeigen. Na, was soll ich sagen. Wir liefen die Strecke ab, bis auf halber Höhe alles anfing.«

Max nickte.

»Und weiter? Lass dir nicht jedes Wort aus der Nase ziehen, was war dann?«

Franz schob seinen Strohhut zurück.

»Den ganzen Morgen hatte die Familie Hüttner nach ihren Kühen gesucht, die auf der Weide ausgebüchst sind. Sie hatten fast alle eingefangen. Nur die Kuh s'Fleckle, und der Bulle Oskar, ein mächtiger Hornochse, wenn du mich fragst, waren noch irgendwo unterwegs. An allen Zufahrtswegen hatten befreundete Bauern Viehtransporter aufgestellt. Die dachten, der Bulle geht da freiwillig rein. War aber nicht so. Oskar war so von seiner Kuh geblendet, dass er keinen in ihre Nähe ließ. Gisela und ich spazierten rein zufällig die Weinberge entlang, als sie die Kuh sah. Sie war einige Schritte vor mir, als wir an einem Viehanhänger vorbeikamen. Gisela, wie sie ist, du kennst sie, wollte zum Fleckle hinlaufen. Was sie nicht sah, war Oskar, der genussvoll zwischen den Rebstöcken stand und fraß. Als er Gisela erblickte, fing des Rindvieh gottsmillionisch an zu brüllen. Ich rief nach Gisela und winkte sie mit meinem Hut zu mir. Tippelnd kam sie auf mich zu und verschwand aus Angst hinter dem Hänger. Was ich nicht wusste. Oskar, der blöde Hornochse, empfand das Winken mit meinem Hut nicht spaßig. Ich sah den Bullen zwischen den Reben auf mich zurasen. Keine fünf Meter war er weg. Ich schwör's. Ich nahm die Beine in die Hand und verschwand hinter dem Anhänger. Das blöde Vieh ist dabei mehr zufällig als absichtlich in den Hänger geflitzt. Ich bin von hinten nach vorn geflitzt, Klappe hoch und Bulle drin. Keine zwei Minuten später. Seiner Freundin war es wohl alleine zu einsam, kam 's Fleckle aus dem Wengert und trabte auf den Anhänger zu. Nach geraumer Zeit kam der Förster mit dem Tierarzt vorbei. Die wollten Oskar offenbar erschießen, weil er wild geworden war. Dabei hat der doch nur uff sei Mädle uff'passt. Keine fünf Minuten später war der Eigentümer der Rindviecher, unser Uwe Hüttner da. Er schenkte uns als Dank für unsere Tat einen ganzen Karton Büchsenwurst. Mehr war da nicht. Ich schwör's, Max.«

Max begann zu lachen.

»Du hattest da mehr Angst vor dem Vieh als Vaterlandsliebe, stimmt's?«

Franz nickte zustimmend.

»Deswegen war ich auch nie stolz auf diese Aktion. Aber, wenn jetzt der Wirt des Waldheims wegen seinem Vetterle mir den Rostbraten umsonst gibt, soll ich da ablehnen?«

Max lachte über die herzzerreißende Story und gab Gas. Bücheles Handy klingelte.

»Ja, Büchele«, kam es kurz und knapp von ihm.

»Bruno, da bist du absolut sicher? … Ok. Ja doch, schick es Lilly auf den Rechner. Sie wird es mir vorlegen. … Ich wünsche dir auch einen schönen Abend.«

Büchele drückte auf die rote Taste an seinem Telefon.

Als Max mit dem Dienstwagen ins Polizeipräsidium abbog, saß Büchele grübelnd auf seinem Sitz. Max stoppte wortlos das Auto, zog den Schlüssel ab und wartete. Nichts geschah. Büchele stieg ohne einen Kommentar aus und ging zur Pforte. Max folgte ihm. Im Büro angekommen, setzte sich Büchele sofort an seinen Rechner und tippte etwas ein. Sekunden später spuckte der Drucker am anderen Ende des Raumes seinen Auftrag aus. Büchele ging hinüber, schnappte sich den Stapel Blätter, rollte sie zusammen und kam zurück.

»Max, fährst du heute ausnahmsweise mit mir zurück und lässt deinen Dienstwagen hier?«

»Geht klar, kein Problem.«

»Na dann auf, komm in die Hufe mein Freund«, forderte Franz ihn auf, sich zu beeilen. Max traute sich nicht nach dem Inhalt der Blätter zu fragen, während Büchele, nachdem er auf dem Beifahrersitz Platz genommen hatte, darin blätterte. Für Max war heute sein Freund Franz irgendwie komisch, wie komisch sollte er in den nächsten Tagen erfahren. Aber zuerst galt es ihn bei Gisela auf dem Fischer Anwesen wohlbehalten abzuliefern. Nach kurzer Verabschiedung brauste Krüger davon.

Am nächsten Morgen, sah sich Büchele im Büro alles an, was über den Fall am Eichbottsee gesammelt werden konnte. Er rief Lilly, John, Max und den jungen Rainer Kaufmann an seinen Tisch und ließ sich die Vorgänge der letzten Tage berichten.

Lilly fand den Besuch bei Ilona und Peter Greiß, den Betreibern der Speeddating GmbH, zwar seltsam, aber dennoch aufschlussreich. Der Hinweis über eine anonyme Person, die Albert zwei Tage zuvor noch gesehen hatte, klang vielversprechend. Wo ansetzen war hier die Frage. Sie suchten nach einer Frau, die niemand richtig beschreiben konnte. Einzig die Hinweise auf ihre roten Haare und der Wurststand beim Krankenhaus, schienen überprüfbar zu sein. Diese Person war der erste Ermittlungsansatz, ob als Täter oder Zeugin. Keiner wusste das zu diesem Zeitpunkt.

Kaufmann und Hansen hatten einiges über die Funktion der Partys bei ihrem Besuch erfahren. Einiges über Banderolen und Bändchen gehört, weiter sind sie nicht gekommen. Franz legte den Bericht des Rechtsmediziners auf den Tisch.

Die Analysen ergaben vielfältige Spuren, die in verschiedene Richtungen wiesen. Einerseits waren da die Spuren, die auf Fesseln hindeuteten. Andererseits das Loch in Albert Pfohs Brust, welches auf eine präzise Tötung hinwies. Fraglich war, mit was und wie er getötet wurde. Die Auswertung ergab Folgendes: Albert war 48 Stunden nach seinem Verschwinden noch am Leben. Er wurde aller Wahrscheinlichkeit nach im ländlichen Umkreis gefesselt festgehalten. Das bewiesen die Spuren an seinen Arm und Beingelenken. Jemand muss ihn gewürgt haben. Was zwangsläufig zur Bewusstlosigkeit führte, aber nicht zum Tod. Sein Fahrrad und sein Handy, sowie sein Rucksack blieben weiterhin verschollen. Keiner hatte ihn an diesem besagten Abend gesehen. Und niemand ist bis dato irgendetwas aufgefallen.

Sie hatten keine Wahl. Wollten sie diesen Fall lösen, kam nur die nochmalige Überprüfung aller Gesichtspunkte und Personen in Frage. Vielleicht hatten sie etwas übersehen.

»John, du und Lilly, ihr fahrt bitte nach Großgartach. Ihr befragt nochmal die Erzieherin, die den Toten fand, wie war nochmal ihr Name?«

Büchele kramte in seinen Unterlagen.

»Lara Grimm hieß sie«, kam Johns blitzschnelle Antwort.

»Ich rufe sicherheitshalber dort an, nicht dass die Tanten auf einem Ausflug sind, wer weiß.«

Franz nickte, während John sein Handy zückte und die Rufnummer wählte. Max trat von hinten an Büchele heran und zupfte ihn am Hemd.

»Was isch los, Max? Wieso so verstohlen?«

»Ich habe da eine Idee, besser gesagt gleich zwei.«
Franz wirbelte herum.

»Nix illegales oder so?«

»Ich denk nicht.«
Franz rief nochmal alle Teammitglieder an den Tisch.

»Schieß los, Max.«
Krüger räusperte sich kurz, bevor er begann. In diesem Moment ging die Tür auf.
Staatsanwalt Krümmbusch betrat den Saal.

»Guten Morgen, die Herren der neuen Sondereinheit.«
Max drehte sich um.

»Der fehlte uns noch.«

»Mach weiter und berichte«, forderte Franz ihn auf, ohne dem geschniegelten Lackaffen, wie er den Staatsanwalt heimlich nannte, Beachtung zu schenken.

»Meine Damen und Herren«, begann Krüger auszuführen.

»Ich habe da eine Theorie. Wenn wir mal die Todesart außen vorlassen, bleibt die Frage im Raum stehen, wo war unser Opfer die letzten drei Tage vor dem Verbrechen? Offen gesagt wir könnten spekulieren. Ich schätze alle Verdachtsmomente weisen auf die Kuschel-

und Speeddatingpartys hin. Wie ich in Lillys Bericht richtig gelesen habe, sind die Partys zweimal die Woche. Wieso gehen wir nicht hin? Weihen den Eigentümer ein und ermitteln Undercover?«

Von hinten ging Krümmbusch, der das Wort Undercover gehört hatte, näher an die Gruppe heran.

»Hört sich vorzüglich an, meine Herren, würde ich auch tun, wenn ich Kriminalbeamter wäre.«

Alle sahen ihn an.

»Natürlich bräuchten wir die passenden Personen.«

Büchele griff ein.

»Ich schlage da John und Polly vor.«

Max sah ihn an.

»In passendem Alter bitte!«, raunzte er seinen Chef an, der auf der Ecke seines Schreibtisches saß.

»Na, dann Rainer und Lilly«, legte er nach.

»Franz, keine Teenager, dort sind meist nur ältere Herrschaften. Schon darüber nachgedacht? Ich sagte in passendem Alter, verstehst du kein Deutsch?«

Sekundenlang trat Ruhe unter den Beamten ein, als alle ihren Chef ansahen. Franz blickte in die Runde.

»Ne ne, das schminkt ihr euch mal alle ab, ich mach mich in meinem Alter nicht zum Affen.«

»Ist ein schöner Einsatz. Nimm Brigitte mit, die hat bestimmt ihren Spaß daran. Na, wie wäre es Chef?«, stichelte Max weiter.

»Aber nur für kurze Zeit«, kam sein leiser Protest.

»Ach, bevor ich es vergesse«, er wies mit der Hand auf Kaufmann.

»Rainer, du besuchst bitte den Wurststand am Krankenhaus, ok? Vielleicht bekommst du etwas über unsere Dame mit den roten Haaren raus.«

Rainer nickte und verschwand mit seiner Tasche unter dem Arm aus dem Büro. Unbemerkt von allen hatte

Staatsanwalt Krümmbusch den Raum verlassen. Ihm schien die Diskussion zu allgemein gehalten. Vermutlich hatte er mehr sich als nur vage Annahmen und Vermutungen in Amtsdeutsch gewünscht.

Franz begann Max verstohlen anzugrinsen. Er machte sich über die Art des Staatsanwaltes keinen Kopf. Er hatte dafür keine Zeit. Wichtigeres stand an, Recherchen über die verschwundenen Habseligkeiten im Mordfall Pfoh. Sie waren noch nicht aufgetaucht, sollte er an die Presse gehen? Damit tat er sich schwer. Panik zu verursachen war nicht sein Ding.

Büchele griff sich seine Unterlagen und sah dabei Krüger an, der ihm gegenüber saß.

»Max, komm mit, wir besuchen unseren Chef und danach unseren Staatsanwalt.«

»Franz, möchtest du freiwillig in die Höhle des Löwen? Möchtest du dich gleich als Futter für die großen Tiere anbieten?«

Franz winkte locker ab, als er sich seinen Strohhut aufs Haupt setzte.

»Ich bin ungenießbar. Ich bin zu alt und zu zäh für die Herren, die würden sich an diesem Happen übergeben, glaub mir.«

Beide gingen ins Büro ihres Chefs Herr Dirk Kastfeld. Der ständig murrende, alte Dienstleiter hatte Verständnis für das Anliegen seiner Ermittler und telefonierte kurz. Keine fünfzehn Minuten später klopfte es an seiner Bürotür. Geschniegelt, mit polierten Schuhen und eleganter Tasche unter seinem Arm, betrat der karrierehungrige Staatsanwalt Krümmbusch den Raum. Büchele musste, ob er wollte oder nicht, mit ihm über sein Vorhaben reden. Auch er fand, dass im Heilbronner Distrikt die Öffentlichkeitsarbeit viel zu sehr vernachlässigt wurde und bejahte sein geplantes

Vorhaben. Händeschüttelnd verließ er, so schnell wie er gekommen war, den Raum. Franz sah seinen Chef an.

»Dirk, ich hätte die Mediensache gerne über Brigitte Kohlmarx von Ländle TV abgewickelt. Ich kenne sie und wenn es mit einer Absprache klappt, erwähnt sie nur die Dinge, die wir eben besprochen haben. Ist es ok und von dir abgesegnet?«

Dirk Kastfeld hatte damals als junger Kommissar, Büchele zu dem Beamten ausgebildet, der er heute war. Manchmal benahm sich sein Schützling ungehobelt und taktlos. Trotzdem konnte er sich auf seinen Instinkt, sein Gespür das Richtige zu tun, stets verlassen. Er gab ihm als Vorgesetzten die Rückendeckung, die er gegenüber den Politikern und der Presse benötigte. Für ihn war er die Art der Ermittler, die vom Aussterben bedroht war, wie eine untergehende Tier- oder Pflanzenart. Klar fehlte Büchele oft das umfassende technische Verständnis, aber das bügelte er buchstäblich mit viel Menschenkenntnis und unkonventionellen Methoden aus. Kastfeld nickte stumm. Franz schüttelte ihm dankbar die Hand und verließ mit Krüger, der nur zu seiner geistigen Unterstützung dabei war, den Raum.

Zurück im Büro telefonierte er mit der Journalistin Brigitte Kohlmarx vom Sender Ländle TV. Er vereinbarte ein Treffen auf dem Fischer Anwesen für den folgenden Abend. Sie nahm die Einladung dankend an, jedoch nicht ohne nach dem Grund zu fragen. Büchele saß in der Zwickmühle, als er sich für die kulinarische Variante der Einladung entschied.

»Es gibt Rouladen mit Kartoffeln und Soße, bekommst du da Lust auf Morgen?«, fing er an sie scheinheilig zu fragen.

Brigitte lachte am anderen Ende der Telefonleitung.

»Mit Käse fängt man Mäuse«, konterte sie lachend.

141

»Ich bin dabei, ist um sieben ok, oder sollte ich da bei Gisela nachfragen?«

»Nein, nein, nein, um Gottes Willen, komm einfach um sieben, ok?«

Franz atmete erst einmal tief aus, als er den Hörer auf die Basisstation legte. Max, der ihm noch gegenüber saß, konnte sich denken, was geschehen war. Wieder wählte Büchele eine Nummer von seinem Dienstapparat aus. Diesmal war es die Nummer von Gisela. Es läutete kurz.

»Weingut Weinvilla Fischer, Gisela Kreuzer am Apparat, was kann ich für Sie tun?«

»Gisela, bist du es?«

»Wer denn sonst, vielleicht der Nachbar oder der Papst? Franz, was ist los?«

Büchele nahm seinen Mut zusammen.

»Du, Gisela, ich hätte morgen Abend Lust auf Rouladen, kannst du mir welche zubereiten?«

Gisela kannte ihren Dauergast Büchele. Sie wusste, wenn er was von ihr wollte, wurde er lammfromm. Und in diesem Augenblick war er am Telefon mehr als lammfromm.

»Lass die Katze aus dem Sack, wer kommt noch, Franz. Ich kenne dich, spuck es aus oder ist es so schwer die Wahrheit zu sagen?«

»Äh, ich habe Brigitte zu Rouladen eingeladen, sorry. Ist es schlimm?«

Gisela Kreuzer begann zu lachen.

»Nö wieso, ich freue mich auf sie. Und wann kommt sie?«

»Abends um 19 Uhr.«

Gisela dachte kurz nach.

»Ok, wenn du sie einlädst, hat das bestimmt einen Haken. Was du letztendlich von ihr möchtest, bleibt

dein Geheimnis. Oder möchtest du ihr einen Heirats-
antrag unterbreiten?«

Ohne dass sie es sah, wurde Franz am Telefon aschfahl.

»Jetzt net bleed werre, Gisela, so oin Witz isch net
gut.«

Gisela hatte einen Nerv von ihm getroffen.

»Bis heute Abend, Franz.«

Am nächsten Abend kam Brigitte pünktlich zum Essen.
Büchele druckste herum. Er konnte ihr, während sie
aßen, kaum in die Augen sehen. Nach dem letzten
Bissen Kartoffel, konnte er sich endlich überwinden
und ihr den eigentlichen Grund für das gemeinsame
Abendessen nennen.

»Noch was, Brigitte«, kam seine kurze stockende
Nachfrage.

»Äh, wie soll ich es dir sagen«, begann er seinen Satz.

»Kannst du dir vorstellen, mit mir, rein dienstlich
versteht sich, auf eine Speeddatingparty zu gehen?«
Brigitte brach in helles Gelächter aus.

»Da gibt es auch junge Herren und Mädels, oder? Und
du bist eifersüchtig, hatte ich von Gisela gehört?«,
machte sich Brigitte, über seine wohl spaßige Anfrage
lustig.

Franz wiegelte ab.

»Ach was. Ich bin weder eifersüchtig, noch sind da
vermutlich junge Männer und Frauen. Keine Ahnung
was da abgeht. Gehst du mit oder nicht?«

Brigitte versprach, ihn zu begleiten. Als sie Bücheles
Anliegen erfuhr, freute sie sich natürlich.

»Wow, ich darf darüber exklusiv berichten? Klasse
Franz«, freute sie sich und gab ihm einen flüchtigen
Kuss. Der Abend schien perfekt zu laufen.

Spiel mit mir

Am nächsten Morgen wurden im Dezernat alle Termine und Eventualitäten für den Undercover Einsatz von Büchele besprochen. Es wurde das Lokal Bellinda für den Einsatz ausgewählt. Die Inhaber, die Eheleute Greiß, stimmten dieser polizeilichen Aktion widerwillig zu. Über die Einzelheiten wurden sie jedoch nicht informiert.

Das Südviertel hatte viel von seinem einstigen Glanz verloren. Lagerhallen regierten das einstige Wohnviertel. Hier und da gab es vereinzelt schöne Häuser, eine lohnende Wohngegend schien dies jedoch nicht mehr zu sein.

Franz und Brigitte hatten vereinbart, unabhängig voneinander das Etablissement zu verschieden Zeiten aufzusuchen. Jeder konnte so seine eigenen Eindrücke sammeln. Beide würden sich zwangsläufig im Verlauf des Abends treffen und gesammelte Informationen austauschen.

Sieben Beamte bezogen Stellung. Zwei waren vor dem Lokal in einem klapprigen alten Transporter in Warteposition, zwei in den umliegenden Häusern einquartiert und drei weitere waren unerkannt beim Event.

Büchele erschien überpünktlich. Wie immer kam er lieber früher, als zu spät. Nur wenige Gäste waren anwesend. Erstaunlicherweise waren auch einige Jugendliche präsent, jedoch in der Minderzahl. Der überwiegende Teil der Gäste war kurz vor, oder bereits am Punkt des Ruhestandes angekommen. Mit Anzug und Krawatte vermochte manch einer zu punkten. Was ging in jedem dieser Menschen vor? Was verbargen sie? Bücheles Interesse wurde durch lautes Gekicher auf zwei junge Leute gelenkt, die gerade das Lokal betraten. Sie belustigten sich an seinem Outfit. Als sie zu ihm rüber sahen, ging das Getuschel erst richtig los. Ein junge Dame, zeigte auf seinen Hut und begann herzhaft zu lachen, zog ein Handy aus ihrem kleinen Täschchen und machte unter ständigem Gelächter Fotos von ihm. Sah er so schlimm aus? Dieser Gedanke schien wie weggewischt, als eine Dame im besten Alter in kleinen Schritten auf ihn zusteuerte.

»Leana von Rübenstein«, stellte sie sich ihm vor und hielt ihm ihre Hand für einen Handkuss provokant vor die Nase. Was sollte er tun? Ihre Hand dankend ignorieren? Büchele stellte sich seinerseits vor. Er nahm ihre Hand in seine und gab ihr den erwarteten und angedeuteten Handkuss.

»Büchele, Franz Büchele«, er hob dabei seinen Hut an.

»Suchen Sie einen Partner oder weshalb sind Sie hier?«

»Ich bin aus Neugierde hier«, entgegnete der Beamte.

»Man taxiert in meinem Alter gerne seinen eigenen Marktwert, gnädige Frau. Wenn Sie verstehen, was ich meine.«

Leana von Rübenstein musterte ihn auffällig von oben bis unten. Sie griff in ihre Handtasche und zog eine glitzernde Karte heraus.

»Mein Herr, wenn Sie vor Kraft strotzen, wäre ich über ein kleines Stelldichein sehr erfreut. Rufen Sie mich bei Gelegenheit einfach an.«

Sie drehte sich um und verschwand im Nebenraum, der sich zusehends mit Besuchern füllte. Franz sah sich um. Keine einfache Aufgabe in der Masse der Menschen. Er versuchte Brigitte zu entdecken. Plötzlich begann die Musik zu spielen.

Franz sah einen jungen Mann, es war scheinbar der DJ. Er trug kurze Shorts, Turnschuhe und ein heraushängendes Hemd. Er hielt sich einen Teil seines Kopfhörers an sein rechtes Ohr. Dabei wippte er zum

Takt der Musik. Seine freie Hand reckte er stumm nach oben Richtung Decke. Franz kam das alles sehr subtil vor. Er schüttelte den Kopf.

Er legte jetzt einen Mix aus Soul, Rap und Schlager von Andrea Bergg auf. Automatisch begann Büchele selbst im Takt mit zu wippen. Als dann noch Andrea Bergg mit einem Hip-Hop-Song gespielt wurde, begann förmlich Bücheles Körper im Takt zu schweben.

Keine Gedanken an Arbeit und Leben belasteten die, die hier tanzten.

Franz sah sich um, waren seine Informationen fehlerhaft?

Der große Saal war überaus gut besucht. Anders als erwartet, sah er einen größeren Teil an jungen Menschen, als an Senioren im Saal. Hatte man ihm nicht gesagt, das hier wäre eine Speeddatingparty für Senioren? Waren die Beamten auf der falschen Party?

Panisch suchte sein Blick in der Menge Brigitte Kohlmarx. Er ließ seinen Blick über die Köpfe der Besucher gleiten. Der Saal machte am gegenüberliegenden Ende eine Kurve, war sie dort?

Franz versuchte sich ans andere Ende des Raumes zu begeben. Händerudernd ging es durch die Menschenmenge die ausgelassen feierte, vorbei an kleinen Tischchen mit beleuchteten Herzen. Er sah sich um. Junge Leute, Senioren und jede Couleur an Menschen tummelten sich vor ihm. Als eine Stimme aus dem Lautsprecher ertönte, war es für ihn klar, seine eigentliche Arbeit hat begonnen.

»Meine verehrten Herrschaften. Meine Damen und Herren. Jung und Alt, herzlich willkommen zur Speeddatingparty im Bellinda in Heilbronn. Bitte begebt euch zu den Tischen mit der Nummer, die auf eurem Armbändchen aufgedruckt ist. Nehmt Platz und genießt den Abend. Lasst die Spiele beginnen. Und wer die Regeln noch nicht kennt, der kann sie sich gerne von meiner Gattin oder von mir persönlich erklären lassen.«

Jetzt sah Büchele, woher die Stimme kam. Ein kleines Podium war aufgebaut worden und Peter und Ilona Greiß standen winkend davor.

»Und unsere netten Bedienungen werden euch gerne zwischen den Partnerwechseln Köstlichkeiten aus dem Hause servieren. Nutzt den Service, er ist kostenlos. Und bitte keine Streitigkeiten untereinander. Der oder die Gewinnerin des Tages, kann danach seinen Traumprinzen oder seine Traumprinzessin, hinten im Separee ganz für sich allein haben. Redet was das Zeug hält. Aber bitte, behaltet wie immer, eure Telefonnummer für euch. Sehen unsere Wächter dies…«

Aus dem unbeleuchteten Teil der Halle traten plötzlich schmucke Herren in rotem Frack und Zylinder. Sie sahen aber eher aus wie die Rausschmeißer eines billigen Nachtlokals.

»Dann ist für diejenigen die dabei erwischt werden Schluss für heute, inklusive einer vierwöchigen Sperre bei den nächsten Veranstaltungen. Hat es jeder der Herrschaften verstanden?«

Ein grölendes: »Jaaaaa«, aus der Masse war Antwort genug. Franz kramte in seiner Tasche nach dem Bändchen, fischte es heraus und sah auf die Zahl: Tisch 15. Er sah sich um. Die Lampenschirme an den Tischen besaßen Nummern. Verzweifelt suchte er nach Tisch 15. Und wo war jetzt Brigitte? Franz bekam Zweifel an dem angestrebten Unterfangen, so Alberts Mörder zu finden. Er hätte sich nie auf solch einen Schwachsinn einlassen sollen. Lilly, Rainer oder John und Polly hätten diese Aufgabe genauso erledigen können. Beiläufig sah er sich um. Vom wallenden Abendkleid bis hin zum superkleinen Minirock war alles vorhanden. Die Mädels brachten ihre Oberweite in neonfarbenen BHs zur Geltung. Na klar, dass die Herren der Schöpfung lechzten, wie eine Meute sabbernder Wölfe, die auf ihre Beute lauerten.

Hier war die umgekehrte Frage angebracht. Was erwarteten sie? Eine lebenslange Beziehung wohl kaum. Ein schnelles Vergnügen oder für Jahre ausgesorgt zu haben? Franz begann sich seine eigenen Gedanken darüber zu machen, als er Tisch 15 keine zehn Meter entfernt erblickte. Langsam, weil schnell in der Menschenmasse unmöglich war, bewegte sich jeder auf seinen zugewiesenen Platz. Im Handumdrehen war die Fläche, auf der eben noch der Bär rockte, wie leergefegt. Eine Dame, um die Vierzig, saß an Tisch Nummer 15. Was Büchele die Möglichkeit gab, das ganze Vorgehen seines Schulkollegen Albert Pfoh einzuschätzen. Gerade als er sich setzte, erhaschte er einen kurzen Blick von Brigitte. Sie hatte am anderen Ende des Saales an einem Tisch Platz genommen.

Er erblickte sie in einem silberfarbenen Lackminirock. Büchele bemühte sich einen weiteren Blickkontakt mit ihr herzustellen, als sie ihre gleichfarbigen Pumps unter den Tisch zog. Ein schwarzes, enges, ärmelfreies Top zierte ihren Oberkörper. Büchele schwanden die Sinne, als er sich auf seinen Stuhl setzte. Die Dame gegenüber erkannte sofort ihre Gelegenheit, nahm die Hand des Beamten in ihre und begann sie zu tätscheln.

»Ist alles ok, junger Mann?«, fragte sie ihn unsicher. Büchele hörte noch, wie Musik erklang. Zwar nicht mehr so laut wie vorher, aber sie übertönte alles, was gesprochen wurde.

Die Dame, sie nannte sich selbst Bärbel Stein, erklärte ihm kurz und knapp, dass sie auf der Suche nach einem Mann sei. Einem solventen Mann, wie sie betonte.

Schon früh wurde sie Witwe und wolle jetzt ihren Lebensabend genießen. Büchele folgte ihrer gewissenhaften Ausführung. Bedingung wäre folgendes: Eine Handtasche vom Designer Mike Cross, als sprichwörtlichen ersten Liebesbeweis. Sozusagen von dem Mann, der es wagen dürfte sie himmlisch anzubeten. Büchele sah sie an.

»Den Lebensabend genießen mit einer Designertasche, die ich bezahlen soll? Meine Dame, bis zur Rente haben Sie noch etwas Zeit, oder? Und was die Tasche betrifft, solch ein teures Designertäschle kann ich mir später von meiner Beamtenpension ohnehin nicht leisten.«

Die Dame stützte ihre Hände in die Hüften.

»Pah«, tat sie entrüstet.

»Weshalb arbeiten? Andere Frauen tun es doch auch nicht und werden mit einem anständigen Mann belohnt. Wieso ich nicht?«

Büchele zuckte die Schultern. Sie zupfte an ihrem Armbändchen herum, das aus einer Kordel mit farbiger Schnur mit einem Herzanhänger bestand. Die hatte es am Eingang gegeben, sofern man sein Plastikbändchen vorweisen konnte. Sie versuchte berechnend auf ihre Zahl zu deuten. Es war die 383, für Büchele eine bedeutungslose Zahl.

»Wo ist ihr Bändchen?«, bemerkte sie schnippisch. Was eher etwas von einer schwäbischen Beißzange, als von einer Dame hatte und ließ Böses erahnen.

»Äh…«

Büchele suchte seine Taschen ab und wurde in der Brusttasche seines Hemdes fündig.

»Hier ist es!«

»Und wie ist ihre Nummer, mein Herr?«

Büchele drehte gerade das Bändchen um, als es aus dem Lautsprecher tönte.

»Meine Herren, begeben sie sich bitte einen Tisch weiter nach rechts zur nächsten Dame. Sind sie so nett, auch wenn es Ihnen schwerfällt. Viel Spaß.«

So musste sich ein Boxer fühlen, der auf den rettenden Gong gewartet hatte, schoss es ihm durch den Kopf. Schnell erhob er sich von seinem Stuhl und tat wie angewiesen die wenigen Schritte zum nächsten Tisch. Hier hatte auch sein Vorgänger das Feld fluchtartig verlassen. Mit einem freundlichen »Guten Abend«, setzte er sich. Vor ihm saß eine kleine kaugummikauende Frau, Mitte dreißig. Toupiertes Haar, die Arme tätowiert. Sie kam sofort zur Sache. Der Beamte schien abgelenkt und nahm das ganze Geschwafel der vor ihm sitzenden Person, wie durch einen Nebel war. Büchele, der Brigittes Blick suchte, sah ihren Rücken, keine 15 Meter entfernt. Was er sah, als er über die vor ihm sitzende Frau blickte, ließ es in ihm brodeln.

Ein Typ, braun gebrannt, circa 30 Jahre, saß in einem schmucken Sakko Brigitte gegenüber. Anscheinend lief seine Konversation mit Brigitte blendend. Der Mensch erdreistete sich und nahm ihre Hand. Büchele stand kurz vor einem Wutanfall. Brigitte schien der Typ zu gefallen, sie lachte mit ihm. Büchele versuchte aufzustehen. Als ein: »Hallo Sie?«, von der Person an seinem Tisch an seine Ohren drang. Das Persönchen zog ihn am Hemd zurück auf seinen Stuhl.

»Mach dich locker Alter, hier sind genug Ladys für dich. Und Männer gibt's für mich. Hier sieh her.«

Sie begann zu lachen. Sie griff sich unterstützend, mit den Händen an ihre Brüste.

»Sind das nicht die besten Aussichten und Argumente?«

Büchele versuchte, seine Wut in den Griff zu bekommen. Die Dame vor ihm begann wie ein Wasserfall zu reden.

»Ich sehe es so, ich muss das Startgeld bezahlen, habe vielleicht eine heiße Nacht oder ein schönes Wochenende. Wenn es gut läuft, ein sorgenfreies Leben. Verstehst du?«

Büchele sah sie an.

»Sorry, versteh ich nicht. Den Männern das Geld aus der Tasche zu ziehen, ist Vorspiegelung falscher Tatsachen. Jeder hat dafür hart gearbeitet, verstehen Sie das?«

Einen Moment kehrte ihm gegenüber Ruhe ein.

»Du plapperst wie ein Bulle. Alter, du machst dich selbst zum Affen. Ich muss sehen, wie ich weiterkomme.«

Der Herr am Podium forderte, ohne dass sich Büchele für irgendetwas rechtfertigen musste, zum Weitergehen auf.

Büchele stand auf und ging zügig zum nächsten Tisch, an dem ein älterer Herr mit Glatze, einer adretten jungen rothaarigen Dame gegenübersaß. Er notierte sich ihre Nummer auf dem Bändchen. Beide küssten sich nur flüchtig und er verschwand. Für Büchele schien das keine Option zu sein. Die junge Frau hätte seine Tochter sein können.

Franz setzte sich zu ihr.

Er wurde sichtlich enttäuscht, was die letzte Dame betraf, oder gab es nach dieser Aufregung eine Belohnung?

Mit Kostüm und gefalteten Händen, saß sie mit liebevoller Frisur, die ihren glatten roten Haaren den gewissen Touch zu geben schien, vor Büchele. Sie streckte ihre feminin angewinkelten schlanken Beine unter dem Tisch hervor. Im Augenwinkel erkannte Büchele ein Tattoo. Einen kleinen Affen über ihrem linken Fußgelenk. Sie sah ihn an und begann zu lächeln. Ihre lackierten Fingernägel stachen ihm sofort ins Auge.

»Mein Herr, ich sage es Ihnen gleich, ich bin nicht eine von denen hier«, dabei wies sie mit ihrem schlanken Zeigefinger in die Runde.

»Ich bin jemand der nur Spaß und Unterhaltung sucht. Ich suche keinen Partner, verstehen Sie mich?«, begann sie mit einem leichten Dialekt, den Büchele nicht sofort einordnen konnte.

Büchele nickte.

»Und was ist für Sie Spaß?«, begann Büchele zu fragen ohne sich vorzustellen, oder sich nach ihrem Namen zu erkundigen. Sie sah ihn an.

»Was trinken, essen gehen und eben nur Spaß haben ohne Verpflichtung.«

Büchele bemerkte den Abdruck eines Eherings, den sie wohl vorher abgezogen hatte.

»Und was meint ihr Ehemann dazu?«, wollte Büchele leise wissen. Ertappt vergrub sie jetzt noch mehr ihre Hände ineinander.

»Ich lebe in Trennung. Wieso, ist es für Sie wichtig?«
Büchele sah mit kurzem Blick zu Brigitte, bevor er der jungen Dame zu antworten versuchte. Dabei zuckte er geistesabwesend mit den Schultern.

»Es ist für mich so ok«, ergriff sie sofort wieder das Wort zur eigenen Rechtfertigung ihrer Situation.

»Mein Mann war ein Schwein und ich versuche meine Tochter und mich durchzubringen. Ich habe einen Job in einer Fabrik, in der Nachtschicht angenommen der mich nicht ausfüllt und frohlocken lässt, aber uns beide ernährt. Ich nehme keine Almosen, mein Herr.«

Büchele entdeckte an ihrem Bändchen die aufgemalte 38, ihr eigenes Alter, mutmaßte er. Jetzt schob die Dame ihm klammheimlich einen kleinen gelben Zettel mit einer Telefonnummer zu. Büchele wunderte sich noch, sah er doch nirgends einen Schreibstift. Hatte sie die kleinen gelben Zettel zuhause vorbereitet?

»Wenn Sie mal eine Beschäftigung für eine gelernte Krankenschwester haben, ich bin dafür zu haben«, gab sie ihm augenzwinkernd aber kleinlaut zu verstehen.

»Da ich mein Kind noch besser betreuen möchte, könnte ich einen Job als Krankenschwester im Schichtbetrieb ausüben. Den hatte ich vor meiner Ehe erlernt. Ich gehe allem nach, was Geld bringt«, warf sie abschließend ein.

»Oder Sie rufen einfach an, wenn Sie plaudern möchten. Ich habe keine Forderungen und keine Berührungsängste. Ich würde mich freuen. Mein Herr, ich schätze Sie als kleine schwäbische Plaudertasche ein, stimmt's?«

Sie rückte dabei ihr Lächeln in den Vordergrund.

»Bitte geben Sie die Telefonnummer nicht weiter, ok?« Sie sah ihn hilfesuchend an. Büchele wunderte sich über den schnell wechselnden Ausdruck ihres Gesichtes.

»Und der ältere Herr, der Sie vorhin auf die Backe geküsst hatte, kannten Sie den?«

Sie begann zu lachten.

»Logo mein Herr, es ist der Großvater meiner Tochter. Nur so können wir in Kontakt bleiben. Ist eine längere Geschichte. Seine Frau erzählt nämlich immer alles meinem Ex-Mann. Und der…«, sie stockte ihre Rede, als der Mann am Podium zum Wechsel

aufforderte. Büchele bedankte sich proforma bevor er einen Tisch weiterging. Ihm tat diese junge Frau leid.
Jetzt war Büchele nur noch einen Tisch von Brigitte entfernt.
Bei ihr hatte ein solventer Mann mit Nickelbrille und Vollbart Platz genommen.

Brigitte schien greifbar zu sein und doch war sie unendlich weit weg. Büchele setzte sich auf seinen Stuhl. Eine ältere Dame lächelte ihn mit einem freundlichen »Hallo« an.

Sein Gegenüber kam sofort auf den Punkt.

»Suchen Sie jemanden Festes? Sind Sie ungebunden? Würde Ihnen die Landwirtschaft gefallen?«

Büchele fühlte sich von der Vielzahl der Fragen überrumpelt.

»Moment, Moment nicht so schnell«, forderte er die Dame gegenüber auf, das Tempo zu drosseln. Er musterte sie eindringlich. Aus der Mode gekommene Klamotten, die Haare hochgesteckt und soweit er sehen konnte, keinen Nagellack an den Fingern. Keine eleganten Schuhe, nichts was auf Vermögen hinwies.

»Ich such einen Bauern für meinen Hof, würde es Ihnen gefallen?«
Gespannt wartete sie seine Antwort ab.

»Ich habe einen guten Job«, begann Büchele.

»Und sorry, mit der Landwirtschaft, habe ich nichts am Hut. Ich wäre eine Fehlbesetzung in Ihrem Leben.«
Er nahm ihre Hand und drückte sie. Tränen rannen ihr übers Gesicht, die sie mit ihrem Ärmel abwischen wollte. Schluchzend brach es aus ihr hervor.

»Jetzt werde ich den Hof verkaufen müssen.«
Büchele hielt kurz ihre Hand und versprach ihr zu helfen. Heimlich zog er eine Visitenkarte von der Weinvilla aus der Hose und schob sie ihr zu.

»Danke, danke Herr…?«, kam gerade rechtzeitig, als sie auf die Karte sah, als zum Wechsel an den Tischen aufgefordert wurde. Er stand auf, hob seinen Hut an und verabschiedete sich höflich von ihr und ging weiter, nicht ohne darauf hinzuweisen, dass sie sich bei einer gewissen Gisela Kreuzer melden sollte.

Endlich, er hatte den Tisch von Brigitte erreicht.

»Darf ich mich setzen?«, sprach er sie von hinten an. Ohne sich umzudrehen hatte sie seine Stimme erkannt. Lachend antwortete sie ihm weiterhin abgewandt in kokettem Tonfall.

»Wenn Sie, junger Mann, einen Hof besitzen, eine Goldmine und dazu noch im Bett eine gute Figur machen, sind Sie willkommen.«

Büchele tat einen Schritt nach vorn und nahm Platz. Von einer Sekunde zur anderen trat alles um sie herum in den Hintergrund, als Büchele Sekunden später die Augen zu kleinen Sehschlitzen formte.

»Wer war der Pferdeschwanzträger?«

Brigitte genoss sichtlich Bücheles kleine spitzfindige Eifersüchteleien.

»Meinst du den Unternehmer Carlos?«

Büchele schien noch unruhiger zu werden.

»Ja, ich meine den Lackaffen, der dir die Hand gestreichelt hat.«

Brigitte lehnte sich entspannt zurück, schlug ihre Beine übereinander und strich sich über den Minirock.

»Tja, mein lieber Kommissar«, flüsterte sie über den Tisch.

»Die Konkurrenz schläft nicht. Der junge Mann hat mir eine kostenlose Kreuzfahrt angeboten. Ich bräuchte nur etwas nett zu seinem kleinen Fährmann sein und die Reise wär für mich kostenlos.«

Büchele starrte sie an. Hatte er doch so viel Offenheit nicht von ihr erwartet. Brigitte legte noch eine kleine Spitzfindigkeit nach.

»Aber bei Ihnen«, begann sie zu flüstern.

»Bei Ihnen, Herr Kommissar, reicht es doch weder zu einer Ruderbootfahrt über den Neckar, noch zu einer kleinen Fährenreise zur Insel Mainau am Bodensee.«
Perplex saß Büchele da. Nach kurzem Überlegen forderte er den Beelzebub in der Journalistin heraus.

»Was meinte er mit seinem kleinen Fährmann?«, fragte er unwissend nach.

»Ich gelobe Besserung Herr Kommissar, aber du hast nie für uns beide Zeit.«

In diesem Augenblick ertönten die Worte von Peter Greiß vom Podium, die zum Tischwechsel aufforderte. Es kam anders. Brigitte Kohlmarx, die sich einen netten Abend versprach, schnappte sich ihre Handtasche, erhob sich vom Sitz und schlug sie dem sitzenden Büchele ins Gesicht. Mit einem schnellen Schritt verließ sie, ehe es Büchele bewusst wurde was er angerichtet hatte, das Lokal. Was war falsch gelaufen?

Franz hatte genug von der Speeddatingparty, er hatte die Nase voll. Frauen, die auf Geld aus sind. Jede Menge Frauen, die einen Unterhalter benötigen. Oder welche, die schlichtweg einen Ernährer suchten, hatte er in knapp zwei Stunden kennengelernt. War das die Welt, die er kannte? Und weshalb trieb sich Albert Pfoh in so einem Sündenpfuhl herum?

Büchele kratzte sich ratlos am Kopf. Dies waren eine Menge Fragen und keine Antworten. Er eilte nach draußen und brach die Aktion ab. Er ordnete an, dass sich alle Beteiligten morgen früh im Dezernat zur Besprechung einzufinden hatten. Drinnen dagegen, ging das ganze Spektakel noch lange weiter.

Büchele ließ sich von der Fahrbereitschaft zurückfahren. Die Worte von Brigitte musste er sich nochmals durch den Kopf gehen lassen.

Erst als Gisela ihn an der Haustüre erwartete, ahnte er Schlimmes. Erst als der Bereitschaftsdienst zurückfuhr, stemmte Gisela die Hände in die Hüften.

»Du bleeder Schoofsekel, was hasch du mit Brigitte gmacht? Die heult sich daheim die Augen aus dem Kopf, des arme Kind.«

Büchele zuckte unschuldig mit seinen Schultern.

»Ob du ungehobelter Schwabe dies wieder ins Lot bekommst, bezweifle ich stark!«, lies sie ihn lautstark wissen.

Gisela wandte sich ab, verschwand in der Küche und sprach den ganzen Abend nichts mehr mit ihm.

Da war er froh, dass er am nächsten Morgen zur Arbeit fahren konnte.

Hatte er einen Fehler gemacht? Weshalb wollte Brigitte nicht zum Ruderbootfahren? Oder was meinte sie mit der Kreuzfahrt auf dem Neckar? Büchele schüttelte ungläubig den Kopf. Nach und nach trafen seine Kollegen ein. Jeder hatte die Handtaschenaktion von Brigitte und Franz mitbekommen.

Lilly, die den gestrigen Abend anderweitig verbracht hatte, kam zur Tür herein. Lässig stolzierte sie mit einem Stapel Papiere in den Händen auf Büchele zu.

»Na, wie ist eure Observation in Sachen Dating gelaufen?«, fragte sie unumwunden. Büchele löste seinen Blick von dem Dokument, welches er gerade studierte und sah sie an. Schweigend stierte er sie an. Lilly legte den Papierstapel vor ihm auf den Tisch und gab mit einer Geste zu verstehen, sie möge es doch nicht so genau wissen. Sie kannte diesen Blick ihres Vorgesetzten.

»Bitte nicht weiter ohbabble, verstanden?«

Lilly machte auf dem Absatz kehrt. Ihr Blick suchte Kaufmann.

»Rainer«, rief sie in den Raum.

»Rainer, bist du hier?«

Niemand meldete sich.

Die piepsige Stimme von Jens Russ meldete sich. Er war ihnen aus der Wirtschaftsabteilung zugeordnet worden.

»Lilly, Rainer hat gestern, noch bevor er zur Befragung ins Krankenhaus hochfuhr, angemerkt er würde heute Morgen später zum Dienst erscheinen. Aber wann? Keine Ahnung.«

Lilly sah zu Russ.

»Danke Jens.«

Jeder arbeitete diesen Morgen seine Akten ab, ohne Bücheles Tisch zu nahe zu kommen.

Franz dachte kurz über den gestrigen Abend nach. Eine Vielzahl verschiedenster Charaktere hatte sich bei dem Dating versammelt. Ein wahrer Albtraum. Er schüttelte den Kopf. Ist das der Albtraum des Lebens, begann er sich in aller Ernsthaftigkeit zu fragen. Menschen, die ihren Spaß haben wollten, ohne jemanden zu schädigen, konnte er noch verstehen.

Franz stützte seinen Arm auf dem Tisch ab und legte sein Kinn auf die Handfläche, während er über den gestrigen Albtraum, wie er es nannte, nachdachte.

Da begaben sich Menschen auf eine gefährliche und trügerische Seelenfahrt. Manche der Frau suchte die einfache Unterhaltung, weil sie etwas anderes von ihrem Leben erwartete, aber gleichzeitig ihr Kind oder Familie ernähren muss. Oft hing eine Existenz davon ab, ob jemand einen Lebenspartner findet. Franz begann zu schwitzen und strich die Schweißperlen von der Stirn. Wer denkt da an die Männer? Sie werden oftmals sprichwörtlich, bis aufs Hemd ausgezogen. Sie müssen Unterhalt für ihre Kinder abdrücken, während sich ihre Exfrauen oftmals die Nächte mit Liebeszugeständnissen um die Ohren schlagen. Aber nein, sie gehen ja auch noch auf Handtaschenjagd oder Schuhfishing, wie es neudeutsch heißt.

Büchele fuhr sich mit den Händen übers Gesicht.

In welch einer Gesellschaft leben wir? Und dann kommt noch Brigitte so komisch daher. Eine kluge, adrette Frau. Gebildet und wie sich für ihn herausstellte, eine eingebildete Frau. Eingebildet? Büchele ging nochmals das Wort im Geiste durch. Naja, ein wenig eingebildet, revidierte er seine eigenen Gedankenzüge. Er verstand sie nicht. Klar, sie war ihm gegenüber zu nichts verpflichtet. Genaugenommen hatten beide keine feste Beziehung oder Partnerschaft, bestenfalls eine beginnende Liaison. Aber ihm die Tasche um die Ohren zu schlagen war der Gipfel.

Er versuchte diesen fragwürdigen Carlos zu verstehen. Aber einer Dame einfach so eine Kreuzfahrt anzubieten? Das lag Welten hinter seinem logischen Menschenverstand.

Und was meinte sie mit dem kleinen Fährmann? Musste sie eventuell doch etwas bezahlen, vielleicht rudern? Was mach ich mir darüber einen Kopf? Dieses Weib hat mich geohrfeigt, geht gar nicht, versuchte er sein Handeln oder Nichthandeln zu rechtfertigen.

Büchele war zu sehr mit seinen Gedanken abgedriftet, dass er nicht bemerkt hatte, wie Rainer Kaufmann, einen Karton in Händen, schon geraume Zeit neben seinem Tisch verharrte. Max hatte ihn, was Büchele in seinen Geistesnebeln verborgen geblieben war, angewiesen zu warten.

Er sah nach oben und erschrak.

Mürrisch sah Franz seinen jüngsten Mitarbeiter an.

»Was gibt's, Rainer? Hast du eine Maus in deinem Karton oder wieso stehst du so stocksteif hier?«

Kaufmann blickte hilfesuchend zu Krüger.

»Chef«, begann Rainer zögerlich, während er mit ausgestreckten Armen den Karton vor ihm absetzte.

»Chef, ich möchte mit Ihnen was tauschen.«

Franz sah ihn an.

»Meinen Stuhl, meinen Job oder was?«, wurde er jetzt lauter. Was Kaufmann als leichtes Schreien wahrnahm.

»Jetzt spuck es aus, Junge!«, forderte er Rainer auf. Das war unumstößlich nicht Bücheles Tag. Der junge Kommissar zeigte auf den Karton.

»Chef, machen Sie den Karton auf, er ist für Sie.«

»Für mich? Ich habe weder Geburtstag, noch ist Weihnachten, was soll das Spiel, Rainer?«, brach es ungehalten aus ihm hervor. Kaufmann erhob seine Stimmen.

»Chef, aufmachen, sofort!«

Ein leises: »Bitte«, schob er hinterher. Sprachlos sah Büchele seinen Mitarbeiter an. Er stand von seinem Stuhl auf.

Zügig begannen seine Finger die Klebebänder am Rande des kleinen Kartons zu lösen. Viel Papier kam zum Vorschein, bis Büchele mit offenem Mund in seinen Sessel fiel. Max der ihm gegenüber saß, machte sich sofort Sorgen und stand auf, ging auf die andere Seite des Tisches und rüttelte an Franz.

»He Franz, alles ok mit dir?«

Franz nickte, griff in den kleinen Karton und zog eine Tasse heraus.

»Wie zur Hölle bist du an die Tasse von Hannes und dem Bürgermeister gekommen?«

Geistesabwesend betrachtete er sie.

»Und auch noch handsigniert.«

Rainer lachte herzhaft.

»War nicht schwer, Chef. Die sind in der Nähe auf Tour. Da bin ich hingefahren, habe erklärt, dass Sie der absolut größte Fan sind und es war alles geritzt.«

Rainer griff sich jetzt in die Hosentasche und zog ein Briefkuvert hervor.

»Ach, bevor ich es vergesse. Sie haben mir für zwei Personen ein Dauer Abo für ein ganzes Jahr geschenkt. Ich soll Ihnen vom Hannes etwas Persönliches ausrichten. Wenn er Büchele nicht bald im Publikum sieht, schickt er den Bürgermeister rüber.«

Alle am Tisch begannen zu lachen.

»Und du hasch mit dem Hannes geschwätzt, ehrlich?«

Rainer nickte. Franz nahm seinen jüngsten Mitarbeiter herzlich in den Arm und bedankte sich.

Wegwerfgesellschaft

Auf dem Schreibtisch begann Bücheles Telefon zu klingeln.

»Büchele«, schrie der Beamte in den Hörer.

»Ich höre«, kam es von ihm, als er sich setzte.

»Und wen? … Bruno, kannst du mir alles rüberschicken? … Ja reicht mir morgen früh. … Ok, danke für die Info. Jepp, Büchele Ende.«

Büchele legte langsam den Hörer auf die Station zurück. Er stand auf und ging an den großen Tisch, wo sich stets alle zum Meeting versammelten. Lilly hatte auf ihm alle Ereignisse und Fotos chronologisch sortiert.

Franz sah wie von unsichtbarer Hand getrieben darüber weg.

Max, der gerade seinen Bericht schrieb, wendete seinen Blick in Richtung Kartentisch. Er bemerkte, wie Franz sich die Details näher ansah. Auch John blieb das nicht verborgen.

»Franz, haben wir was vergessen?«

Bücheles Überlegung schien abgeschlossen zu sein.

»John, bringe bitte Heike und Elsbeth Pfoh zu mir ins Präsidium. Die…«, er überlegte kurz.

»…auch die Karin Schlemmer vom Reiterhof und das Ehepaar Greiß von der Agentur Sunshine.«

John sah ihn an.

»Alle auf einmal?«

»Nicht hier hoch. Du bringst sie runter zum Erkennungsdienst. Ich möchte von allen einen Fingerabdruck. Die jagst du durch unsere AFIS-Datenbank. Vergiss auch nicht die DNA von jeder Person zu nehmen.«

Weirich war verdutzt.

»Für eine DNA-Analyse benötigst du in diesem Fall einen richterlichen Beschluss.«

»Na und? Ich rufe bei Krümmbusch an, den Beschluss kannst du dir gleich zwei Straßen weiter abholen.«

John nickte und verschwand aus der Tür.

Max, der das mitbekommen hatte, ging auf Franz zu.

»Kollege Büchele. Kannst du dein Vorgehen erklären. Sind wir kein Team?«

»Max, ich hatte gerade eben einen Geistesblitz. Und bevor ich den vergessen habe, wollte ich ihn umsetzen, du verstehst?«

Krüger schlug ihm freundschaftlich auf die Schulter.

»Hat dein Geistesblitz was mit dem Telefonanruf zu tun? Wer war dran?«

»Max, Fröschle war doch, als wir bei ihm waren, gerade dabei Spuren auszuwerten, richtig?«

Max nickte.

»Er hat wie ich mich erinnere, an der Kleidung und im Brustbereich fremde Hautschuppen entdeckt. Aber stell dir vor, die Hautschuppen fanden sich nur im Brustbereich und am Hals des Toten. So nahe kommt einem kein Fremder, oder?«

»Nö, eigentlich nicht«, bestätigte er ihm.

»Nun, mein lieber Herr Krüger, jetzt wird es spannend. In der Brusttasche der Leiche, in der andere Menschen wie du und ich seine Zigaretten aufbewahren, da fand er noch zusätzliche DNA. Sowie den Rest eines abgebrochenen Fingernagels. Diese Spuren haben wir. Aber keine DNA aus der Datenbank stimmt mit dem, was wir bisher fanden, überein.«

John, der beim Verlassen des Raumes das Gespräch zwischen Büchele und Krüger mitbekommen hatte, drehte um und lief auf die Kollegen zu.

»Wartet mal Männer. Haben wir nicht jemanden, der sich überregional auskennt?«

163

Ihnen war nicht bewusst, was John damit meinte.

»Franz, frage doch mal bei Sebastian Barbie-Schatzberg an.«

Büchele fiel es wie Schuppen von den Augen als die Tür aufging.

Kommissar Drew erschien im Türrahmen. War er Bücheles Rettungsanker?

»Freunde, ich habe eine viel bessere Idee.«

Büchele winkte Marcus zu sich.

»Franz, Max, John«, begrüßte er die um den Tisch versammelten Ermittler. »Was gibt es? Kann ich helfen?«

Büchele sah ihn an.

»Vielleicht. Ich habe da eine Frage, Marcus. Hast du noch Kontakt zu deinen Kollegen über dem großen Teich?«

Marcus begann zu lachen. Büchele wusste nicht weshalb. War seine Frage so bescheuert?

»Klaro Franz, ab und zu belagern die mich via PC. Bei denen ist morgens, wenn ich zur Nachtschicht gehe. Da plaudern wir, spielen Games und einiges mehr. Oh Yes, it is a good time. Wieso fragst du?«

»Na ja«, zögerte Franz.

»Ich weiß, meine Absicht ist nicht legal«, druckste er herum.

»Ich suche nach einer DNA. Glaubst du, die in Amerika haben da mehr Möglichkeiten?«

»Vielleicht, wir nehmen von jedem und allem die Abdrücke.«

Marcus Drew atmete tief durch.

»Hast du es dir genau überlegt, mein deutscher Freund? Wenn das rauskommt, geh ich in den Bau, und du in Pension.«

Zögernd sah er Büchele an ehe er weitersprach.

»Aber, du könntest die Bürokratie umgehen.«

»Und wie?«, wollte Büchele wissen.

»Ich gebe dir eine Mailadresse eines befreundeten Rechtsmediziners aus Denver und Fröschle schickt ihm privat die Daten. Dort angekommen nimmt er sie ins Labor und vergleicht sie mit den Daten, die in Amerika vorliegen. Danach schickt er sie unserem Dr. Fröschle auf seinen Home PC, ok?«

Büchele stand neben ihm und klopfte ihm zufrieden auf die Schulter.

»Fein, wenn du dich damit gut auskennst und ich diesbezüglich eine Niete bin, was die Technik anbelangt, schlage ich vor, du fährst zur Pathologie, besuchst unseren Freund Fröschle und erklärst es ihm. Geht das?«

Jetzt erst merkte der Deutsch-Amerikaner, wie geschickt Franz ihn vor den Karren spannte.

»Meinetwegen, ich fahre später rüber, ok?«

Büchele ließ sich beruhigt in seinen Stuhl fallen. Diese Arbeit war, zumindest soweit es ihn betraf, erledigt.

»John, was macht die Befragung der Erzieherin Frau Lara Grimm?«

Weirich, der jetzt mehrere Aufgaben zu bewältigen hatte, wurde ungehalten.

»Nun lieber Hauptkommissar Büchele, sagen wir es offiziell. Die Daten der Befragung sind in das System eingespeist. Auch ältere Beamte können mit dem Ding umgehen«, er zeigte auf Bücheles Bildschirm.

»Franz, du bist nicht doof. Du delegierst gerne die Dinge, mit denen du nichts am Hut haben möchtest. Sag ich die Unwahrheit, Max?«

Max, der Büchele gegenüber saß, hielt sich bewusst zurück. Kannte er doch die Gepflogenheiten seines Freundes. Büchele schien wie erstarrt in seinem Sessel zu sitzen. Keine Regung, kein Wimpernschlag. Franz kniff die Augen zu kleinen Sehschlitzen zusammen, bevor er reagierte. Mit einer Handbewegung winkte er Weirich näher an den Tisch. John machte einen Schritt nach vorn. Franz beugte sich über seinen Schreibtisch, packte ihn an seinem Revers und zog ihn mit einer Hand lässig über den Tisch, bevor er zu flüstern begann.

»Du nordischer Hutsimpel. Ich bin dein Chef und ok, du hast mit deiner Behauptung Recht. Aber das braucht nicht die ganze Stadt zu erfahren. Aber wenn ich in Zukunft sage spring, dann möchte ich von dir Granatdackel nicht hören warum. Ich möchte hören, wie hoch, verstanden?«

»Ja, ist gut, beruhige dich, Franz.«
John bot an, den Bericht ihm vorzulegen und verschwand an seinen Arbeitsplatz.
Keine zehn Minuten später kam er zurück, unterstützt durch eine Handvoll Schreibmaschinenpapier.

»Die Erzieherin war, nachdem sie mit Kolleginnen zur Exkursion ins nahe gelegene Biotop mit den Kindern gestartet sind, vorausgegangen. Sie hatte vor herumliegende Gegenstände, die den Kindern gefährlich werden konnten, zu beseitigen. Zehn Minuten später bemerkte sie den Toten am Gitter. Als sie sich umsah, konnte sie in der Ferne Jogger und Radfahrer erkennen, die sich auf der höhergelegenen Straße, zum Waldgebiet befanden. Im Seebereich konnte sie niemanden ausmachen.«

John klappte seine Unterlagen zu.

»Danach habe sie ihren Kolleginnen davon berichtet, die Kinder zurückgebracht und bei der Polizei angerufen.«
Weirich spielte mit den Fingern an seinen Unterlagen.

»Scheint eine Sackgasse zu sein.«

Franz nickte.

»Wie es aussieht, muss der Leichnam mehr als einen Tag im Wasser gelegen haben, zumindest der Forensik nach. Die beiden Tage vor dem Fund fehlen uns total.«

Rainer Kaufmann steuerte auf Krüger zu der gerade auf dem Weg zum Fenster war und den Entriegelungshebel schon in seiner Hand hielt.

»Max, ich habe einen Anruf von der Zentrale bekommen. Ein Postbote Dietmar Rasinger, ein mutmaßlicher Freund von Büchele, wie er sagte, hatte permanent nach ihm gefragt. Der wollte zum Chef durchgestellt werden. Die Dame der Zentrale wimmelte ihn zweimal ab. Nach drei Versuchen hat sie ihn weiter zu mir durchgestellt.«

Krüger zuckte mit den Schultern.

»Und was wollte er, die Post zustellen?«

Kaufmann schüttelte seinerseits mit dem Kopf.

»Ich dachte, ich komme damit zuerst zu dir. Der hat ein grasgrünes Herrenrad beim Sportheim in Schluchtern gesehen. Wir sollten das kontrollieren.«

»Heidebimbam«, fauchte Max.

»Nimm dir ein Team und bring das Rad ins Labor. Vielleicht gehörte es Albert Pfoh? Möglich ist alles. Ich bringe es dem Chef bei. Und nun hau ab, bevor es mir anders überlege und ich dich mit der Nachricht zum Chef schicke.«

Rainer ließ sich das nicht zweimal sagen. Fluchs verschwand er durch die Tür.

Minuten später schlenderte Krüger zum Tisch, den er sich mit Franz teilte. Der brütete noch über einen logischen oder weniger logischen Anhaltspunkt.

»Franz, wir haben da was.«

Fragend sah Büchele ihm in die Augen.

»Aha und was?«

Krüger stützte sich auf dem Tisch ab.

»Dein Postbote, dein….«

Büchele unterbrach ihn barsch.

»Ich habe keinen eigenen Postboten, aber weiter.«

Max sah ihn streng an.

»Ist schon gut Max, sorry«, versuchte Franz sich für die barsche Art zu entschuldigen.

»Ich mach mich locker, was ist mit dem Postboten?«

»Dietmar Rasinger hat angerufen.«

»Was wollte er?«

»Er hatte ein grasgrünes Herrenfahrrad beim Schluchtener Sportheim gesehen. Hattest du mit ihm über den Fall geredet?«

Büchele wiegelte ab.

»Beruhige dich. Nichts was den Fall betrifft.«

Max holte Luft.

»Ich habe Kaufmann und ein Team losgeschickt, um es zu überprüfen und das Rad gegebenenfalls hierher zu schaffen. War doch ok, oder?«

»Wollen wir hoffen, dass wir dieses Mal einen Treffer landen. Ich bin gespannt.«

»Ich durchsuche parallel dazu aus das Archiv nach Akten mit ähnlichen Umständen, vielleicht findet sich da was. Ich bin gespannt. Morgen früh haben wir eine Antwort.«

Rainer Kaufmann war am Sportheim angekommen. Leichter Nieselregen setzte ein. Er ließ die Seitenscheibe herunter und sah nach oben.

»So ein Scheiß«, kommentierte er den leichten Regen.

»Jedes Mal, wenn ich eine Aufgabe habe, bekomme ich von oben was ab.«

Sitzend verbrachte er die nächsten Minuten im Wagen. Kurze Zeit später brachte die Spurensicherung ihr Fahrzeug hinter seinem zum Stehen.

»Anton neun an Anton elf, sollen wir vorgehen?«

Urplötzlich hörte der Regen auf. Krüger öffnete die Tür und stieg aus, ging einige Meter und sah sich um. Der Postbeamte hatte Recht. Vor dem Eingang zur Gaststätte, keine dreißig Meter entfernt, stand ein Rad. Angekettet mit einem simplen Zahlenschloss. Kaufmann winkte sein Team aus dem hinteren Fahrzeug nach vorn.

»Wir sehen es uns an« und ging dabei zielstrebig voraus. Er war auf kurze Entfernung an das Objekt herangetreten, als er seinem Team, die gerade den Van entluden, winkte und zurief: »Packt wieder ein, das ist nicht das gesuchte Rad.«

Keinen Meter von dem angeketteten Rad entfernt, erkannte der Beamte zweifelsfrei, dass das alte Ding nicht das von ihnen gesuchte Objekt war. Überall blätterte der grüne Lack ab. Die Reifen waren ohne Luft und das Licht hing von Kabelbindern gehalten am Lenker. Kaufmann nahm sein Handy aus der Hosentasche und machte zur Sicherheit davon Fotos. Schnell gab er Sätze fürs Protokoll auf seinem I-Pad ein und drückte kurz auf senden.

»Erledigt.«

Rainers Handy begann Minuten später zu vibrieren.

»Kaufmann am Apparat.«

Lilly war am anderen Ende und bestätigte den Eingang des Bildmaterials.

»War keine große Sache. Ich frage noch den Wirt, wie lange das Vehikel schon hier steht, um sicher zu gehen. Dann komme ich zurück. Danke.«

Kaufmann legte auf und rang sich ein verschmitztes Grinsen ab, während er mit kurzen Schritten auf die Gaststätte zulief.

Mit einer weißen Kittelschürze stand der Koch außerhalb der Gaststätte paffend am Eck.

»Hallo, ich bin von der Polizei. Könnten Sie mir einige Fragen beantworten? Geht auch ganz schnell.«

Verdattert zog der Koch hastig an seiner Zigarette.

»Und was wollen Sie wissen?«

»Wissen Sie, wie lange das grüne, angekettete Fahrrad hier schon steht?«

Unwillig zuckte der Koch mit den Schultern.

»Keine Ahnung«, tat er desinteressiert.

»Ok, wenn Sie nicht wollen, dann gibt es noch eine andere Möglichkeit. Ich nehme Sie mit aufs Präsidium.«

Diese Sprache verstand der Koch eher.

»Jetzt warten Sie. Kein Problem, kein Problem. Ich antworte Ihnen. Der Drahtesel steht schon über vier Wochen hier. Gehört den Kindern vom Metzger Dürrwang.«

Verwirrt sah Kaufmann ihn an.

»Und wenn Sie das wissen, weshalb haben die Kids das Rad nicht abgeholt?«

Der Koch hatte schnell eine Erklärung dafür gefunden.

»Junger Mann, wir leben in einer Wegwerfgesellschaft, schon bemerkt? Die Kids haben längst ein neues Rad. Und Ralf Dürrwang, ich meine den Metzger. Tja, der trainiert bei uns im Fußballverein.«

Kaufmann schüttelte den Kopf.

»Was wollen Sie mir damit sagen?«

Der Koch vergrub seine Hände in den Taschen seiner weißen Schürze, bevor er ihm eine Antwort gab.

»Sagen wir mal ich habe gesehen, wie Ralf mit seinem eigenen Drahtesel zum Trainieren kommt und sein Fahrrad neben dem seines Sohnes abstellte. Als er dessen Zustand bemerkte, hat er nur ungläubig mit dem Kopf geschüttelt.«

»Und dann?«, fragte der Beamte neugierig nach.

»Nichts und dann«, kam es vom Koch.

»Keine Woche später hatte Junior ein neues Rad.« Jetzt zeigte auch Kaufmann sein Unverständnis.

»Ich hätte von meinem Vater auf die Ohren bekommen, wenn ich solch eine Aktion durchgezogen hätte.«

»Irgendwann kommt die Gemeindeentsorgung vorbei und holt es ab. Vielleicht können Sie es bei einer der örtlichen Versteigerungen erwerben. Ich glaube, die werden alle im Heilbronner Fundamt gesammelt.« Kaufmann bedankte sich und machte einige Schritte rückwärts auf sein Auto zu.

»Verdammt so ein…«, entwich es ihm. Mit seinen neuen Schuhen war er, wie war es anders zu erwarten, in eine tiefe Wasserpfütze getreten. Der Weg war unzureichend geteert, überall in den umliegenden Schlaglöchern stand eine dunkle Brühe. Langsam zog er den Fuß aus der Pfütze.

Feucht fühlte es sich an, kein Wunder. Das Wasser war über den Rand ins Innere des Schuhes gelaufen. Bei jedem Schritt gaben die nassen Tennissocken quietschende und gurgelnde Geräusche ab. Kaufmann hatte keine Wahl. Denn frische Kleidungsstücke hatte er erst im Präsidium in seinem Kleiderspind zu erwarten. Oder sollte er den kurzen Umweg in Kauf nehmen und bei Gisela vorbeisehen? Konnte sie ihm behilflich sein?

Er entschloss sich dazu, den Besuch vorzuziehen. 16 Uhr zeigte seine Uhr. Er könnte bei Gisela vorbeisehen und kurz vor Dienstschluss wieder im Polizeipräsidium sein. Er drehte am Zündschlüssel, startete den Wagen und gab Gas.

Nach kurzer Fahrt kam das Fischer Anwesen in Sicht. Er sah Gisela, als er das äußere Gatter öffnete. Sie platzierte gerade Wäsche auf der Wäschespinne, als er mit seinem Wagen im Hof zum Stehen kam. Schicksal oder göttliche Fügung? Schmunzelnd stieg er aus. Gisela, die noch den Wäschekorb in Händen hielt, konnte nicht anders.

»Sieh mal an. Rainer Kaufmann, der Zögling vom Franz traut sich hier heraus. Ist was passiert, oder möchtest du mir beim Wäsche aufhängen behilflich sein?«, frotzelte sie mit ihm. Kaufmann, der aus einer Aristokratenfamilie stammte, verstand diese Anspielung nicht. Irritiert griff er Gisela in den Wäschekorb und nahm ein Hemd von Büchele heraus, um es auf der Leine zu befestigen. Gisela schien erstaunt zu sein.

»Bub, entweder du bist als Hilfe abkommandiert, oder du hast was ausgefressen.«

Gekonnt warf Kaufmann Bücheles Hemd auf die Leine und befestigte es fachmännisch. Gisela sah ihm zu, wie er Socken aus dem Korb zog und diese ebenfalls befestigte. Gisela Kreuzer, die Wirtschafterin des Anwesens stellte den Korb ab und sah sich seine Arbeit an.

»Bravo junger Mann, wenn du mal von Franz rausgeworfen wirst, kannst du bei mir in der Waschküche anfangen. Aber nun raus mit der Sprache. Weshalb bist du hier?«

Kaufmann stand vor ihr wie ein begossener Pudel und wies mit einer Hand auf den Schuh.

Gisela hielt sich, etwas schadenfroh, die Hand vor den Mund. Dunkelbraune Flüssigkeit lief aus den Schuh und die Socken schienen hinüber zu sein.

»Und was möchtest du von mir?«

»Gisela bitte, ich brauch ein Paar Socken«, kam es flehend von dem jungen Beamten.

»Wenn Franz mich so sieht, macht der mich vor dem ganzen Team zur Schnecke.«
Gisela winke ab.

»Kann ich verstehen, mit dem Mann ist es nicht leicht. Ich könnte nicht mit ihm leben. Obwohl«, verbesserte sie sich.

»Ich lebe mit ihm hier auf dem Hof.«
In dem Moment winkte Polly vom Haus ihm zu. Gisela rief ihr zu: »Polly, zeig dem armen Rainer, wo er sich die Beine waschen kann und gib ihm ein paar neue Socken aus der obersten Schublade im Gästezimmer. Ich mach hier noch schnell fertig.«

Kaufmann watschelte unbeholfen und unsicher aufs Haus zu. Polly erwartete ihn an der Türe. Auch Mason, der Kater, begrüßte den Beamten schnurrend. Wusste er doch zu gut, wenn Rainer vorbeischaut bekommt er Leckerlis. Rainer beugte sich zu ihm hinab und strich ihm übers Fell.

»Sorry Katerchen, heute hab' ich nichts dabei.«

Polly zeigte ihm das Bad, nahm seine Schuhe und Socken und verschwand wieder.

»Ich bringe dir gleich was zum Anziehen.«

Nachdem er in der Dusche seine Füße gereinigt hatte, klopfte es an der Türe.

»Alles ok bei dir?«

»Ja, alles ok. Nur ohne Schuhe und Strümpfe kann ich kaum zur Dienststelle. Gibst du mir sie bitte rein, damit ich sie waschen kann?«

»Ich habe eine Idee«, kam es von der gegenüberliegenden Seite der geschlossenen Badezimmertür.

»Kann ich reinkommen Rainer, oder bist du nackig?«

Verdutzt sah Rainer an sich herab. Er stand zwar ohne Beinkleid im Bad, hatte keine Socken und Schuhe an, aber nein, nackig konnte man das nicht nennen.

»Komm rein.«

In diesem Moment öffnete sich die Tür. Mit einer Jogginghose über dem Arm, Socken und Sommerslipper bewaffnet stand Polly vor ihm.

»Wenn es dir nichts ausmacht, hätte ich da was für dich.«

Sie hielt ihm die Jogginghose von John vor den Bauch.

»Vielleicht eine Nummer zu groß, aber sonst könnte sie passen. John hat in etwa deine Größe und Statur. Und hier noch ein paar Socken und Slipper. Deine Schuhe können wir ja als Ruderboot benutzen. Ich gebe sie John zur Arbeit mit, wenn alles trocken ist. Ok?«

Polly legte ihm die Kleidung auf die Kommode und verschwand.

Kaufmann war froh über die Hilfsbereitschaft von Gisela und Polly. Nicht auszudenken, wie sich Büchele über das kleine Missgeschick seines jüngsten Mitarbeiters lustig gemacht hätte. Die Slipper waren zwar ausgetreten, die Jogginghose mit Gummizug eine Nummer zu weit, aber wie sagte Büchele einmal: In der Not frisst der Teufel auch eine Mücke.

Rainer Kaufmann kam über die Treppe nach unten.

»Komm, Rainer, ich habe dir einen Kaffee eingeschenkt, danach kannst du zurück zu deinen Vorgesetzten fahren.«

Er gehorchte, setzte sich und trank mit Polly und Gisela kurz eine Tasse Kaffee.

Die Zeit schien wie im Fluge vergangen zu sein, als sich Rainer von ihnen verabschiedete.

Kaum war er in Reichweite des Wagens, klingelte sein Telefon.

»Verdammt, hat man nicht mal eine Minute für sich?« Er drücke unwirsch auf die Verbindungstaste.

»Kaufmann«, kam es professionell von ihm. Am anderen Ende der Leitung war Lilly.

»Rainer, wo bist du?«

»Wieso?«

»Der Alte hat vor zwei Stunden dein Erkennungsteam im Hof gesehen. Das Team, welches mit dir in Schluchtern war. Und jetzt sucht dich Büchele wie eine Stecknadel im Heuhaufen. Beweg deinen Arsch hierher, sonst macht der aus dir Schaschlik.«

Lilly schien die Beenden-Taste gedrückt zu haben. Wie in Trance stand Kaufmann an seinem Auto. Die Hand am Hosenbund und fremde Socken an den Füßen. Jetzt schien Leben in ihn zu kommen. Schnell öffnete er die Fahrertür, setzte sich hinters Steuer und gab Gas.

Vorsorglich parkte er in der Tiefgarage.

Zügig bestieg er den Fahrstuhl nach oben.

Er hatte ein mulmiges Gefühl. Ein seltsames Gefühl, wie er feststellen konnte. Hatte er was Falsches getan, sich zu spät gemeldet, seinen Job nicht richtig ausgeführt? Es gab für ihn, während der Fahrstuhl sich nach oben bewegte, keinen Sinn, weshalb Büchele eifrig und fieberhaft nach ihm suchte. Er eilte den Gang entlang und öffnete die Tür. Keiner schien Notiz von ihm zu nehmen. Weshalb machte Lilly so einen Aufstand? Er versuchte sich unauffällig in Richtung seines Arbeitsplatzes zu bewegen. Er ging rechts vorbei am Drucker, ließ die Arbeitsplätze links liegen, ging vorbei am großen Schrank für Schreibwaren. Geschafft. Lilly sortierte Bildkopien von Beweisen und Indizien auf ihrem gemeinsamen Schreibtisch. Sie hatte ihn nicht bemerkt. Kaufmann hielt krampfhaft den schlabbrigen Hosengummi mit seiner rechten Hand fest. Mit der linken tippte er ihr, auf die Schulter.

»Hallo Lilly!«

Ruckartig drehte sie sich um, ehe sie mit einem »Heilige Scheiße«, laut aufschrie. Ein Fehler. Jeder im Raum hörte den lauten Aufschrei von Lilly und hielt instinktiv mit seiner Arbeit inne. Alle Augen waren auf die beiden jungen Beamten gerichtet, die ihrerseits verblüfft in deren Richtung blickten.

»Verdammt und zugenäht«, kam es leise zischend von ihm.

»Sorry Rainer, war nicht meine Absicht dich zu erschrecken.«

Jetzt bemerkten John und Franz, die am anderen Ende des Raumes ihren Platz hatten, die Stille. Franz hob den Kopf und versuchte den Grund auszumachen. Er war mit seinem Blick aufmerksam wie eine Katze. Jede kleine Veränderung in seiner Umgebung wurde wahrgenommen, lokalisiert und eingeordnet. Wenige Sekunden später hatte er den Grund dieser Stille entdeckt. Erst als er durch den Raum brüllte ging jeder wieder seiner Arbeit nach.

»Rainer zu mir, wie war es in Schluchtern?«

Kaufmann saß in der Zwickmühle. Was sollte er tun? Klein beigeben oder den Kampf mit dem Alphatier wagen? Er entschied sich für das kleinere Übel. Klein beigeben. Mut, war nicht sein Ding. Er ging quer durch den Raum auf Bücheles Schreibtisch zu. Angekommen, wunderte er sich noch, dass Krüger nicht an seinem angestammten Platz saß, sondern Weirich. Mit der Hand am Hosenbund stand er vor Büchele. Der schien das nicht bemerkt zu haben und meinte trocken.

»Was entdeckt? Ist das unser Rädle gewesen? Hast du es mitgebracht?«

Kaufmann druckste herum.

»Chef. Ein Fahrrad war da, aber es war das Rad des Sohnes vom ortsansässigen Metzger. Eine lange Geschichte. Fehlanzeige, tut mir leid.«

Franz sah ihn an.

»Braucht dir nicht leid zu tun, mein Junge, mach einfach mit Lilly weiterhin deine Arbeit. Danke fürs Erste«, beruhigte er ihn. Rainer verabschiedete sich und ging schleichend, den ganzen Weg zurück auf Lilly zu. Weirich sah ihn von der Seite verstohlen an und blickte ihm nach, als er den Tisch verließ. Etwas war anders und kam ihm bekannt vor. Weirich schrie Kaufmann hinterher, der sich auf seinen Stuhl gesetzt hatte.

»Rainer, warte mal, ich muss mit dir kurz reden.«

John ging zügig auf Lilly und Rainer zu. Kaufmann, der es nicht wagte, sich auf seinem Stuhl zu bewegen, begann zu zittern. Weirich stoppte vor seinem Tisch und forderte ihn auf aufzustehen. Zögerlich tat Rainer Kaufmann, wie ihm von John in einem barschen Ton geheißen wurde. Zuerst war es ein beschwichtigendes Getuschel, dann wurde das Gespräch lauter. Büchele, der selbstgefällig in seinem Stuhl am anderen Ende der Abteilung saß, entging das nicht. Langsam schälte er seinen Körper aus dem Stuhl. Er schüttelte seine Glieder aus und versuchte unscheinbar und unauffällig Wortfetzen aufzuschnappen.

Die Worte Hose, Polly und Gisela drangen an sein Ohr. Dem wollte er auf den Grund gehen. Auf halber Strecke zu den Streithähnen, schien die Diskussion beendet zu sein. John stützte wütend die Hände auf die Hüften und war sprachlos. Büchele hatte wohl was verpasst. Langsam schlenderte er auf die Gruppe zu. Unauffällig tippte er auf dem nahen Drucker herum, geradeso als würde er einer geschäftigen Arbeit nachgehen. Nicht unbemerkt. Lilly rief zu ihm rüber.

»Franz, kann ich dir helfen? Spinnt der Drucker wieder?«

Wortlos wiegelte er mit beiden Händen ab. Es schien Ruhe eingekehrt zu sein. Gerade hatte sich Büchele umgedreht, um den Rückweg anzutreten, als er abrupt stehen blieb und sich umdrehte.

Er sah an Kaufmann hoch, der wie ein Opferlamm vor John stand und leise den Sachverhalt erklärte. Mit solchen Konsequenzen, hatte er beim Tritt in die Pfütze nicht gerechnet. Das sollte ihm eine Lehre sein. Und Johns Jogginghose konnte nichts dafür, dass es Polly gut mit ihm meinte. Büchele trat an Kaufmann heran, zeigte mit spitzem Zeigefinger nach unten und holte tief Luft. Leise, wie das Zischen einer Schlange machte Büchele seinem Unbehagen Luft.

»Sag mir bitte nicht, dass du an deinen Quellwasser-füßen, meine Tennissocken und meine alten Slipper trägst. Sage einfach, Chef, du träumst!«

Rainer wusste weder ein noch aus. Er folgte dem Wunsch seines Chefs. Er sprach es herzhaft aus.

»Chef, du träumst.«

Jetzt schien Büchele irritiert zu sein. War dem so? Gab es diese Socken und diese ausgelatschten Slipper in doppelter Ausführung, rein zufällig hier und jetzt nochmal? Franz blickte mit ernster Miene seinen jungen Kommissar wiederholt von oben nach unten an. Dabei blieb die viel zu große Jogginghose nicht unbemerkt.

Seines Wissens trug Kaufmann nie solches Beinkleid. Wieso dann heute? Krüger stand noch mit der Hand am Hosenbund da und versuchte es mit einer Erklärung. Er erwähnte unumwunden die Pfütze am Sportplatz, sein eigenes Missgeschick, Giselas Hilfsbereitschaft und Pollys führsorgliche Art. Und da er ein tadelloser Polizist sei, wollte er keine großartige Zeit damit vergeuden, nach Hause zu fahren, um sich dort umzuziehen. So sei er zu dieser seltsamen Kombination seines Outfits gekommen. Endlich war die Wahrheit draußen, dachte er sich, als Büchele, keine zehn Zentimeter entfernt, sich vor ihm aufbaute. Büchele begann zu flüstern, als er ihm mit der Hand tätschelnd auf die Brust tippte.

»Meine Socken und meine Slipper sind pikfein, desinfiziert und sauber spätestens am Wochenende bei Gisela im Schrank, verstanden?«

In diesem Moment klingelte das Telefon auf Lillys Tisch. Sie nahm ab und lauschte.

»Ok und wann? … Mach ich, danke Brigitte bis später. Jepp, dir auch.«

Lilly legte den Hörer zurück. Büchele hatte den Namen Brigitte vernommen. Er traute sich nicht nach ihr zu fragen. Hatte sie ihm erst neulich die Tasche um die Ohren gehauen und Gisela hat deswegen zuhause einen gewaltigen Riesenerz mit ihm gemacht. Zu Unrecht, wie er fand.

Lilly wollte die Nachricht, die sie am Telefon bekam, nicht für sich behalten, sie war für alle im Dezernat.

»Chef, ich soll dir vom Sender Ländle TV ausrichten, ein Bericht über Albert Pfoh wir zeitnah gesendet. Wir können es uns in der Glotze ansehen.«

Büchele sah sie unentschlossen an.

»Wie ansehen? War da nicht noch mehr? Hat jemand vom Sender angerufen? Was war los?«

Lilly tat lässig und cool.

»Brigitte arbeitet dort, schon vergessen? Aber wenn es dich beruhigt, sie hat nicht nach dir gefragt.«

Missmutig wandte sich Büchele von ihr ab und ging zurück zu seinem eigenen Arbeitsplatz. Bevor er sich setzte, sah er auf die Uhr, die über dem Eingang hing.

»Männer«, rief er in die Runde.

»Macht langsam Feierabend. Und dann heim zu Weib und Kind. Oder möchtet ihr Überstunden schinden?«

Niemand widersprach.

Max kam in diesem Moment von seiner Arbeit aus dem Archiv zurück.

»Franz, kein Treffer.«

»Max, wie denn auch? Wenn ich ähnliches in meiner Dienstzeit erlebt hätte, wäre es mir eingefallen. Du kannst getrost deine Suche aufgeben.«

»Franz, egal. Da sitzt schon eine Dame von der Spurensicherung dran. Die muss nur ein paar Zeilen in den PC eingeben, den Rest erledigt der PC. Die Spurenvergleichsanalyse und die Mordwaffen. Kein Aufwand, Routine.«

Beide Beamten verabschiedeten sich noch von den verbliebenen Kollegen und verschwanden aus der Tür in Richtung Parkplatz.

Lilly und Kaufmann wollten noch ihren Tisch aufräumen, als ihr Handy klingelte. Sie meldete sich.

»Hansen am Apparat.«

Dann Stille. Lilly griff sich einen Stift.

»Moment, Moment. Sie sind Herr Mayer vom Landratsamt richtig?«

Lilly nickte.

»Ja und? … Ja klar. Und da ist noch jemand? … Wo genau?« Sie begann zu schreiben.

»Ich wiederhole, Bauhof Schwaigern bei einem Herrn Jordan Letzei. Letzei mit ei?«, vergewisserte sie sich nochmals.

»Ok und wann? … Heute noch? …. Der wartet?«
Sie sah auf ihre Uhr.

»Rufen Sie bitte bei ihm an, wir sind unterwegs. Schicken Sie mir seine Handynummer? Und Herr Mayer, danke. Hansen Ende.«
Lilly sah Rainer Kaufmann an.

»Was ist? Weshalb siehst du mich so entgeistert an? Müssen wir noch wohin?«
Sie drehte sich zu ihm um, während sie ihre Jacke vom Stuhl zog.

»Ein Bauhofmitarbeiter hat angeblich diese Woche drei Sportrucksäcke im Müll gefunden, wenn wir Glück haben, ist einer von Albert Pfoh. Möchtest du mit oder soll ich das alleine erledigen?«
Kaufmann wiegelte ab.

»Ich komme mit. Wenn wir den Dienstwagen nehmen, kannst du mich hinterher daheim absetzten, ist für dich kein Umweg.«

Schnell war der Papierkram bei der Fahrbereitschaft erledigt und sie fuhren nach Schwaigern.

Als sie das schwere eiserne Eingangstor des Bauhofs passierten, wurden sie bereits ungeduldig erwartet. Sie stiegen aus und gingen auf einen in orange gekleideten Mitarbeiter zu.
Lilly gab ihm höflich die Hand.

»Hallo, wir beide sind von der Heilbronner Mordkommission. Mein Name ist Lilly Hansen und das ist mein Kollege Rainer Kaufmann.«

Verstört reichte der Mitarbeiter des Bauhofs ihnen die Hand.

»Jordan Letzei.«

»Herr Letzei, Herr Mayer vom Landratsamt hatte uns berichtet, Sie hätten was für uns?«

Letzei begann zu lächeln und nickte.

»Ja, Rudolf Mayer hatte uns in einem Memo angehalten, nach verschieden Gegenständen die Augen offen zu halten.«

»Ja und wo sind sie?«

Letzei kam in Bewegung.

»Hier hinten in der Aufbewahrungshalle horten wir die Dinge, nach denen die Besitzer vielleicht noch mal fragen. Fahrräder, Leiterwagen, Kleidungsstücke und allerlei Krimskrams. Letzte Woche haben wir eine ganze Tüte mit guten Schuhen gefunden. Die Menschen haben sie entweder vergessen oder stehen gelassen. Jetzt gehört es dem Finder.«

Lilly war erstaunt, was die Leute wegwarfen oder vergaßen. Schirme, Schuhe, Kassettenrekorder, Mützen und Inliner. Sorgsam schien es hier umzugehen. Jeder Gegenstand wurde deklariert, sortiert und mit einer Nummer versehen. Am hinteren Ende der Halle befand sich eine besondere Anhäufung von Habseligkeiten.

»Was ist das?«

»Das können Sie mitnehmen, ist alles Müll. Ist alles verschlissen oder unbrauchbar. Wir fahren es zum Schreddern.«

Der Bauhofmitarbeiter führte sie zu einem kleinen Haufen mit Taschen und Rucksäcken.

»Ist Ihrer hier dabei?«, wollte er wissen.

»Keine Ahnung«, kam es von Kaufmann, während Lilly ihre Bilddateien im Handy durchsuchte. Kaufmann legte einzeln, zehn Rucksäcke auf dem Boden aus.

Sport- und Wanderrucksäcke waren ebenso darunter, wie einfache Kinderrucksäcke für die Schule. Rainer wandte sich Lilly zu.

»Moment Lilly, ich hole uns ein paar Gummihandschuhe aus dem Wagen. Wer weiß, wer das Zeug alles angefasst hat. Und wenn wir unseren Rucksack finden, sind hoffentlich dann noch verwertbare Spuren dran.«

»Ok, Rainer. Ich warte solange und sehe mich um. Beeile dich, ich möchte nicht den ganzen Abend vertrödeln.«

Lilly ging in Begleitung des Bauhofmitarbeiters von Häufchen zu Häufchen, von Stapel zu Stapel. Angekommen bei den größeren Fundstücken, sah sie abseits ein grünes Rad stehen. Verdeckt von einigen anderen, konnte sie dessen neue Farbe gut erkennen. Hektisch lief sie von links nach rechts.

»Nervös?«, fragte sie Jordan Letzei irritiert.

Außer Atem, mit seinem Erstausstattungskoffer in der Hand, kam Rainer Kaufmann zurück. Als er ihn aufklappte, griff Lilly hektisch nach den Gummihandschuhen und zog sie sich über.

»Weshalb so hektisch, Lilly?«

Sie begann zu lachen.

»Und was gibt's jetzt zu lachen?«, fragte er weiter. Mit einem Fingerzeig wies sie nach unten.

Seine Hose war unbemerkt abwärts, bis auf seine Knie gerutscht. Ihm war heute nichts mehr peinlich, selbst er begann zu lachen.

»Du hättest mich eher nach Hause bringen sollen«, war sein einziger Kommentar dazu, als er sie hochzog.

»Sieh mal da drüben.«

Sie wies mit der Hand in die Ecke, wo sich die gefundenen Fahrradfracks stapelten.

»Was? Ich sehe nichts.«

Lilly ging, mit Rainer im Schlepptau, vorbei an wertlosem Müll, als sie sich wiederholte.

»Dort, siehst du es nicht? Ein grasgrünes Fahrrad! Wenn da noch die Fahrgestellnummer draufsteht, so wie bei den Autos, haben wir gewonnen.«

Rainer verstand nicht.

Lilly räumte einige der Räder beiseite. Als sie vor dem grünen Rad stand, kamen Glücksgefühle in ihr auf.

»Fundsache Fahrrad grün«, las sie von dem angebrachten Anhänger ab.

»Fundort Spielplatz im Baunzel. Datum 22. August 2017. Gefunden und abgeholt Letzei.«

Lilly hob das Rad nach vorn und übergab es Rainer, der es ihr abnahm. Das Vorderrad und der Gepäckträger fehlten, sowie die von Oma Elsbeth angegebene Gepäcktasche. Mit dem Rad vor der Brust versuchte Rainer kleine Schritte zu gehen, unmöglich. Seine Hose rutschte ihm bei jedem noch so kleinen Schritt immer wieder in die Kniekehlen. Lilly verkniff sich gerade noch das Lachen, als sie um ihn herumlief und ihm das Rad aus der Hand nahm. Vorsichtig stellte sie es auf den Kopf, ohne eventuell wertvolle Spuren zu vernichten. Sie griff nach ihrem Handy und suchte ein Foto.

»Ich habe es Rainer, wenn das Rad die eingestanzte Nummer 877641 am Rahmen hat, ist es unser Fundstück.«

Rainer staunte.

»Und woher hast du die Nummer?«

Lilly sah sich zu ihm um, während sie mit dem Daumen über den Rahmen nahe den Pedalen strich. Dort musste sich die eingestanzte Nummer befinden.

»Tja, manche Menschen füllen ihren beiliegenden Fahrradpass beim Kauf schon aus. Und Albert war so ein Mensch. Deswegen habe ich davon ein Foto gemacht, als wir dort gewesen sind. Du erinnerst dich?« Stumm nickte Kaufmann.

»Hier eine Taschenlampe. Ist es unsere Nummer?«, wollte er von ihr wissen. Lilly schmunzelte.

»Bingo, Rainer, es ist Alberts Rad, eindeutig, ohne jeden Zweifel. Zwar fehlt das Vorderrad, was darauf hinweist, dass es angekettet war, aber sonst. Ja, wir haben einen Treffer, mein Freund. Und jetzt kontrollieren wir noch genauestens die Rucksäcke.«

Rainer durchwühlte den ganzen Haufen, nichts glich annähernd dem, den sie suchten.

»Hier, hier ist einer. Ist es der, den Sie suchen?« Letzei hielt einen blau gestreiften Sportrucksack in der Hand.

»Genau das ist er.«

»Als ich das Rad gefunden habe, hing der Rucksack am Lenker. Natürlich leer. Aber der könnte es doch sein, oder?«, kam es jetzt fragend und etwas unsicher von ihm.

»Weshalb haben Sie uns das nicht früher gesagt? Uns wäre viel Arbeit erspart geblieben. Seien Sie froh, wenn ich Sie nicht wegen Unterschlagung von Beweismitteln anzeige.«

Verschüchtert gab er Lilly den Rucksack. Sie riss ihm das Beweisstück aus der Hand, zog mit einem Ratsch den Reißverschluss auf.

»Fehlanzeige, ist nicht der gesuchte Rucksack. Farbe stimmt aber sonst. Nein, ist er nicht.«
Sie übergab den Rucksack dem Bauhofbediensteten.

»Glück gehabt, Herr Letzei. Sehr viel Glück.«

»Lilly, was macht dich so sicher, dass das nicht der Rucksack von Albert ist.«

»Ganz einfach, Rainer.«

Lilly blätterte in der Galerie ihres Handys nach einem Foto.

»Siehst du hier und den Streifen da, viel zu dunkel. Das Monogramm A P in der Innentasche, das zu entfernen, daran hätte der Täter kaum gedacht. Zumal es im Inneren der Tasche versteckt ist.«

Rainer nickte.

»Und was machen wir jetzt? Das Rad bekommen wir nicht in unseren Dienstwagen. Bereitschaft anrufen?«

Lilly nickte, als sie bereits die Nummer wählte.

»Zentrale, hier Lilly Hansen, von der D4BWfuM. Wir haben eine 061 für die 074, könnten Sie mir ein Fahrzeug schicken? … Zum Bauhof in Schwaigern bitte. Ja, wir warten. Hansen Ende.«

Lilly sah den Bauhofmitarbeiter an.

»Wir tragen das Rad raus und Sie können abschließen, ok?«

Bauhofmitarbeiter Letzei sah auf seine Uhr am Handgelenk.

»Keine Hektik meine Dame, ich habe erst in einer halben Stunde Schluss.«

Rainer schnappte sich mit der einen Hand das Rad und trug es vor die Tore des Bauhofes. Mit der anderen hielt er beim Laufen seine lose Hose am Bund fest. Lilly folgte ihm und machte noch ein paar Fotos mit ihrem Handy. Jordan Letzei verschwand kurz in den Sozialräumen des Gebäudes. Mit einem Motoradhelm unter dem Arm kam er wieder zum Vorschein. Er warf sich eine Lederjacke über und verschwand im hinteren Teil des Anwesens. Kurz darauf kam knatternd ein altes Etwas zum Vorschein. Rainer und Lilly lachten. Hatten sie bei diesem Motorengeräusch eine Wahnsinnsmaschine erwartet und was bekamen sie zu sehen? Ein altes Moped.

Kurz hinter dem Tor stoppte Letzei sein kleines Gefährt. Er stieg ab, zog das Tor holpernd hinter sich zu und verabschiedete sich.

»Ihnen einen schönen Abend. Sie wissen ja, wo Sie mich finden können.«

Er setzte den Helm auf und verschwand mit knatterndem Moped aus dem Sichtfeld der Beamten. Das Team des Heilbronner Erkennungsdienstes schien sich Zeit zu lassen. Weit und breit waren sie nicht zu erblicken. Lilly griff zu ihrem Handy und drückte die Kurzwahlnummer drei auf dem Display.

»Lilly hier. Gisela, wir sind noch aufgehalten worden. Kannst du mit dem Abendessen noch warten? … Wie, Franz hat Hunger? … Egal, bei uns wird es eine gute Stunde später. … Wie? Ja, ich habe Rainer dabei. Den liefere ich zuhause ab, wenn wir hier fertig sind. …Mitbringen zum Essen? Wenn du meinst«, dabei grinste sie in Rainers Richtung.

»Ach, fast hätte ich es vergessen. Berichte Franz, wir haben Alberts Fahrrad gefunden. Der freut sich bestimmt. Wir warten noch auf den Erkennungsdienst, dann sind wir hier fertig. Bis später Gisela.«

Lilly drückte die Beenden-Taste.

»Rainer, ich muss dich zum Essen mitnehmen. Gisela meinte, du wärst ein netter Bursche.«

Rainer schüttelte den Kopf.

»Ich und nett? In dem Aufzug? Na danke.«

Endlich bog ein Transporter, gefolgt von einem Van der Spurensicherung, die Straße zum Bauhof herein. Lilly begann zu winken. Die zwei Fahrzeuge rollten auf sie zu und stoppten. Die Tür öffnete sich und noch bevor Lilly sich vorstellen konnte, stieg der zuständige Teamleiter aus.

»Lilly, was machst du auf dem Bauhof? Letzte Woche beim Kegeln hattest du was von einem Job als Profilerin erwähnt?«

Sie war überrascht.

»Jürgen, du hier?«

Beide lachten als sie sich umarmten.

»Quatschkopf, glaubst du Profiler sind bei der Sitte oder bei den Wirtschaftsheinis? Und du? Wie ich sehe bist du noch immer bei denen, die alles einsammeln.«

Jürgen, Lillys Bekannter, sah zu Rainer Kaufmann.

»Lilly, möchtest du mich nicht deinem Kollegen vorstellen?«

»Sorry«, entschuldigte sie sich.

»Rainer, das ist Jürgen Rubin. Einer meiner besten Freunde seit ich bei der Polizei bin. Jürgen und das ist…«, sie nahm dabei Rainer führsorglich in den Arm.

»Das ist Rainer Kaufmann, mein Teamplayer und ein Genie, was Elektronik anbelangt.«

Rubin zeigte mit dem Finger auf Kaufmann.

»Sie sind doch der, der vor Jahren die 3D-Aufnahmen aus der Luft gemacht hat, um ein Raster zu ermöglichen?«

Rainer nickte stolz.

»Ich habe gelesen, dass dieses Gerät erstmalig bei uns eingesetzt wurde. Eine Mordsleistung, Kollege.«

Jürgen schlug ihm lobend auf die Schulter.

»Jetzt mal zur Sache, was kann ich für euch tun?«

Lilly sah ihn an und deutete auf das Fahrrad zu ihren Füßen.

»Jürgen, hier der Drahtesel. Wenn es dir nichts ausmacht, nimmst du ihn verpackt mit nach Heilbronn, lässt ihn auf Spuren untersuchen und schickst alles zu Büchele rauf an die D4BWfuM, geht das?«

Jürgen machte grinsend, einen spaßigen Diener.

»Wie Madame wünschen.«

Jürgen Rubin und sein Team von der Spurensicherung machten sich an die Arbeit.

»Und schicke mir bitte auch die Fotos dazu hoch«, schrie sie ihm noch hinterher, als sie sich auf den Sitz ihres Dienstwagens fallen ließ. Lächelnd sah sie Rainer an.

»Rainer, lass uns fahren, unser Abendessen bei Gisela wartet nicht ewig.«

Als Lilly den Zündschlüssel im Schloss umdrehte, hörten sie eine Durchsage im Polizeifunk.

»Alle freien 014 bitte sofort zu 042 in Stockheim. Wir haben einen 107. Ein Team der 106 ist vor Ort. Ich wiederhole. Alle freien 014 bitte nach Stockheim ein Team von 106 ist vor Ort.«

Lilly überlegte.

Rainer überlegte und verzog dabei das Gesicht.

»Wo liegt bitteschön Stockheim? Lilly, du kennst dich nicht in der Gegend aus, oder? Das ist nicht unser Fall, lass uns zurückfahren, bitte.«

Lilly sah ihn ärgerlich an. Rainer sah aus dem Fenster.

»Stockheim liegt 12 Kilometer südöstlich von hier.«

Auf der Hauptstraße hörten sie leise Sirenen von sich nähernden Polizeiwagen.

»Lilly, nicht jetzt, bitte. Wir bekommen Ärger mit Franz. Unsere Schicht ist schon lange zu Ende, bitte.«

Sie sah ihn an und fuchtelte mit den Händen herum.

»Ok, ok. Aber vorbeifahren können wir, oder?«

Rainer verdrehte die Augen.

»Meinetwegen, aber mehr nicht, verstanden?«

Lilly, die den Wagen gestartet hatte, nickte.

Kaufmann setzte das Blaulicht aufs Autodach und in rasanter Fahrt versuchten sie den Beamten, die an ihnen eben vorbeigefahren waren, hinterher zu eilen.

189

»Hier rechts abfahren«, schrie Rainer, als Lilly dabei war geradeaus zu fahren. Ihr Fahrstil erinnerte mehr an einen einsamen Fahrschüler vom Bauernhof, als an einen Beamten, der Lehrgänge im Fahrsicherheitstraining hinter sich hatte. Krüger fragte sich, ob Lilly jemals daran teilgenommen hatte.

»Hier links rein. Achtung Randstein«, waren seine kurzen Kommentare, die er während der rasanten Fahrt zum Besten gab. Lilly zeigte mit der Hand auf ein Straßenschild.

»Hände an den Lenker«, konnte Kaufmann gerade noch brüllen, bevor sie einen öffentlichen Blumenkasten touchierte.

»Oh Gott, Lilly«, schrie Kaufmann.

»Wenn das rauskommt, zieht Franz uns das Fell über die Ohren.«

Lilly hatte inzwischen den Streifenwagen eingeholt und hängte sich buchstäblich an dessen Stoßstange. Allen Mahnungen von Rainer zum Trotz, nicht zu nah aufzufahren, verpufften. Sie bog von der K2063 in eine staubige Seitenstraße ab. Der Wagen vor ihnen verringerte das Tempo. Jetzt ging es nur noch mit gemäßigten 50 km/h über die unbefestigte Straße weiter. Sie sahen ein Schild. Golfanlage Katzenhöhe am Wurmbach. Keine hundert Meter weiter bog das Fahrzeug vor ihnen scharf nach links ab, in Richtung eines freien Feldes. Riesige Strohballen waren neben einer betonierten Rampe aufgeschichtet. Hier lagerten die ansässigen Bauern in Gemeinschaft ihren Mist in einer von Beton umschlossenen Bucht, bis sie ihn letztendlich auf den Feldern verstreuten.

Die Wagen stoppten. Ein ausgewiesenes Gelände war abgesteckt und es stank fürchterlich nach Mistbrühe.

»Pah, pfui Teufel.«

Ein beißender Geruch schlug ihnen entgegen, als sie ausstiegen. Sie sah sich um.

»Naja, kein guter Ort, um so was wie Mist zu lagern.« Sie wies auf den angrenzenden Golfplatz. Geschnittenes Gras lag überall herum. Lilly bückte sich.

»Liegt schon länger hier«, bemerkte sie, währenddessen sie die Rasenschnipsel zwischen ihren Fingern zu Boden rieseln ließ.

Ein Beamter von der Verkehrspolizei fragte, ob sie geeignetes Schuhwerk dabei hätten. Ein lautloses Kopfschütteln war die Antwort.

»Na dann viel Spaß, in der Jauche.«

»Wissen Sie, wo der Tatort liegt und wer zuständig ist für diesen Fall?«

Der Beamte antwortete erst, als Lilly ihm ihren Dienstausweis mit den Worten: »Hansen, Mordkommission«, vor die Nase hielt.

»Zuständig ist KHK Sonja Pfeiffer. Sie müssen über die Wiese gehen, drüben bei den roten Fähnchen befindet sich ihr Team. Ist ganz schön matschig bis dorthin«, begann er die Beamten schadenfroh anzugrinsen.

Lilly stapfte los, gefolgt von Rainer, der seine Hose am Gummizug festhielt.

»Lilly, lass uns gehen, ist eh nicht unser Fall. Bitte. Ich sehe aus wie ein Penner, und…«, er sah auf seine Schuhe.

»Und hier ist es nass.«

Lilly sah ihn an.

»Ich möchte zuerst mit der zuständigen Beamtin reden, dann können wir gehen. In Ordnung?«

Was blieb Kaufmann anders übrig, als ihr hinterher zu wackeln. Der Beamte von der Verkehrspolizei hatte Recht. Je weiter sie auf den Tatort zugingen, desto feuchter schien der Untergrund zu werden. Langsam versuchte Lilly sich durch die gemähte Graslandschaft zu arbeiten. Sie hatten sich an den abgesperrten Tatortbereich herangetastet.

Unmengen an Mist türmten sich in einer befahrbaren Kuhle auf. Es stank fürchterlich nach Kuhstall und penetrant nach Jauche. Lilly sah sich um. Hier hätten locker nebeneinander zwei Traktoren mit Frontlader Platz. Haushoch türmte sich das stinkende Zeug. Quer zur Ladestelle stand ein Traktor mit seinem Gülleanhänger, den Ansaugstutzen noch auf dem in den Boden eingelassenen Anschlusszapfen. Hier wurde die natürliche Entsorgung des Mists vorgenommen. Lilly konnte grobe Einlassschlitze im Boden sehen. Sie wusste, wie es in der Landwirtschaft mit der Entsorgung funktioniert. Biologisch.

Langsam schritt sie an den Kollegen vorbei. Die, die sie kannte, begrüßte sie mit einem »Hallo«, die anderen mit einem stummen Kopfnicken. Lilly blieb vor dem überdachten Tatort stehen. Ihr fiel auf, dass die Spätschicht mit viel mehr Beleuchtungsequipment als die Tagschicht ausgestattet war.

Irgendwo ratterte ein Notstromaggregat. Lilly hatte kaum Kontakt zur Spätschicht. Übergabebesprechungen handelten schon immer die langjährigen Mitarbeiter mit dem nachfolgenden Team ab. Den einen oder anderen kannte sie flüchtig aus der Kantine.

Rainer interessierte sich mehr für die technische Ausstattung der Mediziner, als für den Fundort oder die Leiche. Lilly machte einen Schritt zur Seite und trat in einen Kuhfladen. Ein unüberhörbares, pflatschendes Geräusch unter ihrem Fuß war zu hören. Tierkacke. Jeder, der in ihrer Nähe stand, drehte sich nach ihr um. Es schien sich alles im Zeitraffer abzuspielen. Alle

Blicke schienen auf sie gerichtet zu sein, um nach unten, zum Kuhfladen zu wandern. Lilly lief krebsrot an.

»Sorry, Freunde!«

In diesem Moment klingelte ihr Telefon. Mit einer Hand griff sie in ihre Tasche und machte mit der anderen eine entschuldigende Handbewegung. Sie sah aufs Display. Fischer Home stand da in kleinen Buchstaben.

»Hallo Gisela, wir sind…«

Mitten im Satz wurde sie plötzlich buchstäblich abgewürgt. Ein verängstigendes: »Franz, du?«, gaben ihre Stimmbänder frei.

»Äh…, wir wollten gerade Rainer noch ein paar Hosen besorgen, als was dazwischenkam. Tut mir leid, dass wir spät dran sind. …Wo? Bei Stockheim. … Weshalb? … Franz, das ist eine längere Geschichte. Man hat eine Leiche gefunden. Ich weiß, ist nicht unser Fall. Wer den Fall leitet? KHK Pfeiffer. Wir sind gerade auf dem Weg. … Du kennst sie. Na toll«, kam es jetzt schmollend von ihr, indem sie die Lippen nach vorne schob.

»Nein, ich kann mir mal einen Überblick verschaffen. … Jawohl Chef, werde ich tun, ganz sicher, bis nachher Franz. Dauert sicher nur ein paar Minuten.«

Sie klappte das Handy zu und sah nach links. Groß, schlank, mit langen schwarzen Haaren sah sie jemand in langen Jeans und Gummistiefeln an.

»Ich habe meinen Namen vernommen«, keifte die unbekannte Dame die kleine Lilly an.

»Was wollen Sie von mir?«

Lilly holte Luft. Wie hatte ihr damals der Psychotherapeut geraten bei übermäßigem Stress vorzugehen? Ausatmen, locker bleiben. Lilly griff in ihre Tasche, zog den Dienstausweis hervor und stellte sich vor.

»Lilly Hansen, Mordkommission, von der Tagschicht. Und Sie sind, wie ich von dem Kollegen hörte, Sonja Pfeiffer?«

Sonja Pfeiffer gab ihr die Hand.

»Richtig. Aber was machen Sie hier draußen? Ihre Schicht ist doch schon längst vorbei.«

Lilly kratzte sich am Kopf.

»Naja, ist nicht einfach zu erklären. Ich hoffte, hier etwas zu finden.«

Frau Pfeiffer sah sie an.

»Und was wollten Sie finden?«

»Das ist es ja. Ich kann nicht sagen, nach was ich suche. War so ein Instinkt. Wir sind an einem brisanten Fall dran. Vielleicht hätte ich als Profilerin Parallelen gesehen. Aber ok, wird wohl nichts. Ist Ihr Fall, Frau Pfeiffer. Ich geh dann wohl besser, war eine blöde Idee von mir, sorry.«

Sonja Pfeiffer nahm sie am Arm.

»Wenn Sie noch zwanzig Minuten warten, ist die Spurensicherung durch und Sie können sich die Reste ansehen.«

»Reste?«

»Ja nur noch Reste, Kollegin. Wir haben hier einen Torso, der hier schon verdammt lange liegt. Keine Arme und Beine. Kein Kopf und die....«

Hauptkommissarin Pfeiffer machte eine kleine Pause und verzog dabei das Gesicht.

»Sein bestes Stück mit Anhang fehlt. Hier hatte jemand ganze Arbeit geleistet.«

Lilly schluckte. Wollte sie so etwas sehen? Sonja Pfeiffer sah sie an.

»Da drüben steht mein Partner Rainer Kaufmann.«

Rainer, der noch über zehn Meter von den beiden entfernt stand, winkte Lilly zu.

»Dies ist Hauptkommissarin Sonja Pfeiffer, sie hat den Fall unter sich.«

»Jetzt mal Tacheles, Lilly. Stimmt es, dass du in der Spezialeinheit beim alten Brummbär Büchele bist?«

Lilly lächelte und winkte ab.

»Der ist zahm. Glaube nicht, was andere sagen. Franz hat ein Herz wie eine weiche Kartoffel. Mit einer Einschränkung, was das Dienstliche anbelangt. Da fordert er 150% von einem. Im Ganzen gesehen ein toller Chef und Freund.«

Sonja hakte nach.

»Freund?«

»Nicht was du denkst, mein Gott! Ne, ich wohne bei ihm und Gisela auf dem Fischer Anwesen. Er ist ein echter, väterlicher Freund und Kumpel. Ein ungehobelter Klotz, aber ganz ok, denke ich.«

»Sonja, komm mal bitte, ich hab' da was für dich«, kam es von weiter hinten aus der Grube. Der zuständige Mediziner winkte die Beamtin zu sich.

Sorgsam war der Torso von den Strohresten befreit worden. Der Leichnam war unter einer hohen Schicht von Mist vergraben. Lilly folgte ihr nach vorn. Als der Pathologe den beiden eine Atemschutzmaske gab, nahmen die beiden Frauen sie dankend an.

»Arme und Beine, der Kopf und die Fortpflanzungs-organe sind vom Rumpf getrennt worden«, fing der Mediziner an auszuführen, während andere Beamte unter einem provisorischen Zelt, einen alten, sich bereits auflösenden Leinenkoffer, auf erste Spuren unter-suchten. Rainer beobachtet das Geschehen mit präziser Aufmerksamkeit.

Der zuständige Rechtsmediziner Dr. Schacht, zeigte mit dem Finger auf den Torso.

»Der Leichnam muss hier längere Zeit, ich vermute Jahre, gelegen haben. Der Körper scheint eingefallen zu sein. Hautfetzten halten ihn noch auf intakten Rippen zusammen. Er scheint bis auf wenige Zentimeter eingedrückt zu sein. Die obere Hautschicht löst sich bei jeder Berührung, wie ein Abziehbild, ab.«

Äußerste Behutsamkeit bei der Bergung war geboten. Kleine Krabbeltiere hatten sich ihren Weg durch die Haut gebahnt. Spinnen waren da noch die ansehnlichsten Tiere, die ihr Werk hier taten. Tausendfüßler krabbelten von innen nach außen. Sie hatten sich an den Eingeweiden gründlich bedient. Nesseltiere und Maden krabbelten überall herum.

»Die Verwesung ist in einem Stadium, in welchem die Untersuchungen schwieriger werden. Maden hatten sich gütlich an ihm gehalten und ihre Arbeit geleistet. Ich schätze mal, es war ein Mann, Mitte Dreißig. Aber sicher bin ich erst nach der Spurenauswertung. Die Gliedmaßen wurden fein säuberlich abgetrennt. Sofern man das in diesem Zustand des Zerfalls und der Zersetzung sagen kann. Die Harnsäure der Kühe oder der Schweine hat die Zersetzung noch beschleunigt.«

Dr. Schacht sah beide Beamtinnen an.

»So möchte ich nicht enden. Wer weiß, wie lange hier keiner was bemerkt hat.«

Er zeigte auf den Bauern, der gerade vernommen wurde.

»Vielleicht finden die Kollegen etwas in den Überresten des Koffers? Muss aber nicht zwangsläufig dem Toten gehören.«

Lilly bückte sich. Wer zum Teufel gab sich so viel Mühe einen Menschen verschwinden zu lassen? Und wo sind die restlichen Teile des Körpers? Diese Frage stellte sich jeder der Beamten.

»Wenn der, oder die Täter, die Leiche, bzw. das was übriggeblieben ist, hier abgelegt haben, dann sicher deshalb, dass keiner nach ihm suchen würde. Richtig?«

Dr. Schacht stand auf und sah die Damen an.

»Wäre ich der Täter, würde ich die Teile, die zur Identifizierung wichtig sind…«

Er machte eine kleine Pause.

»Ich würde sie durch einen Fleischwolf jagen oder verbrennen. Aus die Maus, keine Spuren mehr.«

Beide Frauen verzogen ihr Gesicht.

»Matze, ihr Rechtsmediziner habt eine perverse Fantasie, ist dir doch klar, oder?«, bemerkte Sonja, die den Mediziner persönlich kannte.

»Was sonst meine Damen«, bekannte er lächelnd.

»Sonst könnten wir ja nie die Fälle lösen. Oder denkt ihr, der arme Teufel hier hat es sich selbst angetan? Sich hierhergelegt und gut war? Nein meine Damen, ich würde von der schlimmsten Variante ausgehen. Der Abartigkeit des inneren, vielleicht sexuellen Triebes.

Lilly sah ihn von der Seite aus an.

»Sonja, der Pathologe hat irgendwo Recht. Aber bei so einer Fantasie, möchte ich den Typen nicht als Partner haben. Derjenige steht nachts mit der Axt vor deinem Bett und zerstückelt dich. Danach macht er, im wahrsten Sinne des Wortes, Hackfleisch aus dir.«

Sonja sah Lilly zweifelnd an.

»Oh nein. Was für abartige Menschen hast denn du in deinem Team? Sind bei dir alle Kannibalen?«

Jetzt begann auch Lilly, über ihre nicht ganz ernst gemeinte Aussage zu lachen.

»Sie haben den Nagel auf den Kopf getroffen, Kollegin«, sprach der Mediziner Lilly direkt an.

»Ich sehe, die Leiche scheint nichts mit unserer gefundenen Person gemeinsam zu haben. Wir bleiben noch kurz hier, dann verschwinden wir und lassen euch eure Arbeit tun. Schickst du uns trotzdem eine Kopie rüber?«

Sonja nickte, während sie zum Telefon griff.

»Hier Sonja Pfeiffer, Mordkommission. … Könnten Sie uns eine Abteilung von der Bereitschaftspolizei nach Stockheim schicken? Ja auch. Aber statten Sie bitte alle mit vorsichtshalber mit Mundschutz, Gummistiefel und Einweghandschuhen aus, ok?«

Lilly wurde neugierig, als Rainer auf die beiden zukam.

»Rainer, weshalb braucht Kommissarin Pfeiffer ein Team mit Gummistiefel?« Rainer sah sie an.

»Sieh dich um, wo stehst du? In einem Berg von Mist.«

»Und was möchtest du mir damit sagen?«

Rainer zeigte auf die Mistkuhle, in der noch Überreste von Haut und Knochen lagen.

»Die Beamten von der Bereitschaftspolizei werden jeden Strohhalm umdrehen, fein sieben und Spuren sichern.«

»Wozu?«

»Wie hätte unser Franz Büchele gesagt, wo ein Torso und ein Koffer liegen, kann noch mehr zu finden sein.«

Jetzt verstand Lilly und nickte.

»Die armen Jungs müssen die ganze Nacht in der Mistbrühe herumsuchen?«

Langsam wurde es dunkel. Die Nacht warf ihre Schatten voraus. Wird letztendlich geklärt werden zu wem der Torso gehörte? Welches Schicksal hat ihn an diesem Tag ereilt?

Es begann zu tröpfeln.

»Lilly, lass uns gehen. Das hat, wie du gesagt hast, nichts Vergleichbares mit unserem Fall.«

Er streckte seine Hand nach ihr aus.

Als sie im Wagen saßen, begann es zunehmend mehr zu regnen. Es glich einem warmen Sommergewitter.

Lilly sah aus der Frontscheibe. Helle Blitze zuckten weitverzweigt über den Abendhimmel. Es war von hier drinnen schön anzusehen, aber die Kollegen, die draußen arbeiten mussten, taten ihr leid.

»Rainer, es stimmt. Vergeudete Mühe. Der Torso hat wohl nichts mit unserem Fall zu tun. Schon allein von der Liegezeit her kann es kaum die Tat, des von uns gesuchten Mörders, von Albert Pfoh sein. Aber wir haben auch hier gesehen, wie unberechenbar und grausam Menschen sein können. Wir sind die abartigste Spezies auf unserem Planeten. Glaubst du nicht?«

Rainer nickte und startete den Wagen.

»Du hast dein Abendessen verpasst«, scherzte er.

»Du auch«, konterte Lilly.

»Jetzt fahre schon, sonst hat Gisela wirklich nichts mehr. Und hier im Wagen stinken unsere Schuhe wie eine ganze Herde Kühe, boah!«

Kaufmann legte den Gang ein und fuhr zum Anwesen Fischer.

Die Hofbeleuchtung brannte, man hatte sie erwartet. Beide hatten verdreckte Schuhe. Selbst Lillys Ringelsöckchen hatten in ihren kleinen Stiefelchen den Gestank von Jauche angenommen.

Sie rannten unter das Vordach des Hauses.

»Ausziehen!«, kam es von Lilly. Verwirrt sah Rainer sie an.

»Alles?«, fragte er.

»Alles, bis auf deine Unterwäsche und dann unter die Dusche. Gib mir die Sachen, ich bring sie gleich zur Waschmaschine.«

Rainer gehorchte. Lilly entledigte sich vor der Tür ihrer Bluse, streifte den Rock nach unten und zog ihre Strümpfe aus. Rainer schluckte.

»Was? Noch nie eine Frau in Unterwäsche gesehen?«

Ohne einen einzigen Ton zu sprechen, gab er ihr seine Hose. Lilly stand in einem kurzen pinkfarbenen Slip und schwarzem BH vor ihm.

»Rainer, glotz mich nicht an. Ich hatte den pinkfarbenen BH in der Wäsche. Na und? Steht mir der schwarze nicht?«

Wie eine Salzsäule stand er vor ihr und begutachtete jeden Zentimeter von Lillys Körpers.

»Hallo, Erde an Rainer. Bist du noch da?«

Sie kniff ihn in die Backe. Mit einem lauten »Aua« kam Rainer wieder zu sich. Nichtssagend bückte er sich nach seinen geliehenen Slippers, als die Tür von innen geöffnet wurde.

Beide standen ausgezogen und patschnass vor der Türe. Die Überdachung hielt nicht viel Wasser von ihnen ab.

»Heiliger Bimbam!«, entfuhr es Büchele, der geöffnet hatte.

Giselas Silhouette wurde plötzlich hinter Franz sichtbar. Hilfesuchende Blicke wurden in diesem Moment von Lilly an Gisela gesendet. Kaufmann stand einfach nur da und Lilly, mit der Hand voller Klamotten versuchte sich erst gar nicht mit Erklärungsversuchen aufzuhalten.

»Hallo Franz, wir sind da. Der Regen hat uns bei der Jauchegrube erwischt. Können wir rein? Ich muss die Sachen in die Waschmaschine bringen, sie stinken fürchterlich.«

Büchele nickte.

»Äh. Ja, kommt rein.«

Beide schlüpften an ihrem Chef vorbei, der ihnen nachsah.

»Liebs Herrgöttle, ihr stinket wie 'nem Bauer sei Viehherd. Habt ihr in der Mischtbrüh gebadet?«

Lilly wartete keineswegs auf weitere Fragen und zog Rainer hinter sich her. Mit einem Fingerzeig wies sie nach oben.

»Mittlere Tür ist das Bad. Du gehst oben unter die Dusche, ich unten. John oder Polly bringen dir neue Sachen. Ok?«

Rainer nickte und bewegte sich nach oben. Lilly bog zur Waschküche ab, um endlich die stinkenden Klamotten loszuwerden. Selbst die Schuhe warf sie in die Maschine. Waschpulver in die Kammer, Waschprogramm gewählt, dann bewegte sie sich in Slip und BH in Richtung Bad. Polly, die ihr gefolgt war, tuschelte kurz mit ihr.

»Hast du gesehen, wie Franz dreinsah? Dem hat es den Kinnladen auf den Boden geschlagen. So perplex habe ich ihn noch nie gesehen!«

Lachend genossen beide den Augenblick von eben, als Lilly Franz überrumpelte.

»Ich bring dem Rainer neue Sachen«, versprach Polly.

»Lilly, jetzt gehe duschen, du riechst nicht nach Parfüm. Wir treffen uns im Wohnzimmer.«

Gisela schleppte in der Zwischenzeit Franz ins Wohnzimmer.

»Komm mit, wir sehen uns den Rest vom Tatort in der Glotze an. Bis dann sind die jungen Leute geduscht und teilen dir mit was geschehen ist.«

Irritiert setzte sich Franz in seinen Sessel.

»Hasch du gsehe, wie die aussehn han? Die waret fascht nackig. Es sind no Kinder!«

Gisela sah ihn an.

»Erstens sind es mit dreißig Jahren keine Kinder mehr im eigentlichen Sinne. Zweitens sind es deine

Mitarbeiter. Drittens haben sie gestunken wie die Pest. Und was willst du damit sagen?«

Vom Bad klang fröhlicher Gesang zu ihnen herüber. Polly, die in den Sachen von John gekramt hatte, klopfte bei Rainer an, huschte kurz ins Bad und legte die Sachen auf einen Stuhl.

»Bis gleich, wir treffen uns unten im Wohnzimmer.«

Bei Büchele blieb das nicht unbemerkt. Polly setzte sich neben ihm ins Wohnzimmer und tat uninteressiert, was das Reinigungsritual der beiden jungen Leute betraf. Sie sah Gisela an. Und jetzt sang Lilly einen Lieblingssong von Franz nach. Ein Lied von Andrea Bergg, dass Franz Büchele bis dato geliebt hatte. Bis dato.

Gisela versuchte die Situation zu entschärfen.

»Franz, was hältst du davon, wenn wir nachher eine Runde Monopoly spielen. Wir alle? John kommt bestimmt gleich von Ischi Morgenstern zurück. Oder wie lange wollte er bleiben?«

»Der müsste gleich eintreffen. Er wollte nicht lange bleiben.«

Fünf Minuten später ging die Tür des oberen Bades auf. Rainer Kaufmann kam die Treppe herunter. Was würde ihn jetzt erwarten? Was dachte Franz, als er sie gemeinsam in Unterwäsche sah? Dachte er in die falsche Richtung? Und wo war Lilly, die dieses Missverständnis aufklären konnte?

Wie auf ein Zeichen ging unten eine Tür auf. John stolzierte ins Haus.

Er sah Rainer Kaufmann in seinen Klamotten von oben die Treppe herunterkommen.

Dem nicht genug.

Die Tür des unteren Bades ging auf und Lilly stolzierte in frischer, diesmal blauer Unterwäsche und mit einem

»Hallo John«, an ihm vorbei. John sah noch zwei Pobäckchen, verpackt in einem engen Slip nach oben verschwinden.

John rieb sich die Augen. Träumte er, oder war ihm der Wein zu Kopf gestiegen?

Kaufmann blieb mitten auf der Treppe stehen. Er hatte ein Problem. Er trug schon wieder die Sachen seines Kollegen. Minuten vergingen. Lilly kam mit Rock und Bluse aus ihrem Zimmer zurück und schnappte Rainer bei der Hand.

»Komm, wir gehen runter zu den anderen.«

Mit einem kurzen: »Guten Abend miteinander«, begrüßten sie alle im Raum. Jetzt erst schien der Spießrutenlauf zu beginnen.

»Wer hat Lust auf Monopoly?«, warf Gisela abermals als Vorschlag in die Runde. Es wurde mucksmäuschenstill.

»Leute«, begann Lilly ihre Rede.

»Leute, schon gehört, wir haben einen Treffer gelandet. Das ominöse grasgrüne Fahrrad von Albert Pfoh ist aufgetaucht.«

Ein leichtes Raunen ging durch die Gruppe.

»Was soll ich sagen? Eigentlich hat Rainer mich drauf gebracht, mal bei den umliegenden Bauhöfen nach alten Dingen zu suchen. Wir hatten es auf den Rucksack abgesehen. Fehlanzeige. Aber Rainer hatte in einer Ecke das Rad gesichtet.«

Verdutzt sah Rainer sie an. Das entsprach kein bisschen den Tatsachen. Was hatte sie damit vor?

Lilly zeigte auf ihn.

»Und Rainer war es, der so clever war, sich eine Kopie des Fahrradpasses von Heike Pfoh geben zu lassen. Was soll ich sagen?«

Sie klatschte laut in die Hände.

»Und Bingo, Volltreffer. Die Nummern stimmen überein. Und jetzt kam meine Wenigkeit ins Spiel. Ich durfte den Rest erledigen. Den Erkennungsdienst anrufen. Bla bla bla. Ihr kennt ja das Prozedere.«

Jetzt setzte sie sich seufzend auf einen freien Platz neben Rainer und grinste.

Büchele nippte nochmals am Wein und sah seinen jüngsten Mitarbeiter an.

»Rainer stimmt dess, wie's Lilly g'sagt hat?«

Rainer sah Lilly an, dann seinen Chef.

»Herr Hauptkommissar, würde Lilly lügen?«

Franz Büchele schüttelte mit dem Kopf.

Lilly schnappte sich ein Glas Wasser vom Tisch und berichtete weiter.

»Aber danach kam die Niederlage. Wir hörten von dem Fund einer Leiche in Stockheim. Wir beide rein ins Auto und dorthin gefahren.«

Büchele hatte seinen ersten Einwand.

»War nicht unsere Schicht, wieso seid ihr dann gefahren?«

Rainer nickte verstohlen, nur Lilly ließ sich in ihrer Ausführung nicht aus dem Konzept bringen.

»Naja«, seufzte sie.

»Hätte mit unserem Fall zu tun haben können, oder? Aber war letztendlich nicht so.«

Wieder stoppte Franz ihre Erzählung.

»Momentle Lilly. Was bitteschön hätte Albert Pfohs Verschwinden mit einem Leichenfund in Stockheim zu tun haben sollen? Das hätte dir dein kriminalistischer Spürsinn von Anfang an sagen müssen. Oder wir haben einen Serienmörder, der nach dem gleichen Schema vorgeht. War es so?«

»Leider nein. Aber es war interessant. Na gut, es hat gestunken wie die Pest. Aber Rainer und ich haben Frau

Hauptkommissarin Sonja Pfeiffer kennengelernt. Die von der Gegenschicht. Kennt die jemand?«

John schüttelte den Kopf.

Nur Franz hatte dazu was zu sagen.

»Ich kenne sie. Eine taffe Frau. Ich war mit ihr …«, er überlegte kurz.

»Ich glaube, es war 2010. Ja, 2010 habe ich sie bei einem Lehrgang über die Psychologie des Täters in Frankfurt kennengelernt. Und beim anschließenden Test holte sie 96 Punkte. Sie lag weit vor uns Männern. Und beim Schießwettbewerb war sie an zehnter Stelle.«

»Aha, du kennst sie.«

»Beiläufig Lilly, nur beiläufig.«

»Sie war die Chefermittlerin in diesem Fall. Die haben den Torso eines unbekannten Mannes gefunden.«

»Unbekannt?«, wollte Franz es jetzt genauer wissen. Lilly nickte ihm zu.

»Man hat den männlichen Torso in einer, wie soll ich es verständlich ausdrücken, in einer Mistgrube, oder nennt man es Jaucheaufbewahrungsbucht, gefunden.«

»Pfui Teufel!«, kam es sofort von Franz.

»Gott sei Dank nicht unser Fall«, fügte er hinzu.

»Erzähle weiter, Lilly«, forderte Franz sie auf die ganze Geschichte zu erzählen.

»Da gibt es nicht mehr zu erzählen. Es gab nur den Torso. Keine Gliedmaßen und kein…«, sie kam ins Stocken.

»Keine Eier«, fügte sie schnellsprechend hinzu.

»Jemand hat den armen Teufel vor schon langer Zeit dort zurückgelassen. Der Rechtsmediziner schätzt, dass er ein bis zwei Jahre dort gelegen haben kann. Sieht übel aus. Überall eingefallen. Haut und Knochen, einfach ekelhaft. Die Jungs von der Bereitschaftspolizei tun mir leid.«

»Wieso, die passen doch nur auf, oder?«, wollte jetzt John von ihr Wissen.

»Nein, die Pfeiffer hat eine ganze Armada in Gummistiefeln angefordert. Die sieben bei diesem Wetter den ganzen Misthaufen durch. Und die Brühe stinkt. Ähhh pfui, ich habe noch immer den Gestank in der Nase, sorry.«

Jetzt schaltete sich Rainer ins Gespräch mit ein.

»Wenn die morgen früh mit der Aufgabe fertig sind, bekommen wir eine Abschrift der Forensik und Frau Pfeiffers Bericht. Schaden kann es nicht. Vielleich finden sie noch was raus, was für uns nützlich sein könnte.«

»Glaubst du, der Torso gehört zu einem Vermissten aus den letzten Jahren?«, kam es fragend von John.

Büchele schaltete sich wieder in die Diskussion ein.

»Möglich. Es gibt viele vermisste Personen in Deutschland. Einige tauchen auf, andere verschwinden im Ausland. Ob jetzt der Tote aus Deutschland stammt? Keine Ahnung, da bin ich überfragt. Warten wir ab, was die Spurensicherung findet und die Forensik auswerten kann. Dann können wir erst mutmaßen, ok? Wichtiger ist der Fall Pfoh. Der hat oberste Priorität. Alles andere schieben wir nach hinten. Zumal wir noch nicht das Handy und den Rucksack gefunden haben.«

»Ach, bevor ich es vergesse«, fügte Lilly hinzu.

»Einen Leinenkoffer haben sie auch in der Grube gefunden. Was drin war? Ich habe keine Ahnung, habe nicht nachgesehen. Du, Rainer?«

»Äh mhm, ich glaube Kleidung gesehen zu haben.«

Diese undeutliche Ausdrucksweise verursachte bei seinem Chef Unbehagen.

»Ja, ich habe Kleidungsstücke gesehen. Jacke, Hose und ein paar Schuhe, wenn ich mich richtig erinnere.«

Zufrieden sah Büchele ihn an.

»Tja Leute«, begann dieser seine Rede.

»Lasst uns zum gemütlichen Teil übergehen und ein Spiel wagen. Gisela hol's alte Monopoly raus, alle machen mit.«

Jeder begann zu grinsen.

»Aber ich bin die Bank!«, kam es lachend von ihm. Keiner meldete Protest an. Es schien einer der Abende zu werden, an dem die Gemeinschaft mehr zählte, als die aufgetretenen Probleme.

Vergangene Tage

Die kommenden Tage vergingen wie im Flug. Zahllose kleinere Aktivitäten mussten erledigt werden. Es schien, als wäre das Zauberwort Routine auf den Plan getreten. Sich ständig wiederholende Abläufe und immer die gleichen Tätigkeiten gaben sich die Hand. So entschied die Dezernatsleitung, dass Krüger und Büchele für einige Tage aufs Land, ins nicht weit entfernte Groß Gerau zu einem Lehrgang beordert wurden. Der Lehrgang für Verhaltensanalyse, sollte Muster und Vorgehensweisen der Täter aufdecken.

In Heilbronn befassten sich wenige mit der Thematik von Denkweisen der Täter. Es gab sie, keine Frage, und Büchele konnte sich glücklich schätzen, einen Profiler in seinen eigenen Reihen zu haben. Lilly Hansen. Hätte sie die Ausbildung nicht in den Staaten genossen und dazu noch ein psychologisches Studium hinter sich, müsste er auf Mitarbeiter aus Stuttgart oder Frankfurt zurückgreifen. Selbst aus den USA waren Supervisory Special Agents für den Lehrgang angereist. Büchele musterte gerade einen von ihnen aus der Ferne.

»Max, die sehen aus wie du und ich, oder?«

Max Krüger musterte seinen Partner.

»Stimmt Franz, nur einen Strohhut haben die nicht auf dem Kopf.«

Krüger begann zu grinsen. Viele der Themen, die angesprochen wurden, waren den Beamten bisher völlig unbekannt. Man konnte angeblich die Denkweise eines Täters so beeinflussen, dass der Zugriff ein Kinderspiel sein würde. Franz nickte stumm, wenn er sowas hörte.

»Na klar, die ergeben sich alle und klingeln am Gefängnistor. Wer's glabt, wird selig und wer's ned glabt, kommt au in Himmel.«

Unbestritten waren dagegen einige der Vorgehens-weisen, die tatsächlich in den USA angewandt wurden.

Forensiker hielten Reden und wiesen auf neue Methoden in der Neurobiologie hin. Büchele schüttelte am zweiten Tag den Kopf.

»Max, des isch nix für oin alte Gaul wie mich. Weisch was?«, sprach er am Tisch, als er genussvoll seine Suppe löffelte.

»Nein Franz, was meinst du?«

Franz wartete bis sein Teller leer war, bis er ihm antwortete.

»Rufst du bitte Lilly und Rainer an. Die sollen sich auf den Weg machen. Und wir zwei fahren morgen früh zurück.«

Max hatte das erwartet.

»Ha no, isch geritzt, Franz.«

Noch während sie am Nachtisch saßen, ging die Tür zum Speisesaal auf. Herein kamen Lilly und Rainer.

»Max hat doch noch gar nicht telefoniert, oder?«

Lilly sah ihn an.

»Und ob, mein alter Freund, und das schon gestern.«

Max stupste Büchele an.

»Ich wusste, als wir ankamen, dass das alles hier nichts ist für uns alte Bären. Da habe ich Zuhause angerufen. War doch in deinem Sinne, oder nicht?«

Franz bekam kleine Tränen in die Augen. Er wischte sie mit einer Bemerkung weg.

»Die Luft hier ist schlecht, lasst uns hochgehen und die Zimmer tauschen. Und wir, Max, wir ziehen ab.«

Oben auf dem Zimmer gab Lilly ihrem Chef noch einen Zettel.

»Hier, Franz. Ich habe die Koordinaten von Alberts Handy verfolgt. Zumindest die letzte Rufnummer loggt sich öfters ein. Leitung ist im Moment jedoch tot. Die können wir erst wieder orten, wenn sich das Handy wieder einwählt. Entweder du lässt die Nummer lokalisieren oder du wartest auf uns. Wir sind ja auch bald wieder daheim. Ach, bevor ich es vergesse, Brigitte schmollt noch immer. Du solltest dich bei ihr entschuldigen.«

Büchele winkte ab, als er sich von ihr und Rainer verabschiedete. Max hatte bereits sein Zimmer übergeben und den Wagen aus der Garage vor dem Hotel abgeholt. Er wartete mit laufendem Motor auf seinen Chef.

Nach anderthalb Stunden Fahrt, erreichten die Beamten das Heilbronner Unterland. Und wie konnte es anders sein, die erste Person, die sie sahen war Staatsanwalt Krümmbusch, der ihnen buchstäblich in der Nähe des Polizeigebäudes vor das Auto lief. Max hätte ihn beinahe überfahren, wäre er nicht etwas härter in die Eisen gestiegen. Das ABS gab murrend seinen Kommentar ab. Krümmbusch, der nicht bemerkte, wer im Wagen saß, zeigte den Insassen erzürnt die Faust. Büchele, der bei dieser Aktion daneben saß, konnte nur in sich hineinmurmeln.

»Du mich auch, lauf zu, du Schlangenfänger!«

Der Dienstwagen stoppte am Heilbronner Dezernat. Ohne ihre privaten Koffer aus dem Wagen zu nehmen, gingen Max und Büchele auf den Eingang zu. Demonstranten mit Plakaten versperrten ihnen den Weg.

»Max, was wollen die hier?«

Auch Krüger hatte keine Erklärung hierfür. Sie bahnten sich ihren Weg durch die Menge. Nicht ohne mit Worten bombardiert zu werden.

»Findet die Schweine, auf den Stuhl mit ihnen. Sind wir Frauen Freiwild?«

Endlich erreichten sie den Eingang. Oben angekommen öffnete Franz die Tür und beide Ermittler traten ein, nicht ohne sie mit einem für ihn typischen lauten Türschlag, ins Schloss zurückzubefördern.

Es wurde still im Raum. Nur der alte Drucker ratterte monoton in der Ecke. Jeder kannte die Art mit der Büchele die Tür schloss.

»Hallo Leute, euer Chef ist zurück. Was gibt es Neues? Doch zu allererst, was geht vor unseren Toren ab?«

Ruckartig schien Bewegung in die Szenerie zu kommen. Drew, der während seiner Abwesenheit das Team leitete, kam auf ihn zu.

»Die Demonstranten sind seit gestern Abend da. Nachdem Ländle TV eine Suchmeldung nach Albert Pfohs Täter rausgegeben hatte, Brigitte Kohlmarx kam an und wollte mit dir sprechen. Du warst ja auf Schulung. Habt ihr beiden die Nachrichten nicht gesehen?«

Bücheles Gesicht änderte seine Farbe von rosa auf aschfahl.

»Wir haben die Nachrichten um acht gesehen. Da kam nichts von Pfoh. Und die Babbelgosch Kohlmarx haben wir auch nicht gesehen.«

Max hatte sofort eine Erklärung parat, weshalb sie die Sendung verpasst hatten.

»Franz, wir haben die Nachrichten in Hessen gesehen. Hätten wir auf das Dritte Programm umgeschaltet, dann hätten wir Brigitte Kohlmarx gesehen. Franz, du hattest mit Brigitte einen Termin. Habt ihr den Ablauf nicht besprochen?«

Diese Aussage trieb Büchele dicke Schweißperlen auf die Stirn.

»Klar hatten wir einen Termin. Und ich hab's verpennt. Ich bleeder Mostkopf hann's oifach vergesse.«

Franz ließ seine Kollegen stehen und eilte zum Telefon. Schnell war die Nummer von Brigitte gewählt. Nach dem Freizeichen ging sofort ihre Mailbox ran. Büchele bat um Rückruf und entschuldigte sich. Er sprach auf das Gerät, weil er annahm, Brigitte könne ihn hören. Selbst ein verzweifeltes: »Ich mach's wieder gut, Brigitte, melde dich«, konnte niemand zum Abnehmen des Hörers bewegen. Er legte auf und wählte ihre Handynummer. Auch hier ging nur die Mailbox an. Franz legte wütend den Hörer auf die Station zurück. Er kam dabei nicht umhin es mit einem schwäbischen Satz zu kommentieren.

»So eh Beißzang, des Weib. Ich bin doch koi Ärschleschlupfer.«

Max, der ihm gefolgt war, versuchte, ihn zu beruhigen.

»Wir haben es nicht gesehen, ich meine die Sendung. Jetzt sei nicht bärbeißig. Vielleicht ergibt sich noch alles weitere.«

Büchele versuchte sich mit seiner Arbeit abzulenken. Marcus Drew unterstütze ihn dabei.

Krüger versuchte sich am PC auf den neusten Stand zu bringen, ohne wirklichen Erfolg. Tage vor ihrem Lehrgang hatte er darum gebeten, ähnlich gelagerte Fälle ihm auf den PC zu schicken. Vermutlich vergaß die Dame im Archiv seine Anforderung. Max wollte sich persönlich darum kümmern und verschwand aus der Tür.

»Franz, ich bin im Archiv, wenn du mich suchst.«

Die Dame der Archivleitung ließ ihn, ohne die übliche personelle Kontrolle und ohne vorliegende Dienstanweisung von oben, zur zuständigen Mitarbeiterin durch. Er war in den vergangenen Tagen oft genug hier aufgetaucht, um Schriftstücke, die nie digitalisiert wurden, zu sichten. Voller Enthusiasmus trat er vor den Schreibtisch von Frau Grosser.

»Hallo Herr Krüger, auch schon wieder da?«, begrüßte sie ihn.

»Frau Grosser, wie Sie sehen in Leibesgröße. Sie hatten versprochen, mir Fälle zukommen zu lassen«, dabei zeigte er spielerisch zur Decke.

»Naja, Fälle, die Ähnlichkeiten mit unserem aktuellen Fall Pfoh aufweisen.«

»Ich kann mich erinnern. Das war doch Anfang der Woche, richtig?«

Krüger nickte.

»Und?«, hakte er fragend nach.

»Was und?«

»Fündig geworden?«, wollte Max Krüger wissen.

»Moment, Herr Krüger, ich sehe nach. Wenn dem so war, habe ich alles auf den Zentralrechner geschickt.«

Wild fuhr sie mit der PC-Maus auf ihrem Pad hin und her.

»Aha, hier haben wir die Anfrage. Vergleichbare Fälle gab es. Aber die waren nicht bundesweit, sondern europaweit. Kommt ja kaum in Frage, oder? Aber…«, sie stockte kurz.

»…ein Fall mit vergleichbaren Verletzungen kam gestern rein. Ist noch von der Forensik gesperrt.«

Krüger wollte das genauer wissen.

»Welche Abteilung bearbeitet den Fall?«

Die Archivarin sah sich den Fall genauer an.

»Wenn ich es richtig sehe, haben wir von ihrer Abteilung eine unbekannte Tote gemeldet bekommen. Bearbeiterin mit Sperrverzeichnis ist eine Hauptkommissarin Pfeiffer. Kennen Sie die?«, wollte Frau Grosser von ihm wissen. Max verneinte.

»Muss jemand aus der Spät- oder Nachtschicht sein. Ich werde sie finden, kann ja nicht schwer sein. Danke für Ihre Mühe.«

Als er zurück von Keller kam, ließ ihm der Gedanke an die Mitarbeiterin Pfeiffer keine Ruhe.

»Pfeiffer, Pfeiffer, ich kenne keine Kommissarin die so heißt und ich bin schon einige Tage hier. Muss jemand aus einer anderen Schicht sein«, sprach er mit sich selbst. Ihm fiel keine schlaue Lösung ein, an die besagten Akten zu kommen. Jemand hatte eine höhere Prioritätsstufe als er.

Max machte sich auf, um die Tötungsdelikte in der Sitte abzufragen. Eine ganze Stunde blieb er verschwunden. Eine vergeudete Stunde. Kein Delikt deckte sich mit ihrem Fall. Enttäuscht trat er den Rückweg über die Treppe an.

Auch Büchele war über die Treppe zum oberen Stock unterwegs, als sein Telefon klingelte und sich der Schriftexperte Dr. Hetzner, über die ihm zugesandten Dokumente ausließ.
Keine fünf Minuten später kam ihm der Staatsanwalt auf dem Flur entgegen.

»Schon gehört Herr Büchele? Unser Dr. Fröschle hat seine Habilitation, seine Professorenarbeit, eingereicht. Er hat anscheinend lange daran gebastelt. Ist eben ein Streber. Der will bestimmt in eine andere Besoldungsgruppe, unser Freund. Nicht wahr?«

Büchele gab ihm, ehe er sich weiter nach oben bewegte, nur eine schnippische Antwort.

»Schönen Tag noch, Herr Staatsanwalt und grüßen Sie mir die Staatsanwaltsgewerkschaft.«

Enttäuscht über die ganzen Ergebnisse, öffnete er die Tür zum Dezernat, schloss sie hinter sich und ging auf seinen Schreibtisch zu.

Minuten später diskutierte gerade er gerade mit Drew und einer weiteren Person, neben seinem Schreibtisch, als Krüger auf die kleine Gruppe zusteuerte. Krüger hatte seinen Chef und Drew erkannt. Aber eine weitere, eine weibliche, ihm unbekannte Frau stand bei ihnen. War sie aus einer anderen Dienststelle? Ein Neuzugang? Mit einem »Hallo«, trat er an seinen Arbeitsplatz heran.

»Darf ich mich setzen?«, kam seine leise, für ihn eher untypische Frage an diejenigen, die auf seiner Seite des Schreibtisches standen. Die unbekannte Dame drehte sich um und sah ihn an. Sie schien gutgelaunt und streckte ihm ihre Hand entgegen.

»Pfeiffer, Sonja Pfeiffer von der Spätschicht. Sie müssen Krüger sein, richtig?«

Krüger erwiderte ihre freundliche Geste.

»Freut mich. Krüger, Max Krüger. Partner von dem alten Brummbären«, dabei wies er auf Franz Büchele. Die Ermittlerin griff seine freundliche Art auf und begann zu schmunzeln.

»Kann nicht sein, Kollege Krüger. Brummbären tragen keine Strohhüte, oder etwa doch?«

Krüger begann zu lächeln.

Vor Büchele lag ein Stapel Papier.

»Max, Lilly hatte uns gestern Abend von Sonja berichtet. Der Fall in Stockheim. Der Torso?«

Franz tippte auf den Stapel Papier, während Max unwissend mit den Schultern zuckte.

»Sie hatte versprochen, uns Kopien anzufertigen. Das sind sie, ist doch perfekt. Ich weiß zwar noch nicht, was Lilly, oder besser gesagt, wir damit anfangen können, aber ist immerhin eine noble Geste.«

»Jetzt verstehe ich, Sie sind diejenige, die die Akte gesperrt hat. Weshalb, wenn ich fragen darf?«

Büchele sah seinen Kollegen verdutzt an.

Woher wusste er dies?

Sonja Pfeiffer drehte sich um.

»Ganz einfach. Herr Kollege«, kam es von ihr, als sie ihn ansah.

»Die Dienstvorschrift Nummer 3554B besagt, eine Akte, die noch nicht forensisch erfasst oder geklärt ist, wird nicht freigegeben. Sie hätten diese jederzeit einsehen können. Nur drucken wäre unmöglich gewesen. Hätten Sie um persönliche Akteneinsicht gebeten, hätte ich sicherlich eine Meldung darüber bekommen. Wieso haben Sie die Akten nicht angefordert oder zumindest angesehen?«

Max stand buchstäblich mit heruntergelassenen Hosen da. Diese Frau hatte Ahnung von den Paragraphen, viel Ahnung.

»Na ja, ich habe es erst im Archiv entdeckt«, kam es beschwichtigend von Krüger. Max wollte aus der Schusslinie.

»Jemand Kaffee?«, fragte er in die Runde. Sonja Pfeiffer nahm dankend an.

»Ja bitte, aber nur schwarz, wenn es geht.«

Irgendwie hatte die Kollegin ihn übergangen, aber was sollte er dagegen tun? Sonja Pfeiffer spürte sein Unbehagen und folgte ihm zur Kaffeemaschine.

»Sorry, Herr Kollege«, versuchte sie auf ihn einzugehen, als er das Kaffeepulver in den Filter schüttete.

»Es war nicht meine Absicht Ihnen die Akte vorzuenthalten Herr Kollege. Freunde? Ich bin Sonja«, dabei streckte sie ihm lächelnd ihre Hand entgegen.

Krüger sah auf die lackierten Nägel und ergriff ihre Hand.

»Max, einfach Max«, kommentierte er ihr Angebot.

»Ich hatte Ähnlichkeiten gesucht, vielleicht hätten wir Glück gehabt mit deinem Torso.«

Sonja kam ihm zuvor.

»Lilly hat mir davon berichtet. Und wenn ich richtigliege, hat unser forensisches Labor tatsächlich einige Ähnlichkeiten gefunden. Obwohl ich nur ein paar Infos von Lilly bekam und mich nicht vollkommen in eure Akte eingelesen habe. Mehr noch, du wirst erstaunt sein. Komm mit zu deinem Chef, der hat auch noch keine Ahnung. Ich wollte es ihm eben erklären, als du gekommen bist.«

Mit einem Kaffeebecher in der Hand, ging Sonja Pfeiffer an der Seite von Max Krüger auf Franz zu, der noch im Wirrwarr seiner kleinen Zettel nach einer Lösung suchte.

Als er den Hut nach hinten schob, kamen beide Ermittler am Tisch an. Sonja schlürfte aus der Tasse einen Schluck Kaffee, als Franz sie ansah.

»Guter Kaffee?«

»Vorzüglich, Herr Kollege, wie aus der Amtsmaschine«, dabei lächelte sie und nahm sich einen Stuhl vom Arbeitsplatz nebenan. Auch Max setzte sich auf seinen Platz. Nach kurzem Schweigen sah Franz beide an.

»Habt ihr nichts zu tun oder ist das eine Amtsverschwörung?«

Sonja trank einen letzten Schluck. Sie beugte sich nach vorn, stützte ihre Ellenbogen auf dem Tisch, um Franz nahe zu sein und begann zu tuscheln.

»Stimmt es, dass ihr hier oben eine Spezialeinheit seid?«

Büchele schien dieses Getuschel Spaß zu machen und er beugte sich seinerseits ihr entgegen, faltete die Hände wie ein Sprechrohr an den Mund und begann zu sprechen.

»Ja, weshalb? Und warum flüstern wir beide. Ist was geheimer als geheim?«

»Ich finde die Abteilung cool. Aber was noch wichtiger ist, ich glaube, ich habe einen seltsamen Fall für dich.«

Jetzt gingen beide Beamten zurück in ihre normale Sitzposition. Franz verschränkte seine Arme vor seinem Bauch und sah sie an.

»Mädle, des hett ich scho mitbekommen, glaubs mir.« Ganz entspannt ließ er einen weiteren Spruch ab.

»Sonja, bevor du das Wort Brot ausgesprochen hast, habe ich es gegessen. Ok?«
Büchele schien total sicher mit seiner Aussage zu sein. Sonja Pfeiffer kannte ihn ja schon. Und dennoch wusste sie, diesmal lag der schwäbische Kommissar total daneben.
Max beobachtet den kleinen, verbalen und auf hohem Niveau durchgeführten Schlagabtausch mit Gelassenheit. Selten forderte jemand Büchele heraus. Er schien über sein Rudel zu herrschen, wie ein grauer, alter Leitwolf. Herausforderer wurden entweder zum Schweigen gebracht oder aus dem Rudel entfernt. Aber wie würde er bei einer Frau und noch dazu bei einer intelligenten Beamtin der Mordkommission reagieren? Max lehnte sich zurück. Sonja tippte mit ihren lackierten Fingernägeln in einem unregelmäßigen Rhythmus auf die Tischplatte.

»Ok, Franz. Interessiert es dich?«, begann sie, das Thema wieder aufzugreifen. Büchele wiederholte sich.

»Sonja, wenn es was gäbe, was ich nicht weiß oder was in alten Akten steht, dann raus mit der Sprache, ich bin ganz Ohr.«

Kommissarin Pfeiffer tat sich auf einer normalen Gesprächsbasis mit dem schwäbischen Kommissar etwas schwer. Sie lehnte sich entspannt in den Stuhl.

»Lilly hat euch von dem Leichenfund, dem Torso, erzählt oder nicht?«

Franz nickte.

»Auch von dem Fund eines Koffers?«

»Ja, auch das hat sie beiläufig erwähnt.«

Sonja zog ihre Lederjacke aus, legte sie über ihre Beine und versuchte Bücheles Interesse zu wecken.

»Einfach nur beiläufig, Herr Kollege? Tja, Franz Büchele, Leiter der Sonderabteilung, jetzt ist ein Zeitpunkt erreicht, an dem die neuen Techniken der Wissenschaft auch in unseren Bereich Einzug halten.«

Büchele schien verwirrt.

»Komm auf den Punkt, Sonja und rede nicht so geschwollen von oben herab.«

Ihm gegenüber verkniff sich Max seine Freude über einen Zustand, den er bei Franz schon so oft erdulden musste.

Wenn es hart kam, redete Franz so, wie jetzt Sonja mit ihm sprach. Ein Amüsement für sich. Sonja bemerkte das und spielte ihre Karten gekonnt aus. Sie warf ihre Jacke auf den Tisch, erhob ihre runden Pobacken vom Stuhl und baute sich in voller Weiblichkeit in ihren engen Jeans vor Büchele auf.

Sie stütze sich mit den Händen auf seinem Schreibtisch ab und setzte ihren Hintern noch mehr in den Fokus. Ihre Dienstwaffe an ihrem Gürtel schien sich im Takt ihres Atems zu bewegen. Selbst die Handschellen in ihrem engen Gurt tanzten kaum sichtbar auf und ab. Kein Wunder, dass sie bei der Sitte gearbeitet hatte, ging es Max noch durch den Kopf, als eine weitere Erkenntnis auf Büchele hereinbrach.

»Der Koffer, Franz, den wir fanden…«, zu mehr kam die Ermittlerin nicht, als die Eingangstür mit einem rums zugeschlagen wurde.

Keiner hatte bemerkt, wie Brigitte Kohlmarx das Dezernat betreten hatte. Aber das Geräusch der zugeschlagenen Tür hatte jeder vernommen. Und so blieb es nicht aus, dass alle Blicke der Beamten auf sie gerichtet waren.

Stolz wie ein Pfau, wütend wie ein Nashorn, welches man gereizt hatte, kam sie auf hochhackigen Schuhen und mit schnellem Schritt auf Bücheles Schreibtisch zu. Franz sah sie zu spät. Er konnte gerade noch aufstehen, als Brigitte unbeeindruckt von Krüger, Drew und Pfeiffer vor ihm stehen blieb. Sie sah ihn abwertend an.

»Hier ein Mitschnitt meiner Sendung und Ihrem Fall Pfoh, Herr Kommissar. Ich halte meine zugesagten Versprechen. Ihnen noch einen schönen Tag!«, schleuderte sie ihm entgegen. Dabei griff sie in ihre Umhängetasche und legte ihm eine CD auf den Tisch. Vermutlich aus weiblicher Sympathie begann Sonja zu klatschen.

»Bravo, die Frau hat wenigstens Mut. Hut ab Madame«, dabei streckte sie ihr die Hand entgegen.

»Sonja Pfeiffer, es würde mich freuen mit Ihnen einen Kaffee trinken zu dürfen. Wir beide haben, was es den älteren Herren mit Strohhut betrifft, bestimmt gemeinsame Interessen.«

Brigitte sah zuerst Büchele, dann die Beamtin an.

Mit einem: »Brigitte Kohlmarx von Ländle TV«, schüttelten sie sich die Hände. Brigitte griff nochmals in die Tasche, zog ihre Visitenkarte hervor und überreichte sie ihr, bevor sie Büchele einen abwertenden Blick zuwarf.

»Rufen Sie mich an, wird bestimmt interessant«, rief sie Sonja Pfeiffer zu und verschwand.

Max, der nicht in die Situation involviert war, atmete mit einem »Boah, ganz knapp mein Freund«, wieder aus.

»Franz, Brigitte will deinen Kopf, hast du das verstanden?«

Dem nicht genug mischte sich Sonja Pfeiffer mit ein.

»Vielleicht nicht nur Frau Kohlmarx, Herr Kommissar. Können wir endlich zur Sache mit dem Koffer kommen?«

»Max, des wird mir jetzt alles zu viel hier. Gehsch mit in die Kantine?«

Was sollte Krüger anderes tun, als ihm still sein Vorhaben zu bestätigen. Zeitgleich sah er schulterzuckend Sonja an.

»Sorry Sonja, Franz braucht eine kurze Auszeit. Wir sind gleich wieder da. Lass uns alles Weitere in aller Ruhe, in sagen wir, einer Stunde bereden, ok?«

Sonja nickte. Franz und Max verschwanden, ohne eine Art der Verabschiedung aus ihrem Blickfeld.

Sonjas Handy surrte in diesem Moment an ihrem Gürtel.

»Pfeiffer?«

Von einer zur anderen Sekunde veränderte sich ihr Gesichtsausdruck von böse blickend, auf schmunzelnd.

»Ne, ist nicht war, ich glaube es nicht. Ich komme runter. … Danke, schicke es mir aber trotzdem auf den Computer. … Ok, dann sehen wir uns…«, sie sah auf die Uhr an ihrem Arm.

»…so in fünfzig Minuten, ok? … Ja, finde ich. Eingang Forensik Fröschle, kein Problem. Danke Kollege, du hast was gut bei mir. Bis gleich.«

Der Anruf kam aus der Gerichtsmedizin. Dr. Schacht hatte am Torso was gefunden, das er der Beamtin nicht vorenthalten wollte. Sie verließ den Raum und eilte eine Treppe abwärts zu ihrer Dienststelle, um die Neuigkeiten am PC zu sichten. Danach folgte ein Besuch ihrerseits beim Rechtsmediziner Dr. Schacht, der seinerseits Dr. Fröschle unterstellt war.

Max Krüger erkannte die unübliche Hilflosigkeit seines Partners und ging mit ihm in die Kantine. Eigentlich bräuchte Franz einen Obstler zur Beruhigung. Aber die Dienstanweisung verbot Alkohol im Dienst. Und diesen Spirituosenartikel gab es sowieso nicht in der Polizeikantine. Somit standen die Beamten mit nichtssagendem Blick vor der Kassiererin.

»Herr Büchele, Herr Krüger, kann ich Ihnen behilflich sein?«

Max sah die freundliche Angestellte an.

»In der Tat junge Dame, können Sie. Wir hätten gerne zwei Espresso und…«, sein Blick schweifte über die Glastheke.

»…ja, ich denke, wir nehmen zwei Fleischkäsweck noch dazu.«

Mit übertriebenem Lächeln sah er der Angestellten in die Augen, als er ihr einen zehn Euroschein auf die Theke legte. Schnell waren die Getränke und Brötchen auf dem Tablett bereitgestellt und das Rückgeld verstaut.

»Komm Franz, wir setzen uns ans Fenster.«

Krüger stellte den Espresso vor ihm ab, schob ihm den Fleischkäsweck vor die Nase und gab das Kommando anzufangen.

»Guten Appetit, Franz.«

Büchele trank und aß wie ihm angetragen wurde, als mit verklärtem Blick sein Leitwolfgehabe zum Vorschein kam.

»Die zwei Kratzbürschte gehen mir uff de Zeiger, Max. Verstehsch me au eu bissle? Brigitte isch eu Lugebeutl, wie's im Buch steht. Sie nennt es neudeutsch Controlling, ich nenns schwäbisch eufach nach em Geld gugge. Und Pfeiffer isch eu gleune Babbeldasch, die kann nur vor sich na bruddle und mit mir schimpfe.«

»Franz, erklär's mir, so dass ich es auch verstehe, ok?« Franz sah über den Tisch zu seinem Freund, sah nach links und rechts, so als würden sie belauscht werden. Max wurde immer verwirrter und beugte sich über den Tisch.

»Brauchst du psychologische Hilfe? Soll ich auf dem Weißenhof anrufen? Wenn die Männer mit der weißen Jacke und den weißen Turnschuh komme, isch fei's Heu unne, Kollege. Denkst du, hier gibt's die Stasi?«

Irgendwie schienen die Worte bei Büchele als Drohung angekommen zu sein. Schnurgerade saß er auf in seinem Stuhl und setzte seinen Hut ab.

»Jetzt hör mir doch einfach zu«, begann er in klarem Deutsch mit seinem Freund zu reden.

»Die Weiber sind alle durchgeknallt. Brigitte will Ruderboot mit mir fahren. Und Sonja Pfeiffer will sich meinen Fall aneignen.«

Max zeigte Franz den Vogel. Er tippte mit dem Zeigefinger an seine Schläfe.

»Ha no, dir hat es das Gehirn vernebelt, mein Freund, nichts davon ist wahr.«

Franz sah ihn ungläubig an und nahm einen Schluck aus seiner Tasse.

»Dann erkläre du mir bitte, weshalb die mit mir den Affen machen?«

»Franz, Brigitte will mit dir nirgendwo mit dem Ruderboot rumpaddeln. Was sie damit meint? Ich weiß nicht, was beim Speeddating vorgefallen ist. Und Sonja will dir behilflich sein. Ich denke, sie ist eine gute Ermittlerin. Gehe unvoreingenommen an die Sache ran. Kläre es mit Brigitte und gib Sonja eine Chance. Sie hat vermutlich mehr drauf, als wir ahnen.«

»Find'sch?«

Max nickte.

Büchele schien einsichtig zu sein.

»Kollegin Pfeiffer ist eine gute Ermittlerin. Und was ihr Wissen betrifft, scheint sie nicht ohne zu sein.«

Büchele biss ein Stück vom Brötchen ab, bevor er sich vornahm in Puncto Brigitte Kohlmarx die Dinge anders anzugehen.

»Lass uns raufgehen, vermutlich steht Sonja noch in den Puschen und wartet.«

»Eine Frage Max. Hat jemand die Personen vom Zeltlager, ich meine die von der Jugendfreizeit, gründlich befragt?«

»John und ich sind noch am gleichen Abend vorbeigefahren. Es scheint eher unwahrscheinlich, dass jemand etwas bemerkt hat.«

Büchele drückte den Fahrstuhlknopf.

»Kann aber möglich sein.«

»Möglich ist alles.« Büchele drückte die entsprechende Taste für ihr Stockwerk.

»Ich fahre morgen mal raus, kommst du mit?«

»Geht nicht, sorry habe einen Zahnarzttermin um Eins. Es sei denn, jemand übernimmt den Termin freiwillig.«

Als Sonja Pfeiffer wieder zurück in Bücheles Abteilung kam, stand sie allein an dessen Schreibtisch. Krüger und

224

Büchele hatten sich vor einer Stunde aus dem Staub gemacht und waren noch nicht zurück.

»Hervorragend. Jetzt habe ich mal was zu sagen und die Männer machen sich aus dem Staub.«

Eilig griff sie sich einen Stift und ein Blatt Papier von Bücheles Tisch, kritzelte ein paar Sätze darauf und verschwand durch die Türe, einen Stock tiefer in ihr eigenes Dezernat, zu ihrer eigenen Truppe.

Es stand ein Besuch bei Dr. Schacht an. Die Auswertungen waren noch nicht alle abgeschlossen, als sie eine gute Stunde zuvor bei ihm ankam. Gespannt sah sie dem erneuten Treffen entgegen. Welche Neuigkeiten hatte er? War es etwas, womit ihr Fall schneller gelöst werden konnte als Bücheles Fall Albert Pfoh?

Als Krüger und Büchele wieder in der Dienststelle eintrafen, war Pfeiffer schon längst wieder verschwunden. Keine Sonja Pfeiffer war zu sehen.

Beide lächelten verstohlen, als sie die Tür zu ihrem Dezernat öffneten. Wie Büchele es vorausgesagt hatte.

John stand mit seinem Kollegen am Kartentisch und erläuterte den aktuellen Fall mit dem Kollegen Marcus Drew.

Es war anders als in normalen Abteilungen. Hier im Sonderdezernat wurde höchstens an zwei Fällen gleichzeitig gearbeitet. Keine neu einlaufenden Fälle hatten hier oben Vorrang. Das oblag der Abteilung, der Sonja Pfeiffer angehörte. Sie arbeiteten in Dreierschichten die ankommenden Fälle ab.

Die beiden Schwaben konnten nicht ahnen, welche Neuigkeiten Pfeiffer von ihren Diensträumen und aus der Forensik mitbringen würde. Schulterzuckend und mit einem Blick auf die Uhr entschlossen sie sich, die Heimreise anzutreten. Jedoch nicht, bevor Franz Büchele einige Fotokopien in seiner ledernen

Arbeitstasche verschwinden ließ. Er verstaute alles sorgsam und klemmte sie sich unter den Arm

Die Tage war Büchele mit dem internen Fahrdienst dran. Sein 200er stand frisch gewaschen auf dem Hof. Max wunderte sich, weshalb der Lack noch den Rost zusammenhielt. Heute schien der fahrbare Untersatz anders vor ihnen zu stehen.

»Franz, was ist mit deiner Kiste geschehen? Heute Morgen war der Audi noch verdreckt.«

Er öffnete die Beifahrertüre.

»Heiligsblechle. Welches Wunder, die Scheiben sind geputzt und der Aschenbecher ist geleert.«

Büchele fiel ihm ins Wort.

»Kein Wunder, das waren die Azubis von der Fahrbereitschaft. Die suchten ein Übungsobjekt zur Fahrzeugreinigung.«

Er breitete seine Arme über dem Dach des Wagens aus.

»Isch schee, mei Kischtle oder net? Wie ausem Ländle.«

»Kann ich auch meinen SUV den Jungs hinstellen?«

Franz sah ihn an, während er den Startversuch einleitete.

»Hm, ich glaub nicht. Die nehmen nur Autos die älter sind. Und deiner isch frisch aus der Fabrik.«

Kurze Augenblicke später surrte der Motor.

Büchele bog jedoch nicht wie gewohnt an der Ausfahrt in Richtung Weinvilla Fischer ab, sondern fuhr geradeaus weiter. Krüger sah ihn stirnrunzelnd an. Max kannte sich hier aus, wusste aber nicht wohin die Fahrt sie bringen würde.

»Äh, wo fahren wir denn hin?«, fragte er Büchele. Dieser gab ihm jedoch keine Antwort.

Als sie nach kurzer Fahrzeit vor der Jugendfreizeit hinter dem Eichbottsee ankamen, überraschte es Bücheles Partner kaum.

»Max, aussteigen, wir befragen die Leute noch heute, weil du morgen verhindert bist. Dann kann ich morgen andere Dinge erledigen.«

Krüger nickte vom Beifahrersitz aus seinem Chef zu.

Es waren unzählige Menschen auf dem Anwesen. Kinder, Betreuer und Eltern.

Büchele suchte gezielt nach dem Verwalter. Der musste in der Lage sein, ihnen eine Namensliste mit denjenigen anzufertigen, die am Tag, an dem die Leiche gefunden wurde, hier anwesend waren.

Er wurde fündig. Der Verwalter richtete gerade das Feuerholz für die Jugendlichen, als Büchele ihn antraf. Er versprach ihnen, eine Liste ins Präsidium zu faxen. Allzu große Hoffnungen machte er den Beamten jedoch nicht, denn ständig liefen auf der erhöhten Zufahrtsstraße fremde Leute herum. Selbst der Sportschützenverein hatte in der Nähe ein Outdoor-Übungsgelände für ihre Bogenschützen eingerichtet. Und bei so einem täglichen Durchgangsverkehr sollte es ein mühsames, eher sinnloses Unterfangen sein, alle zu befragen. Max kam auf Franz zu.

»Diese Anwesenden, sind erst seit heute auf dem Platz. Macht keinen Sinn die zu befragen.«

Büchele schüttelte den Kopf.

»Aber wir kriegen eine Liste von den Personen, die sich hier am fraglichen Tag aufgehalten hatten.«

Jetzt zeigte er mit der Hand auf den Hügel.

»Prüfe nach deinem Arztbesuch, wer bei den Sportschützen zum fraglichen Zeitpunkt auf dem Outdoorgelände war. Vielleicht haben wir da mehr Glück.«

Naja, es schien ein Anfang zu sein.

Die Beamten bedankten sich für die Auskunft, die sie erhalten hatten und gingen zum Wagen zurück, um nun endgültig ihre Heimreise anzutreten.

Büchele setzte seinen Kollegen vor dessen Haus ab, wendete den Wagen und fuhr weiter Richtung Heimat. Als er auf das Anwesen Fischer einbog, kam ihm wild fuchtelnd John entgegen. Büchele stoppte seinen Wagen neben ihm und ließ die Scheibe herunter.

»Ist was mit Gisela passiert, weil du wie ein Hampelmann vor dem Wagen herumturnst?«

Weirich war ganz außer Atem und holte tief Luft.

»Nein, bestimmt nicht. Der geht's gut. Sie verteilt gerade Kuchenstücke und schenkt Kaffee ein.«
Büchele grinste. Auf Gisela war Verlass, sie las ihm immer seine geheimsten Wünsche von den Augen ab.

John Weirich sah Bücheles Grinsen im Gesicht und konnte es nicht verstehen. Hatte er ihn falsch verstanden oder er sich falsch ausgedrückt? Er begann noch einmal von vorn.

»Gisela sitzt mit Brigitte am Kaffeetisch und isst Schwarzwälder Sahnetorte.«

Sofort hatte diese Aussage eine außerordentliche, dramatische Gesichtskorrektur bei Franz bewirkt. Aus dem Grinsen wurde ein grimmiger Blick.

»Ich wollte dich warnen. Sie hat, um dich zu überraschen, ihr rotes Cabrio hinter dem Haus abgestellt.«

»Aber was hat sie vor?«

John zuckte mit den Schultern.

»Keine Ahnung. Ich habe als Grund vorgegeben, frische Luft zu schnappen, weil Polly noch in ihrer Volkshochschulstunde ist. Franz, Frauen sind unberechenbar.«
Franz bedankte sich.

»Wem sagst du das, und Brigitte ganz besonders. Mal sehen, was auf mich zukommt.«

Langsam rollte er auf den Hof, stieg aus, verschloss seinen Wagen und sah sich um. Gerade noch ein kleiner Zipfel vom Cabrio war hinter der Hauswand sichtbar. Fürchterliche Gedanken schossen ihm durch den Kopf. Entweder würde sie ihm die Freundschaft kündigen oder die dienstliche Zusammenarbeit mit ihm neu überdenken. Beide Möglichkeiten waren unangenehm und mit vielen Zugeständnissen, Worten, sowie Fragen gepflastert. Franz würde am liebsten diesen Tag, diesen Moment übergehen. Aber wie? Es war unmöglich. Er zog es vor mit einem euphorischen und laut schmetternden: »Ich da, wer noch?«, die Wohnstube zu betreten.

Augenblicklich schien die Konversation zwischen Gisela und Brigitte wie in einer Zeitschleife eingefroren zu sein. Stumm sahen die Damen ihn an. Brigitte mit einem Stück Sahnetorte auf der Gabel und Gisela mit der Kaffeetasse in der Hand. Er schien den Moment für sich entschieden zu haben und lächelte.

»Setzen und zwar sofort. Ich lass euch jetzt allein. Aber wenn ich höre, wie ihr aufeinander losgeht, dann komme ich mit der Bratpfanne aus der Küche, verstanden?«, kam es von Gisela.

Brigitte und Franz nickten der Hausverwalterin zu, ehe diese in der Küche verschwand.

Keine halbe Stunde später waren alle, zumindest die offensichtlichen, Ungereimtheiten beseitigt. Nur mit einer Auflage an Büchele, der sich seiner ungehobelten Art bewusst war, wurde er aus der Diskussion mit Brigitte entlassen.

Er musste während der nächsten vier Wochen, einen beliebigen Nachmittag mit Brigitte im Hallenbad verbringen. Und im kommenden Sommer, einige Tage mit ihr am nahegelegenen Baggersee entspannen. Büchele willigte ein. Sanfte Gewalt half nicht immer, aber ab und zu schon.

Franz haderte mit seinem Glück.

Schon die Bemerkung: »Ich han koi Badhos«, wurde von der Hausverwalterin Gisela entschlossen abgewürgt.

»Die kaufe ich dir persönlich.«

Falsche Kombination

Irgendwie schien nach dem gestrigen Abend alles anders zu sein. Hatte man die eigenen Gedanken sortiert, schien alles viel einfacher zu sein. Franz saß am Frühstückstisch und sah in die Runde. Jeder schien auf ihn fokussiert zu sein.

»Gibt es was Besonderes, weil mich jeder anstiert?«

Polly und John sahen sich an. Wie zwei Orgelpfeifen saßen sie da.

»Nun sage es mir, ich spüre, dass etwas nicht stimmt. Ist es mein Hemd?«

Lachend schüttelte Polly ihre Mähne.

»Franz, sicher nicht! Dieses Ding, das du Hemd nennst, kennen wir, und wir sind inzwischen an deinen Kleidungsstil gewöhnt. Nein, ist alles ok. Wir, das heißt John und ich, wollten dir eine noch nicht ausgereifte Idee präsentieren. Und dazu hätten wir gerne deine Meinung gehört.«

Erstaunt sah er die beiden an.

»Ist mir neu, dass jemand freiwillig meine Meinung hören möchte, legt los.«

John atmete durch, bevor er begann.

»Franz, gestern hatte ich mit Marcus Drew ein Gespräch. Ich könnte durch Fortbildungen und Kurse meine Versetzung nach Kiel beantragen. Ab 2019 wird da eine Planstelle frei.«

John hob sofort seine Handflächen in Richtung Franz.

»Versteh es nicht falsch. Zum Jahresende fängt Polly wieder an in Übersee zu arbeiten. Und nach einem Jahr bekäme sie die Stelle als Abteilungsleiterin für Biologie in der Zentrale in Kiel. Und was läge da näher, als in ihrer Nähe zu sein. Verstehst du das?«

Teilnahmslos sah Büchele John an.

»Mein Freund«, begann er bedächtig zu reden.

»Wenn es bei euch funktioniert, keine Frage, ich unterschreibe dir alle Lehrgänge und wenn die Planstelle frei wird, kannst du abzischen.«

Unbeeindruckt schmierte er sich dabei seine Kirschkonfitüre dick auf sein Brötchen und biss ab.

»Kein Kommentar von dir, wegen Treue und so?«, fragte John nach.

»Noi, ich mache kein Geschrei. Des Menschen Wille ist sein Himmelreich, mein Junge. Und so sei es«, kam ein pastoraler Satz von Büchele, bevor er den Zeigefinger erhob.

»Aber mein Junge.«

Jetzt sah er ihn streng an.

»Bis dahin gibst du mir 100% Leistung, verstanden?«

John nickte erleichtert.

»Ach, noch was. Für Gisela, Brigitte und für meine Wenigkeit sollte in Kiel aber zumindest stets eine Tür offenstehen. Bekommt ihr das hin?«

Polly fiel ihm um den Hals und knutschte ihn im ganzen Gesicht ab. Franz stoppte sie.

»Ist doch nicht gleich Morgen, weil du mich so abknutschst, oder?«

Alle begannen zu lachen.

Schwierige Zeiten brachen an, die für jeden eine Veränderung bringen würden. Selbst für Franz Büchele.

Nachdem er aufgegessen hatte forderte Kommissar Büchele, Minuten später seinen Kollegen zur Eile auf »John, wir gehen«, So, als wäre nie etwas geschehen.

Als John die Fahrertüre öffnen wollte, stoppte ihn sein Chef.

»Lass es gut sein, John. Ich fahre heute. Da wo wir hinwollen, würdest du niemals hinfinden. Du verfährst dich noch auf dem Hof.«

Franz und John begaben in Richtung Großgartach. Beim Frankenbacher Steinbruch hatte sich Morgennebel ins Tal abgesenkt. Die Morgensonne schien auf ein Geflecht aus kleinen Nebelschwaden. Ein fantastischer Anblick. Büchele lenkte sein Fahrzeug etwas außerhalb der Ortschaft, in Richtung Galgenhöhe. Dort lag der Kinderspielplatz Baunzel.

Am alten Hundeplatz stoppte Franz das Auto und stellte es in eine kleine Parkbucht, die für Angestellte reserviert war.

»Aussteigen. Und nimm bitte Gummihandschuhe aus dem Handschuhfach mit!«

»Brauchen wir die?«, wollte er wissen, als er die Gummidinger in die Höhe hob.

»Weiß ich noch nicht, kann sein. Lassen wir uns überraschen. Wir müssen noch den kurzen Weg hier rauf.«

Er zeigte in die Richtung einer schmalen Straße, die mit einem rot-weiß markierten Pfosten der Gemeinde-verwaltung versperrt war und durch den Wald nach oben führte.

»Ok, und was gibt's dort?«, wollte John Weirich jetzt wissen.

»Weiß ich auch noch nicht. Ist nur eine Vermutung, wir sehen es, wenn wir dort sind.«

Beide Beamten gingen der Straße folgend in Richtung Anhöhe. John sah sich um. Außer Bäume und Schrebergärten erkannte er nichts, was sich hier für die Mordkommission lohnen würde.

»Franz, schau, rechts vor uns ist ein Kinderspielplatz.« Jogger kamen ihnen über einen Weg durch den Wald entgegen.

»Kinderspielplatz Baunzel« stand auf einem flachen gezimmerten Brett.

»Und was wollen wir hier? Ist was für Kinder. Sollen wir schaukeln oder Rutschbahn fahren?«

»Such bitte einen Fahrradständer.«

»Einen Fahrradständer?«, fragte John skeptisch.

»Ja, einen ganz normalen Fahrradständer. Ist das ein Problem für dich?«, kam schnell Bücheles bärbeißige Antwort.

Verunsichert nickte er.

»Und zieh die Gummihandschuhe über«, rief er ihm zu, als John nach rechts ging. Sie wurden schnell fündig. Von weitem sah er ein Rad. Eventuell war es das Rad eines Joggers. Neben dem Mülleimer hatte die Gemeinde einen stählernen Fahrradständer mit vier Haltevorrichtungen im Boden verankert. Büchele sah von seiner Position aus, was er suchte. Der Befestigungsmechanismus schien intakt, aber lädiert zu sein. Er ging auf diese Stelle zu und pfiff durch seine Finger nach dem Kollegen. Eine Handbewegung tat ihr Übriges, um Weirich an Bücheles Position zu beordern. Weirich kam angerannt.

»Und? Was suchen wir jetzt? Ein angekettetes Fahrrad?«

Büchele schnaubte.

»Idiot, denk nach.«

»Ich sehe hier ein Rad, und du? Ich denke Lilly hat Alberts Fahrrad schon sichergestellt?«

Büchele versuchte gegenüber seinem jüngeren Kollegen Ruhe zu bewahren.

»Sieh hin. Ich sehe hier ein angekettetes Fahrrad, du auch?«

John nickte gelassen.

»Obwohl es groß und mächtig ist, entgehen dir alle weiteren Details, du blindes Huhn.«

John wollte sich gerade über Bücheles Aussage echauffieren, aber er kam nicht dazu. Büchele schrie ihn an.

»Und was ist das Teil daneben? Ein einzelnes angekettetes Vorderrad. Und was fehlt an dem Rad, das Lilly beim Bauhof abgeholt hat, du Hirni?«

»Ein Vorderrad?«

»Richtig«, bestätigte Büchele.

»Und welche Farbe hat die Felge?«

»Grün.«

»Bravo, mein Junge. Und wie wir wissen, hatte Alberts Fahrrädle welche Farbe?«

»Grün«, warf John ein.

»Und wie kriegen wir das Ding von der Kette?« Büchele griff in seine Hosentasche und warf ihm den Autoschlüssel zu.

»Hier, geh bitte runter zum Wagen. Im Kofferraum ist Werkzeug. Bring bitte eine Zange oder ähnliches, womit wir das Schloss öffnen können. Und bring bitte auch den Beweismittelsicherungskoffer, vielleicht finden wir noch Fingerabdrücke.«

Weirich ging ohne Eile und kommentarlos in Richtung Wagen.

Franz sah sich das einzeln angekettete Rad an, als wütend ein Jogger aus dem Wald gelaufen kam. Schreiend kam der auf Büchele zu. Noch bevor der Beamte ihm seine Absichten erklären konnte und seinen Dienstausweis aus der Hose bekam, lag er niedergestreckt durch einen Kinnhaken auf dem Waldboden. Der Jogger saß über ihm und hielt Bücheles Hände am Boden fest, als er ein Knacken von Zweigen vernahm, drehte er sich um.

»Halt, Polizei«, tönte es hinter ihm. Der Jogger blickte mit aufgerissenen Augen in den Lauf einer Pistole und

235

begann etwas zu stammeln. John hatte das Handgemenge gesehen, konnte aber nicht eingreifen, da er noch zu weit weg war, als Büchele zu Boden ging. Er zog seine Waffe und spurtete los. Naja, dass der Jogger unbewaffnet war, fiel ihm im ersten Augenblick nicht auf. Der Jogger saß noch über Büchele und streckte plötzlich seine Arme in die Höhe.

»Herr Kommissar, ich bin unschuldig. Hier der alte Sack…«

Dabei wies er auf Weirichs Vorgesetzten der unter im lag.

»…der wollte mir mein Rad klauen.«

John fuchtelte mit gezogener Waffe vor dem Jogger herum und schlug einen barscheren Ton an.

»Gehen Sie sofort von meinem Kollegen runter.«

Irritiert und mit erhobenen Händen stieg der Jogger von Bücheles Brustkorb.

»Kollege?«, fragte er aufgeregt nach.

Weirich nickte, als er seine Pistole ins Halfter steckte und ihm seinen Dienstausweis vor die Nase hielt.

»Mein Herr. Sie saßen auf Hauptkommissar Büchele von der Mordkommission aus Heilbronn.«

Der Jogger bekam Angst.

»Mordkommission, wirklich? Und ich bin auf ihm gesessen?«

Büchele lag noch immer benommen vom Kinnhaken auf dem Boden. Blut lief aus seinem Mundwinkel.

»Hab' ich Ihnen arg wehgetan, Herr Polizeirat?«

Büchele ergriff die Hand des Joggers und zog sich hoch. Er schnappte seinen Hut vom Boden und griff sich ans Kinn.

»Musch'desch du Hamballe mir so arg an de Zinge glopfe?«, beschwerte sich Büchele.

»S'dud mer jo leud, Herr Polizeirat, awer wisse se, mir hense scho emole vor Johre mei erscht's Rädle gstohle.« Büchele winkte ab.

John bedankte sich bei dem Jogger für seine Aufmerksamkeit und bat ihn, sein Rad aufzuschließen und zu gehen.

Büchele erholte sich schnell auf einer Bank, nicht ohne den Waldboden vor sich zu studieren. Franz erhob sich von seinem Sitzplatz und sah John an.

»John, erkläre mir bitte Folgendes. Die Gemeinde-mitarbeiter kommen hier vorbei, leeren die Mülleimer und sehen ein Rad. Würdest du es mitnehmen? Und noch etwas, die haben das angekettete Vorderrad dagelassen. Ergo, stand das komplette Rad hier. Aber weshalb nahmen sie das Vorderrad nicht mit?«

John überlegte.

»Vielleicht hatten sie nicht so eine Stahlschere wie wir«, dabei hob er das Exemplar aus Bücheles Wagen in die Höhe.

»Denke ich nicht, Kollege«, wehrte Büchele seinen Einwand ab.

»Die hätten, auch wenn sie keine Stahlschere dabeigehabt hätten, am nächsten Tag wiederkommen und das Rad am Stück mitnehmen können. Wieso taten sie es nicht?«

Weirich war ratlos.

»Entweder, es stand nur kurze Zeit hier und jemand wollte es von hier weghaben, oder was wahrscheinlicher ist, jemand nahm sich vorsätzlich ein Teil des Rades und wusste, dass es dann nicht auf einer Auktion der Stadt landen würde, sondern beim Schrott. Und nach einiger Zeit würde derjenige das einzelne Vorderrad abholen, zusammensetzen und benutzen. Je nachdem, wenn das Rad noch nicht so alt wäre, würde er es vielleicht auf dem Flohmarkt verkaufen. Nun sei es, wie es ist. Derjenige hatte nur nicht über die Rahmennummer nachgedacht, die Lilly erkannt hatte. So kommt jetzt dieses Ding in Besitz der Mordkommission.«

John nickte bei dieser Aussage seines Chefs. Schnell war das Vorderrad vom Ständer befreit und wanderte in eine Plastiktüte. Die Beamten begannen den Platz abzusuchen. Mancher Besucher hatte hier die Aufforderung den Spielplatz sauber zu halten, ignoriert. Flaschen, Tüten und verschiedene Utensilien fanden oftmals nicht ihren Weg zum bereitgestellten Mülleimer, sondern lagen im Wald zwischen den Bäumen herum. Büchele schüttelte den Kopf und brachte einiges an Unrat zum Mülleimer.

Der von der Gemeinde sorgsam gerichtete Grillplatz sah stellenweise aus wie nach einem Bombeneinschlag. Jugendliche schienen hier regelmäßig Partys zu feiern.

Abgerissene Latten, heruntergebogene Äste und herumliegende Liebesutensilien lagen verstreut auf dem Boden. Büchele sammelte alles ein. Wäre es nicht zu viel Aufwand gewesen, hätte er liebend gern die DNA ermittelt und saftige Strafen an die Müllsünder vergeben.

Franz ging, gefolgt von John, den ganzen Platz ab. Das Hinweisschild »Baunzel« erweckte Bücheles Interesse. Er sah es sich genauer an. Neben dem Namen waren runde Löcher sichtbar. Büchele streckte sich und fuhr mit seinen Fingern darüber. Hatte er was gefunden?

Entschlossen sah er John an, nachdem er mit den Schuhsohlen über den Waldboden strich. Alte Blätter und kleines Geäst schob er hier und da unter dem Schild beiseite. Er bückte sich, puhlte Eicheln aus dem weichen Untergrund und fuhr mit seiner

Handinnenfläche über den trockenen Boden. Oftmals hob er etwas auf und steckte es in die kleine Tüte für die Forensik.

»Wir können gehen John, oder hast du auch was entdeckt?«

»Zum Auto?«

Büchele nickte. Die Beamten liefen geradewegs zum Auto, als Büchele etwas einfiel. Schlagartig blieb er stehen. Weirich stoppte einen Schritt später.

»Ist was, Franz? Haben wir was übersehen?«

Franz wandte sich ihm zu.

»Ja haben wir«, dabei griff er zu seinem Telefon, drückte eine Kurzwahltaste und wartete auf den Teilnehmer.

»Ja, ich bin es, Max. Schon wieder vom Zahnarzt zurück? … Halb elf?«

Büchele sah auf die Uhr.

»Herrschaftszeiten so spät? Zurück zum Grund meines Anrufes. Schick bitte ein Team zum Kinderspielplatz Baunzel. Ein kleines Team, nicht die große Armada. … Ja den, genau richtig, diesen Spielplatz meine ich. An dem Schild worauf Baunzel steht, befinden sich Löcher.«

Franz machte eine kleine Sprechpause um auf die Frage von Max zu antworten.

»Denke ich auch, aber für Holzwurmlöcher sind die zu präzise. Jetzt lass mich ausreden, veranlasse bitte, dass man Gips- und Silikonabdrücke von den Löchern nimmt. Ach, noch was. Die von der Spurensicherung sollen Proben aus den besagten Vertiefungen nehmen, ich möchte alles morgen früh auf dem Tisch haben, wenn es geht, verstanden? Am besten sie nehmen das ganze Schild mit. … Ja, war alles. … Nein kann ich nicht sagen. Wir kommen zurück. Büchele Ende.«

Weirich sah ihn an.

»Du hast Löcher entdeckt?«

Franz holte tief Luft, während sie weiter zum Auto gingen.

»Kleine Löcher John, kleine Löcher neben dem Schriftzug. Ich denke, die sind nicht von Holzwürmern, dazu waren sie zu präzise. Vielleicht hat dort jemand mit seiner Waffe Schießübungen durchgeführt. Morgen früh haben wir hoffentlich den Befund. Wie gesagt, kann auch ein Schuss ins Blaue sein und das Ganze ist vergeudete Liebesmüh.«

Nach dem kurzen Fußmarsch zurück zum Auto, verstauten sie die Fundstücke und den Kasten voller Utensilien im Kofferraum von Bücheles Wagen.

Beide waren eingestiegen. Mit dem Zündschlüssel in der Hand, saß Franz wieder stocksteif auf seinem Fahrersitz. Er schien abwesend zu sein. Franz zog seinen Hut ab und warf ihn unkontrolliert gegen die Frontscheibe. Haareraufend schnitt er Grimmassen und es brach aus ihm regelrecht heraus.

»Ich wusste es, ich habe was vergessen.«

John bemühte sich den Überlegungen seinem Vorgesetzten zu folgen.

»Und was, bitteschön, hast du vergessen? Lässt du mich daran teilhaben?«

»Wann kommen Rainer und Lilly zurück?«

»Wieso, worum geht's?«, stammelte John ahnungslos.

»Wann zum Teufel ist der Lehrgang zu Ende. Und wann bitteschön ist meine Profilerin wieder da? Ist diese Frage so schwierig, dass du sie nicht verstehen kannst?« Wütend hüpfte Büchele auf dem Sitz auf und ab.

»Ist gut, Franz, krieg dich ein. Morgen Mittag sind beide wieder in der Dienststelle. Weshalb, zum Teufel nochmal, ist das so wichtig?«

Langsam wurde Franz ruhiger.

»Im Hotelzimmer hatte Lilly mir die Koordinaten zur Lokalisierung von Alberts Handy gegeben.«

»Na, dann ist doch alles palletti, oder?«

»Nichts ist palletti. Ich hatte den Zettel in meine Zigarettenschachtel gesteckt. Und die habe ich gestern in den Mülleimer geworfen. Die Daten sind futsch, aus, weg, den Kanal runter.«

»Ich kenne Lilly, die macht sich stets eine Sicherung. Wenn nicht sogar zwei.«

»Und da bist du dir ganz sicher? Wenn Lilly morgen kommt, sind die Daten noch da?«

»Bestimmt! Und jetzt fahr uns in die Dienststelle. Oder soll ich fahren?«

»Na, wenn es so ist, fahre ich dich gerne. Lehn dich zurück und genieß die Landschaft.«

Gelassen bog Büchele nach Heilbronn ab. Kaum am Tor des Präsidiums eingebogen stand Staatsanwalt Krümmbusch, mit Regenschirm und Mantel über dem Arm, auf dem Parkplatz und das bei wunderbaren 27°C Außentemperatur.

John verschwand sofort mit dem Rad aus dem Kofferraum zur Spurensicherung. Stirnrunzelnd und verwundert stieg Büchele in den Aufzug.

Minuten später hatte er die Tür zu seinem Dezernat erreicht. Erst jetzt bemerkte Krüger ihn und winkte ihn stumm zu sich. Max hielt sich die Wange.

»Max, hast du was auf die Backe bekommen?«, wollte Franz sofort von ihm wissen und fasste ihm an die Hand.

»Quatsch«, widersprach ihm Max.

»Der Zahnklempner hat mir zwei Zähne gezogen.«

»Autsch, da möchte ich nicht mit dir tauschen, Kollege.«

Krüger winkte ab.

»Wird schon besser, war vor vorhin noch heftiger.«

Jetzt sah Max seinerseits, Büchele genauer an und bemerkte die angetrockneten Blutreste am Mundwinkel seines älteren Kollegen, was nichts Gutes ahnen ließen.

»Franz, was hast du am Mund? Hattest du eine Schlägerei?«

Büchele winkte ab, zog sein Taschentuch aus der Hosentasche und wischte sich über die Mundwinkel.

»War ein kleines Missverständnis unter Männern.«

Ungläubig sah Krüger ihn an. John Weirich kam soeben von der Spurensicherung und ging auf Bücheles Schreibtisch zu.

»Das Vorderrad ist abgeliefert. Aber so viel kann ich dir jetzt schon sagen. Der erste Vergleich der Felge mit der Rahmenfarbe lässt darauf schließen, dass beide Teile zusammengehören.«

Büchele nickte. Max sah John ungläubig an.

»Stimmt es, dass Franz eine Meinungsverschiedenheit unter Männern hatte?«

Prüfend sah John Franz an, der leicht mit dem Kopf nickte.

»Wenn Franz es sagt, wird es so sein. Ich war nicht dabei«, log er seinem Kollegen vor.

»Können wir weitermachen? War was während meiner Abwesenheit, das ich wissen müsste?«

Max sah sich auf seinem Tisch um.

»Ja, da war ein Zettel von Sonja Pfeiffer. Warte mal.«

Krüger suchte verzweifelt nach dem Stück Papier auf seinem Tisch.

Als Max ihn fand las er vor.

»Dienstmemo-Vorabinfo-Memo vom 17. September 2017 von KHK Frau Sonja Pfeiffer an Abteilung D4BWfuM. Ich bitte im Fall Albert Pfoh und John Doe um eine zeitnahe Besprechung am 19. September, auf Ihrer Ermittlungsebene um Anwesenheit aller bearbeitenden Beamten, sowie deren Stellvertreter. Genaue Info ergeht per Memo und Mail. Es freut sich auf Sie, liebe Kollegen, KHK Sonja Pfeiffer.«

Krüger sah seine Kollegen an, die seinen Worten gelauscht hatten.

»Jetzt habt ihr den Salat. Überstunden sind angesagt. Ich bin gespannt, was Sonja uns berichtet.«

Schnell verflüchtigte sich die lose Zusammenkunft. John telefonierte mit einigen seiner Kontakte. Krüger stöberte im Polizeicomputer nach ähnlich gelagerten Fällen und Büchele hing seinen Gedanken nach. Noch stand mit Brigitte der Besuch im Hallenbad auf seiner Liste. Er wunderte sich, weshalb sie sich noch nicht gemeldet hatte oder nach dem neuesten Stand der Ermittlungen im Dezernat nachgefragt hatte. Gerade als er die Augen schloss klingelte sein Handy, mit einem ohrenbetäubenden Song von Babelee Frischer, in seiner Jacke die an der Garderobe hing. Büchele spurtete die wenigen Meter zum Kleiderständer, fischte nach dem Telefon und hob ab.

»Büchele. … Ja ok. Und deshalb rufst du an? … Ja schon klar bis bald. Büchele Ende.«

Franz legte auf.

»Wer war's?«, wollte Krüger wissen. Büchele winkte ab.

»Lilly. Sie sind bei Stuttgart und in einer Stunde werden sie hier sein.«

Die Zeit verstrich schnell. Franz Büchele begann den großen Aktenordner, der mit »Ermittlungen Fall Pfoh« gekennzeichnet war, zu sichten. Ihm schien, als würden ihm Puzzlesteine in seiner Sichtweise fehlen. Ein unbescholtener Mann, ohne finanzielle Nöte, der ermordet in einen See geworfen wurde. Gegenstände von ihm, die bis heute nicht gefunden wurden. In seinen Augen nur Lappalien. Wären da nicht die ominöse Art des Todes und die Mordwaffe. Sie fehlte gänzlich. Keine Spur, kein Hinweis. Büchele las wiederholt den Obduktionsbericht von Dr. Bruno Fröschle. Hatte er oder Fröschle was übersehen? Er suchte den Bericht der Forensik. Überall standen medizinische Wörter und Abkürzungen, mit denen er nichts anzufangen wusste. Diagramme mit farbigen Spitzen und lateinischen Buchstaben. Franz sah sich um. Da standen Wörter wie Benzodiazepine, oder Clomethiazol. Griechische Fach-begriffe, mit denen er nichts am Hut hatte, trotz seines Lateins in der Oberstufe. Aber eines fiel ihm auf, der Name Passionsblumenkraut, sowie das Wort Melisse. Büchele wusste, früher wurden viele dieser Pflanzen zur Beruhigung eingesetzt.

Franz griff nach dem Telefon auf seinem Tisch, als kurz danach Krüger hinter ihm auftauchte.

Büchele wählte. Nach einem kurzen Freizeichen meldete sich der Teilnehmer.

»Forensik, Dr. Fröschle am Apparat.«

Franz Büchele, kein Fan der feinen Stube, ging sofort auf sein Problem los.

»Bruno, du hast uns die Blätter mit den komischen Kurven geschickt. Mir sagen da einige Wörter mitnichten etwas. Könntest du mir behilflich sein? … Da steht was von, Moment ich lese es dir vor, Benzodiazepine, und Clomethiazol sowie das Wort Passionsblumenkraut und Melisse. Ich habe davon noch nie was gehört. … Wie, du hast es mir erklärt, als ich bei dir war. … Erzähle keinen Quatsch. Aber ok, bitte nochmal für einen alten, senilen, vergesslichen

Kriminalhauptkommissar, ok? Leg los. … Mhm, ja, verstehe, oh Mann, dass verändert ja mal alles. Danke.«

Büchele legte auf und fasste sich an den Kopf, um sich an seinem schütteren Haupthaar zu kratzen. Krüger, der hinter seinem Freund stand, konnte nicht anders.

»Spuck's aus oder scheiß Buchstaben, was ist los, Franz?«

»Im Obduktionsbericht steht, Albert hatte eine hohe Dosis, keine tödliche, aber genug Schlafmittel in sich, um 48 Stunden durchzuschlafen. Fröschle hatte errechnet, bei der Halbwertszeit, was auch immer das bedeutet, wäre er zwar wach und ansprechbar, aber dennoch stark angeschlagen, sozusagen wie im Vollrausch. Verstehst du?«

Max nickte.

»Wir sollten überdenken, wer von seinem Tod profitiert hätte. Das Motiv könnte sich verändert haben. Wir gingen von Geldgier und Eifersucht aus. Vielleicht war es Neid bis hin zu Hass oder Bestrafung, Ignoranz oder Wut?«

Büchele beugte sich über seinen Tisch und atmete tief durch.

»Max, ich nehme mal nicht an, dass Albert die Schlafmittel freiwillig nahm. Eher neige ich dazu, dass sein Widersacher ihn gut kannte. Wie sollte man einem Menschen sonst so nahekommen, um ihn zu betäuben und dann zu töten?«

Ratloses Schulterzucken kam von Krüger.

Noch während beide Beamten die Gründe des Mordes abwogen, ging die Tür auf. Lilly kam, gefolgt von Rainer Kaufmann, auf Büchele zu und herzte ihn.

»Hallo Franz, hallo Max, endlich daheim. Der Lehrgang war zwar interessant, aber strapaziös. Ich bin froh, dass das Ganze vorbei ist.«

Büchele hatte seinen hektischen Ausbruch im Auto noch nicht vergessen und sprach Lilly auf den Zettel an, den sie ihm gegeben hatte.

»Hast du ihn nicht mehr?«, kam es von der Profilerin überrascht. Büchele wurde es heiß, er versuchte sich an Johns Worte zu klammern und war froh, als Lilly ihn ansprach.

»Moment, ich bin gleich wieder da«, entgegnete sie ihm und verschwand Richtung Schreibtisch. Sekunden später überreichte sie ihm ein Blatt Papier.

»Bitteschön, die Daten. Ich hatte zur Sicherheit eines mehr ausgedruckt. Du kannst es behalten.«

Franz spürte, wie die innere Anspannung aus seinem Körper wich. Rainer war zu seinem Arbeitsplatz gelaufen und kam mit seinem Tablet zurück. Franz starrte auf das ausgedruckte Blatt, welches Lilly ihm übergeben hatte. Er drehte und wendete es. Lilly bemerkte seine Abneigung gegenüber technischen Gerätschaften. Zaghaft nahm sie ihm das Blatt aus den Händen, machte einen Schritt zu seinem Schreibtisch und legte es ab.

»Franz, ich erkläre es euch.«

Sie sah jeden an, auch Krüger, der versuchte sich aus diesem kleinen Kurs fernzuhalten. Lilly bemerkte das jedoch sofort.

»Max, du kannst ruhig auch zusehen, komm her.«

Mit einem gekünstelten Lächeln kam Max Krüger näher an den Tisch. Rainer Kaufmann legte sein Tablet neben das Blatt Papier der Koordinaten.

»So, hier seht ihr die Anrufliste des Handys von Albert Pfoh, welches, wie wir wissen, noch nicht gefunden wurde. Das erscheint aber im Augenblick nicht wichtig. Zumindest nicht auf den ersten Blick.«

»Wie, nicht wichtig auf den ersten Blick? Für uns ist es wichtig, Lilly, mach keinen Scheiß bei dieser Sache, verstehst du mich?«

In Büchele kamen Emotionen hoch. Er wollte den Mörder um jeden Preis fassen. Lilly beruhigte ihn mit wenigen Handbewegungen.

»Sieh her, Franz. Die letzten Ortungen kamen zwei Tage nach seinem Verschwinden von da, da und da.«

Sie zeigte mit ihren schmalen Fingern, auf eingekreiste gelbe Punkte. Rainer hatte das technische Gerät auf dem Tisch gestartet. Er begann mit seinen eigenen Überlegungen und zeigte Franz etwas.

»Hier Chef, die Koordinaten der Sendemasten zeigen eindeutig, das Handy war zwischen dem und dem Punkt noch aktiv. Alles an ein und demselben Tag. Nachdem Albert Pfoh verschwunden war. Die Markierungen befinden sich im Heilbronner Südviertel. Dort hat er zumindest gestanden und telefoniert.«

»Telefoniert? Du meinst, er hat jemanden angerufen?«

Rainer nickte.

»Genau diese Rufnummer, die mit 5198109 endet, wurde zweimal angewählt. Es ging keiner ran. Aber es kommt noch besser! Lilly wollte den Besitzer ermitteln. Fehlanzeige, war ein Prepaid Handy«

»Wieder eine Sackgasse?«, wollte er von Rainer wissen.

»Nicht ganz«, brachte sich Lilly ins Gespräch.

»Ich habe nachgesehen. Die Ortung ergab Erstaunliches. Da der Besitzer es dann und wann, absichtlich oder unwissentlich aus- und angeschaltet hat, haben wir eine ungefähre Angabe, wo er sich jetzt befinden könnte.«

Erstaunt sah Büchele Lilly an.

»Und wieso sagt mir das keiner?«

Sie kratzte sich verlegen am Ohr.

»Wir hatten dir den Bericht übergeben. Du erinnerst dich? Das war auf dem Lehrgang? Und du als Chef entscheidest letztlich was damit geschieht.«

Franz gab seinem eigenen Unvermögen, den Wald vor lauter Bäumen nicht gesehen zu haben, mit einem »Scheiß Spiel«, mehr Nachdruck als gewünscht.

»Ok, ermittelt den Standort und schafft mir das vermaledeite Handy und den Besitzer ran.«

Lilly wurde etwas leiser.

»Chef wir müssen solange warten, bis es angeschaltet wird, kann aber dauern.«

»Meinetwegen«, kam es entrüstet aus Bücheles Richtung.

»Aber bleibt dran, ok?«

Lilly versprach, sich mit Rainers Hilfe um die Sache zu kümmern und verschwand in die Abteilung, die sich auf solche Aufgaben spezialisiert hatte. Es war schon beinahe Feierabend, wäre da nicht noch das Meeting mit Sonja Pfeiffer.

»Max, hilf mir bitte. Bring alle Akten zum Kartentisch rüber und lege alle Fotos aus. Und, ach, noch was. Sieh nach, ob was Neues vom Stuttgarter Kryptoanalytiker Dr. Hetzner vorliegt. Ich möchte nicht, dass Pfeiffer uns überfährt, verstehst du?«

Max nickte und verschwand. Kommissar Büchele war besorgt. Hatte er klare Hinweise übersehen oder Zeichen nicht richtig gedeutet? Er wollte alles nochmals durchgehen und war darauf bedacht, alles getan zu haben, um den Mörder seines Schulkollegen zu überführen.

Zwischenzeitlich brachte ein Beamter der Dienststelle Sonja Pfeiffer einen ganzen Rollwagen an Akten und Beweisstücke zur Tür herein.

»Kommissar Büchele, wohin mit den Akten?«

Büchele wies auf den runden Tisch vor dem Tageslichtprojektor.

»Legen Sie es dort ab Kollege. Nein, lassen Sie es auf ihrem Wagen, wir suchen uns das entsprechende Material heraus, wenn Kommissarin Pfeiffer kommt«, verbesserte er sich.

»Bis morgen dann«, verabschiedete sich der Beamte aus der anderen Abteilung, mit einem Lächeln im Gesicht.

»He Moment, bis morgen?«, rief Büchele dem Kollegen nach, der noch im Türrahmenstand.

»Ich dachte heute 19 Uhr?«

Der Beamte sah ihn verwundert an.

»Wieso heute?«, kam seine verwirrte Nachfrage.

»19 Uhr ist richtig, Herr Büchele, aber auf dem Memo steht das Datum von morgen. Sehen Sie nach.«

Franz glaubte nicht, was er hier zu hören bekam. Hatte er Alzheimer oder war er verkalkt? Er suchte fieberhaft nach dem Zettel, den Max vorgelesen hatte. Stand da nichts von heute? Bei der Vielzahl der Zettel, die auf seinem Schreibtisch lagen, war es schwierig für Fremde den Überblick zu behalten. Franz griff nach einem gelben Stück Blatt Papier.

»Na also, haben wir dich doch. Jetzt mal sehen, ob die Aussage des Kollegen stimmt, oder ob ich doof bin.« Büchele las den Memokommentar laut vor.

»Zeitnahe Besprechung am 19. September. Ich sagte doch heute«, versuchte er sich zu beruhigen und sah auf seinen Abreißkalender, der in großen Zahlen eine 18 zeigte.

»Verdammt«, fluchte er.

»Kollegen, die Besprechung ist erst morgen um 19 Uhr. Ich habe mich vertan. Wer nicht unbedingt was zu tun hat, kann nach Hause gehen. Euch einen schönen Abend noch«, versuchte er die peinliche Situation zu überspielen. Einige Beamten nahmen ihre Jacken und verließen stumm das Zimmer, vorbei an Kommissar Büchele, der noch ein kleines »Sorry, war mein Fehler«, jedem seinen Dank zusprach.

Es schien kein Ende zu nehmen. Büchele wollte soeben Max etwas auftragen, der dabei war, sorgsam die Berichte aus Stuttgart auf den Besprechungstisch zu legen, als es an die Tür klopfte. Max und Franz sahen sich an. Niemand außer Krümmbusch würde anklopfen. Sollte noch er an diesem Abend das Salz in Bücheles ungenießbarer Suppe sein?

»Die Tür ist offen. Kommen Sie herein, wir haben gleich Dienstschluss!«

Pfeiffer stand lächelnd in der Tür mit einem Schnellhefter in der Hand. Verwunderung machte sich breit.

»Ich wollte noch diesen Schnellhefter für morgen vorbeibringen.«

Murrend, wegen seiner eigenen Dummheit, brummelte Büchele in sich hinein.

»Drüben auf den anderen Haufen.«

Sonja Pfeiffer verstand nicht und fragte nach.

»Franz, wohin bitte?«

Max half aus.

»Franz meinte, auf den Haufen dort drüben«, er zeigte mit der Hand auf den Kartentisch. Frau Pfeiffer stolzierte rüber und legte die Akte auf den Tisch, dabei schweifte ihr Blick auf die Fotos. Etwas erregte ihre Aufmerksamkeit, als das Handy von Franz klingelte.

»Büchele. … Wann genau? … Bist du dir sicher, Lilly. Wo genau? … Kein Zweifel möglich? … Ok, wir treffen uns im Hof. Rainer soll einen Dienstwagen nehmen. Büchele Ende.«

»Ist was passiert? Kann ich helfen?«

Büchele, der sich seine Jacke vom Bügel nahm und nach Max rief, konnte nur ein »Vielleicht«, äußern. Er sah sie an.

»Frau Kollegin, wenn Sie überflüssige Freizeit haben, können Sie gerne mitkommen. Ich erkläre alles andere im Wagen.«

Sonja nickte und folgte Max und Büchele in den Hof. Dort wurden sie bereits von Rainer Kaufmann hinter dem Steuer erwartet. Schnell schlüpften die Beamten ins Auto. Büchele nahm auf dem Beifahrersitz Platz und wies Kaufmann an, zu fahren. Sonja tat konsterniert.

»Wo geht es hin?«

Büchele sah auf die Rücksitzbank zu Lilly Hansen und Sonja Pfeiffer.

Lilly stierte auf den rot blinkenden Punkt auf ihrem Tablett.

»Richtung Heilbronner Südviertel in… «

Lilly stoppte ihre Rede.

»…in Richtung Wertwiesenpark oder Freibad. Zumindest im Großen und Ganzen.«

Angespannt starrte sie mit Kommissar Büchele auf ihr Display und dirigierte Rainer durch die Straßen.

»Abbiegen, Rainer, in die Besigheimerstraße. Achtung jetzt rechts durch die Freiligrathstraße. Langsam, fahr langsam. Gerade durch die Mindelheimer Straße und jetzt scharf abbiegen nach links. Müsste eine Sackgasse oder Wendeplatte sein. Dort muss es sein.«

Lilly sah hoch und versuchte sich mit einem Blick nach draußen zu orientieren.

»Stopp Rainer, halt an«, schrie Büchele.

Der laute Kommentar seines Vorgesetzten lies Kaufmann in die Eisen steigen und eine Vollbremsung hinlegen. Kaufmann steuerte das Fahrzeug auf den Seitenstreifen, als Lilly auf ihr Tablett sah.

»Und nun?«

Sonja sah jetzt ebenfalls auf das Tablett.

»Lilly, wo soll da ein blinkender Punkt sein?«, wollte sie von ihr wissen.

»Verdammt, als Rainer abgebremst hatte, war das Signal noch klar und deutlich zu sehen.«

Wild schlug sie auf den Rahmen des Gerätes. Büchele glaubte zu träumen.

»Lilly, das ist kein Picknick. Sag mir, wo dein Signal herkam.«

Rainer zückte sein Handy und tippte wild darauf rum. Er wendete und drehte sich und blieb stehen. Mit der Hand wies er in Richtung der Sackgasse.

»Hier, im Umkreis von 300 Meter muss es gewesen sein. Das Telefon wurde ausgeschaltet. Mehr kann ich nicht sagen. Tut mir leid.«

Zügig tippte er die Rufnummer ein. Nichts war zu hören, kein Ton, nicht mal ein Freizeichen.

»Ja, ich bestätige es nochmal. Das Handy wurde vor zwei Minuten abgeschaltet.«

Max sah Lilly an.

»Konnte der Teilnehmer uns sehen?«

Sie schüttelte den Kopf.

»Unmöglich, wir senden bei der Ortung definitiv kein Signal aus.«

»Ok Freunde. Sonja und ich, wir durchsuchen die Gegend. Rainer, du bleibst im Wagen. Und du, Lilly, positionierst dich am Ende der Straße. Ihr notiert euch bitte alle Kennzeichen der Fahrzeuge, die an euch vorbeikommen. Verstanden?«

Alle nickten. Franz und Sonja folgten der Straße. Eine kleine Treppe ging rechts von ihnen den Hang hinunter zur daruntergelegenen Straße in Richtung Wertwiesenpark. Ein- und Zweifamilienhäuser säumten den Straßenrand.

»Feine Wohngegend«, folgerte Büchele.

»Jepp, Herr Kollege. Ich kenne die Straße aus meiner Zeit bei der Sitte.«

»Von der Sitte?«, kam es ungläubig von Franz.

»Genau. Am Ende der Straße hat ein Privatclub seinen Sitz. Gepflegt und nur für gut betuchtes Klientel. Wir mussten öfters anrücken, um streitsüchtige Ehefrauen und Ehemänner zu beruhigen. Kein leichter Job, muss ich sagen.«

Büchele lächelte sie verschmitzt an. Als sie fast am Ende der Sackgasse ankamen, klingelte Bücheles Handy. Mit einem schnellen Griff klappte er es auf und verhinderte das singen von Babelee Frischer.

»Büchele. … Ja ok, danke.«

Pfeiffer sah ihn an.

»Wir haben noch fünfzig Meter.«

»Sag ich doch. Ich kenne den Club.«

Sie zeigte nach vorn. Direkt vor ihnen lag ein schmuckes zweistöckiges Wohnhaus, an dem ein silbernes Schild mit der Karikatur einer Dampflok zu sehen war. Darunter stand in geschwungener Schrift aus wunderschönen Edelstahlbuchstaben »Zur Eisenbahn – Privatclub« geschrieben. Seitlich prangerte eine kleine Kugel. Büchele stand neben seiner jungen Kollegin.

»Na dann wollen wir mal unserer Pflicht nachkommen und uns durchfragen«, kam es locker von Büchele, als er die Treppe zum Eingang mit seiner

Kollegin emporstieg. Sonja drückte den kleinen runden Klingelknopf. Im Inneren des Hauses hörte man sogleich eine liebliche Melodie erklingen.

»Ja bitte, was kann ich für Sie tun?«, kam es aus der Sprechanlage.

»Polizei Heilbronn«, antwortete Sonja Pfeiffer sofort, die gekonnt ihren Dienstausweis in die Richtung der kleinen Kugel über der Tür hob. Interessant verfolgte Büchele die Prozedur. Er zog seine Lippen beeindruckt nach unten und nickte zu dieser professionellen Vorgehensweise. Sekunden später kam es nochmals aus der Sprechanlage.

»Sonja Pfeiffer? Moment.«
Büchele wunderte sich.

»Gewohnheit aus meiner Zeit bei der Sitte. Françoise und ich waren früher Freundinnen. Zumindest früher«, kam es als Erklärung.
Die Tür öffnete sich. Dahinter stand, eine adrett in schwarz gekleidete Dame.

»Ich glaube es nicht, Sonja Pfeiffer, was treibt dich zu uns? Etwa ein Besuch?«, scherzte sie.

»Du bist nicht mehr bei der Sitte, wie ich hörte, kommt rein.«
Die Damen begrüßten sich so als würden sie sich schon länger kennen, während Büchele mit Hut und Streifenhemd gelassen im Türrahmen stand. Ein kurzer Blickkontakt genügte. Die Dame in schwarz, der die blonden Locken bis über die Schultern fielen, sah Büchele an. Sie wandte sich ihrer Freundin scherzhaft zu und zeigte auf Franz Büchele.

»Bringst du uns jetzt Kundschaft, oder ist das dein neuer Freund. Der ist doch viel älter als du, oder? Aber wie heißt es so schön, auf alten Pferden lernt man das

Reiten«, dabei umarmte sie Sonja nochmals und die Frauen kicherten um die Wette.

»Jetzt erzähl, wer ist der nette ältere Herr im Türrahmen?«

Sonja stellte ihren Chef der Dame vor.

»Françoise, das ist Kriminalhauptkommissar Franz Büchele von der Mordkommission, dort arbeite ich jetzt auch.«

Françoise unterbrach ihre Rede.

»Mordkommission? Was haben wir mit der Mordkommission zu tun? Bist du hier richtig?«

Sonja wiegelte wissentlich ab.

»Keine Hektik, ist alles nur Routine, mehr nicht.«

Françoise bat die beiden herein. Franz Büchele fiel sofort ein übergroßer Reim auf, der an der Wand angebracht war. Er blieb stehen und nickte kurz als er die Zeilen las:

»Du bist der Gast
und der Gast ist König.
Wir behandeln dich gerne wie einen König,
aber gezieme dich auch wie ein König.
Sei gut und zuvorkommend zu deinen Untertanen.
Sei lieb und freundlich jederzeit,
so sind wir steht's für alles bereit.
Wenn du uns quälst nicht nur mit Gier,
dann nehmen wir am Ende alles dir.
Deine Untertanen«

Büchele erkannte die wahren Worte und fühlte sich plötzlich irritiert, als vereinzelt frivol gekleidete Frauen durch den Raum liefen, was Sonja und die Dame nicht sonderlich störte. Franz riskierte hier und da einen verstohlenen Blick, wenn ihm die Damen im Vorbeigehen ein Augenzwinkern zuwarfen.

»Bitte setzt euch und erzählt erst mal«, dabei streckte sie Franz ihre Hand entgegen. Er ergriff diese und spürte sofort die Wärme, die von ihrem glatten Handrücken ausging.

»Ich bin Françoise, die Wirtschafterin in diesem wundervollen Haus. Nett Sie kennen zu lernen, Herr Commissaire Büchele oder sollte ich besser Kommissar sagen?«

»Françoise, wenn ich Sie so nennen darf?«
Sie nickte ihm zu.

»Was ich sagen möchte«, begann er herumzudrucksen.

»Wir haben hier eine Telefonnummer, die angewählt wurde. Die Endnummer war 5198109. Kommt Ihnen diese Nummer bekannt vor? Oder besser gesagt, können wir ihr Domizil kurz in Augenschein nehmen?«

»Herr Kommissar, zwei Fragen auf einmal sind ein bisschen viel. Aber ich kann Ihnen gleich sagen, dass mir die Nummer bekannt vorkommt und ja, sie dürfen sich gerne hier umschauen. Wir haben nichts zu verbergen«, scherzte die Dame des Hauses.

»Bei uns sind nur die alten Leichen im Keller.«

»Sie haben einen Keller?«
Die Wirtschafterin hatte sich ihm gegenüber wohl falsch ausgedrückt.

»Nein, Herr Kommissar, wir haben keinen Keller und auch keine alten Leichen. Sollte eine Redewendung, eine Metapher sein. Kommen Sie, ich zeige Ihnen die Räume, sofern sie gerade niemand benutzt. Die Privatsphäre unserer Damen und natürlich die unserer Gäste ist uns enorm wichtig.«
Sonja bemerkte den unwilligen Gesichtsausdruck von Büchele.

»Franz, Françoise meint nur, wenn drin niemand…«, dabei machte sie eine Handbewegung mit beiden Händen.

Jetzt verstand Büchele.

»Sie moine, wenn koiner am Döpfeln isch?«

Sonja und Françoise sahen sich an.

»Äh, ja Franz, so in etwa«, bestätigte Sonja seine direkte Ausdrucksweise.

Die Dame zupfte an ihrem langen blonden Haar, zeigte den Beamten das eine oder andere Zimmer. Sie waren geschmackvoll bis kitschig eingerichtet. Mal lagen Ketten auf dem Boden, dann ein Hase aus Plüsch auf dem Bett. Jeder schien hier zufrieden bedient zu werden. Das Ganze ließ Franz keine Ruhe.

»Telefonieren die Damen hier, Françoise?«

Die Dame kam in ihrem schwarzen Lederkleid auf ihn zu.

»Herr Büchele, Privattelefone sind hier verboten. Ich habe nur einmal eine Ausnahme gemacht, um genau zu sein vor sechs Wochen bei Sylviana. Sie tat mir leid. Sie hatte in der letzten Zeit mit einem Stalker zu kämpfen. Ekelhafter Typ, wenn Sie mich fragen. Der rückte ihr hier auf die Pelle. Bis wir eine polizeiliche Verfügung erwirkten.«

Sie deutete auf Sonja.

»Fragen Sie Ihre Kollegin. Sie hat manchen Irren hier abgeholt.«

Sonja nickte.

»Aber zurück zu ihrer Telefonfrage, Herr Büchele. Ja, wir telefonieren. Aber wenn, dann übers Haustelefon. Sie wissen schon.«

»Was weiß ich schon, gnädige Frau?«

Sie kam dem Beamten ein Stück näher und schüttelte ihre lange Mähne.

»Na was wohl, Herr Kommissar. Für Telefonsex natürlich, für was denn sonst? Um den Pizzadienst anzurufen wohl kaum. Aber die Nummer, nach der Sie gefragt hatten, die gehörte unserer Krankenschwester Sylviana. Sie hatte das Telefon, eines der billigen Sorte, von einem Freund bekommen. Von wem genau? Ich habe keinen blassen Schimmer. Sie ist vor einer halben Stunde abgezogen, ich glaube, ihr Kind ist krank. Deshalb blieb sie heute nur kurz. Sonst hätten Sie, Herr Kommissar, sie selbst fragen können. Bitteschön, Sie stehen direkt vor ihrem Zimmer.«

Büchele öffnete die Tür.

»Darf ich mich umsehen?«, kam es zögerlich von ihm.

»Na klar doch, wir haben hier keine Geheimnisse. Die Mädels mieten das Zimmer stundenweise und geben für ihre Anwesenheit die Miete ab, wenn sie gehen. Jede hat ein Gesundheitszeugnis, Herr Büchele, darauf achten wir hier streng. So sind die Frauen flexibel und ungebunden. Anders als in Zuhälterkreisen, wenn ich das mal betonen darf.«

Kommissar Büchele versuchte jedes kleine Detail in seinen Gedanken abzuspeichern. Auf dem Nachttisch lagen Handtücher, Papiertücher und Kondome fein aufgereiht. Er schritt durch den Raum, begutachtete Geräte, Regale und sah in Kleiderschränke. Manche hatten Poster an der Wand, andere legten Wert auf Glimmer und Glitzergegenstände. Aber hier war alles ordentlich aufgeräumt.

»Und das Beste, Herr Kommissar«, fing Françoise an zu plaudern.

»Die Frauen teilen sich die Zimmer. So gibt es keinen Leerlauf. Sie verstehen was ich meine?«

Büchele nickte.

»Und mit wem teilt sich Sylviana dieses Zimmer?«

258

Die Wirtschafterin überlegte kurz.

»Mit einer Neuen, Lisa. Die ist aber erkrankt, und mit Mary«, dabei sah sie auf ihre mit Steinchen besetzte Armbanduhr.

»Die müsste jeden Moment kommen, wenn ich mich nicht irre.«

Ein kleiner Plüschaffe, der auf einem Ast von der Decke hing weckte Bücheles Interesse. Auch bemerkte er einen Halskettenanhänger in Form eines winzigen Affen und ein Kordelbändchen mit einer 60 darauf, welches akkurat am Bücherregal hing. Wohl ein Glücksbringer einer der Damen dieses Etablissements, dachte er sich, als eine Frau mit Kaugummi im Mund an die Tür klopfte.

»He Alter, was suchst du in unserer Hütte? Mach dich vom Acker!«, dabei sah sie zu Françoise und griff nach dem Beamten Büchele.

Der hatte die Attacke geahnt, ergriff ihre Hand und drückte sie gegen den Kleiderschrank.

»Aua, aua, Françoise ruf die Bullen, der Alte tut mir weh.«

Büchele stellte sich ihr vor, ohne sie loszulassen. Zischend flüsterte er ihr ins Ohr.

»Mädle, ich bin die Polizei, genauer gesagt Kommissar Büchele von der Mordkommission und ich bin nicht dein Alter, verstanden? Und rede nie wieder so mit älteren Herrschaften, kapiert? Und wer bist du?«

Erst jetzt lockerte Büchele seinen Griff. Als sie sich umdrehen konnte und dem Beamten in die Augen sah, rieb sie sich die Handgelenke. Wütend fauchte sie ihn an.

»Tun Sie den Frauen immer so weh? Stehen Sie darauf Sie alter Sack?«

Kaum hatte sie das ausgesprochen, kam ein Echo von dem Beamten zurück. Büchele schien gegen

Dienstvorschriften zu verstoßen. Klatschend mit flacher Hand schlug er ihr leicht auf die Backe. Sie rutschte, ohne dass Büchele sie stark berührt hatte zur Seite, um noch im Fallen von ihm aufgefangen zu werden. Langsam zog er sie zu sich hoch und nahm sie in seine Arme, in denen sie ohnehin schon fast lag und tröstete sie. Stumm und ängstlich drückte sie sich an den Beamten.

»Sorry Mary, aber das musste sein. Wie du mir so ich dir. Ich bin kein alter Sack, verstanden?«

Erstaunt, dass der Beamte ihren Namen kannte, sah sie ihn an während sie sich die Wange hielt. Sie versuchte, auf eigenen Beinen zu stehen, als sie sich letztendlich von seiner Brust wegdrückte.

»Woher kennen Sie meinen Namen?«, versuchte sie sich aus der Verantwortung zu stehlen, als sie dabei auch Françoise ansah. Sonja nahm sie bei der Hand.

»Du kennst mich noch, oder?«

Mary nickte.

»Wir wollen nichts von dir, Mary, wir sind hier, um etwas zu klären, verstehst du mich?«

Büchele trat auf sie zu.

»Hör zu«, begann er leise mit ihr zu reden.

»Kennst du Sylviana, die mit dir das Zimmer teilt oder Lisa? Hast du von denen die Adressen, Telefonnummern oder irgendetwas?«

Mary schüttelte mit dem Kopf.

»Keiner von uns gibt die wirkliche Adresse oder die Telefonnummer weiter. Zu oft wurden wir schon von Kunden bedroht. Sorry, nein. Nur Sylviana hatte ein Prepaid Handy so eines zum Aufladen.«

»Und weshalb hat sie eines? Kannst du mir das sagen? Ich denke Telefone sind hier nicht erlaubt?«

Jetzt mischte sich die Hauswirtschaftsdame in das Gespräch mit ein.

»Ich kann behilflich sein, Herr Kommissar.«

Sonja und Büchele sahen Sie an.

»Sylviana hatte mit ihren Männern stets Pech. Dieses Mal schien es anders zu sein. Sie verabredete sich öfters mit einem Agrartechniker.«

Verwundert sah Büchele sie an.

»Sie meinen einen Bauer, oder?«

»Ja und irgendwann trafen sich die beiden. Er bewunderte ihre roten Haare und sie planten für die Zukunft. Aber wie es schien, war es ihm zu viel. Ihr Job im Krankenhaus, die Tochter und auch noch hier Kohle machen. Welcher vernünftige Mann lässt sich auf sowas ein?«

Franz hatte einige dieser Wörter schon mal gehört, wo und in welchem Zusammenhang konnte er nicht kombinieren, zumindest noch nicht.

»Dann hat sich der Agrartechniker nicht mehr gemeldet, weshalb auch immer. Deshalb hat sie dieses blöde Handy von ihm. Jeden Tag macht sie es an, in der Hoffnung er meldet sich.«

Büchele wurde bewusst, wer der Besagte war. Es war sein Schulkollege Albert Pfoh. Weswegen schenkte er ihr ein Prepaid Handy? Und noch ominöser war die Frage, wer war die unbekannte Frau mit dem Namen Sylviana? Mehr Rätsel als Antworten. Kommissar Büchele und Kommissarin Pfeiffer bedankten sich für ihre Auskünfte bei Mary und der Hauswirtschaftsdame Françoise. Er versprach, so wie es seine Freizeit zuließ, nach ihnen zu sehen.

»Rein privat, versteht sich!«, betonte Sonja.

Sie mussten ihnen versprechen, Sylviana Bücheles Karte vom Präsidium zu geben und ihr mitzuteilen, er wüsste etwas über den Agrartechniker und warte auf ihren Anruf. Büchele kritzelte vorher noch auf die Rückseite seine Handynummer. Mit der Bemerkung: »Bei Tag und Nacht«, bekräftigte Françoise ihre Mithilfe und verabschiedeten das Duo mit freundlichen Worten und Gesten an der Eingangstür.

Draußen erwarteten sie bereits die Kollegen. Viel zu lange hatte der Besuch gedauert, bemerkte Lilly.

»Chef, wir hätten beinahe Verstärkung geholt.«

Büchele versprach, alles im Dezernat zu erklären. Er bat um Stillschweigen und hoffte, die ihm unbekannte, rothaarige Dame würde sich bei ihm melden.

Sonja Pfeiffer war froh, an diesem Einsatz teilgenommen zu haben. Sie bekam so ein Gefühl für Büchele und für seine Arbeitsweise. Es war ein gutes Gefühl.

Sterben müssen wir alle

Gisela war gerade vom Hühnerstall zurück, als Brigitte Kohlmarx mit ihrem kleinen Flitzer vor dem Haus stoppte. Freudestrahlend stieg sie aus.

»Guten Morgen, gute Seele vom Fischer Anwesen. Bekomme ich bei dir ein Frühstücksei?«

Gisela war überrascht. So früh hatte sie keinen Besuch erwartet.

»Aber nur, wenn du mit mir den Tisch deckst«, scherzte sie. Beide Frauen waren mehr als nur Verwalterin und Journalistin. Sie waren innige Freundinnen, die manches Geheimnis miteinander teilten.

Keiner der Männer hatte sich so früh nach unten bemüht. Gisela sah auf die Küchenuhr. Lilly war die Erste, die in der Essküche ankam. Mit einem verschlafenen »Guten Morgen« rieb sie sich den Schlaf aus den Augen, als sie neben Brigitte Platz nahm.

Brigitte lächelte.

»Guten Morgen Schlafmütze, wie war dein Abend?«

Lilly winkte ab, während sie ein Brötchen aus dem Korb nahm und mit dem Teelöffel versuchte, die Eierschale zu knacken. Lustlos gab sie den Versuch auf und widmete sich ihrem Brötchen.

Brigitte nahm ihr Ei aus dem Eierbecher, schnappte sich ein scharfes Messer und mit einem Klack enthauptete sie die Oberseite. Lilly verzog das Gesicht zu einer Grimasse.

»Du bist brutal. Das tut dem Ei weh.«

Brigitte sah sie an.

»Wenn dir dauernd jemand mit einem Hammer auf den Kopf schlagen würde, so wie du mit dem Löffel auf dein Frühstücksei donnerst, dann wäre für mich die Enthauptungsmethode die bessere Wahl zu sterben.«

Gisela setzte sich und schüttelte bei diesem, ihr unverständlichem, morgendlichen Themen den Kopf.

Langsam trudelten alle von oben am Frühstückstisch ein. John hielt Polly bei der Hand, als sie eintraten und Büchele hob seinen Hut leicht an.

»Guten Morgen alle miteinander«, kam es in lautem Ton von ihm. Brigitte hauchte ihm, ein eher flüsterndes: »Guten Morgen, mein le Commissaire«, entgegen.

Büchele sah sie an, gab ihr einen flüchtigen Kuss und griff sich eine Butterbrezel.

»Brigitte, was verschafft uns die Ehre deines frühen Erscheinens?«

»Ich wollte mit Freunden frühstücken. Bekommt man heutzutage selten auf diesem Planeten«, machte sie ihrerseits einen Scherz.

»Aber es gibt auch Arbeit. Ich darf ein Interview mit Ärzten und Schwestern für die Abendreportage machen. Es ist was angesagt, Freude.«

Herzhaft biss sie von ihrem Laugenbrötchen ab, als Lilly zu sticheln begann.

»Naja, unser Chef war gestern mit Sonja Pfeiffer in einem Privatclub.«

Brigitte horchte auf, ohne sich die weibliche Neugierde anmerken zu lassen.

»Ist es nicht die Beamtin, der ich meine Nummer gab?«

Gelassen fuchtelte sie uninteressiert mit dem Messer in der Luft herum. Keiner merkte ihr die Eifersucht an, die in ihr tobte, so dass sie am liebsten Franz an die Kehle gesprungen wäre.

Franz bejahte Lillys Aussage mit einem Kopfnicken, als er einen tiefen Schluck Kaffee nahm.

»Und weiter?«, wollte die Journalistin von Ländle TV jetzt genauer wissen.

»Nichts und weiter«, versuchte Büchele die Diskussion im Keim zu ersticken.

»Was soll gewesen sein? Wir haben was überprüft.«

»Jetzt komm' Franz. Zick nicht herum wie eine Mimose. Was habt ihr ermittelt? Bei mir ist es sicher wie in Abrahams Schoß.«

Büchele sah sie an.

»Brigitte, das sind Dienstgeheimnisse, die kann ich dir nicht anvertrauen.«

Alle am Tisch begannen irgendwie zu lächeln. Franz bemerkte das und schritt energisch ein.

»Was gibt es da zu lachen? Nicht alles ist für die Ohren der Presse gedacht.«

Alle schüttelten zeitgleich die Köpfe.

»Wie wäre es, wenn die Presse, intern versteht sich, für die Behörde ermitteln würde. Naja, ich meine ganz privat, von dir zu mir?«

Büchele sah sie mit seinem Hundeblick an.

»Meinst du? Du hast auch Hintergedanken bei der Sache, oder?«

Franz beantwortete die Frage mit einer Gegenfrage.

»Hast du sonst keinen Hintergedanken, wenn du bei der Pressestelle der Polizei nachfragst? Du wackelst doch auch mit dem Hintern und setzt deinen weiblichen Body in Szene, der übrigens heute wieder exzellent aussieht, oder etwa nicht?«

»Na gut, werde deutlicher, was soll ich tun?«

»Sagen wir, du brauchst dich nur umzusehen, mehr nicht.«

Brigitte war enttäuscht. Hatte sie doch eine große Sache erwartet, wie flüchtige Mörder beschatten oder

Betriebsgeheimnisse ausspähen. Aber nur umsehen? Was sollte das? Spielte Franz Büchele Spielchen mit ihr?

»Soll ich die Wände oder den Himmel ansehen, oder was genau? Teile dich mit, Franz.«

»Ok, aber ganz, ganz intern behandeln bitte, ja?« Brigitte Kohlmarx tat wie ein kleines Hündchen, das nach seinem Knochen bettelte. Herzzerreißend sah sie ihn mit treuem Blick an, um ihre Aufgabe zu bekommen.

»Wir suchen eine Krankenschwester, circa so groß«, dabei zeigte er in die Luft.

»Rothaarig und in irgendeinem Krankenhaus angestellt. Sie hält sich gern an einer Wurstbude auf, weshalb auch immer. Liebt Tiere. Affen besonders. Sie besucht Speeddatingpartys und nebenbei arbeitet sie freiberuflich in einem Privatclub. Sie könnte der letzte Kontakt von Albert Pfoh gewesen sein. Wenn du diese Dame finden und mir ihre Adresse mitteilen könntest, wären wir dir äußerst dankbar, meine Liebe.«

»Mein lieber Franz. Kannst du dir vorstellen, wie viele Krankenhäuser es im Umkreis gibt? Ich sage es dir. Genau vier. Aber ganz nebenbei gibt es nach meinem Wissenstand, zwei Wurstbuden an Krankenhäusern, was den Aktionsradius schon erheblich einschränkt. Nun, sind ihre roten Haare echt oder gefärbt? Getönt oder eine Perücke? Und wann steht sie, vor welchem Krankenhaus, an welchem Imbisswagen. Oh, ich vergaß«, bemerkte sie zynisch und schnippisch.

»Wenn sie krankgeschrieben ist, dann habe ich keine Chance sie zu finden, oder? Na ja, vielleicht ist sie Ärztin und ich frage mich durch. Hallo, haben Sie rote Haare und kennen Sie einen Bauern Dingsda und besuchen Sie gerne Datingpartys. Haben Sie einen Affen, wer weiß?«

Brigitte holte Luft.

»Franz, möchtest du mich verarschen?«

Wütend nahm sie ihre Tasse vom Tisch und stellte sie in die Spüle. Sekundenlang stand sie da, allen den Rücken zugedreht, bevor sie sich langsam umdrehte und auf Büchele zuging.

»Nun, mein Freund, ich finde die Dame, keine Angst. Und du bereitest dich auf deinen Hallenbadbesuch vor. Ich hoffe, du kannst schwimmen.«

Jetzt stand Büchele die Verwirrung ins Gesicht geschrieben.

Er wusste, die Chancen die Unbekannte zu finden standen schlecht. Verdammt schlecht. Deshalb gab er Brigitte diese Aufgabe

So wäre sie zumindest nicht der Polizei im Wege.

Gisela war aufgestanden und ins Nebenzimmer gegangen.

Büchele trieb es auf die Spitze mit seinem Zynismus.

»Brigitte, ich hatte dir versprochen, wir gehen ins Hallenbad, sorry, aber ich han no immer koi Badhos.«

Da begann ein höllisches Gelächter. Hinter Büchele war Gisela aufgetaucht. Sie hielt zur Belustigung aller eine XXL-Bermuda Badehose hoch in leuchtendem Blau mit weißen Blütenblättern darauf.

»Nix isch, Franz, ich habe sie schon gekauft. Ich habe es dir versprochen. Jetzt kannst du auch ins Wasser«, betonte sie lächelnd.

Selbst Brigitte lachte über die XXL-Hose.

»Herr Büchele, ich habe die mir gestellte Aufgabe. Sie eine Badehose. Ich wünsche allen einen wundervollen Tag.«

Brigitte Kohlmarx verschwand.

John war Bücheles Situation durchaus bewusst und er fand erklärende Worte.

»Jetzt nehme es nicht so schwer. Brigitte ist eine tolle und intelligente Frau, da gibt es ab und an Gegenwind. Oder möchtest du ein kleines Dummerchen, das an deinem Rockzipfel hängt?«

Franz schüttelte den Kopf und machte sich auf den Weg in den Hof.

Er war gerade dabei, das Auto zu holen, um zur Arbeit zu fahren, als Lilly auf ihn zukam.

»Keine Jacke heute? Könnte regnen.«

Büchele lachte.

»Dann benötigte ich einen Schirm. Ich habe meinen Hut, reicht doch, oder?«

»Wenn du meinst.«

Die Arbeit hatte sie wieder, als alle durch das große Tor am Eingang zum Polizeipräsidium fuhren.

Frohgelaunt stiegen sie aus Bücheles altem 200er Audi aus. Lilly sah nach oben und erblickte Rainer am Fenster, der früher gekommen war, um in aller Ruhe auf seine Prüfung zu lernen. Seine Ausbildung sollte am Ende des Jahres beendet sein und Rainer durfte sich danach Polizeikommissar Kaufmann nennen, was ihn einige Stufen in der Besoldung nach oben schob.

Er hatte den gehobenen Polizeidienst gewählt, was für ihn zwar mehr Lernarbeit, aber auch eine Fülle an Entfaltungsmöglichkeiten bot.

Er winkte Lilly zu. Beide waren ein wissenschaftlich-technisches Team, das sich wunderbar ergänzte. Büchele schätzte ihre Zusammenarbeit.

Der Kaffee war von Kaufmann vorbereitet, die Computer liefen und gelüftet war auch schon, als die Beamten oben eintrafen. Büchele stutze. Solche Eigenschaften hatte noch keiner gezeigt. Steckten Absicht und Kalkül dahinter?

Als Büchele an seinem Tisch Platz genommen hatte, trat Kaufmann an ihn heran und verschränkte die Arme hinter seinem Körper. Mit leichtem Unterton sprach er seinen Vorgesetzten an.

»Chef?«

Büchele sah auf.

»Schieß los, Rainer, wo drückt der Schuh?«

»Ach bevor ich es vergesse«, Kaufmann holte seine Arme nach vorn und übergab seinem Vorgesetzten einen Umschlag.

»Kommt vom Erkennungsdienst. Sie wollten es, sobald es fertig sei, hat der Bote bemerkt.«

Büchele nickte.

»Wann wurde das abgegeben?«

Rainer räusperte sich.

»Um sechs Uhr heute Morgen.«

»Du warst so früh da? Fabelhaft danke.«

Kaufmann zog sich zurück.

»Max, komm her, ich habe was«, donnerte er in den Saal.

Schnell versuchte Franz den Umschlag zu öffnen, während Max an den Tisch kam.

»Und was gibt's.«

Büchele war noch immer mit hektischem Auspacken beschäftigt. Fieberhaft fummelte er an Papieren herum.

»Herrgottsbimbam, des Zeug will nicht aus dem Umschlägle raus.«

Sekunden später lag alles vor ihnen. Blätter, Fotos und fundierte Auswertungen und Aktennotizen. Büchele griff nach den Fotos.

»Ist das ein Zug?«, wollte er von Max, seinem Kollegen, wissen. Er griff sofort nach dem Foto.

»Wo kommt der Umschlag her?«

»Fröschle hatte dieses Tattoo, Branding, oder was es auch immer sein soll, an Alberts Hals gefunden. Konnte sich aber nicht erklären, was es war. Aber so wie es vergrößert aussieht.«

Franz machte eine kurze Pause.

»Ja, es könnte eine Lok sein. Aber welcher Irre macht sich eine Lok auf den Hals? Sieht wie verbrannt aus.«

Max sah ihn an.

»Vielleicht war es nicht freiwillig, sondern unfreiwillig angebracht worden, oder ein Markenzeichen des Täters. Wie ein Dienststempel.«

»Max, mach dich nicht lächerlich, oder brennst du dir den Abdruck eines Golfballes auf die Stirn, nur weil du Golf spielst? Entweder der Täter ist abartig oder gestört, was beiden Möglichkeiten nahekommt.«

Franz ging alle Blätter und Fotos weiter durch.

»Sieh an, sieh an«, wunderte er sich.

»Ich habe es geahnt, Max. Da sieh her, die Fotos zeigen die Löcher auf der Holztafel beim Baunzelspielplatz.«

Akribisch war mit Zentimetermaß und verschiedenen Möglichkeiten alles vermessen. Durchmesser, Tiefe und die Beschaffenheit des Materials, das eindrang, war vermerkt. Ein fotografiertes und aus Silikon beigelegtes Muster, war aus dem Umschlag in einem versiegelten Plastiktütchen herausgefallen.

»Ich fand auf dem Waldboden ein kleines Stück Holz.«

Franz las den entsprechenden Bericht dazu.

»Maschinell gefertigtes Rundholz aus der Zeder. Ich wusste es. Super.«

»Darf ich es auch erfahren, weswegen du dich freust?«

»Klar doch. Albert wurde nicht durch eine Kugel getötet, richtig?«

Max nickte.

»Aber der springende Punkt ist, mit was ist er getötet worden und wie? Wir sind der Lösung ein Stück näher gerückt. Max, die Waffe muss aus oder mit Zedernholz sein. Die Forensik hat es bestätigt. Aber, ich bin noch nicht fertig«, freute sich Franz.

»Als John und ich nach dem Vorderrad suchten. Kannst du mir folgen, Max?«
Max nickte kurz während er mit verschränkten Armen vor ihm stand.

»Ja, was soll ich sagen, Max, da habe ich einen Glückstreffer gelandet.«

»Und welchen?«

»Mein Instinkt signalisierte mir, dass die kreisrunden Löcher auf dem Schild am Eingangsbereich nicht von Holzwürmern stammen konnten.«
Büchele griff nach dem Päckchen mit der kleinen Silikonattrappe.

»Und siehe da, Palim-Palim. Ich tippte auf Pistoleneinschüsse. Lag aber daneben. Ich hatte etwas auf dem Boden gefunden, bevor die Spurensicherung eintraf. Ein kleines Stück Holz. Und die Materialanalyse ergab den gleichen Grundstoff wie auch bei den Spuren in Alberts Brust. Zedernholz. Ich weiß zwar nicht, wofür es gebraucht wird, aber es ist noch nicht aller Tage Abend«, freute er sich über den kleinen Erfolg, in seinem Fall.

»Lilly, Lilly!«, schrie Büchele durch den Raum.
Lilly Hansen rannte, so schnell sie konnte, zu Bücheles Arbeitsplatz.

»Ich hatte dir doch gesagt, schrei mich nie mehr so an!«
Franz winkte ab.

»Ist doch nicht als Schellte gedacht. Aber bevor ich es vergesse, muss es raus.«

»Was genau willst du von mir?«

»Ach so. Du hattest doch die GPS-Daten von Alberts Handy, oder nicht? Nicht die der Signatur, der wir gefolgt sind. Sind zwei paar Stiefel, wenn ich es richtig verstanden habe.«

Lilly nickte.

»Bin gleich wieder da.«

Sie rannte zu ihrem Arbeitsplatz zurück, kramte in einigen Schachteln herum und fischte eine Tüte mit Inhalt heraus.

»Hier, sein Handy. Als wir es geortet hatten, wussten wir, wenn die Batterie leer ist, wäre die Chance vertan es zu finden. Last but not least ging Rainer mit dem Ortungsgerät raus und hat gesucht. Wir fanden es weggeworfen in einem Straßengraben. Und um deine nächste Frage zu klären. Nein, es gab keine Fingerabdrücke oder weitere Anrufe. Entweder er hatte Angst, so meine Vermutung und hat deshalb ein Prepaid Handy besorgt. Oder…«

»Oder was?«, fiel Büchele ihr ins Wort.

»…oder er hatte versucht etwas zu verheimlichen, was auch immer. Wir werden es wohl nie erfahren.«

Franz kratzte sich an der Stirn.

»Wenn ich jetzt alles zusammennehme, kenne ich meinen Schulfreund immer weniger, Lilly.«

»Was geschah, kann ich dir nicht sagen. Aber der Verlust eines geliebten Menschen, Existenzangst, das alles kann dazu beigetragen haben. Ebenso die Liebe zu seiner Tochter Heike. Als sie auf eigenen Füßen stand, fühlte er sich vielleicht leer und verlassen. Er versuchte sein Leben neu zu ordnen, fröhlich zu sein. Möglicherweise hat er sich neu verliebt. Alles ist möglich, Franz.«

Wie von der Tarantel gestochen schreckte Büchele hoch.

»Genau, Lilly. Neu verliebt. Wir müssen die Dame mit den roten Haaren finden. Ich denke, dort liegt der Schlüssel, oder der Schritt nach vorn.«

Franz schob Berichte und Bilder auf seinem Schreibtisch hin und her.

»Hier ist der Bericht. In diesem steht, was er alles bei sich hatte. Es fehlt noch immer der vermaledeite blaue Sportrucksack. Der kann sich doch nicht in Luft auflösen.«

Franz stöberte weiter in dem unordentlichen Haufen Papier.

»Hier, meine kleine Spürnase. Nimm ein Bild von Albert, schnapp dir Rainer und suche die rothaarige Dame. Nein, Rainer brauch ich bei mir. Nimm John mit.«

»Und wohin sollen wir deiner Meinung nach?«

»Wenn Albert noch gesehen wurde, dann gibt es zwei Möglichkeiten. Erstens, ganz in der Nähe seines Wohnortes, oder zweitens irgendwo ganz weit weg. Ich denke, wenn ihn mit der Liste vom Leiter der Einrichtung der Jugendfreizeit nachfragt, haben wir vielleicht Glück. Aber bitte, sollte jemand in den angrenzenden Schrebergärten sein, befragt auch diese Herrschaften, ok?«

Lilly nickte, drehte sich um und rief nach John.

»Franz, soeben hat uns Fröschle die Auswertung und die Daten aus Amerika geschickt. Hast du heute Morgen nicht in den PC gesehen?«

»Nein, habe ich nicht. Schlimm?«

Überrascht stand Max neben ihm. War es doch eine von Bücheles ersten routinemäßigen Aufgaben, den Rechner hochzufahren. Wieso tat er es heute nicht?

»Nein Franz, ich meinte nur, ist nicht schlimm«, stotterte Krüger vor sich hin.

»Und was hast du aus dem netten schwarzen Kasten für mich?«, fragte Büchele entspannt. Krüger reichte ihm das Memo aus der Rechtsmedizin.

»Wieder ein Schlag ins Kontor. Diese verdammte DNA gehört wohl dem heiligen Geist. Keine Spur, wie du siehst. Selbst der Abgleich im LKA in Stuttgart war zwecklos. Aber die Anfrage bei den internationalen Datenbanken war ein Treffer. Sie gehörte einem 1988 verstorbenen Mann aus den Staaten. Verdammt, das ist eine Lüge. Wie kommt die DNA eines Toten aus Tucson Arizona an die Leiche eines Mannes ins Jahr 2017. Kannst du es mir sagen?«
Krüger stand stumm vor Franz.

»Wenn es eine DNA gibt, dann lebt derjenige. Klar, wir haben nichts über ihn. Hat aber nicht zwangsweise zu bedeuten, dass er eine Straftat begangen hat. Zumindest keine, wofür er in Deutschland belangt wurde.«
Büchele donnerte wütend mit seinen Fäusten auf den Schreibtisch.

»Ich weiß noch nicht einmal, wofür der arme Kerl gestorben ist. Aber eines kann ich dir versichern, Max. So wahr ich hier sitze, ich bekomme das Schwein!«
Krüger runzelte die Stirn.

»Franz, ich sag dir mal was als Freund. Viele Fälle liegen im Dunkeln und sind nie geklärt worden. Aus welchen Gründen auch immer«, dabei machte er eine Handbewegung, wie wenn er einen unsichtbaren Strich von links nach rechts ziehen wollte.

»Und was oder wer sagt dir, dass der Täter ein Mann ist? Du sprichst immer von dem Mörder. Vielleicht sind es zwei oder drei? Oder vielleicht ist es auch eine Frau? Schon mal darüber nachgedacht? Das ganze Dezernat rackert Tag und Nacht für deinen Freund, der zu unserem Fall wurde. Und du hast nichts Besseres zu tun, als deinen privaten Feldzug zu starten. Wenn dem so ist, dann tust du mir leid, Franz. Dann bist du ein armes Würstchen, ohne Weitblick und nicht der Freund und Ermittler, den ich schätze.«

Krüger drehte sich um, lief zur Tür und verschwand.

Sah Büchele, der leitende Ermittler den Fall zu engstirnig, weil ein ehemaliger Schulkollege ermordet wurde? Wo waren seine Abgeklärtheit, die Distanz und die Kaltschnäuzigkeit geblieben, die nötig waren, um den Fall objektiv zu betrachten?

Er sah auf sein Handgelenk. Vierzehn Uhr zeigte der Chronometer ihm an. Es war noch genügend Zeit, bis heute Abend Sonja ihre Ergebnisse vorlegen würde. Franz schnappte sich Utensilien vom Tisch, als sein Dienstapparat läutete. Die Journalistin von Ländle TV rief an.

Zwei Personen, die ihre Sendung gesehen haben, erinnerten sich an Albert.

Kurz und knapp fragte Büchele: »Und wo haben die beiden ihn gesehen?«

Brigitte Kohlmarx hatte ihnen Anonymität zusagt. Im Stehen winke Franz ab.

»Franz, du musst dieser Sache nachgehen. Am besten ich fahre dahin, du bist vermutlich überarbeitet«, kam es schnippisch aus dem Hörer.

Büchele hatte noch keine befriedigende Antwort von Brigitte bekommen, wo genau die besagten Anrufer Albert gesehen hatte.

»Jetzt lass es raus. Wo haben die unseren Albert gesehen?«, versuchte er Brigittes Ausführungen abzukürzen.

»Einer sah ihn definitiv im Privatclub zur Eisenbahn und ein anderer ihn im Wertwiesenpark. Aber beide sahen Albert stets in Begleitung einer rothaarigen Dame. Das ist doch die Frau, die ich für dich suchen sollte. Über sie habe ich aber noch keine Infos. Bis jetzt.«
Brigitte holte Luft.

»Einmal war er dabei ganz nackig. Stell dir vor, ganz wie Gott ihn schuf, mit dem Persönchen im Arm. Sie taten ganz verliebt. Ein Landwirt im Dings, äh, du weißt schon, in so einem Etablissement. Verstehst du?«
Brigitte war am Telefon ganz aufgeregt.

»War Albert solo?«

»Brigitte, tu nicht so, als wäre es dir peinlich. Gerade du. Ist doch nicht schlimm, sich auszuleben, oder?«
Büchele hoffte auf eine befriedigende Antwort ihrerseits. Weit gefehlt.

»Ich gebe zu, Franz. Es ist nichts dabei. Selbst ich, ohlala, ich habe mir früher ein oder zweimal einen Escort Boy gegönnt. Es verpflichtet zu nichts. Essen gehen, rumblödeln und…«
Sie kam ins Stocken.
Sie wusste, jetzt hatte sie zu viel aus der Kinderstube geplaudert.

»Du hattest was mit einem Lover-Boy vom Escort Service?«, kam es entrüstet von Büchele.

»Du hast mit so einem…«, zu mehr kam er nicht. Brigitte schrie ins Telefon.

»Geflirtet, lieber Franz! Nur geflirtet!«
Büchele schnaubte am anderen Ende der Leitung.

»Na sei, wie es will, ich fahr dorthin. Wenn ich in einer Stunde nichts von mir hören lasse, ruf bitte die Polizei«, scherzte sie und legte auf.

Büchele glaubte das alles nicht. Abgründe taten sich auf. Er verlor seinen Glauben an die Menschen.

Kopfschüttelnd verließ er das Dezernat und ging nach unten. Die Beamten der Pforte begrüßten ihn, aber er nahm es nicht zur Kenntnis. Die Sache mit Brigitte, die sich, oh Gott, einen Boy zum Flirten nahm, ging ihm nicht aus dem Kopf.

»Wer's glaubt, wird selig«, brummelte er vor sich hin, als Krüger ihm, vor dem Gebäude, mit zwei McRip und einer Wurst entgegen kam.

Krüger hielt ihm beides vor die Brust.

»Gehen wir rüber in den Park, die Wurst vespern?«

Büchele nickte und nahm ihm das Würstchen mit einem: »Danke« ab. Gleich rechts, am Eingang zur grünen Oase der Stadt, befand sich eine hölzerne Parkbank. Beide setzten sich. Wortlos packten sie ihr Essen aus und verspeisten die Leckerei.

»Franz, du hast es gut. Du bekommst dein Essen geliefert. Entweder von mir oder von Gisela.«

Kommissar Büchele, der in Gedanken versunken Unklarheiten zu folgen schien, nickte mechanisch seinem Kollegen zu. Wortlos verspeiste er seine Wurst.

»Franz, lass uns wieder raufgehen. Lilly müsste gleich kommen und Sonja hat bestimmt etwas, womit wir weitermachen können«, motivierte er seinen Partner.

»Was treibt Rainer überhaupt. Ich habe ihn den ganzen Tag nicht gesehen. Hast du ihm eine Aufgabe gegeben?«

»Er meinte, per Satellit könne er einzelne Signaturen der Telefone verfolgen. Ob es was bringt, weiß er noch nicht. Der wird rechtzeitig erscheinen, mach dir da mal keine Sorgen.«

Das Grauen kündigte sich in Form von Staatsanwalt Krümmbusch, auf der anderen Straßenseite an. Der, wie sollte es anders sein, beide aus dem Park kommen sah.

»Na, haben die Beamten die Sonne genossen oder einen Spaziergang gemacht?«

»Nix von beidem, Herr Staatsanwalt.«

Jetzt begann Krüger zu flüstern.

»Wir haben einen Informanten getroffen.«

Kaum hörbar sprach Krümmbusch.

»Pssssst, braucht niemand hier auf der Straße zu wissen.«

Krümmbusch versuchte unauffällig zu wirken bevor er sich verabschiedete und aus ihrem Blickfeld verschwand. Büchele sah Max an und hob den Daumen in die Höhe.

»Uff die Idee wär ich net komme, die Ausrede war gut, Kollege.«

Wechselbalg

Langsam schob sich der kleine Zeiger der Uhr in Richtung der großen Sieben. Mit dickem Filzstift aufgemalt, prangerte das Memo von Pfeiffers Gruppe an der Pinnwand am Ausgang. Alle Ermittler der Einsatzgruppe hatten zu erscheinen. Selbst Marcus Drew, der Ermittler der nördlichen Einheit, wie seine Abteilung bürokratisch genannt wurde, hatte sich eingefunden. Jeder noch so kleine Hinweis konnte zum Erfolg führen. Unruhig tippelte Büchele von einem Ende des Raumes zum anderen. Den Kopf gesenkt, schien er sich Gedanken darüber zu machen, was Sonja Pfeiffer von der Ermittlergruppe Jauchegrube zu sagen hatte. Hätte sie es ihm nicht einfach schon vor ein paar Tagen mitteilen können? Von Kollegin zu Kollege? Wieso machte sie so viel Tamtam um die Sache?

Noch war nichts von Kaufmann und Lilly zu sehen. Ohne die komplette Mannschaft, würde Büchele bestimmt wieder einen seiner hysterischen Anfälle bekommen und eine Moralpredigt über das pünktliche Erscheinen vom Zaun brechen. Entschlossen tippte er auf seinem Telefon herum. Eine SMS mit der fragenden Botschaft. »Wo seid ihr? Es ist kurz vor neunzehn Uhr«, war schnell eingegeben und verschickt.

Max versuchte sich mit dem Gedanken anzufreunden, dass er diesmal alle Gerätschaften, vom Laserpointer bis hin zum Tageslichtprojektor, selbst zu bedienen hatte. Richtige Bekanntschaft mit den neuen TV-Tischen hatte er kaum gemacht.

Auf ihnen konnte man die Dateien und Bilder gleichzeitig von einem großen Tisch aus auf den nächsten, für jeden sichtbar, verschieben. Gleichzeitig war es möglich sie an die Wand zu duplizieren. Damit kannte er sich, auf einer Skala von gut bis schlecht, mäßig bis gar nicht aus. In Gedanken machte er sich jetzt schon vor allen Kollegen lächerlich. Damit hätten sich Lilly Hansen und Rainer Kaufmann bestens ausgekannt. Aber die waren anscheinend anderweitig beschäftigt.

Max begann zu schwitzen.

Er war gerade dabei, die angelieferten Akten und Papiere von Pfeiffers Rollwagen auf den Tisch zu stapeln, als sein Handy anfing zu vibrieren.

Gott sei Dank. Die erste Antwort kam gerade von Rainer rein.

»Werde zeitig da sein.«

Zeitgleich ging eine Nachricht von Lilly ein.

»Komme hoffentlich zeitig an, bin auf dem Rückweg.«

Das ließ ihn Hoffnung schöpfen, die neue Technik von jungen und technisch versierteren Leuten bedienen zu lassen.

»Franz? Lilly und Rainer sind auf dem Rückweg.«

Ohne sich groß nach ihm umzusehen, warf Franz einen mürrischen Blick zur Uhr.

»Sie haben noch Zeit, ist erst halb sieben. Sonja wird noch ihre Crew instruieren.«

Diese Aussage beruhigte Max Krüger kaum. Er würde sich bei der Vorführung lächerlich machen. Jeder würde ihn zukünftig für einen technisch versierten Krüppel halten. Oder wie sagte einst die Lieblingsfriseuse von Franz: »Die Alten, die sich nicht weiterentwickeln, sondern auf ihrem Wissenstand stehen bleiben, wären hängengeblieben.«

Was für ein fürchterliches Wort, das die Jugend hier benutzte. Max schüttelte sich, als würde es ihn frösteln.

»Alles klar bei dir, Max, frierst du? Wir haben über 23°C draußen. Bist du krank?«

Max wehrte ab.

»Nein, ist nichts, alles ok. Ich geh mal an den Besprechungstisch und versuch mich an dem Touchscreen Tisch, ok?«

Büchele war verwundert, dass Max echtes Engagement im Zusammenhang mit der neusten Technik zeigte und nickte.

Bücheles Handy summte in seiner Tasche. Er zog es heraus und sah auf das Display. In Großbuchstaben erschien blinkend Brigitte K.

Franz überlegte kurz, ob er rangehen sollte und drückte auf die grüne Taste. Er rechnete mit irgendeinem Überfall, den sich Gisela und Brigitte ausgedacht hatten.

»Büchele!«

»Franz, ich bin enttäuscht!«, kam es aus dem Hörer.

Franz stutzte.

»Du und enttäuscht, was habe ich jetzt schon wieder verbrochen?«

»Dich meinte ich doch nicht, mein Liebster.«

Sowas hörte Büchele gern. Solche Schmuseworte schmeichelten seiner Seele.

»Was ist dann passiert? Erzähl.«

»Ich sollte doch herausbekommen, wo die rothaarige Dame arbeitet. Stimmt doch, oder etwa nicht?«

»Im Krankenhaus?«

Brigitte Kohlmarx wurde ungehalten.

»Nein, nicht im Krankenhaus. Lass mich ausreden, Franz. Die Dame arbeitet, wie ich heute Morgen bei unserem Telefonat erwähnt hatte, in einem Club.«

Mechanisch blendete Bücheles Hirn das Wort Escort-Boy wieder in sein Gedächtnis. Franz war versucht dem weiteren Gespräch nicht zu folgen und aufzulegen. Er riss sich zusammen. In seinen Hirnzellen hämmerte eine kleine Stimme, die ihm unaufhörlich sagte »Franz, gib dir keine Blöße, keine Blöße geben, keine Blöße geben.«

Brigittes Stimme schien wieder zu ihm durchzudringen.

»Was sagtest du, Brigitte, ich habe den Rest nicht verstanden, der Drucker hier ist so laut«, schwindelte er ihr vor.

»Ich sagte, die Dame arbeitet in Club, der sich für meine Begriffe irrsinniger Weise -Zur Eisenbahn- nennt. Die eine da, die mir die Tür öffnete, ich komme nicht auf ihren Namen.«

Büchele verbesserte sie.

»Sie ist die Hauswirtschafterin und heißt Françoise, meine liebe Brigitte. Ihr Name ist Françoise.«

Die Journalistin stoppte ihre Ausführungen, um kurz darauf ein zweifelnd fragendes: »Franz, du kennst die Dame?«, in den Hörer zu sprechen.

»Klar kenne ich die Dame. Wir waren dienstlich bei ihr«, gab Franz unumwunden zu.

»Der Punkt ist, so hat sie es formuliert, hier sei keine Presse zugelassen. Die Frauen legen Wert auf ihre Privatsphäre. Deswegen könne sie mich nicht hereinlassen. Für mich ist es eine Sackgasse, von der du gewusst hast.«

Franz holte hörbar tief Luft und schluckte.

»Wenn wir uns sehen, gebe ich dir, beziehungsweise der Journalistin in dir, alle Information, die ich dir zu diesem Fall geben kann, ok?«

Man hörte Brigitte am anderen Ende der Leitung leise aufatmen.

»Das würdest du für mich tun?«

»Immer doch, Liebes. Wie du mir, so ich dir. Aber jetzt muss ich arbeiten. Sonja kommt gleich zum Meeting hoch. Ich wünsche dir noch einen wundervollen Abend, bis später.«

Büchele drückte ohne ein weiteres Wort der Journalistin abzuwarten auf beenden. Gedankenlos ließ er das

Telefon in seiner Hosentasche verschwinden, als es an der Tür klopfte. Ein Kollege, der nahe an der Tür stand, öffnete sie von innen. Es war Staatsanwalt Krümmbusch, der das Talent besaß, immer zum ungünstigsten Zeitpunkt zu erscheinen. Zwei Beamte aus Pfeiffers Mannschaft betraten hinter ihm den Raum. Jeder mit einem Stapel Akten in der Hand, gefolgt von Sonja Pfeiffer. Eine dienstliche Augenweide an und für sich. In einem weißen, enganliegenden T-Shirt, engen Jeans und City-Walk-Boots an den Füßen, stolzierte die Ermittlerin mit zwei Kartons in ihren Händen auf Büchele zu.

»Wir sind da, Franz. Dein Team auch?«

Büchele sah verdattert aus der Wäsche, als er auf die Uhr zeigte.

»Fast vollzählig. Rainer und Lilly sind noch unterwegs. Ich hoffe, der ganze Aufwand lohnt sich und wir schnappen dieses Arschloch.«

»Ich geh mal alles vorbereiten. Gute Vorbereitung schadet nie.«

Als sie mit wippenden Arschbäckchen von ihm hinweg zu schweben schien, betrachteten alle Beamten ungeniert Sonjas Hintern in ihrer engen Jeans.

Sie drehte sich nicht um. Auf die eine Art gefiel es ihr. Auf die andere Art kam ein: »Jungs, starrt mir nicht auf den Hintern, ich komme gerade von einem Undercovereinsatz. Zumal die meisten von euch eigene Frauen am Herd haben, verstanden?«

Weder eine Bestätigung noch eine Verneinung war zu hören. Als sie am Tisch ankam, tat Krüger super beschäftigt, ohne zu wissen, was er eigentlich tat. Sonja beugte sich über den Tisch und gab einen Teil ihres braun gebrannten Dekolletés gut sichtbar preis. Max Krüger schien in keiner Weise beeindruckt zu sein.

Besaß doch seine Babsi die gleichen Vorbauten, wie er die Brüste seiner Frau nannte. Sonja war von seiner geistigen Standfestigkeit positiv überrascht. Im Gegenteil, Krüger machte einen Schritt zum Tisch.

Für jeden, der dem Schauspiel zusah, musste es was anderes bedeuten, Max war das total egal.

»Lass uns anfangen, bitte.«

»Max, kannst du mit den neuen Touchscreens umgehen? Dann hole uns mal die Daten vom Server meiner Abteilung. Passwort PO38662Z.«

Max schüttelte heftig mit dem Kopf.

»Kannst du das nicht selbst erledigen? Ich habe von dem neuen Ding zu wenig Ahnung.«

»Ok, ich mache es selbst«, bestätigte sie ihm ohne große Umschweife, als sie einen Blick auf die Wanduhr warf.

»Alle zum Besprechungstisch bitte. Es ist gleich 19 Uhr. Irgendwann wollen wir ja auch nach Hause gehen, oder nicht?«, rief die Beamtin in die Runde und forderte die Kollegen auf, indem sie in ihre Hände klatschte, sich schneller zu bewegen.

Die Tür ging auf.

Nein, keine Lilly und kein Rainer Kaufmann betraten den Raum. Dirk Kastfeld, der Polizeichef und Vorgesetzte aller im Raum, gab sich die Ehre. Aber was wollte Bücheles Vorgesetzter in dieser Gruppe? Er trat an den Besprechungstisch heran.

»Lasst euch nicht stören, tut so, als wäre ich nicht da. Wer führt die Besprechung?«

Sonja Pfeiffer hob ihre Hand.

»Äh, ich und Büchele, Chef.«

»Ok, dann legen Sie los. Ich spiele nur den stillen Beobachter.«

Kastfeld schnappte sich einen leeren Stuhl und setzte sich.

»Na gut, meine Damen und Herren«, begann sie und stützte sich mit den Händen am Tisch.

»Kommissar Büchele hat auf der einen Seite, einen Leichenfund in Großgartach«, dabei wies sie mit ihren Fingern auf Fotos und Berichte, die dank Technik an die Übertragungswand geworfen wurden.

»Er entdeckte Ungereimtheiten, welche nicht zwangsläufig einem Täterprofil zugeordnet werden konnten. Hier scheint auch die Art der Tatwaffe eine wichtige Rolle zu spielen. Meine Damen und Herren.« Sie zeigte auf das Foto, mit der kleinen Öffnung in Alberts Brust.

»Noch ist nicht eindeutig bewiesen, wer den Tod von Albert Pfoh verschuldet hat. Oder wie er zu Tode kam. De facto haben wir zwar alle Anhaltspunkte eines klassischen Mordfalles, aber kein Tätermotiv und keine Tatwaffe. Mutmaßungen zu hunderten, aber nichts Greifbares.«

Sie fokussierte in diesem Moment Büchele mit ihrem Blick.

»Können wir einen Tatverdächtigen vorweisen, Herr Büchele?«

Franz schüttelte den Kopf.

»Nein, können wir nicht. Wir fanden Holz und Metallrückstände in der Eintrittswunde, mehr nicht. Wir wissen auch nicht mit Sicherheit, wie der Tathergang war. Wir stochern in einem Ameisenhaufen herum, ohne irgendeinen schlüssigen Beweis. Wir sind nah dran, aber woran?«

Die Tür ging auf. Kaufmann und Profilerin Lilly Hansen kamen herein.

»Sorry, die Stadtbahn hatte Verspätung«, versuchte Rainer sich zu entschuldigen.

»Ja, und mein Bus war auch nicht der pünktlichste«, versuchte sich Lilly aus dem Schlamassel herauszureden.

»Wie weit sind wir?«, fragte sie bei Sonja nach, die mit Franz am Tisch stand.

»Eben erst angefangen, nehmt euch einen Stuhl und setzt euch bitte.«
Sonja brachte sich wieder ins Spiel und führte die Sachlage jetzt genauer aus. Sie nahm ihren Laserpointer und zeigte auf eine Stelle im Foto.

»Hier hat das Team von Franz tadellos gute Arbeit geleistet. Eine Ortung ergab, dass das Handy des Toten kurz vor oder kurz nach seinem Ableben noch im Einsatz war. Und bei den Holzrückständen handelt es sich um Zedernholz. Zedernholz wird hierzulande kaum benutzt. Ich kann euch nicht mal sagen, wozu es verwendet wird.«
Lilly sprang von ihrem Stuhl auf.

»Aber ich, mit einer fünfzigprozentigen Sicherheit!«
Jeder sah sich zu ihr um. Lilly schien die Aufmerksamkeit, die ihr somit gewidmet war, zu genießen. Selbst Polizeichef Kastfeld lächelte sie an.

»Ich war eben bei der Freizeit, draußen im Zeltlager«, sie zeigte verstohlen mit der Hand zur Fensterfront.

»Franz schickte mich zur Kinder- und Jugendfreizeit nach Großgartach, da hinterm See. Ach, ihr wisst alle, was ich meine«, führte sie weiter aus.

»Und weiter?«
Lilly schien jetzt selbstsicherer und mutiger in ihren Ausführungen zu werden, trotz der Anwesenheit ihres obersten Dienstherrn.

»Ich befragte die ganze Stammbesatzung und auch Eltern, die zum wiederholten Mal anwesend waren.

Dabei kam nichts Vielversprechendes ans Tageslicht. Jeder sah irgendwelche Menschen oben auf der Straße, oder vor den Zelten. Wie gesagt, keiner konnte etwas Auffälliges beschreiben, noch war niemand dabei, der aus meiner Erfahrung heraus in irgendeiner Art in das Täterprofil gepasst hätte. Als ich in Richtung See zurücklief, kam ich nicht umhin, einen Apfel aus einem der kleinen Schrebergärten zu stibitzen.«

Sonja begann zu lächeln.

»Es kam, wie es kommen musste. Ich wurde, wie immer, dabei erwischt. Ein Nachbar des Gartenbesitzers sah mich und legte mit seiner Schelte los. Erst als ich mich als Polizeibeamtin auswies, stoppte er sein Geschrei. Aber nachdem ich auf den miserablen Zustand des Grundstücks, das noch nicht einmal eingezäunt war, hingewiesen hatte, legte er sofort wieder los. Er ließ an streunenden Hunden, Jugendlichen und an jedem, der vorbeikam, kein gutes Haar. Aber als er anfing von jemandem zu berichten, der ihn mit einem Langbogen bedrohte, wurde ich hellhörig.«

»Lilly, was zur Hölle ist ein Langbogen?«

»Naja Chef, mit so einem Ding üben die vom Schützenverein Großgartach Bogenschießen. Am Schießstand, oder Outdoor, je nachdem, was in ihrem Terminkalender angesagt ist.«

Lilly sah zu Rainer, der ihr ermutigende Blicke zuwarf.

»Ich habe nachgefragt. Derjenige, der den Herrn bedrohte, den konnte er nicht genau erkennen, aber Clemens Zipp, so hieß der besagte Herr und Nachbar, konnte den Bogenschützen vage beschreiben. Er trug eine dunkle Weste mit Kapuze. Schwarze Stiefel und war ungefähr 175 cm groß. Kurz nach ihrer Begegnung war er wieder verschwunden.«

Lilly kramte in ihrer großen Umhängetasche herum. Plötzlich zog sie etwas hervor.

»Aber das meine Damen und Herren, ist eine Pfeilspitze aus Zedernholz. Todsicher.«

Büchele schnappte sich das Teil und verglich es mit der Silikonattrappe auf dem Tisch.

»Volltreffer. Wenn ich es nicht wüsste, würde ich sagen, so ein Teil traf Albert Pfoh in die Brust. Lilly, wo ist der Rest des Pfeils?«

Sie zuckte mit den Schultern.

»Da haben wir das Malheur. Der Fremde hat nicht auf den Besitzer des Gartens geschossen. Nein, er wollte ihm Angst machen und schoss neben ihm auf den Apfelbaum. Als er verschwunden war, griff sich Clemens Zipp den Pfeil, brach ihn am Stamm ab und warf ihn in sein Grillfeuer. Das war das Einzige, was übrigblieb. Es steckte noch im Baumstamm, als ich ankam. Wir kennen jetzt die Mordwaffe. Erst wenn der Schütze ermittelt ist und wir einen seiner Pfeile haben, sind wir auf der sicheren Seite.«

Jeder nickte.

»Solang wir den nicht haben…«, warf der Polizeichef Kastfeld ein, »…solange kann jeder, der einen Bogen besitzt unser Täter sein. Richtig, Lilly?«

»Richtig Chef.«

Rainer erhob sich.

»Ich meinerseits, war in der Telekommunikations-behörde und habe mir die Signatur nochmals ausdrucken lassen. Das Handy vom Opfer wurde zwei Tage nach dessen Verschwinden benutzt. Die Signatur können wir eingrenzen. Aber eins ist klar. Der Täter lebt noch unter uns.«

Rainer setzte sich, als Sonja sich ihm mit einer geschickt halben Körperdrehung zuwendete.

»Und nun, genau hier, meine Damen und Herren, tritt eine unerwartete Wendung im Fall ein. Sie fragen sich, was wir von der Mordkommission in der Spezialeinheit für ungeklärte Mordfälle suchen«, dabei malte sie mit ihren beiden Händen symbolische Gänsefüßchen in die Luft.

»Hier kommt die Vergangenheit ins Spiel, meine verehrten Anwesenden. Wir, pardon, Kommissarin Pfeiffers Team hatte vor kurzem einen Torso gefunden. Und wäre nicht durch Zufall unsere junge Profilerin Frau Hansen am Tatort gewesen, um neue Impulse und Denkanstöße zu geben, stünde ich jetzt nicht hier. Wir führten mit diesem Fall und dem Fall Albert Pfoh einen DNA-Abgleich durch. Und? Was soll ich sagen, wir fanden dieselbe DNA an einem Koffer, in dem unser bis dahin unbekannter Torso entdeckt wurde. In diesem Koffer waren die Kleidungsstücke des Toten fein säuberlich verstaut. Allem Anschein nach machte sich der Täter vor circa zwei Jahren, nicht mal die Mühe seine Tat zu vertuschen. Schlimmer noch. Wir fanden zwar keine Gliedmaßen, keine Arme und Beine, der Kopf fehlte und die Geschlechtsteile wurden entfernt. Aber wir wissen jetzt, wer er war. Alexandro Perco, ein amerikanischer Staatsbürger. Er wurde nie als vermisst gemeldet, weil laut Recherche, seine Familie überzeugt war, er wäre bei einem Schneesturm in Kanada umgekommen. Perco war, so seine Biografie, ein Wanderer, den es nie lange an einem Ort hielt. Kanada, Arizona, Belgien und hier in Deutschland war er anzutreffen. Er hielt sich mit Gelegenheitsjobs über Wasser und zog, wann immer er wollte, weiter. Wieso er ausgerechnet hier war, wieso und wann er seinem Mörder begegnete? Keine Ahnung.«

Sonja Pfeiffer sah sich um.

»Aber das Abartigste, was ich bis jetzt erlebt hatte, war das.«

Sie griff in eine kleine Kiste und holte zwei Tütchen hervor.

»Wir untersuchten den Torso von Alexandro Perco bis ins kleinste Detail, zumindest was nach der ganzen Zeit von ihm übriggeblieben war. Und dazu gehörte auch sein Mageninhalt. Und jetzt kommen wir zur zweiten Parallele, es war….«

Mit einem kleinen Schlenker präsentierte sie allen Beteiligten die Fundstücke auf der Leinwand.

»…Sie sehen richtig. Ein Schlüsselanhänger, zwei auf zwei Zentimeter groß, in Affenform, daran ein Schlüssel mit der Nummer H744 und ein Kordelbändchen. Und alles, ich betone alles, war in diesen beiden Plastiktütchen verschweißt. Entweder er wurde, bevor er den Kopf verlor, dazu gezwungen die Tütchen zu schlucken. Oder was wahrscheinlicher erscheint, er tat es freiwillig, weil er wusste, was der oder die Täter mit ihm vorhatten. Vielleicht als Hinweis. Aber dazu fehlten uns die Erkenntnisse.«

Büchele sprang auf.

»Diesen Affen, diesen Affen«, stammelte er.

»Ich kenne das Tier.«

Max versuchte ihn zu beruhigen.

»Franz, wir alle kennen Affen. Kein Grund hier auszuflippen, beruhige dich.«

Franz Büchele ließ sich nicht beruhigen.

»Ich habe so ein Symbol oder Abzeichen, in der letzten Zeit schon einmal gesehen.«

Jetzt zeigte er auf Sonja.

»Du doch auch Sonja?«

Sonja übte sich in Zurückhaltung.

»Keine Ahnung, woher du den Affen kennst, Franz. Mir ist er noch nie untergekommen.«

Büchele tänzelte am Tisch herum.

»Bin ich der Einzige hier, der sich erinnert oder bin ich irre? Rainer, Max, bringt bitte alle Akten an meinen Tisch herüber. Irgendwo ist der Affe vermerkt oder ich habe ihn nur gesehen. Ich spinne nicht, ihr werdet sehen.«

Ohne Tumult gehorchten die Beamten ihrem Chef anstandslos und legten ihm alle Akten auf den Tisch. Sonja, die noch mit den restlichen Ermittlern am Tisch stand, führte ihren letzten Satz zu Ende.

»Egal, welche Person wir suchen, es könnten ein oder zwei verschiedene Täter sein. Finden wir sie, meine Damen und Herren. Allen noch einen schönen Abend.«

Sie verabschiedete sich und bedankte sich für die Aufmerksamkeit.

Nur Büchele wälzte diese Nacht noch Akten durch, auf der Suche nach dem ominösen Affen, den er anscheinend schon irgendwo gesehen hatte. Und das waren einige. Stück für Stück arbeitete er sich durch den Aktenberg. Fünf Ordner an schriftlichen Notizen, Bildern und Protokollen lagen neben ihm und er hatte nicht mal den ersten durch. Irgendwo hatte er den verfluchten Affen gesehen. Oder bildete er sich das Ganze nur ein? Wollte er ihn gesehen haben? Gingen die Pferde mit seinem Verstand durch?

Der Zeiger der Uhr zeigte auf halb eins, als ihn sein Handy mit lautem Vibrieren aus der Monotonie riss. Es schien Büchele nicht zu interessieren. Sorgte sich Gisela um seine Gesundheit? Kopfschüttelnd stand er auf und ging zur Kaffeemaschine, ohne die SMS, von der schon zwei hier ankamen auf deren Inhalt oder Absender zu überprüfen.

»Verdammt, des Ding isch au scho gege mich«, brummelte er, als er feststellte, dass der Inhalt der Kanne weniger als eine Tasse der wachhaltenden Substanz enthielt. Ohne jede Art von Hektik, zog er sich eine Zigarette aus seiner Schachtel, zündete sie an und nahm einen tiefen Zug. Sein Blick streifte das große Schild über dem Kopiergerät »Rauchen verboten«

Franz Büchele lächelte. Wer sollte ihm das jetzt verbieten? Hier oben war kein Mensch mehr. Ok, vom Stock tiefer mal abgesehen, wo die diensthabenden Beamten des KDD ihre Arbeit verrichteten. Und auch die Beamten vorne an der Pforte waren selbstverständlich noch da. Die Kippe im Mundwinkel, wie Charles Aznavour, bewegte sich Büchele in Richtung Wasserhahn, um die Kanne zu füllen. Als er nach dem Kaffeepulver griff, hörte er Schritte auf dem Gang, denen er keine weitere Beachtung schenkte. Schnell war die Maschine wieder in ihren Arbeitsmodus gebracht. Blubbernd verrichtete sie ihre Arbeit. Bis das ganze Wasser durchgelaufen war, gönnte sich der Beamte einen Blick über die Stadt, in der in einigen Jahren die BUGA ausgerichtet wurde.

»Käthchenstadt Heilbronn, so gfällsch mir.«
Ein: »Hallo, guten Abend Franz«, erschreckte ihn. Blitzartig zuckte er zusammen und drehte sich um. In Jeans und Lederjacke stand Sonja Pfeiffer hinter ihm.

»Ich woll…«, zu mehr kam sie nicht, als ein Donnerwetter über Sie hereinbrach.

»Spinnst du! Hast du ein Rad ab, mich so zu erschrecken? Und überhaupt, was machst du denn hier in der Nacht im Dezernat? Zuviel Freizeit?«
Sonja Pfeiffer wollte an ihrem ersten Satz anknüpfen, als ein: »Kaffee?«, von Büchele kam. Diesmal nickte sie stumm.

»Milch, Zucker?«

»Schwarz, bitte.«

Franz kam mit zwei Becher Kaffee zurück, setzte sich in seinen Stuhl und legte die Beine zwischen zwei Aktenordnern auf dem Tisch ab.

»Jetzt komm zu mir, ich beiß nicht. Zumindest solange ich keine dritten Zähne habe«, scherzte er. Sonja Pfeiffer kam zu ihm an den Tisch. Franz nippte an seiner Kaffeetasse.

»Erzähl, was möchtest du zu dieser Stunde von einem alten Ermittler. Keiner kommt doch freiwillig mitten in der Nacht ins Polizeidezernat, oder etwa doch?«

Pfeiffer grinste.

»Eigentlich hatte ich dir von daheim zwei SMS geschickt.«, führte sie schulterzuckend weiter aus.

»Als eine Stunde später noch keine Antwort kam, fuhr ich hierher. Naja, hätte ja auch was passiert sein können.«

Franz sah sie an.

»Aber ich wollte dir nur die Arbeit erleichtern, bevor du dich durch die Aktenberge gräbst.«

»Und wie bitteschön sollte das gehen?«

Sonja griff sich die Tastatur seines Rechners und tippte das Wort Affe ein. Büchele, der mitgelesen hatte, wurde skeptisch.

»Und jetzt?«

»Warte es ab.«

Sonja drückte auf die Entertaste.

»So, jetzt sucht der Polizeirechner alles raus, was mit Affen zu tun hatte, sofern je ein Affe erwähnt wurde. Polizeilich versteht sich. Da kannst du in deinen Ordnern so viel lesen, wie du willst. So schnell bist du nicht. Und was wichtiger ist, wenn du was überliest, hast du es überlesen, basta. Aber der Rechner…«, dabei zeigte sie auf den Bildschirm vor sich.

»…der vergisst nichts.«

Wenige Sekunden später erschienen alle Fälle, die in irgendeiner Weise mit dem Wort Affe in Zusammenhang standen. Franz stierte auf den Bildschirm. Affe entflohen aus dem Zirkus. Affentransport zum Flughafen. Laienspielgruppe, der Affe ist los, zu Gast in Heilbronn. Mehr Einträge gab es nicht.

»Das ist nicht, wonach ich suche«, monierte Franz.

»Dann gibt's nichts mehr. Es sei denn, es ist nur in deinem Hirn.«

»Ich spinne nicht, ich habe einen Affen gesehen.«

Ruhig sprach Sonja auf ihn ein.

»Stimmt, ich habe ihn auch gesehen.«

Büchele sah sie verwirrt und rätselhaft an. Hatte sie den Affen wirklich gesehen, oder wollte sie ihn nur dazu bewegen, die Akten nicht weiter zu durchstöbern?

»Und wo hast du ihn gesehen?«, wollte er wissen. Als sie einen Schluck Kaffee genommen hatte, beugte sie sich zu ihm herunter.

»Dort, wo du ihn gesehen hast. Du spinnst nicht, Franz. Und deshalb bin ich hier. Wir beide haben ihn gesehen, zwar mehr unterbewusst als bewusst, aber wir waren nahe dran.«

Büchele konnte sich beileibe nicht erinnern.

»Zum Henker noch mal, wo war es, Sonja?«

Sonja setzte sich mit einem Bein auf Bücheles Tisch.

»Wir waren im Club -Zur Eisenbahn- du erinnerst dich?«

»Und weiter?«

»Dort hat uns Françoise die Zimmer gezeigt.«

Büchele nickte.

»Und wenn ich mich richtig erinnere, war…«

Büchele unterbrach sie und wurde laut.

»Ich weiß es wieder. Es hing im Zimmer von Sylviana, ein kleiner Affe als Halskette und ein Kordelband mit der Zahl 60 am Bücherregal. Ich wusste es. Und 1960 ist Alberts Geburtsjahr.«

Büchele schlug sich gegen die Stirn.

»Und wir Affen haben das nicht gecheckt, weil von uns beiden nie ein Bericht darüber geschrieben worden ist.«

»Genau«, kam die Bestätigung von Sonja Pfeiffer.

Büchele sprang auf und nahm die Beamtin in den Arm.

»Danke für den Denkanstoß, danke. Jetzt müssen wir noch Sylviana finden. Die kann uns bestimmt ein gutes Stück weiterhelfen.«

Inzwischen war es drei Uhr.

»Lass uns zum Frühstücken gehen, Sonja. Hast du Lust oder möchtest du ins warme Bett?«

Die Beamtin sah ihn an.

»Um die Zeit hat doch kein Lokal mehr offen.«

»Komme mit.«

Kommissar Büchele ließ die Akten liegen, schnappte sich sein Telefon und zog Sonja hinter sich her.

Schnell war ihr Ziel erreicht. Menschen waren um diese Zeit auf Heilbronns Straßen kaum noch unterwegs. Büchele setzte den Blinker und parkte vor einem Bistro. In blinkender Neonschrift war zu lesen »Tonys Bistro, 24 Stunden geöffnet«.

Beide Beamten gönnten sich zu dieser Stunde ein frisches Brötchen, Wurst und einen wohlschmeckenden, heißen Latte Macchiato. Die Zeit verging wie im Fluge. Draußen wurde es bereits hell. Als Büchele erkannte, dass Pfeiffers Herangehensweise, quasi sich einem Fall zu nähern, kaum von seiner eigenen Ermittlungs-methode abwich. Zweifellos war Sonja Pfeiffer die technisch versiertere von beiden Beamten. Und sie war draufgängerisch. Franz Büchele schien das mit seiner besonnenen Art und Kombinationsgabe, die nicht jeder verstand, wieder wett zu machen. Er sah auf seine Uhr.

»Wow, wir können uns bald auf den Weg zum Dienst machen«, scherzte er, als sein Telefon klingelte.
Büchele sah auf sein Display. Na, wie wäre es anders zu erwarten gewesen, Gisela rief an.

»Büchele, guten Morgen Gisela, auch schon wach?«, meldete er sich entschlossen.

»Ja, du brauchst dir keine Sorgen machen. … Nein noch nicht. Ich melde mich später. … Danke, dir auch.« Schmunzelnd drückte er auf beenden.

»Gisela machte sich Sorgen. Die Dame macht sich Gedanken um mein Wohlbefinden und um meinen Schlaf.«
Blinkend meldete sich Bücheles Handy noch immer. Sonja winkte ab.

»Werden meine zwei SMS sein. Die kannst du löschen.«

Franz sah sekundenlag wie gebannt aufs Display. Er hatte drei neue SMS. Franz blätterte durch. Zwei waren tatsächlich von Sonja. Und eine weiter SMS mit der Endnummer 5198109. Er schluckte. Von einer zur anderen Sekunde wurde er kreidebleich.

»Die, die Nummer. Die Nummer von Sylviana wird bei mir angezeigt. Was soll ich tun?«
Sonja sah ihn an.

»Na dann öffne die Nachricht. Du hattest doch Françoise deine Karte gegeben. Vermutlich hatte sie deine Karte an Sylviana weitergegeben.«
Franz schob ihr sein Handy über den Tisch.

»Mach du, ich habe das Talent und lösche die Nachricht bei so einem neumodischen Technikkram.«

»Quatsch«, hielt Sonja dagegen und griff sich das in die Jahre gekommene Telefon von Kommissar Büchele. Nach zwei, drei Tastenberührungen war die Nachricht offen. Franz stupste sie an.

»Was steht da? Mach schon, ließ vor.«

Jetzt schluckte Pfeiffer.

»Sie suchen mich. Sie finden mich um sechzehn Uhr in Flein, in der Erlachstrasse, rechtes Gebäude Nummer drei, am See. Fahrzeug bitte bei Ankunft in die Garage stellen. Klingeln Sie bei Moser. Bei Unpünktlichkeit ist ein weiteres Treffen unmöglich. Sylviana.«

»Wow, so schnell hatte ich nicht vermutet, dass wir unsere Unbekannte finden würden.«

»Nicht wir haben sie gefunden, Franz, sie hat uns gefunden. Was ihr einen klaren Vorteil verschafft. Ich rate zur Vorsicht, könnte eine Falle sein.«

Franz winkte ab.

»Wir wollen die Frau nur befragen, mehr nicht. Wo sollte da die Falle sein? Oder denkst du, wir sollten mit einer SWAT-Einheit anreisen?«

Büchele lachte.

»Die Dame ist harmlos, wie ein kleiner Käfer, glaube es mir, Sonja.«

Sonja Pfeiffer vertraute dem Instinkt ihres erfahrenen Kollegen und beließ es dabei.

Sie zahlten und gingen zum Auto, um noch vor allen anderen im Dezernat zu sein.

Jeder, der ins Dienstzimmer eintrat, wunderte sich über die Kollegin Pfeiffer, die aufgeregt hin und her lief, Akten studierte und Fahndungsdokumente las. War sie aus Versehen auf dem falschen Stockwerk gelandet? Zwischendurch verschwand sie zu ihrem eigenen Team nach unten, um Tagesberichte und Ermittlungsstände zu erfahren. Es war mehr Routine, als anstrengende Arbeit.

Kurz vor vierzehn Uhr unterrichtete Büchele den inneren Kreis seiner Kollegen über die SMS, die am Morgen angekommen ist und über seine dienstliche Vorgehensweise. Max und Lilly protestierten und baten Büchele, zumindest einen Sender bei sich zu tragen. Inklusive der Mitnahme seiner Dienstwaffe, die in seiner obersten Schreibtischschublade lag. Franz versprach in Begleitung von Sonja umsichtig zu sein. Um fünfzehn Uhr gingen sie nochmals den Ablauf durch.

»Nur eine nette Befragung, ohne Hausdurchsuchung. Wir haben nichts in der Hand. Ganz gemütlich, verstanden?«

Sonja nickte, als sie nochmals den Zustand ihrer Dienstwaffe prüfte. Franz schüttelte den Kopf. Kurz darauf setzte sich das Duo in einem Dienstwagen in Bewegung. Sonja hatte die Route eingegeben und war sich darüber im Klaren, wohin es ging. Wohnte doch ihre kleine Schwester in Flein, die sie erst letzte Woche besucht hatte. Als sie der Erlachstrasse folgten, wurde diese immer unbefestigter und schien irgendwo im Nirgendwo zu enden. Büchele zeigte nach vorn.

»Wir sind hier richtig. Das Haus, an dem wir vorbeifuhren, hatte die Nummer neunzehn. Somit ist das zumindest die richtige Straßenseite. Fahr weiter, irgendein Gebäude muss noch kommen. Ich denke nicht, dass uns jemand aufs Glatteis führen möchte.«

Und tatsächlich, die Straße folgte dem kleinen Deinenbach um eine Kurve. Jetzt wurden vereinzelte Firmen sichtbar. Sonja fuhr langsamer. Am Ende der Straße, direkt vor ihrer Nase prangerte an einem einstöckigen Firmengebäude die Nummer drei, neben der Firmenbezeichnung »Steinmetzdesign Moser« Im hübsch angebrachten Vorgarten waren Ausstellungsmodelle untergebracht. Kleine putzige Elfen, grimmige Skulpturen und Grabsteine in modernem Design standen aufgereiht herum. Neben dem Gebäude lagerten Rohlinge, Sand und verschiedenes Material. Selbst ein Firmenfahrzeug stand zum Einsatz bereit auf einem Parkplatz.

»Was zur Hölle sollen wir hier? Hier ist eine kleine Firma, nichts wonach wir suchen. Und Sylviana bestimmt auch nicht«, bemerkte Sonja.

Ein kleiner Bürotrakt, war durch eine Doppelgarage, vor der sie parkten, mit der Werkstatt verbunden. Büchele stutze und sah auf die Uhr.

»Es ist zwei Minuten vor vier und keiner da. Was machen wir, aussteigen?«

Beide Beamte waren ratlos. Hatten sie sich doch einiges von diesem Treffen erhofft. Franz sah nochmals deprimiert auf die Uhr. »Vier Uhr«, war der einzige Kommentar, bevor sich das Garagentor, wie mit Geisterhand ratternd nach oben bewegte. Steril weiß waren die Wände. Kalt und unerklärbar das Gefühl der Kriminalbeamten.

»Fahr rein«, beschwor Franz Sonja, die daraufhin den Wagen anließ und langsam in die Garage fuhr. Sie stiegen aus und verließen die Garage, um auf geradem Weg auf die Klingel des Gebäudes zuzusteuern. Zwei Meter davor nahm Büchele die letzten Stufen mit beflügelnder Eleganz. Er schien das alles nicht ganz so verbissen zu sehen, wie seine Kollegin Pfeiffer. Mit dem Finger wies er auf das Namensschild.

»Moser«, dabei drückte er auf den Knopf. Mit einem lauten Bimbam kündigte sie den Besuch im Inneren des Hauses an. Sie wurden bereits erwartet.

Mit einem leisen elektronischen Brummen sprang die Tür aus ihrem Schloss. Franz rief noch, während er gegen die Eingangstüre drückte, ein »Jemand da? Franz Büchele und eine Kollegin von der Mordkommission sind hier. Wir werden erwartet. Hallo Sylviana?«

Die Tür wurde von innen langsam aufgezogen. Pfeiffer, die neben Büchele stand war überrascht.

»Françoise du hier, bist du etwa Sylviana?«

Die Dame im schwarzen Lederdress, die ihnen hinreichend bekannt war, schüttelte ihre blonde Mähne.

»Nein, bin ich nicht, meine Liebe.«

Françoise gab auch Büchele die Hand.

»Kommt herein. Wie ich hörte, habt ihr eine Verabredung?«

Bärbeißig sah Büchele die Dame an.

»Sie haben uns die ganze Zeit verarscht, Sie wussten, wo Sylviana sich befindet und haben es uns nicht gesagt. Warum?«

Françoise, die nicht überrascht von Kommissar Bücheles aufbrausende Art war, behielt die Ruhe und den Überblick. Gelassen lief sie an ihm vorbei auf Sonja zu.

»Aus Sicherheitsgründen, lieber Kommissar. Ich tue es einer Freundin zuliebe. Mehr nicht.«

Sonja sah sie an.

»Und weshalb die Geheimniskrämerei?«

»Ihr bekommt alle Antworten, die ihr benötigt, von Sylviana persönlich. Einen Moment noch.«

Sie drückte wie in einem Kriminalfilm auf einen Buchrücken, der in einem wahllosen Stapel vor ihr zu liegen schien. Lautlos verschob sich die ganze Wand hinter ihnen zur Seite und verschwand in einem weißen Wandschrank. Büchele blieb mit offenem Mund stehen. So etwas kannte er aus Agentenfilmen, aber in Natura hatte er so was noch nie erlebt. Dahinter kamen ein Schreibtisch, ein gemütliches Wohnensemble und ein Sideboard zum Vorschein. Und Sylviana, in einem schwarz grünen Haute Couture Kleid von Jean-Paul Gaultier. Sie sah bezaubernd darin aus und war flankiert von zwei Dobermännern, die das Ganze wohl kaum interessierte. Sie lagen eher gelangweilt an ihrer Seite. Mit einer Handbewegung begrüßte sie die beiden Kommissare und bat sie, Platz zu nehmen. Franz Büchele stand da und bewegte sich nicht. Er schien von ihrem Kleid beeindruckt zu sein. Die Schuhe, die rot leuchtenden Haare, alles passte farblich und stylistisch zusammen, wie bei einem Bankett auf einem Märchenschloss. Aber das schien nicht das zu sein, was Büchele beeindruckte, es war etwas ganz, ganz anderes. Er kannte die Frau. Zwar nur flüchtig, aber er kannte sie. Er zeigte mit dem Finger auf sie.

»Ich kenne Sie aus dem, dem, aus dem Datingschuppen. Sie saßen mit mir an einem Tisch«, begann der Kriminalbeamte wütend seinen Satz.

Sylviana lächelte ihn an.

»Stimmt, Herr Büchele«, dabei zog sie ihre Augenbrauen gekünstelt nach oben. Sie saß auf einem Stuhl. Die Beine züchtig übereinandergeschlagen und wartete darauf, dass Franz Büchele sich setzte. Sonja Pfeiffer, die Platz genommen hatte, zog ihn zu sich auf die Couch. Auf dem Schreibtisch lagen wohlgeordnet Akten neben einem unscheinbaren Kästchen. Blumen standen in einer Vase und nichts deutet auf etwas Ungewöhnliches hin. Ganz leise flüsterte Franz Sonja etwas zu.

»Jetzt wäre eine gute Gelegenheit für das SWAT-Team.«

Françoise, die sich zu der Runde gesellt hatte, brachte ein Tablett mit Getränken und Gläsern auf einem antiken Servierwagen vom Nebenraum herein. Likör, Whisky, Bier, Wein und Kaffee, alles schien vorhanden zu sein. Françoise fragte höflich nach.

»Einen Kaffee oder Aperitif, die Herrschaften?«
Sonja nahm ein Wasser und Büchele tendierte zu einem Kaffee. Françoise stellte alles bereit und schenkte ein.

»Kommissar, Sie nehmen ja nur Milch, wenn ich richtig informiert bin.«
Kommissar Büchele wunderte sich noch, woher die Dame das wusste, verwarf den Gedanken aber sofort wieder.

»Sie suchen mich, Herr Kommissar, und hier bin ich.«
Büchele wollte sofort zur Befragung übergehen, als Sylviana ihm zuvorkam und ihrerseits begann.

»Herr Kommissar, geben Sie mir die Möglichkeit einiges klar zu stellen, danach, sofern nicht alle Fragen beantwortet sind, haben Sie die Chance mich in die sprichwörtliche Mangel zu nehmen. Einverstanden?«

Galant, wie Büchele trotz seiner Neugierde war, stellte er sein Anliegen zurück und nickte bereitwillig.

»Wie Sie sehen Herr Kommissar, ist es für mich noch nicht mal einfach jemanden zu treffen. Ich muss Sie, so leid es mir tut, heimlich treffen.«
Büchele sah sich um.

»Dann ist der Name Moser an der Tür nicht echt?«

»Die Firma gehört einem Partner von mir«, versuchte Françoise die Zweifel des Beamten auszuräumen.

»Zum Schutz von meiner besten Freundin. Hierher kann sie sich ungestört zurückziehen, ohne belästigt zu werden. Aber in solch einem Fall wären ja auch noch Mars und Pluto da.«

Als ihre Namen erwähnt wurden, standen die Dobermänner auf und spitzten die Ohren.

»Nun, ich möchte Ihnen, damit Sie mich verstehen, meine Geschichte näherbringen. Vermutlich kann ich Ihnen in ihrer Denkweise so ein stückweit behilflich sein.«

Sie nippte an einem Glas Wasser, ehe sie begann.

»Ich möchte Ihnen meine Situation erläutern. Mein richtiger Name ist Amber Satchmore und«, sie machte danach eine kurze Pause.

»Ich bin Amerikanerin. Nicht erschrecken, es wird gleich noch verwirrender für Sie.«

Sylviana alias Amber sah abwechselnd beide Heilbronner Beamten an. Als Büchele die Dame vor sich genauer musterte, fiel ihm ein kleines unscheinbares Tattoo oberhalb ihres Knöchels auf. Der Affe. Büchele hatte Recht. Nur weshalb wurde der ganze Aufwand hier betrieben? Er verstand die Zusammenhänge nicht. Ohne Sylviana zu unterbrechen, zog er Rückschlüsse aus all den ungewöhnlichen Ereignissen der letzten Monate. Der kleine Affe an ihrem Fuß ging ihm nicht mehr aus dem Sinn.

»Nun, Herr Büchele, ich besitze viele Identitäten.«

Dabei griff sie in das kleine Kästchen auf dem Schreibtisch, fischte einige Pässe heraus und fuhr fort.

»Mein Vater ist der amerikanische Botschafter in Kanada. So viel zum besseren Verständnis. Lenox Satchmore, das können Sie auch getrost überprüfen. Ich wurde in Lukeville, einem kleinen verschlafenen Ort nahe Tucson Arizona geboren. Sie wissen, wo Tucson liegt? Ich nehme es mal an. Die ersten Jugendjahre verbrachte ich dort. Klar, mehr mit meiner Mama Mira Popovic. Sie besaß, wie ich auch, zwei Staatsbürgerschaften. Die amerikanische und die des damaligen

Jugoslawien. Soweit alles verstanden? Ich lernte während dieser Zeit meine erste große Liebe kennen.« Amber genoss den Gedanken an diese Zeit.

»Es war Alexandro Perco, ein Junge, der aus Mexiko herüberkam und an der gleichen Uni studierte wie ich. Irgendwie trennten sich unsere Wege, als meine Mama zurück nach Belgrad, ins heutige Serbien wollte. Daddy ließ sich erweichen und wir zogen dorthin. Alles war ok. Brieffreunde blieben wir trotzdem. Ich bekam neue Freunde. Darunter war auch Ivo Kralic. Er war auf den ersten Blick ein scheinbar netter Mann. Wie es halt so ist, verliebten wir uns ineinander. Ein Jahr später wurde er bestimmend und eifersüchtig, bedrohlich, brutal und er schlug mich. Nicht nur einmal, mehrmals. Es kam mir dabei zugute, dass mein Dad innerhalb Serbiens versetzt werden sollte und ich wäre somit aus seiner Reichweite gewesen. Ich erzählte Dad die ganze Geschichte. Auch von der Prügel, die ich von Ivo bezogen hatte. Dad, der die Sachlage erkannte, reagierte sofort. Frauen zu schlagen, sagte er immer, nein das geht gar nicht. Am nächsten Abend kam Dad mit zwei wundervollen Uhren im Partnerlook zurück. Ich sollte Ivo eine übergeben. Darin befand sich, nachdem Dad die ganze Sache seinem Vorgesetzten berichtet hatte, jeweils ein eingebauter Peilsender. Nachteilig daran war, man konnte pardon für meine Ausdrucksweise, das Scheißding nur orten, wenn ein Satellit über sie hinwegflog. Aber damals war es ein Fortschritt, dachte ich zumindest.«

Büchele rutschte aufgeregt auf seinem Hintern herum, immer einen Blick auf die Hunde gerichtet. Aufzustehen getraute er sich nicht.

»Herr Büchele, ich war damals so groß..., Sie entschuldigen, das Wort großkotzig, dass ich dachte,

304

unantastbar zu sein. Am Abend des Abflugs, übergab ich Ivo freudestrahlend die neue Uhr und zeigte ihm meine Partneruhr. Ich naives Huhn, hätte es lieber gelassen. Ich erzählte ihm, um ihn leiden zu lassen, ich wäre schwanger und verschwand nach Hause. Ich war die blödeste Pute, die Sie sich vorstellen konnten. Wir zogen in Serbien von Ort zu Ort. Aber Ivo fand mich immer wieder. Er drohte, mich zu töten und da entschloss sich Vater, das Land mit mir zu verlassen. Ivos Vorliebe für Schnellfeuerwaffen, dem Bogensport und das Leben in Wäldern, wurde für ihn zur zwanghaften Vorstellung. Er übte schon früh in Schützenvereinen und er wurde einer der Besten. Ich habe den Verdacht, dass er irgendwann jemanden töten würde. Vater wurde wieder versetzt. Wir gingen nach Deutschland. Wir zogen vor elf Jahren in die Nähe von Jagstfeld hier ins Ländle, wie Sie so schön sagen. Ich dachte, ich bin das Problem los, aber hier begann es erst wirklich. Eines Tages erreichte mich ein Brief über die kanadische Botschaft. Post von Alexandro Perco. Wir trafen uns hier in der Gegend und er ging einer, sagen wir mal einer Aushilfsarbeit bei der Botschaft nach. Ich wurde schwanger von ihm. Ein Jahr nach dem Geburtstag unserer Tochter Leonie heirateten wir. Und den führsorglichsten Opa, Alexandros Vater, lernte ich erst da kennen. Sie haben ihn bei der Datingparty gesehen. Alexandros Vater Michele. Er beschützt mich noch bis heute, so gut er kann vor Ivo und seinen Schergen. Und dann kam, was kommen musste. Ivo hatte uns aufgespürt.«

Sylviana hob die Hände in die Höhe.

»Weiß Gott wie. Aber er fand uns. Er behauptete, das Kind sei von ihm und forderte sein Recht als Vater ein. Ivo wurde von da an immer schizophrener. Er legte uns im Wald erlegte Tiere und eine tote Katze vor die Tür. Widerlich. Ich hätte nachgeben können und es einfacher haben können. Schon damals hätte ein Bluttest Aufschluss darüber gegeben, wer der Vater ist. Aber Alexandro lehnte ab. Er wusste, wenn das Kind nicht Ivo gehören würde, dann würde er mich und Leonie töten. Ich hatte ihn ja belogen. Ich zog wieder weiter, kreuz und quer durch Deutschland. Immer unter anderem Namen, anderes Aussehen und immer mit der Angst, er würde mich finden. Und dabei fand ich eine liebe Freundin, Françoise. Ihr war es bei ihrer Arbeit ähnlich ergangen wie mir. Wir wurden von Männern gedemütigt und benutzt. Geschlagen und gefügig gemacht. Wir beschlossen, den Schweinehunden von Freiern Auge um Auge alles heimzuzahlen. Wir schmiedeten ein Komplott für die Ewigkeit. Wir wollten geschundenen und bedrängten Frauen beistehen. Was lag da näher, als sich anzufreunden? Wir mussten uns irgendwie zusammenschließen. Sie verschaffte mir eine Identität im Club, und ich mir nebenbei einen Job unter falscher Identität im Krankenhaus. Als Diplomatentochter besitzt man da einige Möglichkeiten. Der Job im Club tat gut, man lernt interessante Menschen kennen und glauben Sie mir, Kommissar, ich schlief niemals mit einem Kunden. Niemals. Alexandro und ich hatten zwei verschiedene Wohnsitze und irgendwann machte Alexandro den Vorschlag, die ganze Sache nüchtern mit Ivo Kralic zu besprechen und lud ihn zu einem Golfspiel ein. Das war irgendwo bei Wurmbach. Danach habe ich nichts mehr von Alexandro gehört. War er abgehauen? Hatte Ivo ihn bestochen? War ihm was geschehen? Ich konnte wohl kaum zu den deutschen Behörden laufen und sagen, hallo, ich suche einen illegalen Einwanderer. So blieb mir nichts anderes übrig, als alle Zelte in Jagstfeld abzubrechen. Ich weiß, dieses Schwein Ivo hat meinen Alexandro auf dem Gewissen. Aber ich kann es nicht beweisen. Nur diese blöde Uhr mit dem Chip, erinnert mich ständig an ihn und seinen Grausamkeiten. Wäre da nicht meine Tochter. Ich würde ihn umbringen, wenn ich ihn in meine Hände bekommen würde. Wie gesagt Alexandro war verschwunden und somit war auch mein Rückhalt verschwunden. Aus diesem Grund kontaktierte ich meinen Dad in den Staaten.«

Sylviana begann zu weinen.

»Der bekommt seine gerechte Strafe noch, Amber«, flüsterte Büchele ihr zu.

»Dad tat, was er konnte.«

Sie zeigte auf einen kleinen Anhänger auf dem Tisch.

»Dieses Ortungsgerät, der kleine Affe, zeigt bis auf fünfzig Meter genau seinen Standort an. Das Äffchen gibt mir zumindest eine kleine Sicherheit. Ich habe es damals von Dad zu den verdammten Uhren bekommen. Und jetzt bin ich dauernd in Furcht vor der Bestie. Aber durch dieses Gerät kenne ich jetzt einen seiner Aufenthaltsorte. Den Ort wo er schläft und übt. Ein altes Fabrikgelände außerhalb der Stadt, es war mal eine Maschinenfabrik.«

Amber trocknete sich ihre Augen und berichtete weiter.

»Und als ich Monate später Albert Pfoh, den nettesten Bauern im Ländle gefunden hatte, schien mein Glück perfekt zu sein. Wir schmiedeten geheime Pläne für unsere Zukunft. Aber irgendwann kam Ivo in den Club und schwor mir, jeden Mann zu töten, der in meine Nähe kommen würde. Wir verheimlichten unsere Liebe so gut es ging. Aber Ivo hat vermutlich auch Albert vergrault oder bedroht. Denn er meldete sich nicht mehr bei mir. Und das seit jetzt über acht Wochen. Dann erfuhr ich das er tot ist.«

Büchele sah im Eck den blauen Rucksack von Albert stehen und wusste, sie hatte ihm kein Leid angetan. Daneben, in einem Schirmständer standen Pfeile, die auch Sonja aufgefallen waren.

»Wem gehören die?«, wollte Sonja wissen. Amber winkte ab.

»Ivo, der Scheißtyp, hatte sie vor einigen Jahren vor das Haus gelegt. Ich konnte sie nicht wegwerfen, sie sind doch so schön, oder?«

»Können wir die Pfeile vielleicht zum Spurenabgleich mitnehmen?«, fragte Sonja Pfeiffer. Françoise, die hinter ihr stand, ging zum Schirmständer und zog einen heraus. Sonja zog sich ein paar Gummihandschuhe aus der Jackentasche und griff nach dem Pfeil.

»Danke Françoise.«

»Amber, du musst jetzt stark sein. Wir bekommen den Typ verstanden?«

Amber nickte.

»Wir haben die Leiche von Alexandro und Albert gefunden. Beide wurden ermordet.«

Amber begann zu heulen und kurz darauf zu schreien.

»Amber, wenn wir den Typ orten, dann bezahlt er für die Gräueltaten.«

Hasserfüllt sah Amber Büchele an.

»Ich würde am liebsten meine Hunde auf den Verbrecher Ivo Kralic loslassen, sie würden ihm jedes Stück seines Fleisches vom Körper reißen und mit Wollust verspeisen. Aber Sie haben Recht, Herr Kommissar. Er soll im letzten Loch dieser Welt verrecken. Nur einen einzigen Wunsch habe ich.«

»Welchen?‹

»Schwören Sie mir bei der Liebe zu einer Frau, dass Sie ihn verhaften und ich das Loch aussuchen darf, in welches er von mir gestoßen wird?«

Büchele schien daran keinen Anstoß zu nehmen, zumal er an der Ernsthaftigkeit dieses Satzes zweifelte.

»Ich schwör's.«

Françoise mischte sich ein.

»Damals, Herr Büchele, wurde eine von uns, die Sie wohl leichte Mädchen nennen, aufs brutalste vergewaltigt und misshandelt.«

Françoise baute sich drohend vor dem Beamten auf.

»Und wir haben uns geschworen, so einen Vorfall nie wieder geschehen zu lassen. Haben Sie es verstanden? Aber wir halten uns diesmal zurück. Morgen ist Ihr Tag, Herr Kommissar, und deiner auch Sonja«, dabei nahm sie ihre Freundin in den Arm.

Kommissar Büchele schien eine zweideutige Andeutung zu vernehmen die er nicht verstand.

»Ich lasse die Daten prüfen und Sie kommen ins Präsidium. Ok?«

Amber nickte und brachte die zwei Beamten an die Tür. Höflich verabschiedeten sie sich.

Florence in Colorado

Sonja sah Büchele fragend an. Noch standen sie vor der Garage und das Rolltor bewegte sich nach oben, da hatte Franz seinerseits eine Gegenfrage parat.

»Isch was?«, fragte Büchele trocken, der die Blicke seiner Kollegin förmlich gespürt hatte.

»Tja, Chef, die Sache wird für dich blöde ausgehen.«
Verständnislos sah Franz sie an.

»Wieso?«

»Du hast Heike versprochen, den Täter zu finden, ihn zur Strecke zu bringen. Und was noch mutiger war, du hast Amber geschworen, ihr den Schuldigen zu übergeben.«

»Hab' ich das?«, tat Büchele unschuldig.

»Ja, das hast du«, bestätigte Sonja Pfeiffer. Büchele ließ den Wagen an und fuhr aus der Garage. Locker lässig machte er eine Ansage.

»Jetzt abwarten, was geschieht. Dann sehen wir, was dabei rauskommt. Vielleicht läuft alles ganz anders. Die Gerechtigkeit siegt meistens, glaube es mir. Wie hat mal eine alte Dame gesagt: Die Mühlen der Gerechtigkeit mahlen langsam, aber stetig.«

Verwundert über Bücheles Optimismus, mit einem Blick auf ihre Armbanduhr, lehnte Sonja sich kopf-schüttelnd zurück.

Franz fuhr zurück zur Dienststelle. Schnell war ihr Fahrziel erreicht, als er Sonja auf dem Parkplatz neben ihrem Wagen absetzte. Mit einer flüchtigen Hand-bewegung verabschiedete er sich und fuhr in Richtung seines Wohnortes.

Franz hatte eine schlaflose Nacht hinter sich, als er lustlos am gemeinsamen Frühstückstisch saß und grübelte. Wie würden die nächsten Tage verlaufen? Würde er sein gegebenes Versprechen halten und den mutmaßlichen Mörder verhaften? Arbeitete der gesuchte Ivo Kralic allein? Oder hat er einen Partner? Wie sah er überhaupt aus?

»Guten Morgen, Franz.«

Gisela und Lilly betraten die Küche. Lilly, die mit unsinnigen Fragen nie hinterm Berg hielt, stellte die erste Frage des Tages.

»Was geht heute bei der Arbeit ab? Liegt was Wichtiges an oder kann ich daheimbleiben und Musik hören?«

Büchele glaubte nicht richtig gehört zu haben.

»Lilly, heute oder in den kommenden Tagen wird einer der besten Tage meines Lebens sein und dazu benötige ich deine Hilfe, meine Süße.«

Lilly verstand nicht den rhetorisch angelegten Satz von Büchele und legte selbst mit einem lockeren Spruch nach.

»Na, wenn es so ist, deinen Lottoschein kann ich dir auch hier ausfüllen, wo ist er?«

Büchele lachte.

»Lilly, ich dachte daran einen Mordfall aufzuklären. Oder besser noch, einen Mörder dingfest zu machen.«

Sie freute sich und bekam große Augen.

»Echt? Einen Mörder festnehmen, mit allem Drum und Dran? Geil!«

Büchele stand auf und ging in den Flur. Auf dem Sideboard lag der Pfeil von Amber. Mit einem Tuch hob er ihn an und zeigte ihn Lilly.

»Den Pfeil bringst du zur Spurensicherung und wenn ich richtigliege, entspricht die DNA auf dem Pfeil, der gleichen wie der, welche Sonja an Alexandro Perco fand. Wir hatten doch damals auch eine fremde DNA an

Albert Pfoh gefunden. Vielleicht gibt es auch hier eine Übereinstimmung.«

Lilly strahlte, als John und Polly den Raum betraten. John sah den Pfeil in Bücheles Händen.

»Haben wir einen Treffer?«, wollte er wissen. Stolz nickte Franz.

»Vermutlich ja, und wir haben auch bald den Täter, wenn die DNA daran mit unserer Spur identisch ist.«

»Bravo«, kam es von John, der sich an den Frühstückstisch setzte.

Gisela hatte alles angerichtet, die Brötchen und die Eier verteilt und kam zu einem Schluss.

»Gosch halde, esse! En guade Appetit mitenand. Im Geschäft könneter weiter fachsimple, verstande?«
Nach dem ausgiebigen Frühstück trug Lilly den Pfeil wie eine Ikone vor sich her.

Lag die Lösung in einer DNA-Spur? Es wurde diesen Morgen keine Minute im Dezernat vergeudet. Alle wichtigen Leute wurden über und für einen eventuell bevorstehenden Zugriff instruiert. Krüger stand, wie immer, an Bücheles Seite. Aber diesmal war seine Kollegin Sonja Pfeiffer mit von der Partie. Zwei Stunden später kam der forensische Befund. Die beiden DNA-Proben waren identisch. Somit schien Ivo Kralic als Täter in den Fokus der Fahnder zu rutschen. Büchele war bei dem Aufgebot, welches Sonja und Max auf die Füße stellten, nicht von der Ergreifung des Gesuchten überzeugt. Schnell rief er eine kleine Runde von Beamten an seinen Tisch. Lilly, John, Kaufmann und Krüger standen Gewehr bei Fuß. Sonja hatte ihre Dienstwaffe gegen eine Beretta 92 getauscht, da ihre Alte verschiedene Probleme, wie Ladehemmung und ungenauer Schusseigenschaften, aufwies. Sie eilte zur Gruppe. Büchele sah in die Runde.

»Meine Damen und Herren, ich denke die Angelegenheit geht in die Hose.«

Jeder sah ihn hellhörig an.

»Wenn ich der Täter wäre und mitbekommen würde, wie Sondereinheiten durch die Gegend flitzen und Hubschrauber über meinem Gebiet kreisen, da könnte ich eins und eins zusammenzählen.«

»Und was wäre dein Vorschlag, Franz?«

»Ich würde einen großen Radius ziehen. Hier könnten die Kräfte alle Zufahrtsstraßen sperren, alle Gebäude besetzen, sichern und abwarten. Wir haben noch nicht mal ein Peilgerät, geschweige denn genaue Angaben über den Aufenthaltsort des Gesuchten. Mein Vorschlag wäre, Sonja und ich besuchen den Herren Zuhause. Sofern wir mal wissen, wo sich dieses Zuhause befindet. 200 Meter weiter postieren sich John und Max. Sozusagen als kleiner Notfalltrupp im Fall, dass etwas schiefläuft. Und im großen Radius, ab 500 Meter, sichern die Kollegen der Bereitschaftspolizei und des SWAT-Teams.«

»Gute Idee, Franz.«

Ungeachtet dessen, läutete neben ihm sein Dienstapparat. Dafür hatte Franz jetzt keinen Kopf und hob den Hörer erst gar nicht ab. Erst als sein Vorgesetzter Dirk Kastfeld in Begleitung des Staatsanwalts Krümmbusch das Büro betrat, wurde er stutzig. Ungehalten über seine Aktion, kam dieser an seinen Tisch, baute sich vor ihm auf und brüllte ihn an.

»Mensch Franz, weshalb gehst du nicht ans Telefon!«

Etwas schien in Bewegung zu sein, wenn sich die hohen Herren zu ihm begaben. Etwas, das er nicht im Griff hatte und scheinbar außerhalb seiner Zuständigkeit lag. Es schien wichtig zu sein, und doch ignorierte Kriminalhauptkommissar Büchele es völlig.

»Chef, ich habe keine Zeit. Ich muss einen Einsatz planen, später vielleicht. Es sei denn, unsere Bundeskanzlerin ist am Apparat«, begann er lachend zu scherzen.

Noch immer schrillte unaufhörlich Bücheles Dienstapparat. Kastfeld und Krümmbusch standen auffordernd und stumm vor dem Beamten Büchele.

»Die Bundeskanzlerin ist es nicht, aber ebenso wichtig!«, bemerkte der Staatsanwalt. Unterschwellig erkannte Büchele die Anspielung und griff nach dem Telefon. Er meldete sich vorschriftsgemäß.

»Kriminalhauptkommissar Büchele am Apparat.«

Büchele wurde kreidebleich und setzte sich während des Telefonats langsam auf seinen Stuhl.

»Ist in Ordnung, Herr Botschafter. … Selbstverständlich Mr. Satchmore, es wird alles getan, mein Wort darauf. … Nein, Ihre Tochter ist noch nicht hier. … Gleich? … Ok, wir werden tun, was ihrer Tochter dienlich sein wird. … Danke, Herr Botschafter. … Ich? … Wo? Nach Arizona? … Jawohl, Herr Botschafter, nach getaner Arbeit, versprochen. … Jepp. Ihnen, Herr Botschafter, wünsche ich ebenfalls einen wundervollen Tag. Büchele Ende und aus.«

Büchele legte zitternd den Hörer zurück, wischte sich den Schweiß von der Stirn, bevor er zu berichten begann.

»Das war Lenox Satchmore, der kanadische Botschafter, Ambers Vater. Er meinte, wenn wir nicht alles tun, was Amber wünscht und den Mistkerl nicht fangen und ich mein gegebenes Versprechen nicht einhalte, tja dann…«

Büchele holte nochmals tief Luft.

»…dann liefert er mich aus irgendwelchen Gründen auch immer, zum Beispiel wegen Spionage, an die

Russen aus und verspricht mir einen erholsamen Urlaub in einem Gulag meiner Wahl.«

Wie aufs Stichwort kam Amber mit ihren Hunden durch die Tür. Gefolgt von Françoise, sowie zwei Bodyguards der kanadischen Botschaft im Schlepptau. Jeder von ihnen war in schwarz gekleidet.

»Hallo, Herr Büchele«, begrüßte sie den Beamten.

»Hat mein Dad bei Ihnen angerufen?«

Franz schluckte kurz und antwortete mit einem nicken. Françoise überreichte Hauptkommissar Büchele einige mitgebrachte Taschen, die mit dem Emblem der Botschaft versehen waren. Sie legte deren Inhalt auf Bücheles Tisch. Darunter waren zwei Peilsender, drei Nachtsichtgeräte und zwei riesengroß wirkende Bowiemesser. Selbst drei nagelneue Beretta 92, inklusive Reservemagazine lagen bei. Alle machten große Augen.

»Wie kommt man bei uns an der Pforte mit solch einer Bewaffnung vorbei?«, wollte Büchele wissen. Staatsanwalt Krümmbusch, der seine Aktentasche unter dem Arm hielt, zeigte wortlos mit seinem Finger nach oben.

»Befehl von oben, Franz«, mischte sich jetzt sein Vorgesetzter Kastfeld ein.

»Und wenn du es vergeigst Franz, dann gehen wir alle. Du und deine Angestellten, Krümmbusch und meine Wenigkeit. Wenn wir Glück haben, dürfen wir unser Leben lang Parkknöllchen verteilen. Aber dir scheint Botschafter Satchmore persönlich mitgeteilt zu haben, wohin du gehst.«

Kastfeld und Krümmbusch machten auf dem Absatz kehrt und verschwanden durch die Tür.

Ambers Telefon klingelte. Gekonnt klappte sie es auf.

»Hallo Dad. … Yes. … What? … Ok five minutes to go. … Touchscreen?«

Sie blickte sich um.

»Yes Sir. There is one. … Ok, bye.«

Amber wandte sich Büchele zu.

»Mein Dad hat die Freigabe, die Daten vom Satellit zu ihrem Touchscreen Bildschirm zu senden. Ist das ok?«

Büchele konnte nur überrascht nicken. Amber schnappte sich die beiden Peilsender und ging hinüber zum Kartentisch, gefolgt vom ganzen Tross der Beamten. Allen voran Kaufmann, den diese Technik in diesem Augenblick mehr interessierte als alles andere.

»Kann ich was tun?«, war seine Frage an Amber, die noch flankiert von den Hunden vor den Tischen stand. Lilly knipste die Übertragungsleiste an. Nichts geschah. Sonja nahm sich mit einem freundlichen Lächeln einen der Sender.

»Darf ich?«

Amber nickte.

Nach einigen Justierungen sah man ein Satellitenbild. Amber versuchte zu zoomen.

»So ein Murks.«

Sofort stand Lilly ihr zur Seite.

Sie machte sich an dem kleinen handlichen Sender zu schaffen.

»Da drehen, hier einloggen und jetzt wird's mal richtig scharf.«

Amber übergab Lilly das Gerät.

»Danke. Hier, mach du. Du kannst es anscheinend besser als ich.«

»Hier, hier ist das Signal«, freute sich Lilly, während Rainer versuchte das Gebiet einzugrenzen.

»Chef, ich bekomme die Daten, bis auf fünfzig Meter genau. Hier sehen Sie?«

Als der Bildschirm dunkel wurde und nur noch ein flimmern zu sehen war glaubte jeder an einen Defekt des Satelliten. Lilly hatte die Situation als einzige begriffen.

»Wir haben das Signal für 160 Minuten verloren. Der Satellit schwirrt jetzt auf der mondabgeneigten Seite. Keine Panik. Danach haben wir ihn wieder für knapp zwei Stunden. Letzte Koordinaten lagen nördlich des Stadtkreises von Heilbronn.«

Sie sah zur eigenen Bestätigung nochmals nach.

»Ja, meine Damen und Herren. Dort, wo in den kommenden Jahren die Bundesgartenschau eröffnet wird. Verlassene Gärten, Lauben und Fabrikgelände in großer Zahl. Heilbronn war nicht untätig gewesen. Es wurden frühzeitig die benötigten Flächen und Grundstücke erworben. Jetzt steht alles leer. Bis die Stadt beginnt umzubauen, dauert es noch Jahre. Hier leben nur noch die, denen niemand von uns gerne begegnen möchte. Junkies und Gangs. Hier wird in den Straßen nach eigenen Regeln gekämpft. Viel Spaß bei eurem Einsatz.«

Büchele schnaufte hörbar laut aus.

»Der Typ hat sich ein Gebiet ausgesucht, wo ihn niemand sucht, er aber auch nicht leicht aufzustöbern ist. Verdammt! Wir müssen dort rein. Lilly, kannst du den letzten Standort näher bestimmen?«

Lilly tippte auf den Bildschirm.

»Jepp. Er ist entweder im alten Spinnereibetrieb oder nebenan in der stillgelegten Kiesgrube.«

»Max, du und John, ihr nehmt euch die Kiesgrube vor. Wir fahren los wenn es dunkel wird. So schöpft niemand Verdacht, wenn ich mit Sonja nachkomme. Sollte da nichts sein, stoßt ihr zu uns vor, ok?«

John und Max nickten.

»Lilly, wie lang noch, bis wir ihn sehen?«

»Zeit minus 152 Minuten, Franz«, rief Lilly. Bestätigend hielt er den Daumen in die Höhe.

»Rainer, du bleibst hier bei Amber und Françoise. Wenn es was gibt, rufen wir nach euch.«

Rainer nickte. Büchele sah Sonja an.

»Du kommst mit mir, sofern du heute kein Date mehr hast.«

Pfeiffer lächelte.

»Ok, ich bleib an deiner Seite.«

»Ich hoffe, die rechnen nicht mit unserem Besuch.«

Amber unterhielt sich angeregt am Kartentisch mit Lilly und Rainer. Zu gut für Bücheles Geschmack. Was sollte er tun? Die Hände wurden ihm von einem Bürokraten gebunden, von Ambers Vater.

Max und John fuhren los als es fast dunkel war. Sie versteckten sich frühzeitig, abseits der Kiesgrube, als ein alter Pick-up langsam die Straße entlangkam. Das Nummernschild war durch Matsch und Dreck unleserlich. John zog seine leichte Sommerjacke über und kramte nach dem Nachtsichtgerät, welches er sich zusammen mit dem Bowiemesser vom Kartentisch genommen hatte. Es war noch nicht ganz dunkel. Dinge, die sich unter den alten Laternen befanden, konnte man noch gut erkennen.

»Verdammt noch mal, jetzt wird es schnell duster«, merkte Max an. John, der sich das Nachtsichtgerät über den Kopf gezogen hatte, sah ihn an. Jeder restliche Lichtstrahl wurde um das Hundertfache verstärkt. Max brach in Lachen aus, als er mit der Hand auf John zeigte.

»Du siehsch aus wie en Nachtgrapp mit Brill«, gab er kichernd von sich. John unterbrach ihn schlagartig.

»Hast du das alte Auto gesehen. Der LKW, der an uns vorbeifuhr?«, fragte er seinen Kollegen Krüger. Nichtsahnend antwortete der.

»Ja, warum? Gab es da was Besonderes?«

»Welcher Idiot fährt hier mit abgedeckter Pritsche herum? Doch nur der, der etwas zu verbergen hat.«

Unwissend zuckte Max mit den Achseln. Das Auto bog in die Seitenstraße zur alten Spinnerei ab, als sie es aus den Augen verloren.

»Psst, sei ruhig!«, forderte John jetzt Max zum Innehalten auf.

»Er hat angehalten, ich höre kein Motorengeräusch mehr!«

Die Gegend war unheimlich. Sie wirkte nicht gerade einladend. Hier hielten sich Menschen auf, die etwas zu verbergen hatten. Zertrümmerte Glasscheiben, herausgerissenes Inventar. Selbst alte Industriemaschinen hatten Randalierer auf die Straße gezerrt. Graffiti mit seltsamen Parolen schmückten die trostlosen Fabrikwände. Hier war früher der Puls der Stadt, bis man sich entschloss, das Gebiet anderweitig zu benutzen und zu sanieren. Aus alten Wasserrohren blubberten unaufhörlich kleine Rinnsale hervor und es stank nach Kloake.

Max sprach leise in sein Headset.

»Jäger 1 an Rudelführer. Jäger 1 an Rudelführer, die Ente ist vermutlich gelandet. Ende.«

Sekunden später vernahm er die Bestätigung der Übermittlung.

»Büchele an Jäger oins, wer bisch du? Bisch du des, Max?«

Max wurde wütend. Franz konnte sich wohl nie an Regeln halten, geschweige neue zügig erlernen.

»Jäger 1 an Rudelführer«, sprach er leise und ruhig ins Mikrofon.

»Jäger 1 an Rudelführer, wer denn sonst? Wir melden uns, wenn es was Neues gibt. Liegt ihr im Zeitplan und kommt ihr um Neunzehnhundert am Nest an?«

Nichts geschah bis Lilly sich meldete.

»Jäger 1, die kleine Wachtel hat den Funk übernommen. Rudelführer wird mit Adler eins um Neunzehnhundert plus Zwei Null bei euch vorbei sein. Klärung der Info nicht möglich, da schwarzer Wolf und schwarzes Schaf den Einsatz begleiten wollen. Bitte bestätigen. Wachtel Ende and Out. Macht's gut Jungs.«

»Wachtel, Jäger 1 bestätigt Info.«

Büchele der sich noch immer im Dienstgebäude aufhielt ließ sich die Grundrisse der umliegenden Gebäude von Rainer zeigen, die annähernd dem entsprechen sollten, was im Abrissviertel noch stand. Franz sah sich die Karten an, während Rainer sie scannte und aufs Handy von Max und John lud.

»Chef, ich habe die Luftaufnahmen, hier sind sie, die sind aktuell. Aber das hier ist das Sahnestückchen«, dabei zeigte er auf alte Zeichnungen.

»Ich hatte bei meiner Prüfungsarbeit ein kleines Programm geschrieben, das den Verfall von Häusern und Straßen simuliert. Hier ist mein Prachtstück.«

Jetzt zeigte er auf eine Grafik, die er mit einer Handbewegung auf dem Bildschirm an die Wand warf. Man sah, wie sich die Bausubstanz in jeder Sekunde ein Stück veränderte.

»Grandios«, bemerkte Amber.

»Geile Sache«, bemerkte Françoise. Eine Steigerung dieser Anerkennung war unmöglich. Sonja, die nicht von Bücheles Seite wich, sah auf die Uhr und zupfte Franz am Ärmel.

»Wir müssen los, Franz.«

Franz nickte. Sonja zog eine der schusssicheren Westen über, schnappte sich ein Messer und nahm das Nachtsichtgerät vom Tisch.

»Für alle Fälle, sowas schadet nie.«

Er griff sich die Dienstwaffe aus seiner Schublade, kontrollierte sie und ging aus der Tür. Mit dem sprichwörtlichen kleinen Mann, dem Headset im Ohr, hatte er jederzeit Kontakt zu jedem Ermittler und zu seiner Zentrale. Auf eine schusssichere Weste verzichtete er, wie üblich. Gefolgt von Sonja Pfeiffer, schritt er zielstrebig zu seinem Wagen. Mit einem alten, in die Jahre gekommenen Fahrzeug würde er am Einsatzort nie auffallen. Mit dem Gaspedal ließ er den Motor des 20V kurz aufheulen. Zügig setzte er sein Gefährt in Bewegung. Erst als sie ins alte Industriegebiet einbogen, drosselte er sein Tempo. Mit Schritttempo rollte er durch die Straßen des alten Areals. Vorbei an Max und John, blieb er einen Häuserblock weiter stehen. Beide stiegen leise aus.

Ohne unnötige Geräusche zu verursachen, versuchten sie sich in der schützenden Dunkelheit zu bewegen. Sonja sah zum Himmel, gerade rechtzeitig verdunkelten aufkommende, schwarze Regenwolken den Abendhimmel. Eine leise Brise pfiff durch die menschenleeren Straßen und Häuser. Franz gab sich professionell und sprach langsam und leise in sein Mikrofon.

»Rudelführer an Jäger 1 und Jäger 2, wir hören aus der anderen Richtung ein Fahrzeug näherkommen. Wir werden zum Objekt vorrücken. Ihr könnt zum 200er aufschließen und die Sachlage von hier aus beobachten. Nicht eingreifen, ich wiederhole, nicht eingreifen. Wachtel, wie weit ist das Zielobjekt entfernt? Rudelführer Ende.«

Lilly beobachtete im Präsidium den Satellitenbildschirm, der ihr mehr Genauigkeit versprach.

»Wachtel an Rudelführer, Objekt ist 400 Meter in westlicher Richtung. Achtung, Objekt geht jetzt in den zweiten Stock, Ebene zwei ist nicht einsehbar, ich wiederhole, Ebene zwei ist nicht einsehbar«, schrie sie ins Mikrofon.

»Endlich ist mal was los hier. Und alles in 3D-Ansicht. Perfekt.«

Sie sah sich um.

»Wo ist Amber mit den Hunden und Françoise?«

Rainer zuckte unschuldig mit den Schultern.

»Eben waren sie noch hier. Sind vermutlich nach Hause gegangen«, tat er unschuldig. Lilly sah ihn an.

»Blödsinn. Eben noch haben sie hier mit dir diskutiert und du kannst mir nichts sagen?«

Lilly griff sich an den Kopf.

»Mir schwant Unheilvolles. Aber wenn ich darüber nachdenke, möchte ich es nicht wirklich wissen. Wenn Franz hinter eure Manipulation, oder das was ihr vorhabt kommt, dann dürfen wir beide im Kino Karten knipsen.«

Rainer winkte Lilly noch näher an den Bildschirm. Zwei blinkende grüne Pünktchen wurden auf der Straße sichtbar. Die Punkte bewegten sich auf die nicht einsehbare Seite des Fabrikgebäudes zu. Rainer grinste in sich rein.

»Tolle Technik, mit GPS und Satellit. Ich sollte nach Amerika gehen, meinst du nicht? Die haben's drauf.«

Als John und Max zu Bücheles Wagen aufrückten, sahen sie, wie Sonja und Franz vor ihren Augen hinter einer Häuserzeile verschwanden. Auch sie hörten jetzt vereinzelt Motorenlärm und wie Türen laut zugeschlagen wurden.

Büchele und Sonja konnten endlich die alte Spinnerei aus der Ferne sehen. Es sah unheimlich aus. Namensschilder hingen herunter, Fenster waren zerborsten und ein kleiner Baum bahnte sich, scheinbar aus dem Inneren des Betonbodens, seinen Weg in die Freiheit. Sie hatten noch nicht das Gebäude des Areales erreicht, als knirschender Sand unter ihren Schuhen mit jedem Schritt die Ankunft der Beamten ankündigte.

»Shit«, zischte Sonja zwischen ihren Zähnen hervor, als sie die entstandene Geräuschkulisse vernahm. Büchele sah auf sein kleines Peilgerät.

»Schätze noch 200 Meter«, flüsterte er Sonja zu.

Da war es. Mit einem kurzen Satz schoben sie sich ruckartig in einen dunklen Häusereingang. Gegenüber feierten Jugendliche mit lautem Gegröle, als ein Fahrzeug an der kleinen Gruppe in Schritttempo vorbeizog und hupte. Ein alter Kombi tuckerte im Dunkeln genüsslich die Querstraße herauf. Er hielt genau auf sie zu.

Sonja klappte das Visier des Nachtsichtgerätes herunter.

»Zwei Personen im Auto. Ein Mann und eine Frau. Erkenne keine Zielperson. Aber…«

Sie stoppte ihre Feststellung.

»…aber, es befindet sich innen, an der B-Säule des Fahrzeuges, ein Gewehr und ein Langbogen. Das ist vermutlich unser Mann, Franz.«

»Sonja, denk doch nach. Wer war dann derjenige, der vorhin mit dem Pick-up ankam?«

»Vielleicht Freunde oder Partner? Amber hat uns bestimmt nicht alles verraten.«

Sofort meldete sich Amber kurz und knapp.

»Hier schwarzer Wolf an Rudelführer, ich wusste nichts von anderen Beteiligten. Ich würde niemanden einer unbekannten Gefahr aussetzen. Schwarzer Wolf Ende.«

Büchele verzog die Lippen, als er das hörte, ohne jeglichen Kommentar dazu abzugeben.

Im Schutz der anbrechenden Nacht schlichen sie geduckt auf das Gebäude zu. Innen brannte etwas, soviel konnten sie jetzt schon sehen. Das Licht schien zunehmend mehr vom Raum zu beleuchten. Legte jemand ein Feuer? Man roch keinen Rauch und sah auch keinen. Sofern das in der Dunkelheit überhaupt möglich war. Sonja schüttelte trotz ihres Nachtsichtgerätes den Kopf.

»Keine Ahnung, was das ist. Vermutlich Fackeln, aber kein Feuer, soviel steht fest.«

Franz zeigte mit einer Handbewegung an, dass Sonja ums Gebäude herumgehen musste. Vielleicht gab es einen Hintereingang, von dem aus sie, in einer Zangenbewegung, zu ihm stoßen konnte. Sonja nickte und zog instinktiv ihre Waffe.

»Betawolf an Wachtel, entferne mich jetzt von Rudelführer in östliche Richtung um das Objekt herum zur Rückseite. Wie viele Ein- und Ausgänge hat das Gebäude?«, wollte Sonja von Lilly wissen.

»Betawolf, es gibt schlechte Nachrichten. Zu viele Eingänge. Haupteingang, rückwärtiger Ausgang und durch das verbundene Nebengebäude noch zusätzlich zwei Eingänge. Wachtel Ende.«

Sonja hatte sich sowas gedacht. Zwei Beamte ohne Rückendeckung. Kein guter Ausgangspunkt für diese Aktion. Sonja schüttelte den Kopf, als sie langsam auf das rückwärtige Nebengebäude zuging. Sie lehnte sich an das alte Backsteingemäuer und versuchte, so lautlos wie möglich das Objekt zu umgehen. Ein Lichtschein war im Inneren zu erkennen. Schwach vernahmen sie

Stimmen, irgendwo schienen sich Menschen zu unterhalten. Ein Johlen war zu vernehmen. Langsam schlich Kommissarin Pfeiffer vorwärts. Das Nebengebäude, von dem Lilly gesprochen hatte, lag vor ihr. Eine Türe. Sie drückte die Türklinke. Ein lautes kurzes Quietschgeräusch war zu hören.

»Oh Mann«, beschwerte sie sich als sie die Klinke losließ.

»An Wachtel. Der seitliche Eingang ist verschlossen. Ich gehe um das Nebengebäude herum. Im Inneren habe ich jemanden johlen gehört. Zielperson hat uns noch nicht entdeckt. Over.«

Ein Fahrzeug schien in der Nähe zu halten. Sonja Pfeiffer vernahm Stimmen.

»Wir feiern heute eine kleine Schweineparty, juhu.«

Sonja verstand den Sinn dieses Satzes nicht und machte sich keine weiteren Gedanken, als sie weiter vorrückte.

Einsetzender Starkregen ergoss sich auf alles, was herumlag. Klatschendes Wasser. Regentropfen, die laut auf Metall schlugen oder auf Holz trafen, spielten ihre eigene, nächtliche Symphonie einer vergessenen Zeit Der Regenschauer, der jetzt zunahm, machte es nicht unbedingt einfacher an Ivo Kralic heranzukommen. Sollte er wirklich derjenige sein, der sich hier aufhielt? Er hätte ja schon vor Monaten die Uhr mit dem Peilsender verschenken oder verkaufen können. Aber wieso hatte er es nicht getan? Gefiel sie ihm so sehr? Oder war seine Erinnerung damit verknüpft?

Franz war schneller um die Gruppe feiernder Jugendlicher und Penner herumgekommen, als gedacht. Er hatte kein Nachtsichtgerät, vielmehr ließ er sich von seinem Instinkt und seinem Gefühl leiten. Er ging zum Eingang, auf den abgestellten LKW zu. Er spürte die

Anwesenheit des Mörders seines Schulkollegen Albert Pfoh. Die Abdeckplane war entfernt worden. Schnüre und Schweinehälften lagen auf der Pritsche. Der schwache Mondschein hinter den Gewitterwolken ließ etwas Metallisches auf der Ladefläche erkennen. Büchele griff danach. Ein Handy? Büchele drückte eine Taste. Sofort sprang ihm Heikes Konterfei als Begrüßungsbildschirm ins Gesicht.

»Scheiße, die haben vielleicht Heike, Alberts Tochter. Rudelführer an alle, äußerste Vorsicht, die haben vielleicht Heike Pfoh in ihrer Gewalt.«

Lilly meldete sich.

»Wachtel an alle, äußerste Vorsicht ist geboten, bewaffnete Zielperson, sowie ein weiter Täter haben Menschen in ihrer Gewalt, deren Identität wir nicht bestätigen können.«

Franz ging zitternd hinter dem Fahrzeug in die Knie. Was sollte er tun? Ein SWAT-Team rufen, um zu verhandeln? Genau in diesem Moment meldete sich sein Handy in der Tasche. Gott sei Dank hatte er es auf vibrieren gestellt. Nicht auszudenken, was passiert wäre, wenn jetzt Babelee Frischer hier losgeträllert hätte.

»Büchele.«

»Hallo Kommissar, hier spricht ihr Freund Ivo Kralic. Sie suchen nach mir? Kommen Sie zum alten Industriegebäude in einer halben Stunde, ich habe was für Sie. Machen Sie einfach ihre SMS auf. Dann bewegen Sie ihren Hintern hierher und zwar allein, wenn ich bitten darf. Ich warte nicht lange mit meinen Freunden auf Sie. Nur Sie allein. Haben Sie mich verstanden? Ich habe noch eine Rechnung mit Ihnen offen. Ihr lieber Freund Albert hat doch glatt behauptet, Sie wären besser als ich.«

Lachendes Gejohle kam aus dem Lautsprecher, bevor aufgelegt wurde. Mit einem Vibrieren kündigte sich der Eingang einer SMS, in seinem Handy an. Franz öffnete sie mit zitternden Händen. Als er dabei die Regentropfen vom Display wischen wollte, kam er versehentlich auf die Löschentaste. Franz schien die Kontrolle über sich zu verlieren. Lilly griff von der Zentrale aus ein.

»Rudelführer. Kein Problem ich habe die Kopie und schick sie dir zurück. Ist aber leider nichts Erfreuliches. Heike spielt Wilhelm Tell.«

Franz verstand nichts und wartete den Eingang der SMS ab. Gott sei Dank hatte Krüger ihm sein Handy überlassen bei dem ein Bildempfang möglich war. Als er sie öffnete stockte ihm der Atem.

»So ein Schwein, so ein Drecksack! Dieser Kralic ist eine Bestie!«

Das Foto zeigte Heike auf einem Stuhl sitzend, umringt von einem Lichtermeer aus vielen aufgestellten Kerzen. Angebunden, geknebelt und mit einem Apfel auf dem Kopf. Daneben hing eine Schweinehälfte, neben der sich ein schemenhafter Fuß im Schatten des Bildes abzeichnete. Ein Kumpan des Mörders? Erwartete der Entführer die Anwesenheit des Beamten? Oder weshalb hatte er eine Geisel genommen? Es wäre viel einfacher, den Beamten aufzulauern ihnen das Lebenslicht, ohne Zeugen, auszublasen. Weshalb der ganze Aufstand? Franz wurde nervös. Nur noch wenig Zeit blieb ihnen für den Zugriff mit der GPS-Unterstützung.

Der Regen prallte auf Bücheles Lederjacke ab und lief ihm übers Gesicht. Sollte er es wagen, alleine vorzustoßen? Zumindest war der Zeitfaktor auf seiner Seite. Weder ihn noch seine Kollegen hätte der Täter zu dieser Zeit erwartet. Schließlich vermutete Kralic den

Beamten noch im Präsidium. Dieses Überraschungs-moment wollte er nutzen.

»Rudelführer an alle, ich geh rein.«

Büchele gab seine Information zügig weiter.

»Bei dem Raum, nach der Tür scheint es sich um eine Art Schleuse oder Zwischenraum zu handeln. Betawolf, du versuchst mich zu sichern. Jäger 1 und 2, wenn ihr etwas hört, stoßt einfach hinzu. Over.«

Nur ein Knacken war in der Leitung zu hören. Jeder hielt bei dieser waghalsigen Einzelaktion die Luft an.

Büchele ging durch die erste Tür, die offen stand. Keine Anzeichen vom Täter waren zu erkennen. Auf Zehen-spitzen bewegte er sich auf an der Decke angebrachte Plastiklamellen zu, die sich im Windzug bewegten. Ein Raum wurde hinter den dicken Plastiklamellen sichtbar. Vermutlich sollte die kalte Luft nicht ins Innere ziehen, doch die Stapler sollten diese Abtrennung ungehindert passieren können.

War das die Werkhalle?

Franz schob langsam den Vorhang zur Seite. Fehlanzeige. Es war ein schwach beleuchteter Durchgangskorridor.

Komische Gedanken gingen Büchele durch den Kopf. Hätte er doch nur auch so ein Nachtsichtgerät mitgenommen, dann müsste er sich jetzt nicht nur auf seine Ohren und den Tastsinn verlassen. Langsam ging er weiter. Es schien Regen durch die Decke zu rieseln. Hier unten stank alles modrig und nass. Aus einer geborstenen Leitung suchte sich ein kleines Rinnsal seinen Weg quer über den Boden. Keine fünfzig Meter vor Büchele schien der Halleneingang zu sein. Spärliches Licht drang nach draußen. Gothic und Heavy Metal Musik dröhnte zu ihm auf den Flur. Langsam schritt Büchele geduckt in Richtung der Musik. Jemand schrie wütend.

»Heute machen wir ein Schweinchenfest und Ivo kriegt, wie immer, den kleinen menschlichen Teil. Ich möchte auch einmal ein lebendes Objekt töten und Gliedmaßen zerstückeln.«

Derjenige, der das schrie, musste mächtig zugedröhnt sein, wie Büchele es an seiner Stimme vernahm. Büchele sah an der Kante des Türrahmens vorbei nach innen. Viele dicke Kerzen standen auf dem Boden. Mit weißer Farbe waren germanische Runensymbole auf den dreckigen Boden gemalt worden. Ein langhaariger Kerl mit Fransenjacke stand vor einem aufgehängten, noch lebenden Schwein. An seinen Hinterläufen hatte man das Schwein an einem Haken aufgehängt. Kopfüber baumelte es hin und her. Es quiekte erbärmlich in seiner Todesangst. Der Typ nahm einen kräftigen Schluck aus seiner Flasche und tanzte johlend um das Tier herum. In der Hand hielt er fest umklammert eine längere Pistole. So wie Büchele es zumindest aus der Distanz im fahlen Kerzenlicht sehen konnte, war sie mit einem Schalldämpfer versehen. Unweit des Schweins sah er Heike Pfoh. Man hatte sie sitzend, keine zwanzig Schritte von Bücheles Position entfernt, an einen Stuhl angebunden.

Kommissar Büchele war viel zu weit entfernt, um reagieren zu können.

Der Typ in der Fransenjacke konnte unmöglich Ivo Kralic sein. Wieder gab der Typ unausstehliche Ausdrücke gegen das Schwein von sich, schlug drauf ein und ging kichernd, johlend und tanzend mit erhobener Pistole einige Meter zurück. Büchele versuchte im Schatten des Raumes näher zu kommen, was fast unmöglich war. Er trat auf Glasscherben, deren berstendes Geräusch, Gott sei Dank, vom Gebrabbel der Menschen vor ihm übertönt wurde.

Büchele sah nach oben. Leise rieselte unaufhörlich feiner Staub auf seinen Hut und die Schultern seiner Jacke. Oberhalb von ihm befand sich eine weitere Etage die nachträglich gebaut wurde. Es mussten ehemalige Büros gewesen sein, schlussfolgerte er. Die Decke schien eifrig, nicht mit Beton und Stein, sondern aus Dielen gezimmert zu sein.

Der Regen und die Sonne taten in der Zeit, in der dieses Gebäude verlassen stand, ihr Übriges. Sie ließen den Boden, die Holzverkleidungen und Planken vermodern. Franz konnte den Mond durch die Decke sehen. Aber wo war Ivo? Wollte er ihn draußen abfangen? Und wo befand sich sein Team? Selbst Sonja Pfeiffer hatte sich nicht bei ihm gemeldet. Was war geschehen? Oder hielten sie einfach nur Funkstille? Wieder fuchtelte der Typ am Schwein mit seiner Waffe herum. Mit einem -Plob-Plob-Plob- beförderte er das Tier vom Leben zum Tode. Kichernd stand er daneben und stupste das Tier mit seiner Pistole an.

»Bis du nun erledigt, du dummes Schwein?«

Wieder nahm er einen letzten großen Schluck aus der Flasche und warf sie weg.

Jetzt sah er zu der Frau, die in panischer Angst auf ihrem Stuhl saß und zappelnd vor ihm unerklärliche Laute ausstieß. Er steuerte auf sie zu und schrie mit ihr. Er ging, zur Verwunderung von Franz, dabei an der Frau vorbei und steuerte die Ecke der Halle an. Er öffnete den Hosenstall, um seine Blase zu erleichtern und ließ den Strahl dabei ungehemmt auf den Boden plätschern. Zu weit war der Langhaarige jetzt entfernt. War das jetzt seine einzige Chance Heike zu retten? Büchele schüttelte den Kopf. Zwecklos, er musste näher an ihn ran, um ihn zu überwältigen. Hier wäre Verstärkung kein Manko gewesen.

»Betawolf kommen, Betawolf kommen«, flüsterte er leise in sein kleines Mikro. Er bekam keine Antwort. War der Kontakt abgebrochen oder konnte Sonja einfach nicht reden? Er versuchte sich zwei, drei Schritte nach vorn zu bewegen ohne gesehen zu werden. Noch immer sah er den oberen Stock nicht ein. Hatte er Glück und Kralic befand sich tatsächlich im Freien?

Mit dem Rücken zur Ziegelsteinwand sah er Heike Pfoh jetzt deutlicher. Keine fünfzehn Meter entfernt saß sie zitternd, weinend und schluchzend auf ihrem Stuhl. Wild begann sie zu zappeln, als der Langhaarige zurückkam, den heruntergefallen Apfel vom Boden aufhob und ihr wieder auf den Kopf setzte.

Er versuchte es einmal, zweimal, aber ohne Erfolg. Zu sehr wehrte sich Heike. Ein heftiger Schlag ins Gesicht mit der Faust beendete ihre Gegenwehr. Sie ließ sich jetzt den Apfel ohne heftige Abwehrversuche auf den Kopf setzen. Sanft streichelte der Fremde ihr dabei über die Wange.

»Du Flittchen, du bist gleich dran. Wenn du Laslo nicht folgst, erledige ich dich wie das Schwein. Noch bevor Ivo das Vergnügen mit dir hat. Der schlitzt dich auf, lässt dich leiden und verteilt deine Eingeweide auf dem Boden für die Ratten. Da sind doch ein paar gezielte Schüsse von mir viel besser, oder?«, dabei fuchtelte er mit seiner Waffe vor ihrem Gesicht herum und lachte laut.

Man sah bei jedem ihrer Atemstöße fortwährend den Knebel im inneren des Mundes verschwinden. Panisch aufgerissene Augen signalisierten Todesangst. Büchele musste handeln, aber wie? In diesem Moment verstummte die Musik. Die CD schaltete sich aus. Verärgert, ohne gute Einstimmungsmusik zu sein, ging Laslo zum CD-Player hinüber. Leise rieselte in diesem Moment wiederholt Sand auf Bücheles Haupt. Aber er war viel zu sehr damit beschäftigt, Blickkontakt mit Heike herzustellen, als auf Ungewöhnliches zu achten. Er hob zwei Steinchen vom Boden auf und warf eines davon Heike schwungvoll vor die Füße, die daraufhin sofort in seine Richtung blickte und ihn mit weit aufgerissenen Augen ansah. Das zweite Steinchen warf er zu Laslo. In diesem Moment hatte er auf Play gedrückt und der CD-Spieler dröhnte von vorne los. Er war zwar betrunken, aber das Steinchen hatte er bemerkt. Ruckartig machte Kommissar Büchele einen Schritt nach vorn, duckte sich und rief: »Hier ist die Polizei, Laslo sofort die Waffe fallen lassen!«

Laslo dachte nicht im Entferntesten daran sich zu ergeben. Zu viel hatte er auf dem Kerbholz um nochmal freiwillig für Jahre im Bau zu verschwinden. Gleichzeitig hörte Büchele eine zweite Stimme aus dem zweiten Stock. Sein Name wurde gerufen. Büchele drehte instinktiv den Kopf und sah nach oben in Ivos Kralics Gesicht. Mit gespannter Sehne am Bogen stand Ivo auf der Empore und zielte auf ihn. Kommissar Büchele war gerade in der Aufwärtsbewegung, als er sah, wie ein Pfeil den Bogen verließ.

Er hatte keine Zeit und keine Wahl. Zu spät hatte er Ivo Kralic bemerkt, als er die Pistole auf Laslo richtete und den Abzugshahn zog. Der herunterrieselnde Sand hätte ihn warnen müssen, aber wie so oft nimmt man nicht alle Eindrücke sofort in sich auf. Welche Wahl hatte er in diesem Moment? Beide zu erschießen war unmöglich.

Durch die Stille hallten in wenigen Sekunden schnell aufeinanderfolgende Schüsse. Zwei feuerte Laslo aus seiner Pistole ab. Der Ton schien aus einer schallgedämmten Waffe zu stammen. Eine Kugel aus Bücheles Dienstwaffe trafen Laslo mit ihrer todbringenden Ladung im Brustbereich.

Stumm blickte Büchele, getroffen von einem Pfeil, vom Boden aus zur Empore hoch, auf welcher Ivo Kralic stand.

Büchele hatte Glück, sehr viel Glück. Beide Kugeln aus Laslos Waffe hatten ihr Ziel verfehlt, doch er spürte einen Schmerz in seiner Schulter, einen stechenden Schmerz, der ihn nach hinten auf den Boden warf.

Mit verzerrtem Gesicht sah der Langhaarige noch den Beamten an.

Langsam, wie in Zeitlupe, fiel ihm die Waffe aus der Hand. Mit stummer Miene sackte Laslo, tödlich getroffen, zu Boden. Durch die Schüsse alarmiert, rannten Max und John sofort los, um ihren Beamten zur Hilfe zu eilen.

Ivo Kralic stand unbeeindruckt auf der Galerie und holte einen zweiten Pfeil aus seinem Köcher.

Büchele war verletzt, aber nicht tot. Ivo wollte gerade seine Arbeit zu Ende bringen, als ein kleines metallisches »Klick« an Ivos Schädel, ihn daran hinderte. Sonja war hinter ihn geschlichen und stand breitbeinig, die Waffe auf seine Schläfe gerichtet, neben ihm. Fauchend und mit lauter Stimme forderte Sonja ihn auf weiterzumachen.

»Tue es, du Arschgesicht, dann blase ich dir deinen hohlen Schädel mit Vergnügen an die Decke. Und nicht nur mit einem Schuss, sondern ich drücke gleich zweimal ab. Meine Beretta hat einen leichten

Abzugshahn, forderst du mich heraus?«, dabei zwinkerte sie ihn von einem aufs andere Bein wippend, mutig zu.

Genau in dem Moment, als Büchele sich vom Boden aufgerafft hatte und ihr zurief: »Nichts passiert, nichts passiert«, war Sonja abgelenkt und sah zu ihm hinunter.

Sie sah den Pfeil, der in Bücheles Schulter steckte. Sekundenbruchteile später wurde ihr schwarz vor Augen.

Ivos Holz von seinem Bogen traf sie mit voller Wucht an den Kopf. Taumelnd fiel sie drei Meter tief, vor die Füße des Kommissars. Gekonnt sprang Ivo in die unterste Etage, riss die Tür zur vermeintlichen Freiheit auf und schlug sie sofort wieder zu. Mars und Pluto saßen knurrend davor. Was sollte er tun ohne Waffe? Mit den Dobermännern kämpfen? Dafür blieb keine Zeit. Er musste zu einem anderen Ausgang. Außer Atem rannte er durch Gänge und durch verwahrloste Lagerräume, bis er den Lieferanteneingang fand. Endlich, völlig außer Atem stützte er sich auf seinen Knien ab um Luft zu holen, als sich die Tür vor ihm langsam wie von selbst öffnete. Er sah nach vorn. Er blickte in zwei Sehschlitze, mehr erkannte er nicht. Wieder hörte er ein verräterisches Klicken, das er gar nicht mochte.

»Hier ist Endstation Ivo. Hier ist dein freies Leben zu Ende. Ich beschuldige dich hiermit des Mordes an zwei meiner Freunde. An Alexandro Perco, einem amerikanischen Staatsbürger und Albert Pfoh einem einfachen Mann aus dem Ländle. Dank meiner Befugnis wirst du ab dem heutigen Tage bis an dein Lebensende von mir persönlich nach ADX Florence in Colorado ins Bundesgefängnis überführt. Du wirst dort vermodern, wie eine kleine Kakerlake. Auf der Flucht erschossen wäre mir persönlich lieber.«

Noch außer Atem wollte Ivo Kralic was sagen, als ihn der Gewehrkolben eines Schnellfeuergewehrs daran hindert und er bewusstlos in sich zusammensackte. Zügig wurde er von den kräftigen Bodyguards der kanadischen Botschaft in einen schwarzen Van geladen und abtransportiert, ohne dass Büchele oder sein Team es bemerkten.

Zwischenzeitlich eilten Max und John durch die Halle. Sie sahen Heike am Stuhl gefesselt, Büchele verwundet am Boden liegen und Sonja rieb sich am Kopf.

»Was ist geschehen? Wo ist die Zielperson? Und wer ist der da drüben?«, dabei zeigte er auf den regungslos am Boden liegenden Mann. Büchele sah sich um. Niemand außer Ivos Gehilfen Laslo lag tot am Boden.

Die Spurensicherung wurde gerufen und der Staatsanwalt mit einbezogen. Aber Amber und ihre Freundin Françoise, deren Aktion nur von Sonja und Büchele wahrgenommen wurde, waren verschwunden. Sollte man Gerechtigkeit bürokratisch anmelden? Wohl kaum. Was geschehen war verschwand an diesem Tag für immer unter dem Deckmantel der Gerechtigkeit.

Büchele kam am nächsten Abend aus dem Krankenhaus zurück.

Drei Tage später.
Gisela hatte alle Beteiligten, als Ausgleich für die letzten hektischen Wochen, zu einem Abendessen eingeladen.

Alle waren gekommen. Selbst Brigitte und Sonja kamen auf ein leckeres Abendessen im Fischer Anwesen vorbei. Heike, die glücklich über ihre Befreiung war, bedankte sich mit einem selbst gebackenen Apfelkuchen bei ihren Rettern.

Als alle beisammensaßen, klingelte es an der Türe. Gisela öffnete und wurde sofort von zwei stämmigen Bodyguards begutachtet. Kurz darauf machten sie Platz für den kanadischen Botschafter Lenox Satchmore und seine Tochter Amber. Ihnen folgte Ambers besten Freundin Françoise. Sie stellten sich der Verwalterin vor, wie es sich für einen Staatsmann gehörte. Gisela bat alle herein. Als Franz den muskelbepackten Vater von Amber erblickte, blieb ihm fast das Herz stehen. Aber das war wohl umsonst. Er war dankbar, dass Franz seine Tochter so gut unter Einsatz seines eigenen Lebens beschützt hatte, dass er sich noch eine kleine Überraschung ausdenken wollte. Franz winkte gelassen ab.

»War nicht der Rede wert, Herr Botschafter«, dabei klopfte er dem Kanadier vertrauensselig auf die Schulter. Amber suchte nach Rainer Kaufmann, der dem Trubel entronnen war und sich nach draußen verkrümelt hatte. Sie fand ihn mit Lilly auf der Bank vor dem Haus.

»Lilly und Rainer. Da ihr so gut dichtgehalten habt, hatte ich euch ja vor Tagen etwas versprochen. Und nach Rücksprache mit meinem Vater finden wir, eine Urlaubsreise und einen Weiterbildungskurs in Arizona wären das Mindeste, um euch zu danken, oder?«

Freudestrahlend und lachend fielen sie sich gegenseitig um den Hals.

»Mir war wichtig, dass Ivo seine Strafe lebenslang absitzt«, bemerkte Amber weiter.

»Bis wir auf die Bürokratie gewartet hätten, wären noch mehr Menschen zu Schaden gekommen. Ich hätte Franz auch an sein Versprechen erinnern können, aber so ist es das Beste. Aus dem Auge aus dem Sinn.«

Amber begann zu kichern.

»Und dem Staatsanwalt Krümmbusch ging ganz gewaltig der Zapfen, als Papa bei ihm angerufen hat.

Er dreht es jetzt so, dass Laslo, Ivos Taten begangen hätte. Und nach Ivo wird nie mehr jemand fragen, offiziell ist auch er tot und seine Leiche eingeäschert. Aber euch kann ich es ja sagen. Er wird außerhalb dieses Staates, irgendwo in Lateinamerika, in einem Gefängnis verschimmeln.«

Drinnen schien die Party feucht fröhlich zu laufen. Büchele wurde die Pfeilspitze entfernt und er trug noch immer den Arm in der Schlaufe.

Wegen seiner Schussverletzung war er kurz verschwunden.

Nach einigen Minuten kam er zurück, um zur Belustigung aller, sich vorzustellen. Er kam bekleidet mit Hut, seiner neuen blauen Bermudashorts von Gisela, auf der große weiße Blütenblätter abgebildet waren und lief vom Flur aus auf Brigitte Kohlmarx zu. Er umarmte sie.

»Mädle, ich hatte gute Vorsätze, doch die Verletzung lässt es nicht zu. Ich schwimm sonst wie ein Stein, immer nach unten. Können wir das auf später verschieben, dein Hallenbadbsüchle?«

Alle johlten, lachten und schickten ihn wieder zurück, um sich umzuziehen.

Der Abend war feierlich, erheiternd und zeigte allen Menschen, dass man sich gute Freunde nicht aussuchen kann, denn man hat sie einfach.

Zum Schluss drückte ihn Max.

»Franz, als Team sind wir unschlagbar, aber einzeln verwundbar.«

Krüger hatte somit unser aller Leben auf den Punkt gebracht.

ENDE

Und zum Schluss das Beste:

Mancher nennt es Epilog oder auch Dedikation oder Widmung

Ich möchte hier einfach den Menschen Tribut zollen, die an meiner Seite dem Buch den letzten Schliff gegeben haben. Geschrieben als Manuskript war Speeddating schnell. Für mich als Autor ist dies immer wieder eine der schöneren Tätigkeit. Aber was dann kommt, korrigieren und lektorieren, zählt wohl zu den unliebsamen Dingen, die ein Autor gerne abgibt. Speeddating erscheint ja ohne Verlagshilfe. So war ich auf die Mithilfe vieler Personen angewiesen die oftmals mein Nörgeln ertragen mussten. Verzeiht mir.

Hier sei mein erster Dank angebracht: Er gehört einem tollen Menschen, den ich eigentlich noch nie wirklich getroffen habe.

-Cuneyt Aktas aus Duisburg - Der Fotograf

Er war es, der das Cover als Eyecatcher kreierte und ablichtete. Die Zusammenarbeit mit dir Cuneyt macht immer wieder Spaß. Hut ab vor deiner Leistung. Bis zum nächsten Cover. Danke.

-Claudia Nöhbauer - Die Bücheleverliebte

Claudia durfte sich dem ersten Wirrwarr annehmen. Danke Claudia.

-Kirstin Wenzel - Die VR6 Fahrerin und Schwäbin

Mit dir liebe Kirstin wurde es nie langweilig. Die WhatsApp Nachrichten und Telefongespräche sausten nur so hin und her. Manchmal versuchte ich darüber nachzudenken, woher du die Zeit nimmst, damit du dich zwischen Mann und Kindern, kochen und backen, nähen und DRK, noch um Büchele und meine Texte kümmern kannst. Auch dir kann ich nur danke sagen.

338

-Sonja - Die Fehlersucherin

Tja Sonja, so wie ich dein Arrangement schätze, so könntest du mich auch oftmals auf den Mond schießen. Ohne Rückfahrkarte versteht sich. **(Spaß)** Aber ich bin ja selbst schuld.

Wenn alle durch sind, das Manuskript zu gefühlten 299mal ausgedruckt ist, beginnt dein Part. Wenn ich dir einen Stapel Blätter dir auf deinen Lesetisch, positioniere, verdrehst du meist die Augen. Aber leise murrend gibst du nach. Dann fängt eine Zeit an, die ich zugegeben nicht sehr mag. Und trotzdem schwirren mir immer noch die Worte meiner ersten Lektorin im Kopf herum: Selbst wenn das Buch fertig ist wird es immer was daran geben wo man verbessern würde. Euch allen sei Dank gesagt. Ihr habt euch abgemüht, oft unentgeltlich zu mir gestanden, dafür danke ich euch und ziehe meinen Hut. Sollten sich dennoch grammatische, oder andere Fehler, sowie Unstimmigkeiten eingeschlichen haben, tut es mir wirklich leid. Aber eines sei gesagt: Übergeht es mit einem Schmunzeln, ein Buch ist zur Unterhaltung da.

Und noch einige mehr die namentlich genannt mehrere Seiten füllen würden, aber die sich gerne im Hintergrund halten möchten......

So verbleibe ich mit Grüßen euer Buchautor

Johannes Heidrich